진 眞
상 商

조현구 장편소설

문학공감

목차

누명 • 5

다시 톈진으로 • 36

새로운 도전 • 78

두 얼굴의 베이징 • 160

C&R PROJECT • 197

가업 승계 • 207

열린회의 '드림미팅' • 259

회유 • 291

성장전략 • 306

궤계(詭計) • 313

하이난다오 • 362

반격 • 377

표기방법

본문의 외국어 한글 표기는 외래어표기법에 따르는
것을 원칙으로 했으며 가독성과 이해도를 높이기
위해 한국 한자 독음을 함께 사용하였음

누명

배는 파도를 갈랐다.

다롄항까지는 16시간을 가야 한다. 따이궁에겐 지루한 시간이다. 배의 밑창에 얼굴을 묻었다.

"제가 무엇을 잘못했습니까?"

"나도 진 부장이 딱히 잘못했다고 생각하진 않아. 하지만 회장님의 뜻을 헤아리지 못한 것이 잘못이라면 잘못이지."

도상회 총무이사는 진필의 표정을 살폈다.

"제가 회장님의 뜻을 헤아리지 못하다니요?"

"어쨌든 회장님의 심기를 건드린 게 잘못이야."

도 이사는 시선을 돌리며 말했다.

진필은 2년 반 전에 중국에 레미콘 공장을 세워 교두보를 확보하라는 회장의 특명을 받았다. 중국 시장을 개척하려면 시장조사가 필수적이었다. 국내에서 얻는 정보는 참고사항일 뿐 중국 현지의 사업 타당성 조사가 불가피했다.

품질관리 전문가인 곽창원 차장과 함께 중국 다롄으로 떠났다.

2년 전에 다롄과 지린, 창춘을 잠깐 돌아본 것 말고는 중국에 연고가 전혀 없었다. 아는 곳도 없고 오라는 사람도 없었다. 화성에 달랑 두 사람만 남겨진 모습이었다. 생소하고 두려웠다. 개척자는 항상 외롭고 두렵다는 것으로 위안을 삼았다.

중국에서 레미콘공장 설립을 위한 시장조사에 착수했다. 요동 지역의 다롄을 시작으로 베이징, 톈진, 친황다오, 후신, 셴양, 지린, 창춘 등 여덟 곳에서 사업 타당성을 조사했다. 최종 귀착지는 톈진이었다. 톈진은 중국의 4대 직할지의 하나로 다른 직할시보다 개혁개방의 속도가 늦은 편이었다. 연안 지역과 멀리 떨어져서인지 항구를 끼고 있으면서도 변화의 기지개를 켜지 못했다. 이제야 개혁개방에 편승하는 듯 모든 산업이 바쁘게 돌아갔다. 특히 부동산 개발이 한창이었다. 레미콘은 공사현장으로 밥을 먹는 업종이었다. 그 점이 톈진을 낙점한 가장 큰 이유였다.

사회주의 중국의 레미콘 시장은 자유 시장경제의 한국과 여러 면에서 차이가 났다. 특히 판매 대금의 회수에 문제가 많았다. 중국 특유의 '삼각채무' 관행이 영업에 큰 걸림돌이었다. 그 외에도 현지의 임금체계와 세무 제도를 이해해야 했다. 한국은 임금 외 4대 보험을 기업이 부담하는 데 반해, 중국의 외자기업은 4대 보험 외 주택보험, 양로보험 등을 더 부담해야 했다. 추가 부담의 폭이 30에서 40%에 이르렀다. 이는 국유기업이 부담했던 복지혜택을 외자기업이 떠맡게 됨을 의미했다. 급여 외의 각종 비용의 속내를 잘 모르고 중국에 투자한 외자기업들은 많은 어려움을 겪었다.

세율도 품목에 따라 다르고 개발구에 따라 달랐다. 우리나라의 부가가치세에 해당하는 중국의 증치세는 한국처럼 일률적으로 10%가 아니었다. 증치세는 품목에 따라 작게는 6%에서 16%로 그 차이가 컸다. 국내의 시장조사도 그렇지만 사회주의 시장에서의 사업 타당성 조사는 변수가 많았다. 해외투자의 또 다른 어려움은 본사와의 소통이었다. 사회주의 특성을 잘 모르는 본사 직원들을 이해시키는 것이 또 다른 어려움이었다.

　마침내 공장이 완공되었다. 회사로는 첫 번째 해외 공장이었다. 시장조사에 8개월, 공장건축에 10개월이 걸렸다. 두 사람이 시장조사를 시작하고 18개월 만에 이룬 성과였다. 영업환경은 생각보다 좋지 않았다. 부실채권이 매출액의 30%나 되었고 중국 특유의 '삼각채무'로 유동성 확보에 어려움이 많았다. 삼각채무는 건설자재나 철강, 기계, 석탄 등의 업종이 특히 심했다.

　삼각채무는 거래회사들이 상대방 회사에 갖는 상호채무로, 공사 발주사는 건설회사에 채무를 지고, 건설회사는 레미콘 납품회사에 채무를 지며, 레미콘 회사는 모래, 자갈 등의 원자재 납품회사에 채무를 지는, 중국 특유의 외상거래였다. 중국 경제가 어려웠을 때 예산 부족으로 생긴 거래 관행이었다. 어차피 국영기업은 국가 소유였기 때문에 흑자든 적자든 큰 의미가 없었다. 한 밥그릇 안에 쌀이 많으냐 잡곡이 많으냐의 차이였다. 직원들은 제때 월급만 받으면 그만이었다. 문제는 외자기업이었다. 외자기업은 삼각채무에서 자유로울 수 없었다. 매출이 발생하고 대금이 제때 회수되지 않으면 낭패를 보기 일쑤였다. 외자기업은 납품 대금은 받지 못하면서 납품받은 자재 대금은 또박또박 지불해야 했다. 자재 대금을 주지 않으면 납품업자들이 온갖 협박과 폭력을 행사했다. 외국회사는 돈이 많으니 빨리 지불하라는 것이었다. 삼각채무는 일시적인 유동성의 문제보다 구조적인 문제라는 점에서 더욱 심각했다. 삼각채무의 늪에 빠져 부도를 내는 외자기업이 적지 않았다.

진필의 회사도 예외는 아니었다. 진필이 자재 대금을 제날짜에 지불하지 못하자 원자재 납품회사 직원들은 진필을 묶어 놓고 막무가내로 겁을 주고 협박을 했다. 한 달에도 몇 번씩 진필을 찾아와 괴롭혔다. 한국으로 돌아가고 싶은 마음이 굴뚝같았지만 버텨야 했다. "자기 손으로 지은 공장도 지키지 못하면 누가 와서 이 고생을 하겠는가?"라고 생각하며 견뎠다. 떠날 수 없다면 버텨야 했다.

영업을 시작한 지 1년쯤 지났을 때였다. 불시에 한국 본사에서 감사팀이 내려왔다. 감사는 일주일 동안 계속되었다. 무엇 때문에 감사를 하는지 일체 말이 없었다. 진필도 자존심이 상해 묻지 않았다. 감사를 시작한 지 이틀이 지났을 때 본사 인사팀의 김총명 과장으로부터 전화를 받았다. 김총명 과장은 진필과 절친한 사이였다. 김 과장은 진필 개인 비리에 대한 감사라고 귀띔했다. 감사팀은 미리 감사 결과를 아는 듯 깊이 파고들지 않았다. 다 알고 있다는 눈치였다. 증거를 이미 확보한 듯 서두르는 기색이 전혀 없었다. 그들은 이틀 정도 조사를 하는 시늉만 하고 나머지 5일은 술집을 전전했다. 그렇게 일주일을 보내고 감사팀은 철수했다.

감사팀이 떠난 지 일주일 만에 징계 통보를 받았다. 본사 대기 발령에, 3개월 감봉처분이었다. 이유는 두 가지였다. 하나는 진필에게 현지처가 있어 모든 사업정보가 중국 동종업계로 빠져나간다는 것이었고 다른 하나는 업무활동비를 개인 용도로 사용했다는 것이었다. 두 가지 모두 진필과는 무관했다. 본의 아니게 접대차 여자와 함께한 적은 있어도 현지처는 금시초문이었다. 외자기업 직원들이 현지처로 낭패를 보는 경우를 봐왔던 터라 아무리 외로워도 현지처는 생각지 않았다. 돈의 사용에 대해서도 각별히 신경을 썼다. 접대나 공적 모임에만 회삿돈을 사용했다. 공무 외에는 철저히 개인 돈을 사용했다. 회사 안에 한국 사람은 진필 총경리 한 사람뿐이었다. 조선족이 몇 명 있었지만, 그들 역시 중국인이었다. 모두가 감시자라 생각해 공과 사를 철저히 구분했다.

짚이는 데가 있었다. 영업을 시작한 지 반년쯤 지났을 때, 회장의 먼 친척뻘 되는 왕추라는 사람이 찾아왔다. 왕추는 공장 유휴부지를 개인 용도로 사용할 수 있게 해달라며 졸랐다. 공장을 짓고 남은 땅이 7백 평 정도 있었다. 개발구의 공장부지는 사용료가 저렴했기 때문에 외자기업들이 공장을 지을 때 넉넉하게 확보하는 것이 관례였다. 왕추는 남은 땅을 무상으로 사용하게 해달라며 진필을 졸랐다. 회장의 친척이라 해도 진필 임의로 결정할 사안은 아니었다. 왕추에게 땅을 사용하려면 본사 결재를 받아오라고 했다. 왕추는 회장을 들먹이며 진필을 협박했다. 진필은 이런 사정을 본사에 보고했다. 본사에서는 현지에서 알아서 처리하라는 말만 되풀이했다. 결국 왕추는 중국인 몇 명과 연명으로 한국 본사에 투서했다. 감사팀이 온 이유도 그 투서 때문이었다.

서울로 향했다. 앉아서 당할 수만은 없었다. 먼저 도상회 총무이사를 만났다. 도 이사는 진필이 회장의 뜻을 헤아리지 못한 것이 잘못이라고 말했다. 그 말이 무슨 뜻인지 알 수 없었다. 몇 번을 물어도 회장의 심기를 건드린 게 잘못이라는 말만 되풀이했다.

사무실을 나와 길을 걸었다. 무엇이 잘못됐는지 생각할 시간이 필요했다. 휴대폰이 울렸다. 인사과 김총명 과장이었다. 김 과장은 감사팀이 내려왔을 때 귀띔을 해준 인사과 후배였다. 해줄 얘기가 있다고 했다. 긴히 할 말이 있어 일식집 별실에서 만났다.

"부장님 오랜만이에요. 그동안 어떻게 지내셨어요?"

"나야 잘 지냈지. 그건 그렇고, 나에게 해줄 말이 뭐야?"

"부장님, 아무리 급해도 술 한잔하고 얘기합시다."

두 사람은 소주잔을 비웠다.

"선배님, 아무래도 선배님이 당하신 것 같아요."

"당하다니? 뜬금없이 그게 무슨 말이야?"

"본사에서 도상회 이사 만났지요?"

"자네가 그걸 어떻게 알아?"

"제가 인사팀 짬밥이 몇 년인데 그것도 모르겠어요. 도 이사가 회장님의 완전한 딸랑딸랑 아닙니까?"

"딸랑딸랑이라니?"

"회장님의 집사라는 뜻입니다. 회장님의 사적인 일은 도 이사가 도맡아 처리하거든요. 도 이사가 선배님에게 뭐라 하던가요?”

“회장님의 뜻을 헤아리지 못한 것이 잘못이라고 하더라고. 감사의 이유를 물어봐도 회장님의 뜻이니, 심기니 하면서 정확한 이유를 말하지 않아.”

“그랬군요. 이거 1급 비밀인데, 선배님만 알고 있어야 해요.”

“뭔데?

“중국에 회장님의 조선족 현지처가 있어요.”

“뚱딴지같이 그게 무슨 말이야, 현지처가 있다니?”

“현지처와 사이에 아이도 하나 있는데요. 회장님과 혼외정사로 낳은 사생아예요. 회장님이 중국에 자주 가는 이유도 그런 연유 때문이지요. 현지에 레미콘 공장을 세운 것도 사업보다는 중국 왕래의 명분 때문이에요. 결국 그 공장은 현지처와 아이 차지가 될 겁니다. 미리 위자료 명분으로 얼마의 재산을 챙겨놓는 거지요. 그런데 그 현지처의 오빠가 왕추예요.”

“아! 정말이야?”

“제가 왜 선배님에게 거짓을 말하겠어요. 왕추는 그 공장이 자기 동생 것이 될 것이니 그 땅을 사용하겠다는 겁니다. 그것을 선배님이 막았으니 화가 났던 거지요.”

“이제 상황 파악이 되는구먼. 그런데 자네는 그런 내용을 어떻게 알았어?”

“왕추가 한국에 오면 주로 제가 안내합니다. 왕추에게 돈을 전해주거나 잔심부름은 제가 하고 있어요. 왕추는 자기가 현지처의 오빠라는 것을 은근히 과시합니다. 얼마나 거들먹거리는지 몰라요. 왕추는 돈이 궁하면 한국에 와서 회장님에게 손을 벌립니다. 자기 여동생을 들먹이며 원하는 것이 있으면 거리낌 없이 요구하지요. 여동생이 큰 무기에요. 현지처와 아이가 있다는 것이 알려지면 회사와 가정이 온전할 수 없으니, 회장님도 어쩌지 못하는 겁니다. 왕추는 그것을 이용하는 거예요. 선배님이 땅 사용을 계속 거부하니까 회장을 찾아가 여동생과의 관계를 까발리겠다고 협박했습니다. 왕추가 제게 자랑하듯 말해서 알게 됐지요. 자기 말 안 들으면 누구든 가만 안 두겠다는 겁니다."

김총명 과장은 열을 내며 말했다.

"현지처의 오빠가 부탁하는 것을 회사에서 정상적으로 처리할 수 없으니, 내가 알아서 해주길 바랐던 거로군. 내가 그렇게 하지 않으니까, 도 이사는 나에게 사실은 말하지 못하고 회장님의 심기니 뜻이니 하면서 엉뚱한 얘기만 했던 거구만."

"그렇지요. 지금 왕추는 회장님에게 땅만 빌려달라는 것이 아닙니다. 선배님을 자르라고 압력을 넣고 있어요. 자기를 애먹였다는 겁니다. 회장님은 감사라는 형식을 빌려 선배님에게 대기 발령과 감봉처분을 내린 겁니다. 그 정도 징계면 선배님이 자존심이 상해서 회사를 그만둘 것으로 생각한 거지요."

"회장님이 나에게 그럴 분이 아닌데……."

"도 이사가 기획했어도 회장님이 동의했으면 결국 회장님이 하신 것 아닙니까? 도 이사는 회사의 차기 대권 주자로 선배님을 가장 경계했는데 강력한 라이벌을 물리칠 기회가 넝쿨째 굴러온 셈이지요. 한 사람은 골치 아픈 문제를 해결하고, 다른 한 사람은 자신의 라이벌을 물리칠 수 있는 절호의 기회를 잡은 겁니다. 타국에서 죽을 고생을 하는 사람에게 그런 누명을 씌워도 되는 겁니까? 두 사람은 큰 범죄를 저지른 거예요."

"진실이나 사실이 꼭 승리하는 것은 아니야. 진실이 밝혀져 회장님이 망신을 당해도 그것이 나에게는 보상이 되지 않아. 그래도 자네 같은 동료가 있어 외롭지 않아. 어쨌든 자네 덕분에 상황을 알게 돼 다행이야. 뒷일은 내가 처리할게. 정말 고마워, 김 과장."

김 과장과 헤어지고 길을 걸으며 상황을 정리했다. 감사팀이 중국 현지에 오기 보름 전에 도상회 이사가 텐진 공장을 다녀갔었다. 도 이사가 진필을 찾아왔을 때는 이미 투서를 받은 다음이었다. 도 이사는 왕추에게 땅을 빌려주는 것이 좋겠다고 말했다. 진필은 정식 결재 절차를 밟으면 거부할 이유가 없다고 했다. 하지만 도 이사는 정식 절차를 밟으면 이사회에서 문제가 될 수 있기 때문에 그렇게 할 수 없다고 했다. 도 이사의 최후통첩을 받아들이지 않자, 감사 형식으로 진필을 정리하려는 것이었다.

이미 본사에는 진필이 비리를 저질러서 그만둘 것이라는 소문이 파다했다. 그전 같으면 술 한잔하자고 휴대폰에서 불이 났을 것이다. 회장의 신임을 한 몸에 받았고 직원들도 그를 잘 따랐다. 조만간 기획부문장으로 승진할 거라는 소문이 돌던 터였다. 날개 꺾인 영웅을 반기는 곳은 어디에도 없었다. 징계로 회사를 떠날지 모르는 진필을 만나 오해를 살 이유가 없었다. 그것이 세상인심이었다.

회장에 대한 깊은 배신감과 실망감에 분이 나고 마음이 아팠다.

누구보다 진필을 아끼고 신뢰했던 회장이 자신을 이용했다는 것에 화가 났다. 대기 발령에 감봉처분은 직장인에게 큰 천형이었다. 남들에게 일일이 설명할 수도 없고 그렇다고 그냥 받아들일 수도 없었다. 전후 내용을 알고 나니 역겨웠다. 빨리 집에 가고 싶었지만, 생각을 정리하고 아내를 만나는 것이 좋겠다고 생각했다.

찜질방을 찾았다. 밤새 많은 생각을 했지만 뾰족한 수가 떠오르지 않았다.

엎치락뒤치락하며 아침을 맞았다. 도상회 이사로부터 전화가 왔다. 회사 근처 카페에서 도 이사와 마주했다.

"모처럼 서울에 왔을 텐데 어젯밤은 잘 잤는지 모르겠네."

도 이사는 진필을 살피며 말했다.

"특별히 잠을 못 잘 일도 없지요. 무슨 일 때문에 저를 보자고 했습니까?"

"잘 잤다니 다행이네. 오늘 내가 진 부장을 만나자고 한 것은 회장님의 선처를 전해주려고."

"……선처?"

"진 부장 성격에 징계를 당하고도 회사에 계속 있을 것 같지 않아서 얘긴데, 진 부장이 이대로 회사를 떠나면 동종업계에 자리를 알아봐 주고 퇴직금 외 3개월 치 급여를 위로금으로 주려고 해. 회장님의 배려지."

어차피 끝난 일이니 얼마의 돈이라도 챙기라는 의미였다.

"지금 나보고 3개월 치 위로금 받고 회사를 떠나라고 압력을 넣는 거야? 내가 거지야? 당신, 나 잘못 봤어. 내가 당신과 회장의 속셈을 모를 줄 알아? 당신 지금 나에게 큰 실수하는 거야. 크게 후회하게 될 거야."

자리를 박차고 일어났다. 정말 사람을 치사하게 만드는 것도 여러 가지라고 생각했다. 사건의 발단과 회장의 뜻을 알았으니 칼자루는 진필에게로 넘어온 셈이었다.

길을 걸었다. 1년 만의 서울이다. 서울은 진필이 태어나고 자란 곳이다. 서울을 떠나서 생활한 적이 없었다. 잠자리를 달리한 곳은 중국이 처음이었다. 지난 이틀 동안 이곳이 서울이라는 것을 느낄 틈이 없었다. 이제야 주변 건물이 보이고 길이 보이고 저만치 하얀 뭉게구름이 보였다.

집으로 향했다. 공장허가 때문에 집을 다녀간 것이 1년 전이었다. 동네 카페에서 아내에게 전화했다. 아내 임경아는 연락도 없이 진필이 나타나자 반가움보다 불안감이 앞섰다. 밖에서 보자는 것이 꺼림칙했다. 임경아는 진필을 보자 안 좋은 일이 생겼다는 것을 직감할 수 있었다.

"연락도 없이 어쩐 일이야?"

임경아는 목소리를 낮추어 말했다.

"그냥 들렀어…."

진필의 말에 힘이 없었다.

그렇게 두 사람은 한동안 말이 없었다. 짧은 순간에 많은 생각이 임경아의 머리를 스쳐 지나갔다.

"당신 무슨 일 있구나?"

임경아가 먼저 입을 열었다. 진필은 한동안 쇼윈도 밖을 물끄러미 보다가 고개를 돌렸다. 그동안의 상황을 아내에게 말했다. 임경아는 한참 동안 말이 없었다. 말을 할 수 없었다. 예상치 못한 일이라 현실에 와닿지 않았다. 실직은 남의 일로만 여겼다. 그것이 현실이 되니 눈앞이 캄캄했다. 중학교 1학년과 3학년 두 아이를 생각하니 단단한 벽 앞에 선 기분이었다. 진필이 생맥주 한 잔을 다 비우도록 임경아는 말이 없었다.

"그럼 당신 앞으로 어떻게 할 거야?"

임경아는 상 위에 있는 오징어 다리를 찢으며 말했다.

"……나도 모르겠어. 갑자기 당한 일이라."

"나는 당신 생각이 중요하다고 생각해. 나와 상의는 해도 최종 결정은 당신이 해. 당신은 우리 집 가장이고 결정권자잖아. 하늘은 한 길을 막으면 다른 길을 열어준다고 했어. 당신이 잘 대처하리라 믿어. 그만 일어나요. 많이 피곤해 보여."

임경아는 말할 수 없는 배신감과 억울함이 솟구쳐 오르는 것을 간신이 참았다. "왜 우리만 당해야 해!" "우리도 왕추처럼 벌린다고 해!"라고 크게 말하고 싶었지만 그렇게 하지 않았다. 아니, 할 수 없었다. 임경아는 자신이 화를 내면 진필이 감정에 휩쓸려 잘못된 결정을 할 수 있다고 생각했다. 지금 필요한 것은 쉼과 위로라고 생각했다. 임경아는 술값을 계산하고 진필을 일으켰다.

늦은 시간이라 아이들은 깨우지 않았다. 두 사람은 오랜만에 함께 누웠다. 1년 만이었다. 서로의 몸이 닿자 타인처럼 서먹서

먹했다. 임경아는 애써 마음을 추스르고 진필의 손을 자신의 가슴으로 가져갔다. 브래지어를 풀자 하얀 수밀도가 아스라이 드러났다. 손바닥으로 수밀도를 밀어 올리자 임경아의 입에서 짧은 외마디 소리가 났다. 온몸의 피가 빠르게 돌았다. 두 사람은 서로의 심장이 뛰는 소리를 들을 수 있었다.

진필의 손끝이 경아의 검붉은 꼭지에 닿자 눈꺼풀이 파르르 떨렸다. 진필의 혀가 경아의 입속을 향하자 굳게 닫혔던 옥문이 열리며 깊은 골짜기가 둘로 갈라졌다. 허리를 힘껏 끌어안았다. 한 치의 틈도 없었다. 임경아의 허리가 활처럼 휘었다. 깊은 골짜기로 융기된 흉기를 밀어 넣었다. 경아는 숨을 멈추고 외마디 소리를 냈다. 옥문에 고인 물이 허벅지를 타고 흘렀다. 거칠게 넘나들었다. 경아의 허리가 허공을 휘저었다. 경아의 흐느끼는 콧소리에 진필은 가쁜 숨을 몰아쉬었다. 이승인지 저승인지 분간할 수 없었다. 환희가 아니라 차라리 고통이었다. 흐트러진 경아의 얼굴은 진필을 더욱 자극했다. 갯바위를 때리는 거센 파도가 수없이 반복되었다. 크고 짧은 외마디 소리와 함께 한 몸이 둘이 되었다. 두 사람 사이에 언어가 없었다. 경아를 안았다. 따뜻했다. 흥분의 흔적이었다. 창으로 푸른색 달빛이 쏟아졌다.

눈을 뜨니 주변이 어두웠다. 시곗바늘은 오전 11시를 가리켰다. 오랜만에 늦잠을 잤다. 아내는 진필을 위해 방을 어둡게 하고 출근했다. 임경아는 겸임교수로 대학에서 미술을 가르쳤다. 겸임교수라고 해야 시간강사에 불과해 수입은 변변치 않았다. 그래도 교

수라는 직함은 진필과 아이들에게 큰 자랑거리였다. 아내가 정성
껏 차려놓은 밥상과 마주했다. 계란말이와 된장찌개, 고추장에 볶
은 돼지고기가 밥상에 놓였다. 진필이 좋아하는 음식들이었다.

　밥을 먹고 집을 나섰다. 진필의 눈에는 모든 것이 새로웠다. 평
소 하찮게 여겼던 모습들이 눈에 들어왔다. 버스 운전사, 분식집
아주머니, 편의점 아르바이트생 모두 귀하게 보였다. 카페로 들어
갔다. 녹차에서 눈을 돌려 진한 아메리카노를 주문했다. 오랜만에
맛보는 커피였다. 사랑보다 달콤하고 죽음보다 깊은 커피지만 진
필의 입에는 쓰게만 느껴졌다. 지난 2년 반이 눈앞을 스쳐 지나갔
다. 꿈을 꾼 것 같았다. 장자의 호접몽이 생각났다. 장자는 자신이
나비가 되는 꿈을 꾸다가 잠에서 깨어나 나비가 아닌 자신을 발견
했다. 장자는 꿈속 나비가 본래 자신의 모습이고, 현실 속 자신은
꿈속에 있는 것은 아닌가 의심했다. 진필도 중국에 있던 자신이 본
래의 모습이고 지금은 꿈속이 아닌가 생각했다.

　앞으로 어떻게 해야 할지 뾰족한 수가 떠오르지 않았다. 장기판
의 외통수처럼 빠져나갈 길이 보이지 않았다. 회장을 만나 따져야
겠다고 생각했다. 아니, 조용히 떠날 테니 위로금이나 많이 달라고
하는 편이 낫겠다고 생각했다. 돈을 요구하는 것은 억울함에 대한
정당한 요구라고 애써 자신을 합리화했다. 하지만 돈을 요구하면
왕추와 다를 것이 없다는 생각이 들었다.

　휴대폰의 연락처를 살폈다. 가장 믿고 존경하는 선배인 김재우
의 번호가 눈에 들어왔다. 김재우 선배는 기업에서 변화와 혁신
의 아이콘이었으며, 퇴직 후에는 비즈니스 코치로 기업체에 새바

람을 불어넣고 있었다. 김 선배는 인생의 멘토로서 진필의 거울과 같은 존재였다.

"그래, 서울은 어쩐 일이야?"

술이 한 순배 돌자 김재우 선배가 물었다.

"……그냥 왔어요. 집사람도 보고 선배님과 술 한잔하려고요."

진필의 말에 힘이 없었다. 김 선배는 진필이 평소와 다르다는 것을 알 수 있었다.

"중국은 요즘 어때?"

"사드 보복 이후 많이 힘들어요."

"어떻게 힘든데?"

"중국에는 '좌이모상이'라는 것이 있어요. 선배님 혹시 들어본 적 있으세요?"

"아니. 처음 들어보는데."

"'상부의 뜻을 헤아려 적절한 조치를 취한다'라는 의미예요. 공산당 중앙에서 넌지시 알리면 하부조직은 알아서 상대에게 불이익을 주거나 보복을 합니다. 중국 정부는 중요한 정책이나 미묘한 사안을 다룰 때는 흔히 두 가지 방식을 사용합니다. 하나는 고위층에 전달되는 공문서를 인편으로 보내 확인시킨 뒤 다시 회수하는 방법입니다. 과거 덩샤오핑이 개혁·개방의 뜻을 다른 지도자들에게 전할 때 이 방식을 사용했다고 합니다. 다른 하나는 유선으로 전화 통지를 하거나 언론을 이용해 공산당의 뜻을 슬며시 전하는 방식입니다. 그러면 각 하부기관은 상부의 뜻을 헤아려 제재 방침을 정합니다."

"그럼 우리는 어떤 방식으로 불이익을 받고 있나?"

"사드 보복의 대표적 사례가 한한령입니다. 상부에서 유선이나 언론을 통해 그 뜻을 흘리면 해당 관청은 여러 방법으로 불이익을 줍니다. 우리나라를 찾는 중국 관광객인 유커의 실종에도 같은 방법을 쓰는 거지요."

"좌이모상이는 중국공산당이 집권하면서 시작된 건가?"

"그렇지 않습니다. 2천 년 전 전국시대부터 내려오는 중국의 오랜 관습입니다. 한국의 크고 작은 기업들에 '소방안전에 문제가 있다', '환경파괴를 저지른다', '위생이 불량하다' 등의 명분으로 영업을 중단시키거나 경영에 막대한 불이익을 줍니다. 우리 기업들이 각종 보복 조치에 항의해도 쉽게 해결되지 않습니다. 보복의 근거를 남기지 않는 비열한 좌이모상이의 폐습 때문이지요."

"그럼, 좌이모상이는 경제적 보복에만 사용하나?"

"꼭 그렇지 않습니다. 중국 내 각종 통계 수치도 좌이모상이의 영향을 받습니다. 공산당 중앙정부에서 일련의 경제성장률이나 목표치를 발표하면 지방정부에서 통계 자료를 상부의 의중에 맞게 수정하고 조작하는 경우가 적지 않습니다. 중국인들조차 그들의 공식 통계를 잘 믿지 않아요. 각 기업이나 연구기관들은 공식 통계를 참고해 새로운 내부용 통계 자료를 만들어 사용합니다. 특히 중국 국가통계국이 발표하는 국내총생산GDP 성장률의 경우 오류와 조작이 많습니다. 인사권과 재정권을 가지고 있는 중앙정부에 잘 보이기 위한 불가피한 선택이지요."

"결국은 알게 될 것을 왜 그런 식으로 일을 처리하지?"

"토론이나 의견 조율과정이 없지는 않겠지만 지도층의 결정 사안은 누구도 거역할 수 없기 때문입니다. 그만큼 사실과 진실이 설 자리가 좁은 곳이 중국입니다. 중국은 공산당이 지배하는 나라입니다. 중국에는 공산당 외에도 8개의 정당이 있지만, 이들 모두 위성 정당입니다. 중국은 자유민주국가와 달리, 권력의 분점을 위한 견제나 균형 없이 일방적 톱다운 방식의 통치 시스템을 운용합니다. 공산당 중앙정부에서 경제성장률이나 중요 정책을 하달하면 지방정부는 이를 따를 수밖에 없습니다."

"중국공산당의 통치 체제가 좌이모상이를 유효하게 만드는군."

"또 좌이모상이는 중국인의 몸속에 각인된 DNA의 영향을 받았습니다. 중국인의 기질 중에는 노회함과 신중함이 있습니다. 서로의 관계를 살피고 주변을 의식하며 지나치게 윗사람의 눈치를 봅니다. 이런 중국인의 기질 또한 좌이모상이를 가능하게 했습니다. 그리고 중국어 자체의 비논리성도 한몫했습니다."

"중국어의 비논리성이라면 어떤 것을 말하는 건가?"

"어순을 엄격하게 지키지 않는 고대 중국어는 그 자체로 뜻이 통했습니다. 당시 중국어는 격이나 어순이 문장의 뜻을 나타내는 것이 아니라 문장 속에 있는 낱낱의 단어의 개념들이 그 뜻을 전달했습니다. 중국의 고전에 주석이 많은 이유도 글 가운데 말과 말의 연관 관계가 분명치 않아 그것을 보충하는 설명이 필요했기 때문이지요. 그런 언어의 비논리성은 불교의 선종에 이르러 극에 달합니다. 선종의 대화는 일반적인 문답의 형식에 구애받지 않았습니다. 선종의 스님들은 제자들의 질문에 동문서답하거나 긍정과 부정을 동시에 사용하기도 했습니다. 선종은 명제에 대한 직접적인 설명을 피하고 구체적이고 일상적인 사물의 비유를 들어 간접적으로 뜻을 전달했습니다. 그들에게 직접적인 설명은 진정한 깨달음을 방해하는 갇힌 논리에 불과했던 거지요."

"그런 부분이 있었구면."

"좌이모상이의 소통 방식은 공산당의 폐쇄성과 전체성, 중국인들의 고유기질 그리고 언어의 비논리성이 어우러진 결과입니다. 어쨌든 비겁하고 야비한 방법이지요. 그들이 아무리 흔적을 남기지 않으려고 해도 사실과 진실은 남게 마련입니다. 손바닥으로 하늘을 가린다고 그게 가려집니까. 그런 보복은 대국이 아닌 동네 양아치들이나 하는 짓이지요. 남북이 가로막힌 특수상황을 이용하면서 동북공정으로 엄연한 한민족의 역사를 왜곡하는 것을 보면, 대국의 기질은 어디에도 찾아볼 수 없습니다. 그리고 미국과의 무역 전쟁 이후 국가 정책에 일관성이 없어 외자기업들이 많이 힘들어합니다."

"그럼, 외자기업들은 어떤 대책을 세우고 있나?"

"새로운 투자처를 찾아 중국을 빠져나가고 있어요. 물론 산업에 따라 중국 시장에 진입하는 기업도 있지만 이미 중국을 떠난 외자기업들이 적지 않아요. 글로벌 기업들의 경우가 더 심합니다. 미국 기업들은 자국의 정책에 반하는 곳에 투자하는 것을 극도로 꺼립니다. 신규투자를 계획하는 기업들도 탈중국을 고려하고 있고요."

"그렇구면. 자네는 중국에 있으면서 어떤 점이 가장 힘들었나?"

"글쎄요. 뭐 하나 힘들지 않은 게 없지만…… 본사와의 소통이

제일 어려운 것 같습니다.”

“자네가 15년 이상 몸담은 곳인데 소통이 어렵다니?”

김재우는 진필의 마음속으로 한 발짝 들어갔다.

“본사는 현지의 현실을 모르니까 상황을 설명해도 이해가 쉽지 않아요. 그리고 이익이 나지 않아 힘듭니다.”

“공장문을 연 지 얼마가 됐다고 그러나. 첫술에 배부를 수 있나. 시간이 지나야 매출도 늘고 이익도 나는 거지.”

김재우는 진필의 눈치를 살폈다.

“그렇긴 해도 막상 적자가 계속되니 눈치가 보입니다. 회장은 매출에 연연하지 말고 중국 시장의 변화를 잘 살펴보라고 하지만 실무자는 어디 그런가요. 이익이 안 나면 항상 불안하지요. 매출도 매출이지만 다른 일 때문에 많이 힘듭니다.”

“다른 일이라니?”

김재우는 먹이를 낚아채듯 순간을 놓치지 않았다. 진필은 그동안의 일을 김 선배에게 말했다.

“그랬구먼.”

“처음에는 분이 나서 확 벌리려 했는데 쉽지 않더군요. 회장의 불륜을 직원들에게 알린다 해서 내 문제가 해결되는 것도 아니고, 그렇다고 아무 대응도 안 하자니 억울해 견딜 수가 없습니다.”

“자네 구체적으로 무엇 때문에 화가 난 건가?”

“저는 회사 규정대로 일을 처리했습니다. 칭찬은 고사하고 모함을 당해 직장에서 쫓겨나게 생겼는데 화가 안 나고 배길 수 있겠습니까? 낯선 이국땅에서 힘들게 일하고 있는 사람에게 이렇게 해도 되는 겁니까? 억울하고 분해서 못 참겠어요."

"마음이 많이 상했구먼. 충분히 화낼만하네."

김재우는 진필의 잔에 술을 채우며 말을 건넸다.

"자네가 화가 난 진짜 이유를 생각해 보았나?"

"진짜 이유라니요? 제가 누명을 쓰고 회사에서 쫓겨나게 된 것 말고 다른 이유가 있습니까?"

"화가 난 진짜 이유는 다른 데 있어. 회사가 자네에게 누명을 씌운 것은 진짜 이유가 아니야."

"그게 무슨 말입니까, 진짜 이유가 아니라니요?"

"자네가 억울하게 당한 것은 자네를 화나게 한 촉발요인이지 직접적인 원인은 아니라는 말이야. 자네를 화나게 한 것은 회장의 행위가 아니라 그 행위에 대응해 일어나는 자네의 반응이지."

"그게 무슨 말입니까? 회장 때문에 화가 났는데 그게 직접적인 원인이 아니라니요?"

"엄연히 말하면 회장의 행태에 대한 자네의 '평가'가 자네를 화나게 한 거야. 자네가 중요하게 생각하는 가치 기준을 회장이 침범했기 때문에 화가 난 거란 말일세. 가령, 자네와 내가 약속을 했는데 자네가 약속 시간보다 30분 늦게 왔어도 그 자체는 내게 어떤 감정도 불러일으키지 못해. 중요한 것은 내가 그 사실을 어떻게 생각하는가에 달려 있지. 그렇듯, 우리의 감정은 어떤 행동을 해석하는 방식과 그 행동에 부여하는 의미에 따라 달라진다네. 자네가 아닌 누군가가 자네를 화나게 할 수는 없어. 그리고 분노는 어떻게 처리하느냐에 따라 그 의미가 달라져. 폭력을 불러올 수도 있고 자신의 가치 기준을 알게 해 더 좋은 방향으로 인도할 수도 있지. 분노를 온전히 해소하는 방법은 아직 충족되지 않은 욕구에 집중하는 것뿐이야. 결국 분노는 자네의 진정한 욕구가 무엇이고, 왜 그것에 집중해야 하는지를 알려주는 열쇠지."

"그럼 저의 진정한 욕구는 무엇입니까?"

"도상회 총무이사가 톈진 공장을 방문해 왕추에게 공장 땅을 빌려주는 것이 좋겠다고 말했을 때 자네가 뭐라고 했나?"

"정식 결재 절차를 밟으면 거부할 이유가 없다고 했지요."

"도 이사는 정식 절차를 밟아 증거가 남으면 이사회에서 문제가 되기 때문에 자네 전결로 빌려주어 마무리했으면 했는데 자네는 그것이 싫었던 거야. 자네 가치 기준에 맞지 않았던 거지."

"결론은 도 이사의 처리 방법이 제 가치 기준에 맞지 않아 화가 난 것입니까?"

"그래. 자네는 적법절차에 대한 욕구가 강했던 거야. 그것이 무너지는 것을 용납할 수 없었던 거지. 그리고 분이 나거나 화가 날 때의 감정은 내 것이 아니야."

"내 것이 아니라니요?"

"화를 내든 분을 내든, '감정'이란 수없이 들어오고 나가는, 때가 되면 떠나는 '손님'일 뿐이야."

"감정이 손님이라니요?"

"기쁨과 분노 등의 감정은 우리의 욕구를 자극하고 떠나는 손님이야. 그런 감정은 자네가 무엇에 집중해야 하는지를 알려주는 자명종과 같아. 자네가 하고 싶고, 되고 싶고, 갖고 싶은 감정과 또 그렇지 않은 반대 감정은 진정으로 자네가 무엇을 해야 하는지를 알게 해주는 선물이지."

"감정이 나의 욕구를 알게 해주기 때문에 선물이라는 겁니까?"

"그렇지. 자기중심적이고, 때로는 부정적인 의미로 사용되는 '욕구'는 성취의 도구라는 긍정적 의미보다 이기적인 탐욕의 뜻으로 인식될 때가 많았어. 하지만 인류는 그 욕구로 인해 발전하고 진화했지. 도가니가 없으면 금과 은을 제련할 수 없듯 욕구라는 열망이 없었다면 우리 인간은 지구상에 존재하지 못했을 거야. 자네는 이번 사건을 통해 자네 가치관이 무엇이며 또 어떻게 살기 원하는지 알게 된 거야. 어쨌든 자네 인생의 주인은 자네뿐이네. 자네의 허락 없이는 누구도 자네를 비난할 수 없어."

"결국 모든 일은 생각하기 나름이라는 말씀이군요."

"그런 셈이지. 물론 이번 일이 자네 생업에 관련된 중요한 일이지만 이를 통해 자신의 가치관과 진정한 욕구가 무엇인지 알게 된 것도 큰 의미가 있다고 생각하네."

"무슨 말씀인지 잘 알겠습니다. 선배님, 그만 일어나시지요. 나가서 커피 한잔하시지요."

김재우 선배와 커피를 마시며 이야기를 더 나누고 헤어졌다. 자신이 무엇에 분노하고 화가 났는지는 알았지만, 대안이 떠오르지 않았다. 무거운 발걸음을 이끌고 집으로 향했다.

1년 만에 아이들을 만났다. 밖에 나가 외식을 했다. 식사 내내 아이들의 이야기는 끝이 없었다. 1년 사이에 부쩍 자란 아이들이 대견스러웠다. 저녁을 먹고 집에 돌아와서도 아이들의 이야기는 멈출 줄 몰랐다. 아이들은 할 말이 많았다. 그동안 못한 이야기를 한꺼번에 다 하려고 했다. 밤을 새워도 부족할 것 같았다.

아이들이 잠들자, 김재우와 나눴던 이야기를 아내에게 했다.

"불법과 편법을 용납할 수 없는 것이 당신의 가치관이고 삶의 자세라는 것은 알겠어. 그다음은 뭐야? 우리 어떻게 해야 해? 이제 우리 어떻게 되는 거야? 당신 어떻게 할 계획이야?"

임경아는 초조한 마음으로 물었다.

"시간이 필요해. 생각할 시간을 줘."

"알았어요. 그럼, 더 생각해 봐요."

밤새 잠을 못 이루었다. 생각에 생각이 꼬리를 물었다. 우선 회사의 조치에 대해 어떤 식으로든 결론을 내야 했다. 그래야 다음 거취를 결정할 수 있었다.

진필은 아침을 먹는 둥 마는 둥 하고 집을 나섰다. 그리고 곧장 도상회 이사에게 전화했다.

"진 부장님, 대기 발령을 받았으면 사무실에 나오셔야지 아무 연락도 없이 안 나오시면 어떻게 하시나?"

도 이사가 비꼬며 말했다.

"도 이사, 당신 그렇게 여유를 부릴 때가 아닌 것 같은데. 긴말하지 말고 카페로 나와! 안 나오면 직원들에게 다 까발릴 테니."

진필은 위치를 말하고 전화를 끊었다.

얼마 지나지 않아 도상회 이사가 카페에 나타났다.

"뭘 까발린다는 거야?"

도 이사는 자리에 앉지도 않고 큰 소리로 말했다.

"내가 무엇 때문에 보자고 했을 것 같아?"

"진 부장 당신, 하급자가 상급자에게 계속 반말하는 거야?"

"상급자 좋아하시네. 상급자 같아야 상급자 대우를 해주지. 당신 나한테 무슨 짓을 했는지 알아?"

"내가, 내가 무슨 짓을 했는데?"

"내 입으로 꼭 말을 해야 알아? 두 눈이 있으면 똑바로 봐!"

진필은 김충명 과장에게서 받은 사진을 탁자에 던졌다.

"아니, 이건……."

"이래도 상급자 대우를 해달라는 거야? 이 후안무치한 사람아!"

"이 사진을 어떻게 진 부장이……."

"내가 회사에 가서 직원들에게 내 입으로 말할까, 아니면 당신 입으로 말할 거야?"

"뭘 말한다는 거야?"

"몰라서 물어? 중국에 있는 회장의 현지처와 사생아 아니야. 왕추 동생과 조카 말이야. 왕추의 불법 부탁을 내가 들어주지 않으니까 당신이 일을 꾸민 것 아니야? 나는 타국에서 죽을 고생을 하는데 당신 뭐라고 했어? 내가 현지처가 있고 공금을 유용했다고? 어떻게 같은 월급쟁이로서 없는 일을 그렇게 꾸며낼 수가 있어. 그러고도 상급자란 말이 나와? 당신 같은 사람을 두고 후안무치하다고 하는 거야."

"나는 모르는 일이요. 내가 뭘 꾸몄다는 거요?"

"당신 머리도 나쁘지만 질도 안 좋구먼. 당신이 모르는 일이라고? 그럼, 내가 회장을 직접 만나 물어봐야겠군. 우리 얘기 그만 합시다. 괜히 시간만 낭비했네."

진필이 자리에서 일어서려고 하자, 도 이사가 진필을 잡았다.

"자, 앉아서 차근차근 이야기합시다."

"난 할 얘기 다 했으니 할 말 있으면 당신이나 해."

"진 부장, 나도 회장이 시켜서 할 수 없이 한 것이니 나도 어떤 면에서는 피해자요."

"당신, 그걸 말이라고 해? 당신이 계획한 것 아니야! 나를 매장하려고 당신이 꾸미고서 왜 회장 핑계를 대. 회장이 그렇게 하자고 해도 당신이 말렸어야지. 당신이 더 나쁜 사람이야. 어쨌든 나는 더 할 말 없으니 당신하고 회장이 알아서 해. 나는 명예회복을 해야겠어."

"진 부장님, 내가 잘못했소. 내가 알아서 할 테니 시간을 주시오."

"당신이 어떻게 할 건데? 나는 이미 망가질 대로 다 망가졌는데 어떻게 내 명예를 회복한다는 거야?"

"어쨌든, 나에게 시간을 주시오."

"3일 안에 해결하시오. 그렇지 않으면 회사 안팎에 이번 일의 전모를 다 알릴 테니까."

진필은 자리에서 일어나 카페를 나왔다.

이틀째 되는 날, 도상회 이사는 회사의 결정 내용을 진필에게 신속하게 전했다. 진필에게 여자가 있다는 감사 내용은, 중국에 있는 동종업체가 한국 기업의 총경리를 모함한 것으로 바뀌어 다시 게시되었다. 또 진필은 이사 기획부문장으로 승진 발령이 났다. 그리고 회장님의 성의 표시라며 1년 치 급여를 현금으로 내밀었다.

"이것이 뭡니까?"

"돈이요. 명예훼손 보상금이라고 생각하시오."

"어쨌든 주는 돈이니 받긴 하겠소. 그건 그렇고 당신 나에게 할 말 없소?"

"없소."

"할 말이 있을 텐데."

"나는 할 말 없소. 나는 최선을 다했소."

"돈 주고 승진시키면 다 끝난 건가?"

"또 무엇을 하라는 거야?"

"회장은 그렇다 치고 당신도 잘못을 했으면 벌을 받아야지. 그렇지 않소? 잘못에 대한 응당한 대가를 치러야 하는 것 아니요?"

"내가 그만큼 했으면 됐지 또 무엇을 하라는 거요?"

"내가 왔으면 당신은 가야지."

"가다니, 어디를 간다는 것이요?"

"당신이 중국 공장의 총경리로 가는 거지."

"그것만은 안 되오."

"다른 사람은 가도 되고 왜 당신은 안 된다는 거요? 너무 형평에 맞지 않는 것 아니야."

"진 부장, 아니 진 이사님, 정말 제가 잘못했습니다. 이번 한 번만 살려주시오."

"왜, 중국이 어때서?"

"사실 중국 공장은 아오지로 소문이 나서 모두 기피하는 곳이오."

"그러니까 당신이 가라는 거야. 앞으로 대표가 될 사람이 직접 가봐야 직원들의 애로사항을 알 것 아니야!"

"정말 내가 잘못했소. 그것만은 제발. 어머니도 보살펴야 하고 우리 집에는 내가 없으면 안 되오. 이번 한 번만 살려주시오. 내가 이렇게 빌겠소."

"내가 마지막으로 당신에게 충고 하나 하지. 앞으로 회장 똑바로 모셔. 회사 말아먹지 말고!"

"알았소. 그리고 회장이 진 이사를 만났으면 하오."

"만나든 안 만나든 내가 알아서 할 테니 당신 앞으로 똑바로 해!"

도 이사와 헤어져 길을 걸으며 생각을 정리했다. 이제 공은 진필에게 넘어왔다. 회장을 빨리 만나는 게 좋겠다고 생각했다. 길을 걷는 중에 휴대폰이 쉴새 없이 울렸다. 누명을 벗고 진급하자 코빼기도 보이지 않던 후배들이 앞다투어 전화했다. 세상인심이 야박했다. 휴대폰을 끄고 길을 걸었다.

다음 날 회장실로 향했다. 중국으로 떠날 때는 사명감을 갖고 회장실을 찾았었다. 지금은 꿈도 목표도 사라졌다. 좋은 관계가 악연이 되어 회장을 만났다.

"회장님, 진필 이사입니다."

비서가 인터폰으로 말했다.

"들어오시랍니다."

"오랜만이네, 그리 앉게."

회장은 아무 일 없는 듯 진필의 손을 잡아주며 자리를 권했다.

"여기 차 두 잔 가져와요."

회장은 비서에게 차를 시켰다.

"그래, 중국에서 고생 많았지?"

"다들 하는 고생인데요."

"요즘, 중국 시장은 어떤가?"

"그전보다 좋지 않습니다. 미국과의 패권전쟁 이후 모든 외자기업이 긴장하고 있습니다."

"그렇구먼. 그건 그렇고…… 이번 일은 내가 실수했네. 다 털어버리고 새로 시작해 보세."

"누구나 실수할 수 있습니다. 하지만 우연한 실수와 계획적인 모함은 엄연히 다르다고 생각합니다. 계획적인 모함은 사람을 매장시키고 영혼을 비참하게 만드는 계획적 범죄입니다."

"내가 입이 열이라도 할 말이 없네. 자네에게 솔직했어야 했는데 그러지 못해 미안하네. 내가 이렇게 사과함세."

"사실 저는 회장님을 상사 이전에 부모님처럼 생각했습니다. 회장님과 함께 시장개척을 위해 외국을 전전했을 때를 생각하면 지금도 가슴이 뜁니다. 그런데 이번 일로 큰 충격을 받았습니다. 회장님도 고민이 많았겠지만 저는 직장을 잃는 것보다, 누명을 쓰는 것보다, 제가 믿고 존경했던 회장님과의 좋은 인연이 악연으로 끝나는 것이 너무 괴롭습니다."

"이제 지난 일은 다 잊고 다시 시작해 보세."

"저는 회장님에게 기쁨과 보람을 안겨드리고 싶었습니다. 중국에 교두보를 확보하기 위해 온갖 수모를 견뎠습니다. 이제 모든 것이 물거품이 되고 말았습니다."

"물거품이라니, 다시 시작하면 되잖아. 내겐 자네가 필요해."

"회장님, 이 돈 받으세요. 어제 도 이사가 제게 건네더군요."

"돈은 그냥 넣어두게. 나의 조그만 성의라고 생각하고."

"물론 저에게 가장 절실한 것이 돈일지 모르겠습니다. 하지만 일을 무마하는 조건으로 받는 돈은 순수할 수 없습니다. 일종의 거래지요. 검은 거래 말입니다. 제가 이 돈을 받으면 왕추와 무엇이 다르겠습니까. 아무리 힘이 들어도 그렇게는 살지 않겠습니다."

"그렇게 생각하지 말고 나의 성의라고 생각하고 받아주게. 그래야 내 마음이 편해."

"어떤 이유로든 받을 수 없습니다."

"어쨌든 본사로 올라오면 심기일전해서 우리 다시 시작해 보세."

"그런 일은 없을 겁니다. 계획은 없지만, 이곳에 있는 것은 아니라고 생각합니다."

"이곳이 아니라니, 자네 내 곁을 떠나려는 건가? 그것만은 안 되네."

"그렇게 떠나서는 안 되는 사람을 왜 헌신짝 버리듯 하셨습니까? 엎지른 물을 다시 담을 수는 없습니다. 신뢰가 깨졌는데 그전처럼 지낼 수 있겠습니까? 서로 만나는 것이 고통일 텐데 아무 일 없는 듯 지낼 수 있습니까? 저와 회장님과의 인연은 여기까지인가 봅니다."

"내가 정말 큰 잘못을 했구먼……."

"제가 마지막으로 회장님에게 드릴 말씀이 있습니다."

"······말해보게."

"무슨 일이든 처음에는 열심히 합니다. 하지만 끝에 가서는 태만한 게 인지상정이지요. 세월이 흘러 회장님이 은퇴하실 때, 처음 가졌던 마음으로 끝을 마무리해주시기 바랍니다. 건강하십시오."

15년의 직장생활을 끝냈다. 가식적 소득은 없었다. 하지만 가치관은 지킬 수 있었다. 저녁에 김충명 과장을 만나 그간의 고마움을 전했다.

김 과장과 헤어져 동네 생맥줏집에서 아내와 마주했다.

"술을 많이 마신 것 같은데 그냥 집으로 들어오지."

임경아는 자리에 앉으며 말했다.

진필은 아내에게 회장을 만났다고 말했다. 돈도 거부했다고 했다. 임경아는 치사하지만 아쉬웠다. 명예회복이 되었고 승진도 했으니 복귀했으면 하는 마음도 있었다. 가슴은 원치 않아도 머리는 원했다. 치사해도 그만둘 바에는 모함에 대한 위로금은 받았으면 했다. 회사 잘못으로 사람을 나가게 한 것에 대한 대가는 어떤 식으로든 치러야 한다고 생각했다.

"그럼, 앞으로 어떻게 할 거야? 어떤 계획이라도 있는 거야?"

"중국으로 돌아갈 거야."

"중국에 가다니, 그게 무슨 말이야?"

"한국에는 내가 취업할 곳이 마땅치 않아. 명예회복은 되었어도 색안경을 쓰고 볼 테니 쉽지 않을 거야. 그렇다고 내 사업을 하기에는 부담되는 것이 너무 많아. 중국에서 일자리를 찾아보려고 해. 이제 중국 생활도 익숙해져서 괜찮아. 그곳으로 돌아갈 거야. 거기서 꿈을 이룰 거야."

"당신 꿈이 뭔데?"

"딱히 무어라 말할 수는 없지만 찾을 거야. 찾아서 보란 듯이 이룰 거야. 그런데 내가 없으면 힘들 당신이 마음에 걸려."

"나 힘든 건 문제가 아니야. 중국이 어떤 곳이야. 당신이 입버릇처럼 말했잖아. 사람 살 곳 못 된다고. 그런 곳을 다시 간다고? 거기서 그렇게 당했는데 다시 돌아가겠다고? 지금까지는 회사라는 바람막이라도 있었지, 아무것도 없는 이국땅에서 당신 혼자 해보겠다고? 말도 안 돼. 힘들어도 여기서 일을 찾아봐. 아이들에게도 아빠가 필요해. 무슨 일을 해도 입에 풀칠 못 하겠어? 나도 벌면 우리 먹고사는 데는 문제 없어."

"아니야. 결심했어. 지금은 무언지 잘 모르지만, 분명히 중국에서 내가 할 일이 있을 거야. 이번 한 번만 나를 믿어줘."

"……."

"누명은 벗었지만 이곳에선 왠지 자신이 없어. 찾아보면 일자리야 있겠지만 남의 이해를 구하면서 살고 싶지 않아. 나도 주체적인 삶을 통해 보상을 받아야겠어. 피해에 대한 보상이 아니라 내가 이 땅에 존재하는 진정한 목적을 찾아 보상을 받을 거야. 시간이 흘러 지금의 결정이 어리석었다고 하더라도, '그때 그 길을 가지 말걸'하는 후회는 하지 않을 거야."

두 사람 사이에 더 이상의 대화는 없었다. 커튼 밖으로 밤이 벗어지기 시작했다.

다시 톈진으로

중국행 비행기에 몸을 실었다. 힘들면 언제든 돌아오라는 아내의 말이 귓전에 맴돌았다. 그런 일은 없을 거라 다짐하고 또 다짐했다.

요동 반도 남단, 다롄에 도착했다. 다롄은 진필과 인연이 깊었다. 처음 중국 땅을 밟았던 곳이 다롄이었다. 공장을 세우기 전에 건축박람회 참가차 오기도 했고, 함께 일했던 리창수와 절친인 양시온이 있는 곳이 다롄이었다. 레미콘 공장부지로 톈진을 결정했을 때 다롄에 대한 아쉬움이 컸었다. 다롄의 레미콘 시장 규모가 톈진에 비해 작았고 신도시 프로젝트가 없어 톈진을 선택했다. 다롄의 인구는 6백만 명이 조금 넘었다. 1천만이 넘는 1급 도시들보다 규모는 작아도 도시가 잘 정비되어 깨끗했다.

중국을 다시 찾은 지금은 3년 전과 상황이 전혀 달랐다. 그때는 회사가 든든한 버팀목이었다. 지금은 혼자였다. 아무 기댈 곳이 없었다. 새로 시작해야 했다. 약속된 일도, 기다리는 사람도, 오라는 곳도 없었다. 진필을 맞아주는 것은 오직 다롄 앞바다의 스치는 바람뿐이었다. 무엇을 어디서부터 시작해야 할지 막막했다. 먹을 것, 잠자리 하나 준비된 것이 없었다. 한국을 떠날 때

아내는 말했다. "돈을 보내주지 않아도 6개월은 견딜 수 있어."
라고. 그것은 남편을 편안하게 해주기 위한 아내의 배려라는 것
을 잘 알고 있었다.

   다롄역 지하상가를 찾았다. 서울의 강남 지하상가 못지않게 대
형 상권을 형성하고 있었다. 반소매 티와 남방을 샀다. 30위안과
45위안을 주었다. 두 벌에 한국 돈 1만 3천 원을 주었으니 싸다
는 생각이 들었다.
   다롄의 8월은 생각보다 덥지 않았다. 낮 기온이 40도까지 올라가
는 베이징이나 고온다습한 상하이와 달리, 다롄은 해양성 기후로
여름에도 무덥지 않았고 한겨울의 평균기온도 영하 4도 아래로 내
려가지 않았다. 다롄은 중국 북부지역의 주요 항구이자 유라시아
대륙의 동쪽 끝이라는 지리적인 이점으로 한국과 일본, 유럽 및 러
시아 기업들의 진출이 활발했다. 특히 요동 반도는 고구려와 발해
의 비사성이 있었던 곳으로 우리 역사의 흔적이 깊게 남아 있었다.
   다롄의 하얀 모래 해변을 걸었다. 아름다운 해변은 진필을 편안
하게 안아주었다. 리창수를 만나기로 했다. 리창수는 다롄 외곽의
금석탄에 살고 있었다. 리창수는 진필이 레미콘 회사의 총경리_{사장}
로 있을 때 부경리_{부사장}로 진필이 직접 뽑은 직원이었다. 그는 다롄
대학에서 역사학을 전공하고 한국의 유수 대학에서 경제학과 국제
무역학으로 석사학위를 받은 재원이었다. 다롄대학은 진필에게도
낯설지 않은 곳이었다. 대학 근처에 안중근 의사가 순국한 곳이 있
고, 독립운동가인 단재 신채호 선생이 옥사한 뤼순 감옥이 있었다.

리창수의 아버지는 다롄공업대 교수로 재직하다가 1년 전에 퇴직했다. 아버지는 중국에서 조선·기계 분야의 몇 안 되는 전문가였다. 아버지는 정부 정책에 대해 쓴소리를 하는 몇 안 되는 교수 중 한 사람이었다. 그것이 정년을 3년 남기고 조기 퇴직하는 빌미가 되었다. 아버지는 퇴직 후 얼마 안 돼 갑작스러운 사고로 죽고 말았다. 리창수는 건강이 안 좋은 어머니를 모시기 위해 회사를 그만두고 고향으로 내려갔다.

리창수를 금석탄에서 만나기로 했다. 다롄 동북단 황해 기슭에 위치한 금석탄은 리창수가 나고 자란 곳이었다. 금석탄으로 가는 3호선 전철의 티켓을 사기 위해 무인발급기를 찾았다. 무인발급기에 지폐를 넣는 곳이 없었다. 1위안과 5지아오<small>1위안은 10지아오</small> 두 종류의 동전만 사용할 수 있었다. 다롄에서 금석탄까지는 약 50km로, 한국의 전철 1호선 청량리역에서 인천역까지 거리와 비슷했다. 다행히 지상철로 되어있어 바깥 풍경을 볼 수 있어 지루하지 않았다.

금석탄에는 중국 동북지구 유일의 국가급 관광휴양지가 있고, 30km에 달하는 해안선이 있어 특급관광지로서 손색이 없었다. 황금빛 괴석과 기이한 지형의 해안선은 지질 박물관이란 별칭을 갖고 있었다.

붉은 노을이 산허리를 타고 넘어갈 즈음 금석탄역에 도착했다. 리창수를 시계탑 앞에서 만났다. 1년 만이었다. 진필은 리창수의 어깨를 보듬으며 포옹을 했다. 두 사람은 역에서 가까운 식당을 찾았다. 리창수는 국수와 훠궈<small>샤브샤브 종류</small>, 쟈오쯔<small>찐만두</small>, 춘쥐안<small>스프</small>

링룰을 주문했다.

"요리가 있는데 국수는 왜 시키지?"

"우리 동북지역에서는 손님을 맞이할 때는 국수를 먹습니다."

"아, 그런 풍습이 있었구먼."

"대신 환송할 때는 교자를 대접하지요. 사장님, 다롄은 어떤 일로 오셨어요? 다롄에 레미콘 공장 세우려고 오신 겁니까?"

"나, 회사 그만뒀어. 두 달쯤 됐어."

"……그게 무슨 말이에요, 회사를 그만두시다니요. 사장님이 세운 공장이잖아요!"

"응, 그렇게 됐어."

진필은 그간의 일을 말했다.

"……그랬군요."

주문한 음식이 식탁에 차려졌다.

"우량예입니다. 사장님이 좋아하시는."

리창수는 가방에서 술을 꺼냈다. 우량예였다. 총경리로 있을 때는 중국의 명주를 주로 마셨다. 바이주 중에서도 우량예와 마오타이를 좋아했다. 우량예와 마오타이는 바이주 중에서도 명주로 서민이 먹기에는 부담스러운 술이었다.

"나, 이제 우량예 안 마시기로 했어."

"우량예를 안 마시다니요?"

"앞으로는 맥주를 마실 거야. 보통 중국 사람들처럼. 한국을 떠나올 때 최대한 절약하며 살겠다고 결심했지. 중국인보다 더한 중국인이 되어야 살아남을 수 있을 것 같아서."

"사장님이야, 무엇을 하셔도 잘하실 거예요."

"회사라는 뒷배가 있을 때와 지금은 달라."

옆이나 앞 테이블 모두 맥주였다. 중국인들은 서양사람들보다 맥주를 더 좋아했다. 중국 사람들은 고기를 먹을 때도 바이주보다 맥주를 마셨다. 무더운 여름에는 아무 거리낌 없이 웃통을 벗고 맥주를 마시는 것이 그들의 일상이고 문화였다.

"그래도 오늘은 제 성의를 봐서 바이주 드시지요?"

"알았네."

우량예를 마시는 것도 오늘이 마지막이라고 생각했다. 서로의 잔에 술을 따랐다. 공중에서 두 잔이 마주쳤다. 술을 꺾어서 반 잔을 마시자, 리창수가 진필의 술잔을 가득 채웠다. 우리나라는 상대가 잔을 비워야 술을 따르지만 중국은 조금만 비어도 잔을 채웠다. '술은 가득 채우고 차는 반만 따른다'는 말처럼, 상대 잔에 술이 남았어도 마저 따라 잔을 채우는 것이 그들의 술 문화였다. 중국에서 생활할 때 첨잔하는 것이 습관이 안 돼 오해를 받기도 했다.

"사장님, 다롄에서 새로운 사업 하실 건가요?"

"아직 결정한 것 없어. 자네도 보고 머리 좀 식히려고 왔어. 한국에선 잡념 때문에 정리가 안 돼. 다롄이 편해. 이곳은 긴장감이 들지 않아서 좋아."

"그럼 잘됐네요. 사장님 다롄에서 사업하세요. 그리고 저도 데려가세요. 사장님과 함께 일할 수 있으면 조그만 회사라도 상관없어요."

"자네 지금 대기업에 다니고 있잖아! 남들은 들어가지 못해 야단인데."

"사장님과 같이 일하고 싶어서 그러지요."

"지금 다니는 회사는 어떤 곳이야?"

"철판을 판매하는 국유기업입니다. 대리점에 판매하는 1차 밴더예요. 소매는 거의 안 해요. 연간 매출이 20억 위안1900억 원쯤 됩니다. 이곳 동종업계에서 제일 큰 기업이지요. 외형은 그럴듯해도 미래가 밝지 않아요."

"미래가 밝지 않다니?"

"우리 회사뿐 아니라 중국기업들의 장래가 그렇게 밝지 않아요."

"중국의 국유기업은 그렇다 치더라도 잘나가는 사영기업들이 얼마나 많은데. 알리바바나 화웨이, 텐센트 등 훌륭한 기업들이 많잖아."

"중국의 글로벌 기업들도 속내를 들여다보면 어려움이 많습니다. 기업 자체의 문제보다 정부의 규제와 간섭 때문에 힘들어요. 지금까지는 개혁개방에 힘입어 그런대로 국가 경제가 성장했지만, 앞으로는 쉽지 않을 거예요."

"국유기업은 그렇다 치더라도 사영기업도 간섭이 심한가?"

"사장님이 외자기업을 운영해서 잘 모르시는 거예요. 회사가 어느 정도 크면 공산당의 지시와 통제에 따라야 해요. 법에 벗어나지 않아도 공산당 당규나 당 지도부의 방침에 맞춰야 합니다. 그렇지 않으면 사업하기 힘들어요. 그런 경향은 기업체뿐이 아니에요. 비영리 단체나 일반 조직도 마찬가지예요. 파룬궁의 경우를 봐도 그렇습니다. 국가에 항거하고 공산당의 지시에 불응해서가 아니라 조직이 커졌다는 이유만으로 문제가 됐던 겁니다. 영리고 비영리고, 잘못이 있든 없든, 일정 규모 이상이 되면 당의 지시와 통제를 받습니다. 경우에 따라서는 탄압도 받을 수 있고요."

"가만히 놔두면 기업 스스로 잘 클 텐데 정부는 왜 그러는 건가?"

"규모가 비대해지면 하나의 세력이 될 수 있고 그 세력은 공산당에 대항할지 모른다는 피해의식 때문이지요. 그렇다고 해서 공산당 체제가 꼭 나쁘다고 말할 순 없어요."

"그건 또 무슨 말인가, 나쁘지 않다니?"

"광활한 땅과 14억 인민을 이끌고 나가려면 일사불란한 구심점이 필요하거든요. 한국처럼 인구와 면적이 작은 나라는 자유민주주의의 다양성이 국가발전에 도움이 되지만, 거의 한국의 백 배가 되는 땅덩어리에 그 많은 인민이 먹고살려면 무엇보다 안정이 중요합니다. 또 그것이 사회주의 본연의 이념이고요. 문제는 인민의 안정적인 생계와 국가의 성공적인 발전을 볼모로, 규제와 통제, 겁박을 합리화하는 것입니다.

진정한 공산주의는 국가의 부를 인민과 함께 나누고 계급 없는 사회를 만드는 것인데, 현실은 그렇지 않습니다. 부의 편중이 심하고 계급이 존재하는 사회가 되어가고 있어요. 공산당이 초심으로 돌아가지 않으면 중국의 미래는 기약할 수 없습니다. 저는 자유민주주의 국가인 한국에서 견제와 균형 속에 국가 권력이 유지되고 개인의 인권이 존중되는 것을 봤습니다."

"자네는 공산주의를 반대하는 것은 아니구먼."

"저는 진영이 어디냐보다 그것을 어떻게 운영하느냐에 따라 인민의 미래가 결정된다고 봅니다. 저에게 이데올로기는 그렇게 중요하지 않습니다. 사람도 살아가는 방식이 다르듯 국가 운영 체계도 다를 수 있습니다. 자유민주주의를 표방하면서도 지도자의 전횡과 독재로 나라가 어려움에 빠지는 경우를 많이 봐왔습니다. 과거 필리핀이 그랬고, 지금의 튀르키예나 베네수엘라가 그렇습니다. 나라가 발전하고 인민이 잘사느냐, 아니면 국가발전이 정체되고 인민이 어렵게 사느냐는 지도층의 헌신적인 국정운영에 달려 있다고 생각합니다."

"국가체제보다 국가 운영을 어떻게 하느냐가 더 중요하다는 말이구먼."

"그렇습니다. 그리고 무엇보다도 의사결정 과정이 중요합니다. 지금의 중국은 공산당 총서기와 당의 결정에 일방적으로 따를 것을 요구합니다. 그것이 국가에 대한 충성이고 애국이라 말하지요. 물론 국가 권력이 정점에 있는 한 사람에게 집중되면 의사결정은 빠를 수 있습니다. 하지만 그곳에는 큰 함정이 있어요."

"어떤 함정인데?"

"'일사불란'은 속도는 있을지 몰라도 다양한 사고의 싹을 자를 수 있습니다. 일사불란이 정보혁명의 제3차 산업혁명 시대까지는 도움이 되었을지 몰라도 제4차 산업혁명 시대에는 한계가 있음이 분명합니다. 이제 중국도 사물인터넷IoT, 인공지능AI, 빅데이터 등 첨단 정보통신기술이 기존 산업과 서비스에 융합되거나 3D 프린팅, 로봇공학 등 여러 분야의 신기술과 결합해 혁신을 요구하는 4차 산업혁명 시대로 진입했기 때문에, 통제나 지시보다 경영 주체의 자율에 맡겨야 합니다. 제4차 산업혁명 시대에는 개인의 창의력과 사회적 공감, 그것을 뒷받침해주는 국가의 지원이 필수입니다. 개인의 창의력을 살리고 기업가정신을 발휘할 수 있게 도와주어야 합니다. 국가 주도의 획일성에서 벗어나야 합니다. 4차 산업시대에는 개인의 창의력과 사회적 공감, 그것을 뒷받침해주는 국가의 지원이 필수입니다. 일사불란에는 다양성의 실종이라는 폐해도 있지만 그보다 더 심각한 것이 있습니다."

"더 심각한 것이 있다니?"

"집단사고입니다. '집단사고'는 집단지성과 상반되는 개념으로, 서로의 생각이 다르고 견해가 같지 않은데도 동료나 조직 간의 갈등이 두려워 타협하고 양보하며 인화단결을 주장합니다. 집단사고에 빠진 국가나 사회, 기업은 '우리는 하나다'라고 외치면서 서슴없이 변화와 혁신의 싹을 자르지요. 지금 중국공산당은 국가 운영을 획일적으로 하고 있습니다. 글로벌 경제변화에 편승하지 못하고 권위주의 시대로 다시 돌아가고 있어요. 이웃 나라 일본도 변화에 둔감해 많은 어려움을 겪고 있지 않습니까? 일본 경제가 앞으로 나가지 못하고 정체된 것도 일사불란이 가져오는 집단사고의 폐해 때문이라고 생각합니다."

"집단사고 폐해 때문이라니?"

"일본인들의 복종, 단합, 단결의 생활 태도는 전후 복구 때나 정보화 사회 이전에는 매우 요긴하게 쓰였습니다. 하지만 지금과 같은 창의와 개성의 시대에는 잘 맞지 않습니다. 일본사람들은 상사의 지시라면 이견이 있어도 그대로 따르는 데 익숙합니다. 시키는 대로 하면서 자신의 속내를 뒤로 감춥니다. 섬김의 문화가 몸에 배어있기 때문이지요. 지금은 천황을 섬기지만, 전에는 쇼군을 섬겼고, 그 이전에는 다이묘봉건영주와 섭정국왕대리, 관백천황대리을 하늘처럼 섬겼습니다. 그리고 평민은 사무라이를 섬겼지요."

"왕을 섬기고 영주를 섬기는 것은 몰라도 사무라이를 섬기는 것은 왜지?"

"당시 사무라이들에게는 즉결처분권이 있었습니다. 예의에 어긋나거나 그들의 마음에 안 들면 즉결처분이 가능했습니다. 그래서인지 일본사람들은 불만이 있어도 속내를 쉽게 드러내지 않습니다. 속마음을 숨기고 겉으로는 괜찮은 척, 아무 일 없는 척하는 데 익숙합니다. 아무리 불만스러워도 윗사람 앞에서는 '하이!네'를 입에 달고 사는 것이 일본인의 생활 태도입니다. 일본인과의 거래나 정치를 논할 때도 그들의 혼네본심와 다테마에사회규범에 따른 의견를 잘 구별해야 합니다. 속마음과 겉마음이 다를 수 있거든요."

"그들의 복종 태도는 어디서 연유된 건가?"

"일본인의 복종문화는 지리적인 것과 연관이 있습니다. 죄를 지으면 섬나라 특성상 다른 곳으로 빠져나갈 데가 없었습니다. 도망갈 곳이 없었던 거지요. 산이 험준해 마을 길이 외부와 단절되는 곳이 많아 메이지 유신 때까지 중앙집권체제가 이루어지지 않았습니다. 당시는 적으면 몇십 가구, 많아야 몇백 가구씩 모여 살았습니다. 사람이 살기 어려웠던 환경으로 지역마다 규칙이 필요했습니다. 고립된 생활을 했던 일본사람들은 다섯 세대나,

열 세대씩 묶어 잘못이 있을 때는 연대책임을 물었습니다. 목숨을 부지하기 위해 윗사람이 정해준 규칙과 마을에서 정한 규약은 무조건 따라야 했어요. 만약 규율을 어기면 죽음과 다름없는 집단 따돌림을 당해야 했습니다.

그리고 자연재해와도 무관하지 않습니다. 일본은 산이 많고 눈이 많이 내립니다. 게다가 화산폭발과 태풍 등의 자연재해로 사는 곳을 옮기기도 쉽지 않았습니다. 그렇게 한곳에 모여 살다가 마을에서 한번 눈 밖에 나면 관혼상제는 물론이고 여러 대소사를 혼자 치러야 했습니다. 이런 특성으로 일사불란과 집단사고는 오늘날까지도 일본사람들의 가슴속에 화석처럼 남아 있습니다. 또 그것이 오늘의 일본을 있게 한 원동력이기도 했습니다."

"원동력이라니?"

"일본은 2차 세계대전이 끝나고 25년 만에 패전국에서 미국에 이은 세계 두 번째의 경제선진국이 되었습니다. G2가 되는 기적을 연출했던 거지요. 그게 1969년입니다. 초토화된 국토위에 산업화의 금자탑을 세웠던 겁니다. 2010년, 그 자리를 중국에 내줄 때까지 40년 이상을 미국과 함께 세계 경제를 이끌었습니다. 지금 중국이 G2라고 하지만 주요 산업의 핵심 기술과 기계 장비는 일본이 가지고 있습니다.

그러나 일본의 경제발전은 거기까지입니다. 상사에 대한 복종과 일사불란이 원동력이었는지 몰라도 제4차 산업혁명 시대에는 분명 한계가 있습니다. 3차 정보화시대에서 4차 산업혁명 시대로 옮겨가면서 일본은 많은 어려움을 겪고 있습니다. 제4차 산업혁명 시대에는 일사불란이 아닌 개인의 창의성과 기업가정신이 주요합니다. 일방적인 지시와 명령으로 일관하는 중국도 문제지만, 지시와 명령에 무조건 따르는 일본도 문제입니다. 전문가 중에는 2030년이 지나기 전에 한국 경제가 일본을 앞설 것으로 전망하는 사람들이 적지 않습니다. 변화와 혁신성 때문이지요. 상식 밖의 생각을 하고 과감하게 자신을 표출하며 새로운 것에 도전하는 정신, 평범하지 않고 엉뚱한 생각을 하며 소수의 의견을 무시하지 않는 한국 사회에 더 부가 있다고 보는 겁니다. 한국 사람과 유대인의 공통점이 무언지 아십니까?"

"……글쎄."

"'반골 기질'과 '후츠파'입니다. 반골 기질은 말 그대로 뼈가 거꾸로 되어있는, 반역의 골상을 의미합니다. 한국인의 정서에 깃들어있는 반골 기질은 기존의 권위나 관례, 관습 등을 무조건 따르기보다는, 자신들의 방식을 고집하고 비판과 저항을 일삼으며 새로운 가치를 추구합니다. 한국은 이 기질을 바탕으로 견제와 균형의 민주주의를 정착시켰으며, 기업가정신과 창의적 혁신의 제4차 산업혁명 시대의 주역이 되었습니다.

이스라엘의 후츠파도 반골 기질과 비슷한 정서입니다. 후츠파는 주제넘고, 대담하며, 거침없이 의견을 개진하는 유대인만의 독특한 사유 방식이며 생활 태도입니다. 이스라엘 사람들은 집, 학교, 회사, 군대에서 자기 의견을 강하게 주장하도록 교육받습니다. 학생이 선생을, 부하가 상사를, 사병이 장교를 대할 때도 아닌 것은 아니라고 말합니다. 이방인에게는 무례하게 비칠지 몰라도, 이런 사고로 이스라엘은 다른 나라에서 생산하지 못하는 최첨단의 군사 장비를 만들고 최고의 정보력을 가진 첩보기관을 갖고 있습니다. 이스라엘은 중동 22개 국가가 함부로 하지 못하는, 작지만 큰 나라가 되었습니다. 더욱 눈여겨볼 것은 세계 인구의 0.2%밖에 안 되는 이스라엘이 노벨상의 20% 이상을 가져간 것입니다.

4차 산업혁명 시대에는 한국의 반골 기질과 이스라엘의 후츠파 정신이 필요합니다. 두 나라 사람들은 무조건 수긍하지 않고 의문이 있으면 계속 질문합니다. 그것이 문제해결을 위한 전략적 사고의 핵심입니다. 전략적 사고의 시작이 '5W 원칙' 아닙니까? 'Why'를 다섯 번만 물으면 못 풀 문제가 없다고 합니다. 그렇듯 의문을 가져야 문제를 해결할 수 있습니다. '네. 알았습니다'만으로는 절대 앞으로 나갈 수 없습니다. 중국공산당의 문제도 그것입니다. 공산당의 지시라면, 주석의 말이라면, 누구도 '왜?'라고 말하지 못합니다. '왜'라고 묻지 않으면 4차 산업의 발전과 성장은 요원합니다."

"나도 자네와 같은 생각이네."

"중국과 달리 한국은 집단지성을 발휘하며 빠른 속도로 달려가고 있습니다. 상부의 지시에 무조건 따르고 그들의 눈치를 보는 중국과 다릅니다. 한국은 크고 작은 조직들이 토론하고 논쟁하며 집단의 능력을 배가시킵니다. 고객의 욕구가 시시각각으로 변하는 시대에 비전문가의 지시와 통제는 경쟁에 독이 됩니다. 그뿐이 아닙니다. 국가 운용 시스템에도 문제가 많습니다. 중국은 법원 위에 정부가 있고 정부 위에 공산당이 있으며 헌법 위에 공산당 헌법인

'당장'이 있습니다. 당장은 모든 법 위에 우선합니다. 그리고 모든 권력의 핵심에는 군부가 있습니다. 중국의 군대는 인민의 군대가 아닙니다. 9천 5백만 공산당의 군대입니다. 편제가 그렇게 되어있습니다. 주석보다 총서기보다 군사위 주석이 실질적인 권력의 핵입니다. 마오가 '권력은 총구에서 나온다'라고 했던 것도 그런 취지에서였지요. 덩샤오핑이 주석도, 총서기도 아니면서 국가를 좌지우지할 수 있었던 것도 군사위 주석의 실질적인 권력을 가지고 있었기 때문입니다.

결국, 인구의 7%가 중국 인민 전체를 이끄는 셈이지요. 정확히 말하면 7명의 상무위원, 아니 공산당 총서기 한 사람이 14억 인구를 통치하고 다스립니다. 국가 기관의 국장급 아래 하급직은 일주일에 한 권의 책을 읽고 토론을 하면서 서로의 능력을 검증받지만, 국장급 이상은 그렇지 않습니다. 고위직 승진은 꽌시가 우선합니다."

"그래도 지난 40년의 눈부신 경제발전은 부인할 수 없지 않은가?"

"물론 대단한 일을 했지요. 14억 인구가 40년 동안 두 자리 경제 성장을 이룬 것은 인류 역사에서 그 유래를 찾아볼 수 없고 앞으로도 없을 것입니다. 2008년 글로벌 금융위기에도 7% 이상의 경제 성장을 이룩했으니까요. 눈부신 성장 뒤에는 WTO 가입, 풍족한 노동력, 풍부한 자원 및 여유로운 환경 규제 등이 있었지만, 일등공신은 지도자의 리더십을 꼽지 않을 수 없습니다. 중국의 리더십은 집단지도체제의 협치가 이룬 쾌거였어요. 대약진운동과 문혁의 폐해를 되풀이하지 않으려는 지도자들, 특히 덩샤오핑의 리더십이 있어 가능했습니다."

"집단지도체제의 협치는 구체적으로 무엇을 말하는 건가?"

"중국은 주석이 바뀌는 10년마다 공무원이 대거 교체됩니다. 그것은 새로운 기회의 시대가 도래했음을 의미합니다. 전 정권이 신경 쓰지 못했던 부분을 새 정권이 해결함으로써 균형 발전을 가능하게 했어요. 이제 시 주석의 임기 연장으로 균형적 국가 발전은 어렵게 되었고 새로운 인재 등용은 요원해졌습니다. 시 주석과 그 측근들은 동전의 한 면만을 보면서 14억 인민을 먹여 살려야 하는 부담을 안게 되었습니다. 정권 연장으로 과두정치를 지향함으로써 양면을 볼 수 있는 기회를 잃은 거지요. 물론 3연임이 시작되려면 아직 몇 년 남았지만, 권력 연장에 따른 이해 집단들의 불만으로 국력이 낭비될 요소가 많아졌습니다. 그 폐해는 모두 인민이 짊어지게 될 것입니다. 또 다른 문제는 MZ 세대 1980년대 초~2000년대 초 세대와 1990년대 중반~2000년대 초반 출생한 세대입니다."

"MZ 세대가 왜?"

"그들은 중국공산당의 든든한 지원군입니다. 그들의 주석에 대한 충성심은 대단합니다. 그들 자체가 공산당원이 되기 위해 많은 노력을 기울이지요. 그들에게 공산당은 비판의 대상이 아니라 선망의 대상입니다. 중국의 미래를 짊어질 젊은이들이 사회의 양면이 아닌 한 면만을 보고 자랐기 때문에 비판 없이 공산당을 지지합니다. 균형 있는 사고의 세대가 아닌 길들어진 젊은이들이 되었습니다."

"그렇게 된 특별한 이유라도 있나?"

"천안문 사태가 촉진 요인입니다."

"천안문 사태가?"

"1989년 천안문 사태 이후 정부의 교육 지침이 크게 바뀌었습니다. 겉으로는 국가 권력에 충성하고 순종하는 것을 미덕이라고 가르치지만, 그 속을 자세히 들여다보면 중국 국가가 아닌 공산당에 충성하고 영도자인 주석에 충성하는 것을 애국으로 가르치고 있습니다. 공산당만 남고 국가는 실종되었습니다. 그렇게 배운 학생들이 성장하면서 공산당과 주석의 뜻을 그대로 따르는 것이 국가에 대한 충성이 되어버렸고, 국수주의로 이웃 나라를 업신여기는 게 애국이 되었습니다."

"교육 지침이 어떻게 바뀌었는데?"

"공산당이 국가이고 국가가 공산당이라고 가르칩니다."

"무슨 차이가 있나?"

"정부는 국가가 아닙니다. 정부는 국가의 한 부분으로 존재해야 합니다. 정부는 하나의 집권 형태이며 국가 운영체계일 뿐입니다. 일부 공산당원이 중국 전부는 아니지 않습니까. 정부와 국가가 같다는 것은 곧 공산당이 국가이고, 지도부가 국가이며, 더 나아가 공산당 주석이 국가라는 의미입니다. 그것은 정통 사회주의 국가가 아니고 1인 독재의 전제 군주국을 의미합니다. 그렇게 되면 14억 인민은 한 사람의 권력에 파묻히게 되고, 전 세계 인구의 5분의 1이나 되는 인민들의 운명이 한 사람의 결정에 좌우되는 것을 의미하지요. 소름이 돋지 않습니까?"

"천안문 사태는 1989년에 일어났고 그 후에도 개혁개방으로 비약적인 발전을 했잖아. 그런데 지금에 와서 천안문 사태 이후의 교육이 문제라는 것은 이해가 안 되는데."

"강택민 주석과 후진타오 주석 때에는 개혁개방에 따른 변화와 혁신에 힘이 실려 고속성장이 가능했었습니다. 시 주석이 권좌에 오르면서 전제적 사회주의의 성격이 강해졌어요. 그것이 공산당 애국주의 교육을 받은 세대와 맞물리면서 순수한 공산주의가 아닌 전제적 사회주의 국가로 변모하게 된 것입니다."

"그래도 많은 중국인이 공산당의 지도노선을 지지하고 있지 않은가?"

"분열과 파괴, 그리고 전쟁 때문이지요."

"그런 것들과 공산당 지도노선과는 무슨 관계가 있는데?"

"가령 정부에서 민족의 단합과 국가의 분열을 막기 위해 통제가 필요하다고 주장하면, 대부분의 중국 인민들은 그것을 불가피한 수단으로 받아들입니다. 중국인은 군주가 바뀌고 이민족의 지배를 받아도 분열보다는 중화라는 우산 아래 있기를 원합니다. 물론, 1949년까지 동투르키스탄공화국으로 있다가 중국에 복속된 신장 위구르나 1950년에 중국에 복속된 티베트는 입장이 다르지만 나머지 소수민족은 그렇지 않습니다.

중국 최초의 통일국가인 진나라에서 청나라를 거쳐 지금의 중화인민공화국에 이르기까지 가장 중요한 국가이념은 '천하통일'이었습니다. 진시황이 대륙을 처음으로 통일한 후 2200년 동안 통일기가 73%였고, 분열기는 27%로 4분의 1에 불과합니다. 삼국시대,

남북조시대, 5대 10국 그리고 청나라 이후 다양한 군벌 시대까지 모두 자신을 중심으로 통일을 주장했지 분리독립을 원하지는 않았습니다. 이처럼 천하 통일은 시공을 초월한 일관된 중국 인민의 구심점입니다. 중국은 외부세력이 강제로 분리하지 않으면 나눌 수 없는, 촘촘히 박은 누비이불 같은 집합체입니다."

"그래도 인간의 가장 기본적 욕구인 자유와 인권을 포기하고 국민 대다수가 지시와 통제를 당연하게 받아들인다는 것은 이해가 안 되는데."

"우리 중국은 화평한 세상이 가면 어려운 세상이 오고, 난세를 잘 헤쳐나가면 치세가 오는 일종의 순환 사관을 역사적 교훈으로 삼습니다. 진시황에서 청나라 광서제까지 약 2100년 동안 황제는 모두 2백여 명, 남북조 오대십국 등을 포함하면 400여 명 이상이 바뀌었습니다. 평균 제위 연수가 10년이 될까 말까 합니다. 황제가 바뀌면 크고 작은 국가 정책은 물론 화폐와 세금 제도까지 바뀝니다. 전쟁이나 난에 의해 백성의 수가 이전의 절반으로 줄어든 때도 있었습니다.

근대에 들어와서도 아편전쟁, 태평천국의 난, 청일전쟁, 만주사변, 중일전쟁, 국공내전, 대약진운동, 문화대혁명 등 역사적 부침이 그 어느 나라보다 심했습니다. 이런 모진 풍파를 겪은 우리 중국인들은 내일의 꿈보다 오늘의 현실을 택하는 DNA가 몸속 깊숙이 각인되어 있습니다. '태평성대의 강아지가 될지언정 난세의 사람은 되고 싶지 않다'라는 속담이 있을 정도입니다. 수많은 어려움을 겪으며 생겨난 말이지요."

역사를 전공한 리창수는 중국 역사에 해박한 지식을 갖고 있었다.

"이제 중국도 어엿한 G2로서 자리를 잡아가고 있지 않은가?"

"중국은 저의 모국입니다. 저는 중국이 지구촌의 일원으로 선한 영향력을 끼치는 나라가 되기를 희망합니다. 한국처럼 인간의 보편적 가치인 자유와 인권이 보장되기를 바랍니다. 중국이 미국과 함께 G2라고 하지만 인민은 G2가 아닙니다. 겉은 그럴지 몰라도 질적으로는 전혀 그렇지 않습니다. GDP가 세계 2위라고 해도 개인소득은 미국의 6분의 1밖에 되지 않습니다. 그마저도 부의 편중이 심해 최저 생활을 벗어나지 못하는 인민이 전체의 과반수가 넘습니다. 10억 명 이상이 한 번도 비행기를 타본 적이 없고 2억 명 이상이 재래식 화장실을 벗어나지 못하고 있습니다.

사실 G2는 우리가 먼저 말한 것이 아닙니다. 억지로 얻어걸린 거지요."

"얻어걸리다니?"

"G2Group of two는 중국이 겸연쩍어 극구 사양하는데도 미국의 오바마 정부가 억지로 붙여준 명칭입니다. 전국시대 말 서쪽의 강대국 진나라가 서제西帝를 칭하면서 동쪽의 대국 제나라에 동제를 권한 것과 같은 모양이지요. 진정한 G2는 GDP가 아닙니다. 동맹이 있어 그들이 진정으로 중국을 우방으로 인정해야 합니다. 굴종이 아니라 선망의 대상이 되어야 합니다. 아메리카 드림이 있듯이 차이나 드림이 있어야 합니다. 정말 G2가 되려면 경제력이나 군사력에 앞서 인류의 보편적 가치가 있어야 합니다. 중국은 아직 멀었습니다. 제 생각에 동의하는 교수님들도 많습니다. 단지 공식적으로 말하지 않을 뿐이지요."

"G2의 어떤 보편적 가치를 말하는 건가?"

"영국은 민주주의가 있었고, 미국은 자유와 인권이라는 인류의 보편적 가치가 있었습니다. 그래서 주변국들이 인정하고 따랐던 거지요. 우리는 아직 아닙니다. 제가 우리나라를 비하하려는 것이 아니라 현실을 말하는 겁니다. 공산당은 인민에게 돌아가야 할 국가 재원을 군사 패권국이 되겠다고 군비에 쏟아붓고 있습니다. 소련이 망한 것도 미국과의 군비경쟁 때문 아닙니까. 일대일로 정책만 해도 그렇습니다. 돈은 돈대로 쓰면서 그들 나라로부터 좋은 소리는 못 듣고 망신만 당하고 있습니다."

"어떤 일이 있었는데?"

"부채를 갚을 능력이 없는 저개발국에 돈을 빌려주고 영향력을 확대하려 한다는 의심을 받고 있습니다. 게다가 원조를 명분으로 이자 장사를 한다는 비난까지 받고 있어요."

"어려운 나라들을 돕는 프로젝트로 알고 있는데 비난을 받다니?"

"서방세계는 천연자원이 풍부하면서도 외화보유액이 부족한 저신용 국가만을 골라 고금리 구제금융을 집행하고 있다고 주장합니다. 빚을 갚지 못하면 도로나 항만운영권 등 영토의 일부를 챙길 수 있는 나라들만 선택한다는 것이지요. 오히려 대출 상환 능력이 있는 나라들에는 대출 벽이 높다고 합니다.

또 금리가 문제가 되고 있어요. 국제 구제금융은 대부분 고정금리인 데 반해 중국은 변동금리입니다. 빚을 갚기 위한 추가금리가

IMF가 2%, 독일이나 일본이 1.1%인데 중국은 3.5~5%에 달합니다. 상환 기간도 그들의 28년에 비해 중국은 10년에서 15년에 불과합니다. 금리가 높은 시기였던 1990년에서 2000년대에도 중국이 한국으로부터 유상 원조를 받을 때 이자가 연 3%대 초반이었습니다.

더 큰 문제는 대출받은 나라들이 벌린 사업이 그 나라 경제에 도움이 안 된다는 것입니다. 그러니 빚을 갚지 못하고 올가미에 갇히게 되는 거지요. 지금 계약을 파기하겠다는 나라들이 하나둘이 아닙니다. 서방세계에서는 선의의 목적보다 중국의 세계 패권 장악을 위한 기초작업이라고 주장하고 있습니다. 이것이 다 무엇 때문입니까? 겉만 G2이고 내용이 없기 때문입니다.

덩샤오핑은 1991년 구소련이 해체되는 것을 보고 국가 전략으로 '도광양회'를 제시했습니다. 때가 올 때까지 힘을 기르며 기다리는 뜻이지요. 그는 꿈속에서도 도광양회를 부르짖으며 앞으로 100년 동안은 패권국이 되려 하지 말라고 했습니다. 힘을 키워 나라가 튼실할 때까지 준비하고 기다리라 했습니다. 지금 중국공산당은 세계 패권국이 되겠다며 중국 인민들을 힘든 길로 내몰고 있습니다."

"공산당 지도부는 중국을 세계 1등 국가로 만들겠다는 의지가 대단한 것 같던데."

"의지만 갖고 됩니까? 실력이 있어야지요. 그리고 나라가 세계 최고가 된다는데 싫어할 국민이 어디 있습니까? 남이 인정해 주어야지요. 억지를 부려 세계 최고라고 한다고 되는 게 아니잖아요. 지도층은 온갖 권력을 휘두르고 그들의 자녀들은 미국이나 유럽 등지에서 유학을 하거나 안락한 생활을 하고 있습니다. 누굴 위한 G2이고 패권국입니까? 그리고 실재 국가 경제발전의 주역은 따로 있습니다."

"따로 있다니?"

"농민공 말입니다. 그들은 시골에서 올라와 저임금에 온갖 험한 일을 도맡아 했습니다. 힘들고 위험하고 지저분한 일은 모두 그들의 몫이었지요. 그들은 의료보험도 안 되고, 호적도 할 수 없는, 말할 수 없는 불이익을 당하며 희생양이 됐습니다. 그뿐이 아닙니다. 지역별, 학력별, 직업별 빈부격차는 말로 다 할 수 없습니다. 나라는 부유해졌다 해도 인민은 실속이 없습니다. 인민이 잘살아야지 공산당만 잘살면 되겠습니까."

"잘 알았네."

"제가 너무 흥분했나요?"

"아니야. 자네 유학을 결정할 때 한국을 선택한 특별한 이유라도 있었나?"

"저는 자유 시장경제에 관심이 많았습니다. 한국, 일본, 미국을 놓고 고민을 많이 했습니다. 40년간 미국에 이어 2위의 경제 대국이었던 일본은 10년 전만 해도 중국과 GDP가 비슷했습니다. 그러나 5년 전, 제가 유학을 결정할 때는 중국의 절반도 안 됐어요. 지금은 중국의 3분의 1밖에 되지 않습니다. 쇠퇴하는 나라로는 가고 싶지 않았습니다.

미국은 학비도 문제지만 절차가 쉽지 않았습니다. 아버지나 저나 공산당원이 아니었고, 아버지가 학계에서 쓴소리를 잘하셔서 공산당은 아버지를 좋게 보지 않았습니다. 그 영향도 작용한 것 같습니다.

한국은 평소에 관심이 많았습니다. 한강의 기적, 세계 10위의 경제교역국, 남북한의 이념의 차이 극복, 중국과의 관계 등을 이유로 한국을 선택했습니다. 저는 한국이 극빈국에서 어떻게 세계 10위의 경제 대국이 되었는지 궁금했습니다. 또 지리적으로도 가깝고 4차 산업의 주역인 한국에서 배울 게 많다고 생각했습니다. 지금 생각해도 선택을 잘했다고 생각합니다. 많은 것을 배울 수 있었고, 언제든 한국 친구들과 은사 교수님들을 만날 수 있어 좋습니다."

"그렇구먼. 얘기 잘 들었네. 내가 중국에서 생활하는 데 많은 도움이 될 걸세."

"도움이라니요, 제가 사장님에게 많이 배웠지요."

"어머님은 좀 어떠신가?"

"어머니는 많이 좋아지셨어요. 척추 협착증이 심했는데 사장님 덕분에 이제는 활동하시는 데 큰 불편 없으세요. 사장님이 한국에서의 수술을 주선해 주시지 않았다면 지금처럼 걷지 못하셨을 거예요. 지금은 후유증 없이 운동도 하시고 생활하는 데 별 지장 없으세요. 어머니가 아이 둘을 봐주시는 덕분에 아내도 직장에 나가고 있습니다. 그렇지 않아도 오늘 사장님을 만난다고 하니까 꼭 모시고 오라고 하셨어요. 오늘 밤은 저의 집에서 주무시도록 해요."

"말만 들어도 고맙구먼. 오늘 밤은 혼자 있고 싶어. 생각할 것도 있고. 이제 중국에 있을 텐데, 뭐. 집사람은 어떤 일을 하고 있어?"

"법무법인의 회계사로 있습니다."

"아내도 재원이구먼."

"여기 회계사는 한국만큼 대우 못 받아요. 그래도 둘이 벌면 아이 둘 키우면서 살 수 있어요."

"다복하구먼. 중국은 아이를 하나만 낳게 되어있는데 어떻게 둘을 낳았지?"

"소수민족이나 농촌에서 첫딸을 낳는 경우 둘까지는 허용됐습니다. 1978년에 강제 시행했던 한자녀 정책도 2015년 10월에 전면 폐지되어 지금은 한국처럼 애 많이 낳으라고 아우성입니다."

"그렇게 되었구먼."

"사장님! 저는 사장님이 취업을 하시든, 사업을 하시든 이곳에서 하셨으면 좋겠어요. 이렇게 만나서 이야기도 나누고 또 기회가 되면 같이 일도 하고, 좋잖아요. 다롄, 좋은 곳입니다. 동북 3성이 남방지역보다 경제발전은 늦어도 다롄은 1급 도시로서 경제활동 하는 데 불편이 없습니다. 10개 이상의 종합대학이 있어 인재를 구하기도 쉽고, 35개 소수민족이 살고 있어 다양성으로 집단지성을 발휘하는 데도 도움이 될 것입니다. 또 다롄에서 인천으로 가는 항공편과 배편이 잘 마련되어 있고 베이징과 상하이로 가는 교통편도 잘 돼 있어 편리한 점이 많습니다.

다롄은 항구도시로 산이 많고 해변을 가로지르는 긴 다리가 있어 한국의 부산과 흡사해 낯설지 않을 것입니다. 부산 시민의 두 배가 넘는 인구가 이곳에 살고 있고 평균 소득도 2만 달러가 넘습니다. 삶의 질도 중국 여느 도시에 뒤지지 않습니다. 다롄은 북방의 홍콩으로 불리고 있는 만큼 가능성이 큰 도시입니다. '학업은 베이징에서, 일은 상하이에서, 노후는 다롄에서'라는 말이 있습니다. 하얀 모래 해변이 넓고 푸른 바다와 아름다운 해안선이 펼쳐지는 다롄에서 사세요. 중국 어디를 다녀봐도 이만한 곳 없습니다."

자리를 옮겨가며 이야기를 나눠도 끝이 없었다. 리창수가 자기 집에 가자는 것을 어렵게 사양했다. 다음 날이 일요일이라 함께 금석탄을 구경하기로 하고 헤어졌다.

사우나를 찾았다. 밤 10시가 지난 늦은 시간에도 사람들이 많았다. 중국의 사우나는 한국과 달랐다. 한국의 사우나는 땀을 빼고 몸을 씻는 것이 주목적인데, 중국 사우나는 목욕보다 호텔이나 모텔처럼 숙박을 목적으로 찾는 사람이 많았다. 규모는 우리나라 찜질방보다 컸다. 몸을 씻고 마사지를 받았다. 그동안 쌓인 피로가 한순간에 풀리는 듯했다.

사우나에서 몇몇 사내들은 몸을 뒤로 젖히고 다녔다. 성기로 자신을 연출하는 버릇은 중국도 한국과 비슷했다. 물건이 작은 놈은 스스로 몸을 낮췄다. 물건이 크면 용 문신보다 더 큰 힘을 발휘했다. 팽이에 줄을 감듯 성기 속에 구슬을 넣은 놈은 돈이나 권력에 상관없이 아랫도리를 내밀고 다녔다.

몸을 씻고 종업원이 주는 수건을 받아 몸을 닦았다. 사우나 안을 둘러보았다. 방마다 참새가 우는 소리 같이 패가 부딪히는 소리가 났다. 마작이었다. 마작麻雀은 대나무로 된 패를 섞을 때 나는 소리가 참새 떼가 대나무 숲에서 재잘거리는 소리와 비슷하다고 해 붙여진 이름이다. 또 완성된 패의 모양이 마치 참새가 날개를 펼친 모습과 비슷해 마작이라고 불렀다. 가족이나 지인들이 모여 밤새 줄담배를 피우며 마작을 했다. 우리네 화투를 하듯 마작을 즐겼다. 사람 소리와 나무 칩이 부닥치는 소리가 거의 소음 수준이었다.

방에서 나는 큰 소리는 대부분 여자의 입에서 나왔다. 일반 아낙네의 바가지긁는 소리가 아닌, 가슴이 철렁할 정도로 크고 굵은 소리였다. 한국의 갱년기 여성이 남편에게 쏟아내는 푸념 섞인 소리와는 전혀 달랐다. 중국 직원들의 가정을 방문했을 때에도, 아내에게 큰소리치는 간 큰 남자는 보지 못했다.

마오쩌둥이 '하늘 아래 여자가 반'이라고 말한 이후 중국 가정의 상석은 여자들 몫이 되었다. 여성을 노동현장으로 끌어내어 대약진운동에 박차를 가하자는 속셈이었는지는 몰라도, 가정에서 나는 큰 소리의 주인공은 대부분 여자였다. 1949년 사회주의 정권이 들어서고부터 여자를 받들고 아내를 섬기는 것이 가정의 미덕이 되었다. 남자가 음식을 만들고 빨래와 청소를 하는 것이 보통 중국 가정의 일상이었다. 여자가 남자를 때리면 문제가 안되지만 남자가 여자를 때리면 즉각 구속되는 곳이 중국이었다. 그것이 중국의 현행법이었다.

중국이 남녀평등을 넘어 여성 우월주의 국가가 되면서 이혼율이 급증했다. 합의이혼의 경우 신고만으로 가능했다. 최근 중국 가정의 이혼율은 30%를 넘었다. 10쌍 중 3쌍이 이혼한다. 이런 현상은 80, 90년대에 태어난 젊은 층이 더욱 심했다.

진필은 소리에 아랑곳하지 않고 구석진 곳에 방 하나를 잡았다. 사우나 입장료와 방값은 별도였다. 방의 크기에 따라 가격이 달랐다. 각 방의 소음으로 잠을 이룰 수 없었다. 자는 둥 마는 둥 하고 일어나 몸을 씻었다. 사우나를 나가며 카운터에 키를 반납했다. 종업원은 추가된 돈을 요구했다. 방값과 마사지 비용은 미리 계산했고 음식은 먹은 것이 없었다. 청구서를 보니 종업원이 건네준 수건이 계산되어 있었다. 우리나라 사우나는 수건 사용에 돈을 받지 않는데 중국은 받았다.

　　사우나를 나와서 식당을 찾았다. 중국 가정식 백반 '쟈장판'을 시켰다. 밥에 야채볶음과 콩국이 나왔다. 전날 술을 많이 해서인지 반찬에 들어있는 향차이가 속을 뒤집어 놓았다. 몇 숟갈 뜨다가 식당을 나와 카페로 들어갔다. 비스킷과 커피로 아침을 대신했다.

　　오전 9시에 금석탄역에서 리창수를 만났다. 두 사람은 역광장 매표소에서 금석탄으로 들어가는 표를 구입해 순환 버스를 탔다. 버스 안은 휴일이라 만석이었다. 버스 안내양은 마이크를 들고 구경하기 좋은 곳을 빠짐없이 설명했다. 일정 구간을 지나 더 들어갈 사람은 구간을 이어주는 버스로 옮겨 타야 했다.

　　두 사람은 금석탄 지질공원 입구로 갔다. 새로 입장료를 사야 했다. 요금은 70위안이었다. 비수기는 60위안인데 성수기여서 10위안을 더 받았다. 지질공원 안으로 들어갔다. 영겁의 세월 동안 쌓인 지질층에 탄성이 절로 나왔다. 구경을 마치고 간이휴

게소에서 간단하게 점심을 먹었다. 식사 후에는 솔밭길을 걸었다. 해변도로는 잘 정돈되어 있었고 인도는 나무를 깔아 뜨거운 열기를 식혀주었다. 금석탄 해수욕장으로 가는 길의 플라타너스 터널은 또 다른 볼거리를 제공했다. 이어지는 금석탄 해변의 노란 모래는 황금빛 보석을 연상케 했다. 중국인들은 이를 황금 해변이라 불렀다. 휴일을 맞아 초가을 해변은 사람들로 만원을 이루었다. 서늘한 날씨에도 해수욕하는 사람들이 많았다. 내륙 사람들에게 바다는 큰 로망이었다. 금석탄 해수욕장을 찾아 꼬박 24시간을 달려온 전세 버스들이 줄을 이었다. 리창수는 손가락으로 버스를 가리키며 말했다.

"사장님, 저기 보세요. 내몽고에서 온 버스들입니다."

리창수가 말한 곳에 내몽고 넘버의 전세 버스들이 줄지어 서 있었다. 동쪽 해수욕장이 끝나는 부분에는 S자의 아름다운 곡선의 금남교가 있었다. 금남교는 우리나라 정동진처럼 일출로 유명했다. 새해 첫날 해맞이 장소로 이곳을 많이 찾았다. 특히 휴일에는 많은 신혼부부가 다리 위에서 웨딩 촬영을 했다.

두 사람은 '발현왕국'으로 발길을 옮겼다. 용인 에버랜드 같은 발현왕국을 둘러보고 금석탄을 빠져나왔다.

금석탄역에서 리창수와 헤어져 다롄 시내로 향했다. 양시온을 만나기로 했다. 양시온은 진필의 고등학교와 대학 동창이다. 둘은 형제처럼 고등학교 3년을 같이 붙어 다녔다. 두 사람은 의사가 되는 같은 목표를 갖고 있었다. 양시온은 병으로 고통받는 가

난한 사람들을 돕겠다며 스스로 의사의 길을 선택했다. 국가와 민족을 떠나 그들을 치료하는 것이 자신의 사명이라고 했다.

진필도 의사가 목표였다. 중학교 3학년 때 위장병을 심하게 앓았는데 몸무게가 10kg이나 빠지면서 고통에 시달려야 했다. 한참 먹고 뛰어다닐 나이에 위장병은 진필에게 많은 좌절을 안겨주었다. 병치레로 시달리다가 형이 군 보급부대에서 구해온 약으로 아픔의 긴 터널을 빠져나올 수 있었다. 병이 나으면 의사가 되겠다고 결심했다. 그런데 의사가 체질에 맞지 않았다. 다른 사람의 상처나 피를 보면 헛구역질이 올라왔다. 결국 의사가 되는 꿈은 포기했다. 대신, 기업 닥터가 되겠다는 새로운 목표를 세웠다.

한 사람은 사람을 살리고, 다른 한 사람은 기업을 세우는 목표를 세웠다. 양시온은 고등학교를 졸업하며 바로 대학에 합격했지만 진필은 재수로 이듬해에 대학에 진학했다. 과는 달라도 양시온과 같은 대학이었다. 한 사람은 의사로, 또 한 사람은 경영인의 길을 선택했다.

성형외과 전문의인 양시온은 한국에서 오목가슴 수술로 손꼽히는 전문의였다. 양시온이 개발한 'Yang's method'는 국내는 물론 세계 의학계에서도 인정받는 오목가슴 수술법이었다. 중국 다롄 의과대학 부속 중산병원에서 그를 초빙했다. 당초 계약 기간은 3년이었으나 의술의 발전과 후학 교육을 위해 2년간 더 있기를 원했다.

두 사람은 저녁 7시가 넘어 만났다. 3년 만이었다. 음식점으로 들어갔다. 9층 건물 전체가 음식점이었다. 1층에서 음식의 재료를 골라 계산을 하고 예약된 방으로 올라갔다. 9층 꼭대기 방이었다. 전망이 좋았다. 상하이처럼 건물 내부 조명을 외부로 비춰 스카이라인을 밝히지는 않지만, 다롄의 밤을 아름답게 수놓는 데는 부족함이 없었다.

"필아! 여기는 웬일이냐? 다롄에 공장 세우려고?"

양시온은 식탁의 의자를 빼며 물었다.

"나 회사 그만두었어. 두 달쯤 됐어."

"……그랬구나. 어쨌든 이렇게 만나니 좋다. 한국으로 언제 돌아갈 거야?"

"나, 한국에 갔다 온 지 3일 됐어."

"너, 회사 그만두었다고 했잖아. 그러면 한국으로 돌아가는 거 아니야?"

양시온은 진필이 당연히 한국으로 돌아갈 것으로 생각했다. 진필은 그간의 일을 양시온에게 말했다.

"그랬구나. 그런데 일을 해도 한국에서 해야 하는 것 아니야? 이쪽 사정이 심상치 않아. 다들 힘들다고 야단들인데. 여기서 고생하지 말고 한국으로 돌아가서 새 일을 찾아보는 건 어때? 너야 얼마든지 좋은 직장을 구할 수 있잖아."

양시온은 진필의 눈치를 살피며 말했다.

주문한 음식이 나왔다. 음식은 두 사람의 눈을 사로잡았다. 색과 모양이 예술이었다. 손대기가 아까울 정도였다. 양시온은 우량예를 주문했다. 진필은 맥주를 시켰다.

"맥주는 왜?"

의아한 듯 양시온이 물었다.

"나, 이제 비싼 바이주 안 마시기로 했어. 계속 좋아하는 것만 먹을 수 없잖아. 그냥 맥주 마실게. 너는 바이주 마셔."

"그럼 나도 맥주 마실래."

양시온은 술에 대해 더는 말하지 않았다.

"너, 이곳에 온 지 꽤 되지 않았니?"

"3년 됐어."

"3년이 됐다고?"

"그럼."

"요즘은 지내는 게 어때?"

"처음에는 며칠 못 있을 것 같더니 살다 보니 또 살게 되네. 이제는 이곳이 내 집같이 편해. 학교와 병원에서 2년을 더 있어 달라고 해서 그렇게 하기로 했어."

"그럼 5년을 있는 거야? 이곳이 네게 잘 맞는구나."

"학생들 가르치고 병원에만 있는 거면 굳이 가족과 떨어져 있을 곳은 아니야."

"그러면 너, 투잡 하는 거야? 돈 많이 받고 하는 불법 수술 같은 거?"

"너 지금 무슨 말을 하는 거야, 불법이라니. 그런 거 아니야."

"농담 한번 해 봤어."

"강의와 병원 일은 목요일까지만 하고 금요일과 토요일은 오지로 가. 중국이 G2라 해도 산간벽지는 이곳과는 전혀 다른 세상이야. 가난으로 의료혜택을 받지 못하는 사람들이 아직도 많아. 전기도 안 들어오고, 심지어 누가 나라의 지도자인지 모르는 사람들도 있어."

"그곳에 가서 무엇을 하는 거야?"

"상처도 치료해주고 수술도 해주지. 물론 무료로. 나를 기다리는 환자들이 있어서 이젠 안 갈 수가 없어. 정부에서 신경을 못 쓰는 곳이 꽤 있어."

"그래서 2년을 더 있겠다고 했구나."

"몸이 피곤하거나 급한 일이 생겨 못 가면 마음이 불편해 견딜 수가 없어. 힘들어도 가서 환자들을 보고 나면 마음도 몸도 편안해져. 누군가 해야 할 일을 내가 하는 것뿐이야. 사명이라고 생각하며 하고 있어. 그렇게 힘들지 않아."

"오지로 가려면 한참 가야 할 텐데."

"금요일 아침 일찍 출발하면 오후부터 진료할 수 있어. 꼬박 12시간을 넘게 운전할 때도 있는데."

"산골에 가서 주로 어떤 치료를 하는 거야. 네 전공은 성형이잖아."

"그곳에서는 내 전공만 할 수 없어. 내과, 외과 할 것 없이 다해. 웬만한 상처는 그곳에서 수술하고 심한 경우 우리 병원으로 데려오기도 해. 간혹 휴가를 반납하고 이곳에 와서 나를 도와주는 의사들도 있어. 또 이곳에 직접 오지는 않아도 도와주는 사람들이 많아. 내가 현지에 있다는 것뿐이지 모두가 함께하고 있어.”

“너, 집엔 언제 다녀왔니? 제수씨나 애들은 언제 보고 못 본 거야?”

“6개월이 조금 넘었어. 집사람도 나와 같은 일을 해서 잘 이해하는 편이야.”

“너는 한국에 돌아가면 학교로 돌아갈 거야, 개업할 거야?”

“애들이 고등학교만 졸업하면 아내와 나는 오지로 들어갈 거야. 부모님도 그것을 원하셔. 어머니는 내가 오지에서 의술을 펼칠 수 있게 해달라고 아기 때부터 기도하셨대. 노후는 두 분이 알아서 하시겠다고 신경 쓰지 말고 떠나래.”

“힘이 들어도 보람이 있어 좋겠다.”

“참, 너는 어떻게 할 계획이야?”

“네가 진실된 의사이듯, 나도 진짜 장사꾼이 되고 싶어.”

“진짜 장사꾼?”

“정직하고 당당하게 사업을 하는 진짜 장사꾼 말이야.”

“그런 일을 하려면 한국에서도 얼마든지 할 수 있잖아.”

“꼭 이곳이어야 해. 한국으로 돌아갈 수 없어. 어려웠던 많은 순간을 뒤로하고 이곳을 떠날 순 없어. 내가 처음 중국에 올 때는 나름대로 꿈이 있었어. 힘 한번 써보지 못하고 이대로 포기할 순 없어. 그리고 이렇게 누명을 쓴 채 떠날 순 없잖아. 나는 정직하게 처신했고 올바르게 회사를 지키려 했어. 어쨌든 이대로 떠날 순 없어. 카이사르가 루비콘강을 건넜듯 나도 이젠 되돌아갈 수 없는 강을 건넜어. 그리고 이곳에서 하고 싶은 일이 있어.”

"어떤 일인데?"

"중국처럼 다양한 민족에서 집단지성이 나타나는 모습을 보고 싶어. 불꽃 튀는 논쟁을 통해 다양한 생각들이 변혁을 일으키는 현장을 만들고 싶어. 중국인들의 높고 많은 담을 허물어 자유로운 사고가 물결치는 현장에서 나를 만나고 싶어. 중국은 다양한 민족이 함께 살면서 누구를 못 믿어서인지 담이 많아."

"담이 많다니?"

"중국인의 삶 속에는 몇 겹의 담이 있다고 해. 연암 박지원은 1780년 건륭제의 70세 생일을 축하하는 사절단을 따라 북경을 방문하면서 중국인의 '담'을 보았어. 그는 열하일기에 3리마다 성이요 5리마다 곽外城이라고 적었지. 연암은 만리장성의 동쪽 끝 산해관을 거쳐 북경에 이르는 중국인이 쌓은 높은 담과 그것의 견고함에 입을 다물지 못했어.

요즘에는 국가나 기업, 개인 간의 담이 많이 허물어졌다고 하지만 그 속을 들여다보면 담은 여전히 존재하고 있어. 오히려 예전보다 더 높고 더 견고하지. 담은 자신의 의도를 숨겨 상대가 나를 모르게 하고 적의 접근을 멀리해 그들로부터 자신을 방어해. 나를 숨기고 외부의 적도 막아내는 데 담만 한 게 없지. 하지만 담은 너와 나를 갈라놓고 우리와 그들을 구분하면서 오해를 불러오고 갈등을 부추기는 습성이 있어. 또 담은 상대에게 나를 감추고 상대의 모습도 가림으로써 믿음으로부터 서로를 멀어지게 하지. 결국, 담은 소통을 무력화시키고 앞으로 나갈 수 있는 길을 막아서면서 모두를 실패로 몰아넣고 말아."

"기업에도 그런 담이 많아?"

"기업에도 적지 않은 담이 있어. 국가민족, 출신지, 인종피부색, 종교, 사상, 학력, 성별, 그리고 개개인의 유전적 차이 등의 담이 있어. 담을 허무는 것은 기업의 의무이고 책임이며 궁극의 생존 수단이야. 담을 없애고 나면 희망이 보이고 미래의 길이 펼쳐지는데도 그렇게 하지 않아."

"이유가 뭐야?"

"고객과 경쟁기업이 자사의 속내를 알아차리지 못하게 하려는 폐쇄성과 상대가 우리 기업에 해를 가할지 모른다는 두려움 때문이지. 그리고 담을 허무는 것을 패배로 착각하기 때문이야.

신생 로마제국을 개혁하고 지금의 유럽을 설계한 율리우스 카이사르는 로마 주변의 국경을 허문 최초의 지도자였어. 그는 성벽을 허물어 로마 시민을 자유와 평화의 길로 인도했지. 이는 로마제국을 대표하는 로마에 의한 평화, 즉 '팍스로마나'를 알리는 초석이 되었으며 그로부터 300년간이나 로마는 성벽 없는 수도로 존재할 수 있었어.

누군가는 말했지, 걸어가는 사람이 많으면 그곳이 곧 길이 된다고. 8개의 담을 허무는 것은 특별한 일이 아니야. 기업의 일상이며 기업이 당연히 가야 하는 길이지. 담을 헐어내고 소통의 기지개를 켜면 기업이 행복하고 구성원이 행복해질 수 있다고 믿어. 네가 고통받는 사람들을 치료하고 얻는 보람을 나도 느끼고 싶어. 지시와 명령이 아닌 각자의 개성이 꽃필 수 있는 회사, 자유와 집단지성으로 변혁에 앞장서는 회사 말이야."

"네가 그런 생각을 하고 있었구나!"

"한국은 합리적이고 객관적인 사고방식으로 많은 부분이 투명하고 예측 가능한데 중국은 그렇지 않아. 서로를 잘 안 믿어. 아니 못 믿어. 노회하고 신중해서 그럴 수도 있지만, 수천 년 질곡의 역사가 사람들을 믿음으로부터 멀게 한 것 같아. '혼자 묘에 절대로 들어가지 말 것이며, 둘이서 우물을 들여다보지 말라'는 속담이 있을 정도로 서로를 믿지 못해. 의심 없이 믿고 일할 수 있는 회사를 만들고 싶어. 신뢰의 표상인 조선의 의주상인처럼."

"만상 임상옥처럼?"

"그래. 인삼 무역의 선구자 의주상인 임상옥 말이야. 임상옥은 장사란 이익을 남기기보다 사람을 남기는 것이고 신용이야말로 장사로 얻을 수 있는 최대의 자산이라고 말했지."

"근데, 중국 사람들이 장사에는 도가 텄는데 잘해 낼 수 있을까? 너를 못 믿어서가 아니라 웬만한 기업들도 중국에서 버텨내기가 힘들다고 해서."

"힘들지 않은 곳이 어디 있겠니. 미국이나 일본 같은 경제선진국들은 체계가 잘 잡혀 있어 비집고 들어가기가 쉽지 않아. 중국은 G2라고 해도 체계가 덜 잡혀 있으니까 내가 보람되게 할 일이 있을 거야."

"그렇긴 해도 어디 중국 사람들이 보통 사람들이냐. 화교가 들어가서 상권을 장악하지 못한 곳이 없잖아. 일대일로 사업의 공사업체도 대부분이 중국회사래. 중국업체가 거의 독식한다고 하더라고. 아시아, 아프리카 심지어 유럽까지 공사에 필요한 자재도 중국 것이고 공사현장의 인부까지 다 중국인이래. 공사가 끝난 뒤에도 많은 수의 근로자들이 귀국하지 않고 현지에 눌러앉아 문제가 된다고 하더라고. 현지를 '한화'하려는 중국 당국의 전략이라고 해."

"눌러앉다니?"

"일이 끝나면 자기 나라로 돌아가야 하잖아. 그런데 그렇지 않은가 봐. 일이 끝나도 현지에 남아서 그곳 경제를 야금야금 잠식하다가 아예 상권을 장악한대. 동남아 상권도 화교들이 그렇게 잠식했다고 하더라고. 동남아에만 화교가 4천만 명인데, 이는 전체 인구의 10%가 현지 경제의 70%를 장악하는 거래. 인도네시아는 4%의 화교가 현지 경제의 80%를 장악하고 있으니 보통 문제가 아닌 거지. 아프리카 경제는 이미 중국에 점령되었다고 하더라고. 아프리카에만 약 200만 명의 중국인이 유통과 부동산, 금융업까지 손대고 있다고 해. 심지어 노점상은 물론 돼지, 닭까지 키워서 그곳 주민들과 마찰을 빚고 있대. 과거 유럽인은 호텔이나 귀금속 같은 고급 비즈니스만 손댔는데, 지금의 중국인은 굵직한 사업은 말할 것도 없고 심지어 거리의 노점상까지 차지하고 있다고 해. 상위 포식자가 없는 경제계의 황소개구리인 셈이지. 특히 일대일로에 문제가 많은가 봐."

"선진국들이 거들떠보지 않는 나라를 중국이 도와주고 있다고 하던데."

"속을 들여다보면 그렇지 않은가 봐. 공사비를 부풀리거나 부실공사로 문제가 많다고 하더라고. 또 빚을 제때 갚지 못해 항만이나 국가 주요시설을 내주고 있대. 이 때문에 자칫 정권이 바뀔 수도 있다고 하더라고. 하여튼 중국 사람들은 돈이 된다고 하면 전쟁이 나도 피난도 안 간다고 하잖아. 네가 이곳에서 사업을 한다니까 걱정이 돼."

"그런데, 너 그런 얘기를 어디서 듣는 거야? 병원에서 환자만 보는 의사가."

"환자 중에는 교수, 경제인, 정치인뿐 아니라 고급 장성들도 있어. 각양 각층의 사람들이 다 오는 곳이 병원이야. 지위가 높은 사람들은 수술이나 치료가 끝나면 고맙다고 식사를 같이하자고 해. 다 거기서 듣는 거지. 중국 고위층 얘기니까 믿을 만해."

"그렇구나. 좀 기분이 씁쓸하네. 좋은 정보 잘 들었다. 참고할게."

"필아, 대련에 있는 동안 우리 집에 있도록 해. 병원에서 내준 아파트가 나 혼자 지내기에는 너무 넓어. 우리 집에서 사업구상도 하고 필요하면 사무실로 이용하도록 해. 밥하고 청소는 아주머니가 해줄 거야."

"말만 들어도 고맙다."

"고맙다니, 그런 말 하지 마. 그냥 네 집처럼 편하게 있으면 돼. 그래야 제수씨에게 내 면이 설 것 아니냐."

"근데, 나 내일 톈진으로 떠날 거야."

"톈진으로 떠나다니?"

"결자해지라고, 시작한 곳에서 마무리하고 싶어. 마음엔 내키지 않지만, 그곳에서 다시 시작하고 싶어."

"그래? 언제든 필요하면 이곳에 와서 머물도록 해."

"고마워. 요즘 이곳 경제 사정은 어떠니?"

"미국과의 무역 전쟁 이후 사업하기 어렵다고들 야단이야. 미국 주도로 세계 공급망을 바꾸고 중국과의 결별을 선언하는 디커플링 때문에 공산당의 고민이 많은가 봐. 겉으로는 큰소리쳐도 속은 아닌 거지. 눈치 빠른 글로벌 기업들은 공장이나 투자처를 인도나 베트남으로 옮긴다고 하더라고. 그래도 대기업 주재원들은 지낼만해."

"주재원들이 어떤데?"

"사는 재미가 쏠쏠한 것 같아. 혼자 살면 중국인 여자친구를 사귀어 외롭지 않게 지내는 사람들도 있고, 가족이 와 있는 경우 아내들이 마님처럼 지낼 수 있어 아주 좋아해. 청소와 밥해주는 아주머니도 있고 운전사도 있으니 아내들에겐 천국이지. 한국에서 재벌 외에 어디 그런 생활할 수 있니?"

"요즘은 인건비가 만만치 않을 텐데."

"전보다 많이 오르긴 했어도 대기업 총경리 정도면 감당할 만하나 봐, 아내들만 좋은 거지. 근데 문제가 있어."

"문제가 있다니?"

"회사 주재원들의 부인들이 부업으로 한국어 학원을 운영해 문제가 되고 있어. 그것 때문에 이곳 교민들과 사이가 안 좋아. 이쪽에 정착해 사는 사람들의 밥그릇을 빼앗으니 어느 교민이 좋아하겠어."

"다 먹었으면 나가서 커피 마실까?"

두 사람은 음식점을 나와 스타벅스로 들어갔다.

"손님이 많네."

진필이 자리를 둘러보며 말했다.

"뭐 마실래?"

"난, 커피."

"나도."

"너는 중국에 오래 있어서 녹차가 입에 맞지 않니?"

"요즘 누가 녹차 마시냐. 커피가 녹차를 밀어낸 지 오래됐어. 이곳 젊은이들 녹차 마시면 천연기념물 취급당해. 만리장성이 순식간에 무너졌던 것처럼 중국 녹차가 스타벅스 한 방에 무너진 것 아니냐. 우리 병원 의사나 간호사도 녹차 안 마셔, 커피 마시지."

양시온이 힘주어 말했다.

"그렇구나. 내가 다롄에 있을 때는 커피머신이 있어도 대부분 녹차를 마셨거든."

커피를 마시고 양시온의 집으로 향했다. 누웠으나 잠이 오지 않았다. 양시온에게 호기 있게 목표를 말했으나 현실은 여의치 않았다. 거의 뜬눈으로 밤을 새웠다. 양시온의 집을 나와 버스를 타고 셴양역으로 향했다. 그곳에서 톈진행 열차에 몸을 맡겼다. 열차가 미끄러지자 지난 3년의 생활이 빠르게 스쳐 지나갔다.

과거 출장을 다닐 때는 침대칸이 있는 루완워를 이용했지만, 이번엔 저렴한 콰이쑤를 탔다. 우리나라 무궁화호와 비슷한 콰

이쓰는 정차하는 역이 많았다. 바쁜 일도 없지만, 조금이라도 절약해야 했다. 승객들은 너나 할 것 없이 입에 해바라기 씨를 물고 있었다. 중국인들은 열차를 타면 습관적으로 해바라기 씨를 까먹었다. 그들은 수박씨를 뱉듯, 손을 대고 까먹기도 힘든 해바라기 씨를 입에 넣고 껍질만 입 밖으로 뱉었다. 애, 어른 할 것 없이 쉬지 않고 말을 했다. 말도 많았지만 목소리가 유난히 컸다. 땅덩어리가 넓은 곳에 살아서인지 목소리가 기차 화통을 삶아 먹은 것처럼 컸다.

8시간이나 걸려 톈진에 도착했다. 해가 산마루를 넘고 있었다. 톈진은 서울보다 일찍 날이 저물었다. 톈진의 위도는 베이징이나 신의주와 비슷한 40도로 서울의 37도보다 위쪽이었다. 서쪽 하늘이 붉게 물들었으니 내일은 날씨가 좋겠다고 생각했다.

톈진역에서 20분 정도 떨어진 곳에 한국인이 운영하는 게스트하우스에 짐을 풀었다. 동려구 리진루에 있는 숙소는 번화가에 있어 일을 보기 편리했다. 2, 3일 시내를 둘러보았다. 어디에서 무슨 일을 할지 곰곰이 생각했다. 방향을 중국 사영기업으로 정했다. 중국에서 10년, 20년을 산 것도 아니고, 공장을 얼마간 운영해 보고 중국을 안다고 할 순 없었다. 생생한 중국 시장을 알기 위해서는 중국기업의 생리를 알 필요가 있었다. 업종에 상관없이 세일즈나 마케팅 관련 일도 좋고, 기획부서에서 시장조사를 하거나 사업계획서를 작성하는 일이면 더욱 좋겠다고 생각했다.

아름아름 일자리를 알아보았다. 몇 군데 지원했지만 오라는 곳은 없었다. 한국 유수 기업의 기획팀장 정도면 바로 취직이 될 줄 알았다. 현실은 아니었다. 중국 경제가 크게 성장했어도 일자리는 그리 많지 않았다. 특히 일반 사무직은 외국인에게는 하늘의 별 따기였다.

일자리를 알아본 지 한 달이 지났다. 직장을 못 구할 수도 있다는 불안감이 엄습했다. 문제는 진필의 존재감을 아무도 알지 못하고 알려고도 하지 않는다는 것이었다. 낙도에 혼자 떨어져 다시는 육지를 밟지 못할 처지가 되었다.

방법을 바꾸기로 했다. 경력직을 기업에 소개하는 헤드헌터를 활용하기로 했다. 헤드헌터 사이트에 들어가 여러 통의 메일을 보냈다. 몇 날이 지나도 아무 답변이 없었다. 그들은 진필의 프로필에 매력을 느끼지 못했다. 몇 명의 헤드헌터를 만났으나 대부분 부정적이었다. 연구직에 있었거나 특별한 기술이 있지 않으면 어렵다고 했다. 혹 글로벌 기업 출신이라면 몰라도 그렇지 않으면 힘들다고 했다. 시간이 지날수록 불안감이 더했다. 초조했다. 그렇다고 레미콘 업계에 다시 발을 들여놓을 순 없었다. 며칠을 고민하다가 경력직을 구하는 회사를 직접 찾아 나섰다.

새로운 도전

한 중견기업에서 M&A 기업 인수합병 전문가를 모집했다. 진필은 이력서를 들고 회사를 찾았다. 중견기업에서 대기업으로 성장하는 동물사료 회사였다. 시장점유율을 높이기 위해 인수합병 전문가를 찾고 있었다. 면접대기실에는 다섯 명의 지원자가 있었다. 모두 중국인으로 보였다. 서류심사를 거쳐 1차 면접을 통과한 지원자들이었다. 종업원의 채용을 주관하는 인사팀의 장진성 팀장이 진필에게 다가왔다.

"성함이 어떻게 되시지요?"

"진필이라고 합니다. 명단에는 제 이름이 없을 겁니다."

"명단에 이름이 없다니 그게 무슨 말이지요?"

"정식 입사절차를 거치지 않고 그냥 왔습니다."

장진성 팀장은 어이가 없다는 듯 진필에게 나가줄 것을 종용했다. 진필은 면접을 보게 해달라고 막무가내로 버텼다. 진필과 장 팀장이 옥신각신하고 있는데 한 면접관이 나와 무슨 일인지 물었다.

"아무 일도 아닙니다. 면접대상이 아닌 사람이 와서 내보내는 중입니다."

면접관은 진필을 아래위로 훑어보고 다시 면접실로 들어갔다.

진필은 안 나가고 계속 버텼다. 장 팀장과 진필의 몸이 부딪혔다. 밖이 계속 소란스럽자 다시 면접관이 나왔다.

"아니, 이봐요! 여기가 어딘데 행패를 부려! 빨리 나가세요. 안 나가면 공안을 부르겠어요. 안 되겠다, 장 팀장, 공안 불러!"

좀 전에 나왔던 면접관이 신경질적으로 말했다.

"알겠습니다."

면접관이 들어가자 장진성 팀장은 내보려던 행동을 멈추고 진필에게 물었다.

"절차를 무시하고 이렇게 하면 안 되는 것 아닙니까?"

"그 점 사과드리겠습니다. 하지만 저는 일자리가 꼭 필요했고 정식 절차를 따르면 입사가 어려울 것 같아 무례히 행동했습니다. 신중해야 할 면접장에 불쑥 찾아와 소란을 피운 점 다시 한 번 사과드립니다. 실례 많았습니다."

더 이상의 버팀은 의미가 없다고 생각해 그곳을 나왔다. 진필이 떠나자 장진성 팀장은 어딘가를 향해 손짓을 했다. 잠시 후에 면접실에서 장 팀장을 불렀다.

"장 팀장, 그 사람 보냈나?"

"좀 전에 보냈습니다."

"그 사람 찾아서 들여보내."

"들여보내라니요?"

"일단 들여보내, 나중에 얘기할 테니."

장 팀장은 밖으로 나가 승강기를 기다리던 진필을 불러 면접장으로 들어가게 했다.

면접실에는 세 명이 앉아 있었다.

"앉으세요. 여긴 어떻게 왔습니까?"

중간에 앉은 양춘화 전무가 입을 열었다.

"이곳에서 일하고 싶어 왔습니다."

"일을 하려면 정식 절차를 밟으셔야죠. 이렇게 막무가내로 남의 사업장에 쳐들어오면 안 되는 것 아닙니까?"

양춘화 전무는 인상을 쓰며 말했다.

"죄송합니다. 소란스럽게 한 점 사과드립니다."

빨리 나가줘야겠다고 생각하고 자리에서 일어났다.

"일단 앉으세요. 몇 가지 묻겠습니다. 그동안 어디에서 무슨 일을 했습니까?"

양춘화 전무는 언짢은 듯 물었다.

"네, 저는 한국 본사에서는 기획 일을 했고 이곳에서는 공장을 세워 총경리로 있었습니다. 회사가 중소기업에서 대기업으로 성장하는 과정을 함께 했습니다. 그 경험을 살리면 귀사 발전에 도움이 될 수 있다고 생각합니다."

"자신이 세운 공장인데 왜 그만둔 겁니까?"

진필은 공장에서 있었던 일을 사실대로 말했다. 퇴사 원인이 계속 꼬리를 물 것 같았다.

"알았으니까 나가보세요."

면접을 보고 회사를 나왔다. 마음이 쓸쓸했다. 괜한 짓을 했다고 생각했다. '멀쩡한 내 나라, 내 가족을 놔두고 여기서 무슨 짓을 하고 있는 거야!'라는 자책을 하며 길을 걸었다.

면접을 보고 닷새가 지날 무렵 회사에서 연락이 왔다. 출근 통보였다. 전혀 예상치 못한 일이었다. 믿기지 않았다. 정상적인 방법으로 되지 않아 일을 벌였는데 그것이 먹힌 것이다. 회사를 그만둔 지 6개월 만에 다시 하는 출근이었다. 각오와 의욕이 발걸음을 재촉했다.

몇몇 직원들과 상견례를 하고 자리로 가서 앉았다. 책상 위에 명함 케이스가 놓여 있었다. 200장이었다. 케이스를 열고 명함을 꺼냈다. '기획팀장 진필'이라고 쓰여 있었다. 세련된 명함은 아니지만 분명하게 소속을 알려주었다. 하지만 남의 옷을 얻어 입은 것처럼 불편했다.

진필의 책상 옆에 있는 블라인드를 살짝 들어 올리자 햇빛에 눈이 부셨다. 면접 때 몸싸움을 했던 인사팀의 장진성 팀장이 진필에게 다가왔다.

"잠시 후에 담당 임원과 사장님, 그리고 회장님을 만날 겁니다. 준비해 주세요."

장진성 팀장은 관련 내용만 짧게 말했다.

"지난번 일은 미안하게 됐습니다. 무례히 행동한 것 사과드립니다. 진필입니다."

"준비하세요!"

장진성 팀장은 짧게 말하고 진필과 함께 양 전무 방으로 향했다.

"들어오세요. 앉으세요. 장 팀장도 앉고."

"네."

"지난번 일에 대해 어떻게 생각하세요?"

양춘화 전무가 진필에게 물었다.

"좋은 모습은 아니라고 생각합니다. 무례하게 행동한 것 사과드립니다."

진필은 조심스럽게 입을 열었다.

"어쨌든 한솥밥을 먹게 되었으니 그 일은 더 이상 언급하지 않겠습니다."

"……"

진필은 고양이 앞에 쥐처럼 주눅이 들어 말을 잇지 못했다.

"그건 그렇고, 하나 물어봅시다. 솔직히 대답해 주세요. 우리 회장님과는 어떤 관계인가요?"

"저는 회장님을 전혀 모릅니다. 회사에 회장님이 계시는지도 몰랐습니다."

"……그럼 어떻게 된 거지?"

양 전무는 혼자 말을 했다.

"진 팀장이 면접 보러 온 날, 회장님이 모니터를 보시다가 진 팀장 면접을 보라고 하셨어요. 그날 회장님께서는 장진성 팀장과 몸싸움 하는 것도 보셨어요. 진필 팀장은 회장님이 뽑으신 겁니다. 경력직은 임원 면접을 하고 최종적으로 사장 면접을 하는데 이번에는 사장님 면접도 없이 회장님 직접 뽑으셨어요. 사장님 의사 없이 기획팀장을 외국인으로 뽑았으니 사장님 심기가 안 좋을 겁니다. 대권을 물려받을 사장님 눈 밖에 나면 힘들어요. 나가들 보세요."

양 전무의 방을 나와 장진성 팀장을 따라 사장실로 향했다.

"사장님, 이번에 새로 입사한 진필 팀장입니다."

장진성 팀장이 진필을 소개했다.

"이리 앉으세요. 장 팀장은 그만 나가봐."

왕가위 사장은 짧게 말했다.

"우리 업종과 레미콘과는 맞는 게 없을 텐데, 어떻게 생각하세요?"

"업종은 달라도 일하는 원리는 크게 다르지 않다고 생각합니다."

언제 주눅이 들었는지 모르게 소신껏 말했다.

"다르지 않으면 성과를 내세요. 결과를 보고 다시 얘기합시다. 참, 회장님을 전혀 모른다고 들었습니다. 맞습니까?"

왕가위 사장은 양춘화 전무로부터 보고를 받아 이미 알고 있었다.

"네. 저는 회장님을 뵌 적이 없습니다."

"알았으니, 나가보세요."

왕 사장은 길게 묻지 않았다. 오래 있을 사람도 아닌데 긴말이 필요 없다는 의미였다. 사장실을 나와 밖에 있는 장 팀장을 따라 회장실로 향했다. 장진성 팀장이 회장실을 노크했다.

"들어와요."

회장의 나지막한 소리가 안에서 들렸다.

"회장님, 이번에 새로 입사한 진필 팀장입니다."

장진성 팀장이 조심스럽게 말했다.

"어서 와요. 자네도 거기 앉게."

왕 회장은 인터폰으로 차 두 잔을 주문했다.

"그래, 진필이라 했나?"

"네."

"내가 왜 진필 팀장을 뽑았다고 생각하나?"

70이 넘은 모습에서 노회함을 엿볼 수 있었다.

"잘 모르겠습니다. 제가 중국에서 공장을 세운 경험과 한국에서 기획 일을 한 것 때문이 아닌가 생각합니다."

"그런 점이 전혀 없었던 것은 아니지만 그보다 진 팀장의 당당함과 정직함이 마음에 들었네. 당당하지 않으면 변화를 피하거든. 변화는 숙명이야. 변화를 피해서는 아무 일도 할 수 없지. 그렇지 않은가?"

"……네."

왕 회장은 보통 중국 사람과 달랐다. 진필이 만났던 사람 중에 먼저 변화를 얘기하는 사람은 처음이었다. 안정을 원하는 국민 기질상 '변화'는 자주 쓰는 단어가 아니었다.

"장진성 팀장은 변화가 왜 필요한지 잘 알지."

회장이 장진성을 신뢰하고 있다는 것을 느낄 수 있었다.

"변화에 대한 전문가는 못됩니다. 회장님의 뜻에 따라 원칙대로 할 뿐입니다."

"변화를 위해 중요한 게 무엇이라고 했지?"

"전략이나 비전보다 회사에 적합한 사람을 뽑고 적재적소에 인재를 배치해야 한다고 말씀하셨습니다."

장진성 팀장은 조목조목 말했다.

"잘 알고 있구먼. 무엇보다 훌륭한 인재가 먼저야. 건실한 회사를 만드는 힘은 시장보다, 기술보다, 훌륭한 인재가 우선이지. 그들은 스스로 동기를 부여하면서 주변에 변화와 개혁을 전파하거든. 그들이 영웅이야. 그들이 이 회사의 주인이지. 어쨌든 인재 확보에 회사의 성패가 달려 있다는 것을 명심하게."

회장은 힘주어 말했다.

"장 팀장, 요즘 회사 사정은 어떤가?"

회장이 아들인 사장에게 회사 일을 맡긴 지 1년이 지났다. 회장은 일선 업무에서 떠나 중요 사항만 보고 받고 있었다.

"전년 동기 대비 동종업계의 매출은 5% 증가한 반면, 우리 회사는 15% 증가했습니다."

장진성 팀장은 증가했는데도 말에 힘이 없었다.

"그래? 잘하고 있구먼."

회장은 잘 믿기지 않는 눈치였다.

"매출이 증가하는 것은 바람직한 현상이지만…… 문제가 좀 있습니다."

"어떤 문제가 있는가?"

회장은 이미 알고 있는 듯 서두르지 않았다.

"하나는 부실채권이고, 다른 하나는 우수한 직원들이 회사를 떠나는 것입니다."

장진성 팀장은 회사의 문제를 가감 없이 말했다.

"부실채권은 그렇다 치더라도 사람이 떠난다는 것은 보통 일은 아닌데. 진 팀장, 자네는 어떻게 생각하나?"

회장은 진필에게 물었다.

"제가 회사 상황을 잘 몰라 뭐라고 말씀드리기 어렵습니다. 다만, 직원들이 떠난다는 것은 회사의 가장 큰 자산이 사라지는 것을 의미합니다. 다른 것은 돈으로 채울 수 있어도 사람이나 문화, 핵심가치는 돈으로 채울 수 없다고 생각합니다."

"그래, 맞아."

회장은 진필의 대답에 흡족했다.

"장 팀장, 자네는 어떻게 생각하나?"

"중요한 것은 문제의 본질입니다. 무엇 때문에 직원들이 떠나는지 그 원인을 파악하는 게 먼저입니다. 그러고 나서 전략을 세워 문제를 해결하는 것이 순서라고 생각합니다."

입사 9년 차의 장 팀장은 결연하게 말했다.

"어떤 전략을 말하는 건가?"

"문제를 해결할 수 있는 방안을 말씀드리는 겁니다."

"진필 팀장은 장진성 팀장의 말을 어떻게 생각하나?"

"네, 문제를 해결하기 위해서는 반드시 전략이 필요합니다. 또 전략을 세우려면 문제의 원인을 파악하는 것이 선행되어야 합니다."

"그래. 전략을 세우려면 문제의 배경이나 원인을 알아야 하겠지. 진 팀장은 대기업에서 기획을 했으니 문제의 해결방법을 잘 알 거야. 그렇지 않은가?"

"……지금으로선 무어라 말씀드리기 어렵습니다."

"그렇겠지. 어쨌든 문제의 원인을 잘 파악해보게. 장진성 팀장이 많이 도와줄 걸세. 장 팀장이 무뚝뚝해 보여도 진국이야. 우리 회사의 몇 안 되는 인재지. 두 사람이 힘을 모아 문제를 해결해 보게. 지금은 세상이 하도 빨리 변해서 40년을 넘게 사업한 나도 따라갈 수가 없어. 자고 나면 변하니 어떻게 이 늙은이가 따라갈 수 있겠나. 내가 젊은이들한테 배워야 해. 두 사람이 이 회사의 주인이라고 생각하고 성심을 다해 주게.”

“네, 알겠습니다.”

장 팀장이 말했다.

“회장님, 면접장에서 소란 피운 것 사과드립니다. 심려를 끼쳐 죄송합니다.”

“나에게 사과할 것 없네. 진필 팀장처럼 당당하고 정직한 사람이 우리 회사에 들어와 내가 고맙지.”

“성심을 다하겠습니다.”

“그럼 나가들 봐.”

사무실로 내려왔다. 양둥 대리와 팽시후 사원의 이력서 파일이 책상 위에 놓여 있었다. 기획팀은 진필, 양둥 대리, 팽시후 사원 그렇게 셋이었다.

양둥 대리는 여성이면서도 당차게 일을 처리하는 것으로 소문이 나 있었다. 그는 톈진의 난카이대학교 경영학과를 졸업하고 학점도 상위 5% 안에 드는 재원이었다. 난카이대학은 공립으로 저우언라이와 원자바오 2명의 총리를 배출한 유명 대학이었다. 재정적인 문제와 톈진 대학과의 합병 실패로 과거 명성에 비해 다소 떨어지긴 했어도 일류대학들과 비교해 손색이 없었다. 특히 난카이대학은 베이징대학과 함께 고구려를 중국의 한 지방정부라고 주장하는 동북공정을 인정하지 않는 대학으로 유명했다.

팽시후 사원은 톈진사범대학 출신으로 중학교에서 교편을 잡다가 동방사료로 이직한 독특한 이력을 갖고 있었다. 톈진사범대학은 톈진시에 있는 종합대학으로 외국 유학생의 교육업무를 목적으로 지정되었으며 한국 유학생이 어느 대학보다 많은 것이 특징이었다.

"팀장님, 식사하러 가시지요."

양둥 대리가 진필에게 말했다.

시계를 보니 12시 10분이었다. 직장인에게 점심시간 10분은 금 같은 시간이다.

"어디로 가지요?"

"오늘은 첫날이니 밑에 내려가서 드시는 게 어떠세요? 시간도 10분이나 지나서."

직원들과 함께 지하 구내식당으로 내려갔다.

3년 전에 지은 사옥은 지상 25층, 지하 5층의 건물이었다. 지하 1층에는 구내식당과 편의점이 있고 지하 2층에서 5층까지는 주차장이었다. 구내식당은 넓고 식수 인원도 많았다. 식당이 깨끗하고 음식값이 저렴해 외부 사람들도 자주 이용했다. 음식 메뉴는 중식과 양식 두 종류였다. 직원들이 식권을 내면 정산은 회사에서 했다.

음식에서 나는 고수 향이 진필의 속을 역하게 했다. 중국에서 3년 이상을 생활했어도 고수 향이 입에 맞지 않았다. 토스트와

우유를 들고 빈자리를 찾았다.

"팀장님, 오늘 힘드셨을 텐데 밥을 드시지 왜 빵을 드세요?"

팽시후 사원이 식권을 내며 말했다.

"밥도 좋지만 간단히 먹기에는 빵이 좋아요."

세 사람은 잠시 기다렸다가 빈 식탁에 가서 앉았다.

"맛있게 드세요."

양 대리가 말했다.

"맛있게들 들어요."

식사하는 동안에도 사람들이 계속 들어왔다. 식사가 끝나기 무섭게 바로 일어섰다.

"팀장님, 먼저 올라가세요. 저희는 커피 사 가지고 갈게요. 팀장님은 어떤 커피 드실래요?"

팽 사원이 말했다.

"아메리카노 뜨거운 거요. 돈은 여기 있어요."

"아니에요. 됐습니다."

진필이 먼저 올라가고 잠시 후에 양 대리와 팽 사원이 커피 3잔을 들고 사무실로 들어왔다.

"회의실로 오세요."

팽 사원이 진필에게 말했다. 회의를 하거나 손님을 접대할 때 외에는 차를 마시며 잡담하는 장소로 회의실을 이용했다.

"팀장님, 커피 드세요. 뜨거운 아메리카노예요."

팽 사원이 진필에게 커피를 건넸다.

"사무실에 커피자판기가 있던데……."

"요즘 브랜드 커피 마시지 누가 자판기 커피 마셔요. 자판기 커피는 손님 접대할 때나 사용합니다."

양 대리가 말했다.

"그렇구먼. 그런데 브랜드 커피는 가격이 만만치 않을 텐데."

"스타벅스에서 아메리카노는 24위안4천 원이고, 라떼는 30위안이에요. UCC나 맥카페도 가격은 비슷해요. 브랜드 없는 일반 커피점도 20위안은 합니다."

팽 사원이 말했다.

"그렇게 비싸? 한국 돈으로 4~5천 원 수준이네. 한국은 스타벅스나 그 정도 가격이지, 일반 커피점은 10~20위안이면 마실 수 있거든."

"그래도 브랜드 커피를 마셔야 폼도 나고 시대에 뒤처지지 않아요. 비싼 만큼 값어치는 한다고 생각해요."

팽 사원이 말했다.

"그렇게 녹차만을 고집하더니 중국도 커피 소비국이 되었구먼."

"그렇지만도 않아요. 해안 도시나 젊은 층에서나 커피 마시지, 어른들은 거의 녹차 마셔요. 저의 부모님도 쓴 커피 왜 마시냐고 하는데요."

"참, 커피값 줘야지. 24위안을 주면 되나?"

"아니에요. 돌아가며 사면 됩니다."

"알았네. 그건 그렇고 자네들은 언제 기획팀으로 왔나?"

"저희도 오늘 처음 출근한 거예요. 전에는 기획팀이 없었어요. 신규사업이나 연간 사업계획은 영업팀에서 주관했고 인력이나 예산 등은 인사팀에서 했습니다."

양 대리가 말했다.

"그럼 자네들은 어느 부서에서 온 거야?"

"저는 영업팀에서 마케팅을 담당했고 팽 사원은 인사팀에 있었어요."

"두 사람은 입사한 지 얼마나 됐지?"

"저는 5년 됐습니다."

"저는 3년 됐어요."

"그럼, 회사 돌아가는 상황은 잘 알겠군. 직원들이 회사를 떠나는데도 오히려 매출이 증가하고 있던데?"

"매출이 증가하면 뭘 해요. 실속이 있어야지요."

팽 사원이 말했다.

"실속이 없단 말인가?"

"많이 팔면 뭐합니까, 미수나 부실채권이 더 많은데요."

영업팀에서 온 양등 대리가 말했다.

"영업수칙이 있고 부실채권 방지제도가 있을 텐데, 부실채권이 많은 이유가 뭐지?"

"그런 것이 있으면 뭐 합니까? 목표를 달성하지 못하면 잘리는데."

양 대리가 입술을 실룩거리며 말했다.

"목표를 못 하면 잘린다니? 누가 누구를 잘라?"

"사장님이지 누구겠어요!"

옆에서 듣고 있던 팽 사원이 말했다.

"사장님이 본격적으로 회사 경영을 맡은 지 1년 됐어요. 그전에는 회장님이 회의를 주재하시고 모든 업무를 직접 챙기셨지요. 오늘처럼 회사가 클 수 있었던 것은 회장님의 리더십과 직원들의 부단한 노력 덕분입니다."

양 대리가 말했다.

"그런데 왜 갑자기 부실채권이 증가하고 직원들이 회사를 떠나는 건가?"

"1년 전 회장님이 일선에서 물러나신 것이 가장 큰 원인이에요. 회장님이 사장님에게 모든 업무를 일임한 뒤부터 분위기가 완전히 바뀌었어요."

양 대리가 커피잔을 탁자에 놓으며 말했다.

"사장님이 어떻게 하셨는데?"

"미국에서 공부했다고 직원들을 무시했어요. 기존의 업무 방식을 무조건 바꾸는 것을 혁신이라고 했지요. 회사의 사규와 업무 방식 등을 사장님이 임의로 다 바꿨어요. 처음에는 자율경영을 주장하다가 직원들의 수준이 낮다는 이유로 모든 결정을 사장님이 직접 했습니다. 지금도 그렇고요. 여러 사람의 의견을 모아야 할 중요 사안도 혼자 결정했어요. 직원들을 파트너로 생각하지 않고 관리의 대상으로만 생각하는 겁니다."

양 대리가 커피잔을 입으로 가져가며 말했다.

"관리의 대상으로 생각하다니?"

"직원을 소중한 자산이 아닌 경영의 도구로만 여긴다는 뜻입니다. 회장 자리에 하루라도 빨리 오르려는 조급함에 직원들을 얼마나 괴롭히는지 몰라요. 영업직원들은 살아남기 위해 기존의 판매 수칙을 무시하며 목표달성에 목을 맵니다. 물품납품계약서에 자필로 사인하는 등 매출을 올리기 위해 별별 편법을 다 쓰고 있어요. 악성 채권과 장기 미수는 그다음이에요. 회사에서 안 잘리려면 일단 팔고 봐야 하니까요. 팔지 않으면 책임자들도 자리를 보존할 수 없으니 알고도 모른 척합니다. 누구도 그들에게 뭐라고 할 수 없어요. 살기 위해서는 그 방법밖에 없으니까요."

"어차피 시간이 지나면 사장님이 떠안아야 할 짐인데."

"우선 대권이 중요하잖아요. 나머지는 그다음이에요. 사장님은 살 수 있는 곡선을 선택한 것이 아니라 죽음으로 내모는 직선을 선택했습니다."

양등 대리가 목에 핏대를 세우며 말했다.

"곡선은 뭐고 직선은 뭔가?"

"경영권을 좀 늦게 받더라도 정상적인 방법으로 경영하면 회사도 살고 사장님도 명실상부한 대표로 인정받을 수 있을 텐데, 황금알을 낳는 거위를 잡아 배를 째듯이 급히 서두르고 있어요. 거위도 죽고 황금도 갖지 못하는 것을 말씀드리는 겁니다."

"듣고 보니 그렇구먼."

"근데, 장기 미수나 악성 채권보다 더 큰 문제는 우수한 인재들이 회사를 떠나는 것입니다."

"회사를 떠나는 근본적인 이유가 무언가?"

"비전이 안 보이니까요. 회장님이 경영하실 때는 회사 비전을 자신의 목표로 삼는 직원들이 많았어요. 사장님이 경영하고부터 인생 목표가 사라졌어요. 자신들의 미래가 없어진 거지요. 각자의 희망이 신기루가 되어 버린 겁니다. 그리고 이 상태로는 회사가 오래 못 간다고 생각하니 하루하루가 불안한 거지요."

"그럼 기획팀은 어떻게 만들어진 건가?"

"인사팀의 장진성 팀장 아이디어예요. 사세 확장을 위한 인수 합병보다 지금의 문제를 해결하기 위해 기획팀이 필요했을 겁니다. 회장님의 신임을 받고 있는 장진성 팀장으로서는 문제를 보고만 있을 수 없었을 거예요."

"문제를 보고만 있을 수 없다니?"

"영업 부실은 계속 발생하고 직원들은 비전이 없다고 떠나니 어떤 조치라도 취해야 하는데, 혼자 힘으로는 할 수 없으니 개혁을 함께할 사람이 필요했던 거지요."

"저도 같은 생각입니다. 장 팀장님은 회사 장래를 놓고 고민을 많이 했어요. 회장님 볼 면목이 없다고 했습니다."

팽 사원이 말했다.

"담당 임원도 있고 양 전무도 있는데 왜 장진성 팀장 혼자 고민을 하나?"

"지금 임원들은 모두 사장님이 데리고 왔거나 사장님이 진급 시킨 사람들이에요. 한마디로 사장님 사람들이지요. 그러니 사장님이 하는 일에 누가 제동을 걸 수 있겠어요. 사장님이 하자는 대로 따를 수밖에요. 팀장님이 회사에 입사하게 된 것도 인수 합병보다 장 팀장과 힘을 합해 회사가 바로 설 수 있게 해달라는 뜻이 아닌가 해요."

양 대리가 의미 있는 말을 했다.

"누구의 뜻을 말하는 건가?"

"회장님이지 누구겠어요."

"회장님의 뜻이라면 회장님이 직접 지시하면 되잖아."

"회장님이 회사 일에서 완전히 손을 뗀 것은 아니지만, 사장님에게 회사를 맡겨놓고 다시 간섭하면 이도 저도 안 된다고 생각하셨을 겁니다. 그러니 자연스럽게 조직에서 해결해주기를 바라는 거지요."

"무슨 말인지 잘 알았네. 기획팀의 일원으로서 자네들의 생각은 어떤가?"

"어차피 회사가 잘못된 길로 계속 간다면 내가 떠나든 개혁에 동참하든 둘 중 하나를 선택해야 한다고 생각합니다. 저는 후자를 선택했습니다. 만일 회사가 개혁하지 못하면 저도 이곳을 떠날 겁니다."

양동 대리가 소신을 말했다.

"자네는?"

"저는 딱히 무어라고 말씀드리기가 어렵습니다. 좀 더 지켜봐야 할 것 같습니다."

"잘 알았네. 그동안의 경영 관련 자료 좀 준비해 주게."

세 사람은 휴게실을 나와 각자의 자리로 갔다. 회장이 자신과 장 팀장에게 잘 부탁한다고 말한 이유를 알 것 같았다.

첫날부터 머리가 복잡했다. 파일을 접고 사무실을 나왔다. 계절은 9월이지만 한낮은 뜨거웠다. 로터리 분수에서 물이 솟구쳐 올랐다. 분수 근처에는 더위를 식히려는 사람들로 가득했다. 오후 5시였다. 사무실로 들어갔다.

"팀장님, 오늘이 첫 출근인데 회식 어떠세요? 한국도 인사이동 때는 회식하잖아요."

팽 사원이 진필에게 말했다.

"그래, 좋아요. 근데 아직 퇴근 시간이 안 된 것 같은데."

"예약하려고요. 음식점은 어디로 정할까요?"

"나는 이곳이 처음이니 자네들 좋을 대로 해."

"보통은 회식 전에 단톡방에 공지하고 음식점을 예약하지만, 오늘은 제가 임의로 정하겠습니다."

팽 사원이 패기 있게 말했다. 퇴근 후 세 사람은 음식점을 찾았다. 7층짜리 중국음식점이었다. 전망 좋은 꼭대기 층으로 올라갔다. 자리에 앉으려는데 팽 사원이 진필을 입구 반대편 정중앙 자리로 안내했다. 문에서 제일 먼 건너편 자리에 호스트가 앉는 것이 중국식 문화였다. 팽 사원은 상사에 대한 예우로 상석을 권했다. 팽 사원은 요리를 시킨 후에 방을 나갔다. 잠시 후에 팽 사원의 손에 바이주가 들려있었다.

"그게 무언가?"

"중국 명주 우량예입니다. 오늘 팀장님도 오시고 양 대리님도 처음이어서 제가 특별히 준비했습니다."

팽 사원이 어깨에 힘을 주며 말했다.

"이 비싼 술을 가져 왔네. 나 바이주 안 마시는데. 중국에서 좋은 술 먹기 시작하면 감당이 안 될 것 같아 맥주만 마시기로 했어.”

“그럼 오늘만 마시고 다음부터는 맥주로 하시지요. 특별히 준비했는데 안 마시면 섭섭하잖아요.”

“…….”

“팀장님, 중국에는 이런 말이 있습니다. ‘사람 중에 으뜸은 황제이고, 시에서 으뜸은 이백과 두보이며, 강 중에 으뜸은 이빈이고, 술 중에 으뜸은 우량예이다.’”

“그런 말이 있었나?”

“그 정도로 우량예가 좋다는 말입니다. 양 대리님은 어느 술 마실래요? 바이주예요, 맥주예요?”

“나는 맥주 마실래. 조금만 할게요. 술 잘 못 해요. 저는 여자들이 술 마시는 거 별로예요.”

“알았네. 오늘은 팽 사원의 성의를 봐서 바이주를 마시지만 다음부터는 맥주로 하자고.”

“알겠습니다.”

팽 사원은 얼굴에 미소를 띠며 자리에 앉았다.

“그런데 이곳은 술 가져오는 것을 허용하네. 내가 공장에 있을 때는 음식점에서 꺼리던데.”

“중국은 마오타이, 우량예 등 명주의 가격이 워낙 비싸기도 하고 가짜 술이 많아서 손님이 술을 가져와서 먹는 것이 법으로 보장되어 있어요. 일종의 손님의 권리지요. 하지만 장사하는 사람들의 권리도 법으로 보호받고 있어요. 장사하는 사람이 사업장 내·외부에 음료 반입 금지나 허용을 규정할 수 있습니다. 반입을 금지하려면 음식점의 잘 보이는 곳에 '외부 음식 반입 금지' 안내문을 부착하면 됩니다."

팽 사원이 설명했다.

전채요리 렁판으로 냉채가 나왔다.

"우리 건배할까?"

잔 세 개가 공중에서 부딪혔다. 술이 몇 순배 돌자 생선요리가 나왔다.

"아름답고 먹음직스럽게 생겼네. 머리부터 꼬리까지 다 있는 게 완전 예술이야. 아까워서 어디 손을 대겠나. 춘절 때 먹는 생선을 어떻게 주문했어?"

"오늘은 특별한 날이라 제가 시켰어요."

팽시후 사원이 신이 나서 말했다.

"생선요리에는 '여유롭고 풍요롭다'는 의미가 담겨 있습니다. 그래서 붉은색의 연하장에는 황금 잉어가 한 마리씩 그려져 있지요. 아마 팽시후 사원이 우리 기획팀이 잘 되기를 기원하는 의미에서 생선요리를 주문한 것 같습니다."

"한국은 직장에서 회식할 때 주로 어떤 음식을 먹어요?"

팽 사원이 물었다.

"한국 직장인들의 주 회식 메뉴는 삼겹살에 소주야. 생선회를 먹을 때도 있고. 예외적으로 소고기를 먹기도 하는데 너무 비싸서 특별한 경우가 아니면 못 먹어."

"소고기가 얼마나 비싼데요."

팽 사원은 궁금한 듯 물었다.

"한우로 먹으면 1인당 300에서 400위안은 잡아야 해."

"야! 정말 비싸네."

"우리 다시 건배할까?"

건배 후에 낮에 했던 이야기를 이어 나갔다.

"회장님이 직접 경영하실 때는 부서 간 갈등이 거의 없었어요. 사내 분위기도 좋아서 출근하는 발걸음들이 가벼웠지요. 서로 칭찬하고 격려하면서 활기가 넘쳤습니다. 아무튼 지금은 아니에요."

양둥 대리가 말했다.

"저도 동감합니다. 그전에는 회사 분위기가 이렇지 않았어요. 지금은 서로 눈치를 보며 속에 있는 말을 하지 않아요. 서로 못 믿는 거지요."

"왜 그런 거지?"

"사장님 말에 무조건 따르는 직원들과 회장님의 유지를 받들어야 한다는 직원들 간의 갈등 때문이지요."

양 대리가 말했다.

"그렇겠지. 비정상적인 것에는 늘 갈등이 있게 마련이야."

"근데 직원들에게도 문제가 있습니다."

"직원들에게 문제가 있다니?"

"어느 편에 있든 직원들은 대부분 이런 문제들이 의도적으로 감춰지고 있다는 것을 알고 있습니다. 그리고 이대로는 안 된다는 것도 알고 있고요. 누군가 이 문제를 해결해줬으면 하면서도 자신은 아닙니다. 입으로는 위기라고 하면서 본인은 안 움직여요. 그런 현상은 고참일수록 심합니다."

양 대리가 맥주잔을 기울이며 말했다.

"저도 같은 생각입니다. 이대로는 안 된다고 하면서도 누구도 해결하려고 하지 않는 것이 문제예요."

팽 사원이 말했다.

"문제를 말하면 눈총을 받고, 경우에 따라서는 문제를 제기한 사람이 그 일을 떠맡게 됩니다. 결과에 대해서 책임도 져야 하고요. 직원들은 우리 회사가 함정에 빠졌다는 것을 알면서도 입을 닫고서 중요하지도 긴급하지도 않은 일에 열심을 냅니다. 위안을 받으려는 거지요. 자기 위안으로 문제가 해결됩니까? 같이 죽으면 덜 외로울 뿐이지요. 우리 스스로 어리석은 범죄자가 되는 겁니다. 누군가는 변화의 총대를 메야 합니다."

양둥 대리가 말했다.

"총대를 메다니?"

"지금 이대로는 안 됩니다. 벗기고 고치고 바꾸어야 합니다. 환골탈태하지 않으면 모두 죽는 게 불 보듯 뻔하기에 누군가는 앞장서야 한다는 말입니다."

"너무 심각하게 생각하진 말게. 절망적 상황에서도 얼마든지 건설적인 대안을 찾을 수 있으니까. 적절한 동기가 생기면 발 벗고 나서는 게 사람이거든."

"정 급하면 편을 떠나 누군가를 의지하겠지요, 아니면 모두 실직자가 되는데. 사장님을 따르는 직원들도 겉으론 아닌 척해도 속은 썩을 겁니다. 물고 뜯고 싸우다가도 죽는다고 생각하면 누군가는 나서지 않겠어요? 아프리카의 사바나에서 굶주린 사자와

하이에나가 물에 빠진 물소를 힘을 합해 건져내는 것을 본 적이 있어요. 평소에는 죽기 살기로 싸우다가 굶어 죽을 정도가 되니까 힘을 합치더군요."

양둥 대리가 말했다.

"아주 적나라하구먼."

"우리 조직은 아직 죽을 정도는 아닌가 봅니다. 이대로는 안 된다는 것을 알면서도 누구 하나 나서지 않습니다. 모두 쉬쉬하며 그냥 덮고 있어요. 덮는다고 냄새가 안 납니까?"

양 대리가 한숨을 쉬며 말했다.

"자네들이 건네준 파일을 보았네. 회사의 목표도 있고 비전도 있더구먼. 나는 그것을 보면서 이런 질문을 하고 싶어."

"어떤 질문인데요?"

팽시후 사원이 물었다.

"'누가 이 목표와 비전에 가족의 생계를 걸겠는가?' 자네들은 걸 수 있겠나?"

"……글쎄요."

"저는 지금의 비전이나 목표는 아니라고 봅니다."

양 대리가 말했다.

"아니라니?"

"사장 개인의 입지를 위한 공감할 수 없는 비전이나 목표는 의미가 없다고 봅니다. 지금의 비전과 목표는 진정성이 없어 직원들의 공감을 얻지 못합니다. 공감할 수 있어야 가족의 생계를 걸 거 아닙니까."

"공감할 수 있는 비전이라⋯⋯."

"공감은 아주 특별한 방식의 이해로 조직의 비전과 미션의 핵심 포인트입니다. 공감은 다른 사람과 같은 느낌을 갖는 것이 아닙니다. 그것은 동감입니다. 내가 힘들고 어려워도 상대의 고통과 분노를 이해해주고 받아들일 수 있는 것이 공감이지요. 공감은 다른 사람 안에 있는 사랑스러운 마음을, 활기찬 에너지를, 소중한 가치를 가슴으로 이해하는 것입니다."

양 대리가 힘주어 말했다.

"공감을 얻기 위해선 무엇이 필요하다고 생각하나?"

"'변화'입니다."

"어떤 변화를 말하는 건가?"

"지금 사장님이 주는 메시지는 누구의 마음도 울리지 못합니다. 그 메시지는 아무런 감동이 없는 공허한 메아리일 뿐입니다. 이기적이고 고립된 사람은 조직에 공감을 가져오지 못합니다."

"그럼 조직의 공감을 얻으려면 어떻게 해야 하지?"

"점진적 변화가 아닌 근본적인 변화가 필요합니다. 조직 내면의 영감을 반영하는 근본적인 변화라야 공감을 얻을 수 있습니다. 지금은 누구도 사실을, 진실을 말하지 않습니다. 죽어가면서도, 누군가 '구해주겠지' 하며 정작 본인은 그대로 있습니다."

"조직에도 문제가 있다는 건가?"

"우리 조직이 가지고 있는 가장 큰 문제는 '침묵'입니다. 조직 내면의 목소리에 모두 침묵하고 있습니다. 조직 내면의 목소리를 외면하는 개인의 이기성에 휩쓸려 누구도 사실을 말하지 않습니다.

침묵은 문제의 공론화를 막고 변화의 싹을 자릅니다. 변화는 권력을 가지고 있는 사람에게 위협이 될 수 있지만, 공감할 수 있는 비전을 만들어내는 데는 꼭 필요한 도구입니다. 내면의 목소리에 침묵하지 않으려면 깊은 반성과 참된 용기가 필요합니다."

양둥 대리가 힘주어 말했다.

"조직 내면의 목소리에 침묵하고 있어서 우리 회사의 미래는 없다는 말인가?"

"그렇습니다. 지금 우리 회사는 죽어가는 게 아니라 이미 죽은 상태입니다. 사망 선고만 내리지 않았을 뿐이지 이미 죽은 거나 다름없습니다. 단지 시체에서 냄새가 나지 않도록 뚜껑을 덮어놓은 것뿐입니다. 헛된 일에 쓰는 비용만큼 부질없는 것도 없을 겁니다. 죽은 것을 새로 살릴 순 없습니다. 죽은 건 죽은 겁니다."

"살릴 수 없다면 끝난 것 아닌가?"

"그러니까 새로 시작해야지요. 기존 생각을 버리고, 그동안의 방식을 바꾸고, 체제를 정비해서 다시 태어나는 겁니다. 좀 전에 팀장님이 말씀하셨잖아요. '절망적인 상황에서도 얼마든지 건설적인 대안을 찾을 수 있다. 적절한 동기가 생기면 발 벗고 나서는 게 사람이다'라고. 그 건설적 대안이 근원적인 변화입니다."

"어떤 근원적인 변화를 말하는 거지?"

"확 바꾸는 겁니다."

"확 바꾸면 윗사람도 그렇고 직원들도 받아들이기 어려울 텐데."

"물론 대부분이 급격한 변화보다 점진적 변화를 원합니다. 서서히 움직여서는 문제를 해결하지 못한다는 것을 알면서도, 불확실한 급진적 변화보다 서서히 죽어가는 기존 방식을 고집하지요. 근본적인 변화가 오히려 빠른 죽음으로 잘못 인식되기 때문입니다. 저는 서서히 죽는 길을 택하는 것이 개개인의 문제가 아니라 조직의 문제인 것으로 착각했습니다. 점진적 죽음은 나의 삶과 동떨어진 객관적이고 피상적인 것으로 알았습니다. 그런데 점진적 죽음을 선택하는 성향은 개인 일상에 깊이 뿌리박혀 있는 본능이라는 사실을 깨달았습니다. 문제는 내 안에 있지 않고 '저 밖에 있다'라는 생각 말입니다. 문제는 언제나 밖에 있기 때문에, 변화가 필요한 사람은 내가 아닌 다른 사람인 거지요. 처음에는 다른 사람에게 변화를 요구하다가 안 되면 그것을 강요합니다. 사람들은 고통을 겪고 나서야 비로소 남이 아닌 내가 변해야 한다는 것을 깨닫습니다."

양둥 대리는 정신을 집중해 말했다.

"그렇구먼."

"우리는 지금 이런 질문을 해야 합니다. '만약 우리가 지금 근본적 변화를 해야 한다면, 지금 우리가 일하고 있는 방식 그대로 할 것인가?'"

"그대로 해서는 안 되는 것 아닌가요?"

팽 사원이 말했다.

"그렇지, 다르게 해야지. 조직이 이미 최악의 상태에 빠져 있는데도 논리적 분석자료나 핑크색 결과물로 조직을 현혹하는 것은, 마치 사막에서 목이 타 죽어가는 사람에게 소금물을 주는 것과 다를 바 없습니다. 변화라고 하면 바쁘게 움직이고 전보다 더 열심히 하는 것으로 생각들 하는데, 그것은 큰 착각입니다. 일을 바쁘게 하는 것은 심리적 안정과 최면 효과만 있을 뿐이지 문제해결에는 전혀 도움이 되지 않습니다. 오히려 문제를 더 어렵게 만들고 조직을 더 깊은 수렁에 빠뜨립니다."

"결론적으로 대리님은 어떻게 하자는 겁니까? 죽어가는 조직이 아니라 죽은 조직을 새로 태어나게 하기 위해서는 근본적인 변화가 필요하다고 했는데."

팽시후 사원이 답답해 물었다.

"……기존 생각을 확 뒤집어야지."

양 대리가 숨을 몰아쉬며 말했다.

"양 대리가 말하고 싶은 결론이 무언가?"

"……회장님의 퇴진입니다."

"……."

"……."

"양 대리님, 지금 무슨 말을 하는 거예요? 회장님이 계실 때가 좋았다고 해놓고 웬 뚱딴지같은 소리예요. 회장님의 퇴진이라니."

팽시후 사원이 흥분하며 말했다.

"……."

진필은 눈을 감았다.

"새로 판을 짜는 겁니다. 완전히 거듭나야 살 수 있습니다. 회장님도 살고 사장님도 살고 우리도 살 수 있습니다. 영업목표를 다시 세우고 제도를 바꾸는 것만으로는 문제가 해결되지 않습니다. 우리가 해야 할 근본적인 변화는 문제의 근원을 파헤쳐 새롭게 하는 것입니다. 불필요하고 무의미한 곳에 투입되고 있는 귀중한 자원을 해방시키는 거지요. 완전히 새롭게 다시 태어나는 겁니다. 단순히 모양만 바꾸는 개선이 아니라 개혁을 넘어 혁명을 해야 합니다. 그래야 살 수 있습니다.

기원전 49년, 로마의 카이사르는 '주사위는 던져졌다'라고 말하며 루비콘강을 건넜습니다. 카이사르가 로마제국의 기틀을 마련한 것도 공화정의 귀족 정치를 개혁하지 않으면 멸망한다는 위기의식 때문이었지요. 원로원은 이런 카이사르를 '공화정의 파괴자'라고 규정하며 그를 국가의 적으로 단정했습니다. 카이사르는 체제 내 개혁은 원로원의 강경한 저지로 더 이상 기대할 수 없다는 것을 알았습니다. 결국 카이사르는 개혁을 통해 새로운 국가체제를 창조할 수 있었고 로마제국은 500년이나 더 지속될 수 있었습니다.

덩샤오핑도 혁명적인 개혁을 했습니다. 그는 문화혁명 때 주자파로 몰리면서 부총리에서 하루아침에 공장 노동자가 되었고 그의 아들은 불구자가 되는 말로 다 할 수 없는 고초를 겪었습니다. 그는 굴하지 않고 다시 일어나 혁명적으로 변화를 성공시켰습니다.

개혁개방이란 근원적 변화를 통해 오늘의 중국을 있게 했지요. 덩샤오핑이야말로 중국을 G2로 거듭나게 한 실질적인 창업주입니다. '어제'를 버리는 것은 고통스럽습니다. 말로 다 할 수 없는 고난이지요. 하지만 그러지 않고는 해결할 수 없는 것이 우리의 현실입니다. 그렇지 않습니까?"

양둥 대리는 긴 숨을 내쉬며 말했다.

"자네가 무슨 말을 하려는지는 잘 알겠네. 하지만 회장님이 퇴진하면 구체적으로 얻을 수 있는 것이 뭐지?"

"물으나 마나 회사가 잘 되는 것 아닙니까?"

팽 사원이 반사적으로 대답했다.

"팀장님은 무엇을 얻을 수 있다고 생각하십니까?"

양둥 대리가 진필에게 물었다.

"나도 팽 사원과 같은 생각이네."

"그렇습니다. 회장님에게 회사는 생명과도 같습니다. 생명 그 자체입니다. 회사가 잘 될 수만 있다면 무슨 일은 못 하시겠습니까. 그렇다고 자식을 내치고 70 중반에 다시 경영일선에 나설 수도 없는 일이지요. 나오시더라도 부작용이 만만치 많을 겁니다. 팀장님, 회장님이 아예 회사와 인연을 끊으신다면 사장님은 어떻게 하실 것 같습니까?"

"글쎄, 회장님이 일선에서 완전히 물러나시고 사장님이 전권을 갖게 되면, 지금과는 다르게 경영하겠지."

"맞습니다. 사장님이 실질적인 오너가 되어도 회사 발전을 위한 비전이나 제도를 거부할까요? 아닙니다. 회사가 잘 되는 일이라면 어떤 일이든 할 것입니다. 내 회사가 잘 된다는데, 그것을 마다할 오너가 어디 있습니까. 지금처럼 회장님이 계셔서 잘 안 될 바에는 회장님이 안 계시는 것이 회사에 득이 될 수 있습니다. 어차피 사장님에게 돌아갈 회사라면 본격적인 변화도 사장님 주도로 하는 겁니다."

"사장님 주도로 하다니?"

"회장님이 변화를 주도해서 잘 됐다고 해요. 그럼 사장님은 뭐지요? 사장님이 주체가 되어 변화를 주도할 때 본인이 회사에 애착을 갖게 될 텐데, 그렇지 않고 회장님의 작품이 되면 사사건건 태클을 걸고 시비를 걸 것 아닙니까. 회장님이 해서 잘 된다는 것은 사장님에게는 대권에서 멀어진다는 뜻 아니겠어요. 그러면 개혁을 위해 전면에 나서는 사람들이 일을 제대로 할 수 있을까요? 아마 쉽지 않을 겁니다. 아니 불가능합니다. 사장님이 동기부여가 되어야 합니다. 그런데 동기부여는 남이 할 수 없습니다. 남이 나를 동기부여 하지 못합니다. 내 안으로부터의 압력은 거스를 수 없지만, 외부의 강요는 실패로 끝나고 맙니다. 사장님 본인이 변화와 개혁의 중심에 서면 죽은 회사도 살릴 수 있습니다."

양둥 대리가 확신에 차서 말했다.

"일견 가능하다는 생각이 드네."

"사장님에게 회장님이 물러나는 것보다 더 확실한 동기부여가 있을까요? 그리고 모든 책임을 사장님이 져야 한다면 지금처럼 무책임한 목표로 회사를 이끌고 나갈까요? 확 바꾸지 않으면 자신의 눈앞에서 회사가 무너지는 모습을 보게 될 텐데요."

"그런데 양 대리님, 사장님이 과연 변화의 중심에 서서 환골탈태할 수 있을까요?"

팽시후 사원이 말했다.

"하늘의 제왕 솔개가 뼈를 갈아 끼우고 태를 벗기는 환골탈태를 하지 않으면 살 수 없듯이, 그렇지 않으면 죽을 텐데 그때도 지금처럼 말도 안 되는 목표를 계속 밀고 나갈까? 나는 그렇지 않을 거라고 봐."

"그렇다면 그 일을 누가 하지?"

"그 일을 누가 하다니요?"

양 대리는 진필을 보며 당연한 것을 묻는다는 표정을 지었다.

"누군가는 고양이 목에 방울을 달아야 하잖아요."

팽 사원이 말했다.

"저는 아이디어를 냈으니 이제부터는 진필 팀장님과 장진성 팀장님 두 분이 하셔야지요. 아무리 아이디어가 좋아도 결국 산을 옮기는 것은 불도저입니다."

"……."

"아, 그런 방법이 있었군요. 양 대리님 정말 대단하세요. 저는 상상도 못 했어요."

팽 사원은 흥분하며 말했다.

"자네가 무슨 말을 하는지 잘 알았네. 시간이 늦었어, 그만 일어나지."

세 사람은 음식점을 나왔다. 어둠이 깔린 도시에 네온사인이 환하게 길을 밝혔다. 음식점 옆으로 한 노점상이 보였다. 할머니가 좌판 위에 바나나를 놓고 팔고 있었다. 한 묶음에 5위안이었다. 두 묶음을 들고 10위안1800원을 할머니에게 건넸다. 할머니는 매대에 있는 QR코드를 가리켰다. 모바일 결제 서비스인 '위챗페이'로 결제하란 뜻이었다. 진필이 머뭇거리자 안 사면 가라고 면박을 줬다. IT의 위력을 실감할 수 있었다. 스마트폰만 있으면 위챗페이나 알리페이 등 어디서든 통용되었다. 노점상에까지 변화의 바람이 불었다. 두 사람에게 바나나를 나누어주고 집으로 향했다.

큰길을 따라 걸었다. 보름달이 길을 비추며 따라왔다. 양둥 대리가 한 말이 머리를 떠나지 않았다. 큰 짐이 가슴을 눌렀다. 고개를 들어 하늘을 쳐다보았다. 보름달 주위로 그리운 가족들이 나타났다. 금세 눈이 촉촉해졌다. 집에 들어와 잠자리에 누웠다. 앞으로 닥쳐올 폭풍과 가족에 대한 그리움으로 쉽게 잠을 이룰 수 없었다.

며칠이 지나고 화요 간부 회의가 있는 날이었다. 왕가위 사장, 양춘화 사업총괄본부장, 추순화 영업본부장, 위허 경리본부장, 왕리청 품질관리 본부장, 장진성 인사팀장, 왕상 자금팀장, 그리고 진필이 회의에 참석했다.

"회의를 시작하겠습니다. 지난 한 주간의 영업 현황을 추순화 영업본부장이 보고하겠습니다."

장진성 팀장은 평소처럼 영업 현황 보고를 시작으로 회의를 개시했다.

"권역별 전체 매출은 목표 대비 110% 달성했습니다. 서남권역 저장성의 매출이 20% 이상 증가한 반면 동북 권역의 랴오닝성의 매출이 약간 저조했습니다."

추순화 이사는 목소리를 낮추어 말했다.

"이유가 뭐지요?"

왕가위 사장이 물었다.

"저장성의 매출이 증가한 것은……"라고 말하자 왕 사장은 바로 말을 끊었다.

"추 이사, 내가 궁금한 것은 매출 증가가 아니라 저조한 원인을 알고 싶은 거예요. 공치사하지 말고 왜 목표를 못 했는지 그 이유나 말하세요. 목표에서 얼마나 빠진 겁니까?"

왕 사장은 고압적이었다.

"네. 랴오닝성의 매출이 저조한 것은 가축 사료에 비해 고가인 반려동물 사료의 매출이 감소했기 때문입니다. 감소 폭은 목표 대비 17%입니다."

추 이사는 주눅이 들어 목소리를 최대로 낮추어 말했다.

"그럼, 반려동물 사료의 매출이 하락한 만큼 가축 사료는 증가했습니까?"

왕 사장이 따지고 물었다.

"……그렇지는 않습니다. 가축 사료의 매출은 5% 증가에 그쳤습니다."

"동북지역은 지난주에도 목표에 미달하지 않았습니까?"

왕 사장이 큰 소리로 물었다.

"……그렇습니다."

"대안이 뭡니까?"

왕 사장이 다그쳤다.

"대안은…… 영업사원의 고객 방문 횟수를 늘리고 제품에 맞는 고객을 찾는 데 박차를 가하겠습니다."

추 이사가 흐르는 땀을 닦으며 말했다.

"매출 부진이 영업사원이 방문을 안 해서 그렇다는 겁니까? 왜 영업사원 핑계를 댑니까. 추 이사가 안 뛰는 것 아닙니까. 추 이사가 안 움직이니까 직원들이 게을러져서 매출이 감소한 것 아닙니까. 몇 주째 변명만 늘어놓고 있는데, 추 이사! 당신 영업본부장 맞아? 목표는 장난으로 정한 거야? 당신이 한다고 해서 예산도 짜고 인원도 배치한 것 아니야! 인제 와서 개판을 치면 어떻게 하자는 거야. 아무튼 이번 주에도 목표를 달성하지 못하면 담당자를 내보내든가 대기 발령시키세요. 그리고 추 이사도 경위서 제출하고요."

"……."

"왜 대답이 없어요?"

"알겠습니다. 다음은 상하이와 저장성의 영업 현황을 보고드리겠습니다."

"나머지는 됐어요. 들어보나 마나 뻔하겠지. 영업 보고는 그만하고 위허 이사, 주간 외상매출금이나 보고하세요."

분위기가 싸늘했다. 왕 사장은 전적으로 직원들을 무시했다. 제왕적 오너십의 전형이었다. 진필의 심장박동수가 증가했다. 속이 쓰렸다. 자신이 추 이사라면 어땠을까 생각했다. 갈 길이 멀어 보였다.

"네, 지난주 미수 현황을 보고드리겠습니다. 6개월 이상의 장기미수가 감소한 반면 3개월 이상이 다소 증가했습니다. 그리고…… 부도 등 불량채권이 일부 발생했습니다."

위허 이사가 판매에 대한 미수 현황을 짧게 보고했다.

"얼마가 증가했다는 겁니까?"

왕 사장이 짜증 섞인 목소리로 물었다.

"부도 2건, 3개월 이상 미수가 7건 발생했습니다. 금액으로는 9% 증가했으며, 건수로는 관리목표 대비 12% 증가했습니다."

위허 이사가 목소리를 낮추어 대답했다.

"위허 이사는 뭐 하는 사람입니까? 내가 그렇게 입이 닳도록 말했잖아요. 아무리 많이 팔아도 돈을 받지 못하면 말짱 꽝이라고. 자고 나면 미수가 늘어나니 어떻게 하자는 겁니까? 누군 땅 파서 장사합니까? 작은 업체는 반드시 보증을 받고 큰 업체는 회수 기간을 줄이라고 그렇게 귀가 아프도록 말을 해도 왜 안 지키는 겁니까? 제발 원칙대로 하세요. 보증을 제대로 받으면 부도가 나도 회수에 문제가 없잖아요. 규정을 어긴 직원과 장기미수가 많은 직원 순서대로 명단 작성해서 별도 보고하세요. 채권담당자도 시말서 제출하라고 하고요."

왕 사장이 화를 내며 말했다.

"사장님, 채권담당자는 최선을 다하고 있습니다. 한 번만 더 기회를 주시지요."

위 이사는 지푸라기를 잡듯 사정했다.

"위 이사! 지금 봐주자는 겁니까? 사업을 인정으로 합니까? 누구는 봐주고 누구는 시말서 받고 그렇게 하자는 겁니까? 적용하려면 일관성이 있어야 하잖아요! 내가 지시한 대로 하세요. 위 이사도 시말서 쓰고 싶어서 그러는 거예요? 그럼 위 이사가 쓰세요."

"……네, 알겠습니다."

"이건 뭐 사업하는 맛이 나야 해 먹지. 왕리청 이사는 뭐 할 얘기 없어요?"

왕 사장은 품질관리 본부장인 왕리청 이사에게 물었다.

"허베이성과 산시성의 불량품은 교체를 완료했으나, 산둥성의 지난과 취푸로 출하된 사료 일부에 문제가 생겨 반품조치 했습니다."

"얼마나 반품된 겁니까?"

"지난은 11톤 카고 10대에서 1대가 반품됐고요, 취푸는 15대에서 2대가 반품됐습니다. 지난은 GPS의 문제로 잘못 출하된 것을 옌타이로 돌려 해결했습니다. 취푸는 불량품이 잘못 나갔습니다. 일부 곰팡이가 난 것이 출하되어 차체로 반품이 됐습니다. 앞으로 품질관리를 철저히 해서 이런 일이 다시는 발생하지 않도록 최선을 다하겠습니다."

왕리청 이사는 얼굴을 숙이며 말했다.

"참, 가지가지 하네. 아주 회사를 말아먹자는 심산이로군. 도대체 당신들 뭐 하는 사람들이야! 이제 보니 당신들이 문제네. 이렇게 무능한 사람들을 믿고 사업을 하니 잘 될 리가 있나. 뭐 하나 잘하는 구석이 있어야지. 그래, 멀쩡한 제품이 왜 곰팡이가 납니까? 습도조절을 잘하고 선입선출 원칙을 지키면 불량이 날 게 뭐 있습니까?"

왕 사장은 한숨을 쉬며 말했다.

"잦은 비로 습도가 높아 불량이 났습니다. 그날 생산한 제품을 조사했더니 여러 제품에서 비슷한 현상이……."

왕 이사가 말하는데 왕 사장이 말을 끊었다.

"당신, 뭐 하는 사람이야! 날씨 탓이나 하고. 당신은 습도 높으면 밥 안 먹어? 톈진은 대륙성 기후라 비도 적게 오고 건조한 날이 많은데 비가 얼마나 왔다고 습도 타령을 하고 있어! 당신 품질관리 전문가 맞아? 그러고도 당신이 품질관리본부장이야? 밑에 사람들이 뭘 보고 배워! 정말 뭐 하나 제대로 하는 것이 없네. 이걸 어떻게 해야 하나. 장 팀장! 자네, 인사팀장 맞지? 이 사람들 어떻게 해야 해?"

왕 사장은 씩씩대며 말했다.

"……."

장진성 팀장은 입을 열지 못했다.

"정말 한심한 사람들이네. 인사팀은 보고할 것 없나?"

"직원 이직이 줄지 않고 있습니다. 이대로는 안 될 것 같습니다. 조금 전에 사장님께서 직원을 교체하거나 시말서를 받으라고 하셨는데, 처벌보다는 근본 원인을 조사해서 해결책을 마련하는 것이 바람직하다고 생각합니다."

장진성 팀장이 신중하게 말했다.

"그럼 장 팀장은 내가 하는 방법이 바람직하지 않다는 건가? 자네 지금 내 인내심을 시험하는 거야? 장 팀장, 회장님 방식대로 해도 된다고 생각하면 큰 오산이야. 세상이 바뀐 것을 알아야 해. 그런 나약하고 느슨한 감정으로 인사를 담당하니 직원들이 떠나는 것 아니야! 정말 뭐 하나 잘하는 사람이 있어야지. 일도 제대로 못 하면서 인정에 끌리면 어떻게 하자는 거야! 정말 답답해 미치겠네."

왕 사장은 분이 풀리지 않은 듯 얼굴이 빨갛게 달아올랐다.

"당신이 기획팀장인가?"

왕 사장이 진필을 보며 물었다.

"네. 진필 기획팀장입니다."

"진필 팀장은 회사 돌아가는 거 빨리 파악하도록 하세요. 진 팀장도 이 사람들처럼 하려면 아예 그만두든가. 정말 어디 가서 우리 직원들 얘기도 못 해. 다른 회사는 사장이 한마디 하면 일사천리로 움직인다는데, 이건 목이 터져라 얘기해도 들어먹지 않으니. 진 팀장은 어떻게 생각해요?"

"……."

"이번에 진 팀장을 뽑은 것도 이런 문제들을 해결하기 위한 거니까 매사에 관심을 갖고 임해주세요. 오늘은 그만합시다."

왕가위 사장은 일어나 회의실을 나갔다.

"아! 정말 못 해 먹겠네. 말도 안 되는 목표를 정해놓고 무조건 쪼면 어떻게 하자는 거야."

추순화 영업본부장이 책상에 노트를 던지며 말했다.

"영업부서에서 잘못 판 것을 왜 나한테 화를 내는 거야. 내가 부실채권을 만들라고 했나, 돈을 받아오지 말라고 했나, 정말 애꿎은 사람 잡는데 미치겠네."

위허 경리본부장이 말했다.

"위 이사, 지금 무슨 말을 하는 거야? 영업에서 잘못 팔다니. 정말 보자 보자 하니까 못 하는 말이 없네. 사장이 목표를 일방적으로 잡아서 우리 직원들이 애를 먹고 있는데 영업을 잘 못 하다니, 당신 말 다 했어?"

"당신이라니? 나이도 어린놈이 말을 함부로 하네."

위허 본부장이 얼굴을 붉히며 말했다.

"뭐라고?"

두 사람은 멱살을 잡고 막 욕을 했다.

"지금 뭐 하는 겁니까?"

양춘화 전무가 두 사람 사이에 끼어들었다.

"전무님도 잘 아시잖아요. 이게 목표예요? 사장님이 일방적으로 정한 목표가 어디 정상적인 영업목표냐고요! 전무님도 가만히 있으면 안 되지요. 현실을 말씀해 주셔야지 한마디 말도 안 하고 가만히 있으면 저희는 어떻게 합니까? 하루 이틀도 아니고 꼭 이렇게 해야 합니까? 우리가 무슨 죄인입니까, 노비예요? 한마디 말도 못 하고 계속 당하고만 있게."

추 이사가 양 전무에게 신세 한탄을 했다.

"……내가 무슨 말을 할 수 있겠나? 나도 매일 깨지는데. 내가 거들면 불에 기름을 부은 것처럼 화를 내고 난리를 부릴 텐데, 내가 무슨 말을 할 수 있겠어. 말이 총괄 본부장이지 내가 할 수 있는 일이 없다는 것 다들 잘 알잖아. 이런 상황을 잘 알면서 우리끼리 싸우면 어떻게 해. 자, 두 사람 이리 와요."

양춘화 전무는 추 이사와 위 이사를 불러 화해시켰다.

진필은 회의실을 나와 사무실로 내려갔다. 머리를 몽둥이로 얻어맞은 것처럼 흔들렸다.

"회의 끝났어요?"

팽시후 사원이 물었다.

"그래, 양 대리는 어디 갔나?"

"저기 오네요."

팽 사원이 말했다.

"팀장님, 회의 첫날인데 어떠셨어요?"

양둥 대리는 예상했다는 듯 미소를 지으며 물었다.

"그렇지 뭐. 우리 차 한잔할까?"

세 사람은 회의실로 들어갔다. 팽 사원이 커피 석 잔을 뽑았다.

"팀장님, 간부 회의에 처음 참석한 소감 좀 말해주세요. 첫날이라 별일은 없었을 테지만……."

팽 사원이 말했다.

"회의가 다 그렇지, 뭐. 자네들이 더 잘 알잖아. 그건 그렇고. 어제 얘기한 개선방안 말인데, 문제와 문제점을 잘 분석해서 해결 대안을 만들어봐. 부족한 것은 내가 첨삭할 테니."

"알겠습니다. 팀장님, 조만간에 장진성 팀장과 이야기를 나눠야 하지 않을까요?"

양 대리가 조심스럽게 말했다.

"회사 돌아가는 것을 파악한 후에 만나는 것이 좋을 것 같아. 참, 좀 전에 말한 분석자료와 별도로, 지난 5년간의 손익계산서와 영업 관련 자료 및 직원 이동상황을 준비해 줘."

그때 사장실에서 양둥 대리를 찾았다.

"사장님이 내려오라는데요."

양 대리가 말했다.

"사장님이 왜 자네를 찾지?"

"글쎄 모르겠네요. 개인적인 호출은 처음인데."

양 대리가 긴장한 듯 말했다.

"하여튼 다녀와."

양둥 대리가 사장실로 들어갔다.

"양둥 대리입니다."

"그리 앉게."

왕가위 사장은 인터폰으로 차를 시켰다.

"그래, 자네는 기획팀을 지원했다지?"

"네."

"자네 인사기록을 보니까, 영업팀에서 실적이 좋았던데 어떤 이유로 기획팀을 지원했나?"

왕 사장은 찻잔을 들며 말했다.

"아, 네. 영업도 좋지만 평소 기획에 관심이 많아 지원했습니다."

"그렇구먼. 자네처럼 실력 있는 사람이 기획팀을 맡아야 해. 자네 같은 사람이 인사나 기획을 해야 우리 회사가 바뀔 수 있어. 지금 임직원들로는 미래를 기약할 수 없어. 책임감도 부족하고 실력도 없는 사람들이야. 자네처럼 실력 있고 유능한 직원이 중요 포인트에 있어야 회사가 잘 돌아가지. 지금은 발령이 난 지 며칠 안 돼 정신이 없겠구먼. 참, 인사팀에서 간 직원이 있다고 하던데?"

"네. 팽시후 사원입니다."

"그 친구는 어떤가?"

"열심히 하고 있습니다. 붙임성도 좋고요."

"자네가 볼 때 잘하면 키워주고 그렇지 않으면 다른 사람으로 교체하도록 해. 앞으로 자네 마음에 드는 직원이 있으면 얼마든지 말하게, 내가 뽑아줄 테니. 팽 사원도 장진성 팀장과 같이 있었다면 별로 배운 게 없을 거야. 장 팀장은 사람은 어떤지 몰라도 공적인 일을 인정으로 처리해. 실력이 없으니 일을 그런 식으로 하는 거지. 자네는 장 팀장 어떻게 생각하나?"

왕 사장은 양 대리의 마음을 살폈다.

"네, 잘은 모르지만 실력 있는 팀장으로 알고 있습니다. 일 처리가 분명하고 인사에 치우침이 없다고 들었습니다."

"그래? 인정에 이끌려 이편도 저편도 아니니 그런 말을 듣는 거겠지. 하여튼 자네만 믿네. 그건 그렇고 진필 팀장은 어떨 것 같나?"

"함께 일한 시간이 짧아 아직 잘 모르지만, 기획에는 전문가인 것 같습니다."

양 대리는 조심스럽게 말했다.

"그래, 아무튼 기획팀은 회사의 컨트롤 타워로 아주 중요한 부서야. 진필 팀장은 외국인으로 얼마나 있을지 모르니 자네가 팀장이라 생각하고 구석구석 챙기도록 해. 그만 나가 봐."

양 대리가 사장실을 나가려는데 다시 불러 세웠다.

"양둥 대리, 진 팀장이 일을 파악하려면 시간이 걸릴 테니 그곳에서 일어나는 일은 시간에 구애받지 말고 나에게 직접 보고하도록 해. 진 팀장이 알면 기분이 나쁠 수 있으니 얘기하지 말고. 무슨 뜻인지 알겠지? 그리고 애로사항 있으면 언제든지 찾아와. 그만 나가 봐."

왕가위 사장은 양 대리의 어깨를 보듬으며 말했다.

"……알겠습니다."

양둥 대리는 사장실을 나오며 머리가 복잡했다. 회장의 수족인 장 팀장을 배제하려는 것이 확실했다. 진필 팀장도 회장이 뽑았다는 이유로 제거하려는 것이 분명했다. 양 대리 자신도 사장 편에 서지 않으면 살아남기 어렵다는 것을 직감했다.

"저기 양 대리 오는데요."

"무슨 일로 부른 거야?"

"네, 기획팀이 처음이니 열심히 하라고 했습니다. 다른 특별한 것은 없었습니다."

"그래, 좀 쉬어."

"팀장님, 오늘 점심은 간단하게 햄버거 어떠세요?"

팽 사원이 말했다.

"나는 괜찮은데 양 대리가 어떨지 모르겠네."

"저도 좋습니다."

시곗바늘이 12시를 가리켰다. 세 사람은 회사 근처 맥도널드 매장으로 향했다. 매장 안이 사람들로 붐볐다. 실내는 생각보다 넓고 쾌적했다. 한국의 맥도널드와 분위기가 비슷해 외국이라는 느낌이 들지 않았다. 종류도 다양했고 아이들이 좋아하는 마카롱도 있었다. 각자 취향에 맞게 세트 메뉴를 주문했다. 맥카페가 따라 나왔다. 가격은 한국과 비슷했다.

"KFC가 중국을 휩쓸더니 이젠 맥도널드가 중국의 안방을 차지하겠구먼."

"닭은 몰라도 햄버거로 그렇게 되겠어요?"

팽 사원이 말했다.

"아니야, 그렇지 않아. 1974년 미국 맥도널드가 US스틸사의 시장가치를 넘어섰을 때 미국 조야에서는 '햄버거 프랜차이즈 사업이 어떻게 철강산업보다 클 수 있습니까?'라며 놀라움을 금치 못했어. 그런 의문에 비웃기라도 하듯 맥도널드는 1985년 미국의 다우존스 30대 기업에 당당히 이름을 올렸지."

"햄버거 파는 회사가 그렇게 대단합니까?"

팽 사원이 놀랍다는 듯 말했다.

"팽 사원, 맥도널드의 브랜드 가치가 세계 몇 위나 될 것 같아?"

"글쎄요. 전 세계 브랜드를 놓고 보면 50위 아니 100위 안에 들까요?"

"아니야. 텐센트나 알리바바에 뒤지지 않아."

"그 정도입니까?"

"매년 10위권 안에 들어. 먹는 거라고 쉽게 볼 게 아니야. 햄버거 하나가 웬만한 IT 기업 못지않아."

"참, 대리님, 오늘 사장님이 왜 부르신 거예요?"

팽 사원이 햄버거를 입에 물며 물었다.

"기획팀이 처음이니까 잘하라고 부른 거야. 팀장님도 새로 오시고 해서 관심을 보이는 거지, 뭐."

양 대리가 대수롭지 않다는 듯 말했다.

"팀장님도 준비해야겠네요."

"준비하다니, 뭘?"

"대리님을 불렀으니 팀장님도 부르지 않을까요?"

팽 사원은 커피를 마시며 말했다.

"글쎄, 나는 찾지 않을 거야. 새로 들어온 사람에게 뭐 할 말이 있겠어. 안 그런가, 양 대리?"

"네, 잘 모르겠습니다. 팀장님, 한국에서 드시던 햄버거와 비교해 어떠세요?"

양 대리가 관심을 다른 데 돌리려는 듯 말했다.

"맛있네. 커피도 괜찮고."

"우리 중국은 따라 하는 것 잘합니다. 원조와 같게 만드는 데는 선수예요. 아마 미국 맥도널드 매장과 별 차이 없을 겁니다. KFC도 미국과 거의 같다고 해요. 따라 하고 베끼는 것은 우리 중국이 잘하는데, 그것을 악용하는 게 문젭니다."

"악용하다니?"

"한류 가수들의 CD도 하루면 중국 시장에 나옵니다. 저작권 보호가 안 됩니다."

"그래?"

"그런데 우리 중국이 한국을 따라 하지 못하는 것이 있습니다."

"그게 뭔데요?"

팽 사원이 물었다.

"옷을 빨리 만드는 것은 따라 하지 못해요. 한국은 새로운 패션의 옷이 외국에서 유행하면 동대문이나 남대문시장에서 하루 반나절이면 만들어내는데, 그것은 우리가 따라 하지 못합니다."

"나는 우리나라가 그 정도인지 몰랐는데."

"하지만 따라 하는 것이 좋은 것만은 아니에요. 남의 것을 베끼는 데 열심을 내면 창의력이 살지 못하잖아요. 조사하고, 분석하고, 연구하는 데 인색하면 진짜 실력이 늘지 않아요. 패스트푸드나 옷은 레시피와 기본 디자인대로 하면 따라 할 수 있습니다. 중요한 것은 겉모습이 아니라 속이지요. 우리 중국이 하드웨어는 잘 따라 해도 속 내용이 그렇지 못한 게 문제입니다."

"속 내용이라면 무엇을 말하는 건가?"

"한류 같은 것 말입니다."

"한류라면 K팝을 말하는 건가?"

"K팝, 드라마, 오락프로 등 그런 거지요."

"양 대리님, 우리가 왜 못 따라 하는 거예요?"

"소통과 다양성의 부족 때문이 아닌가 해. 한류는 관객의 입장에서 무대를 꾸미고 노래하고 춤추지. 무대 위의 스타만 조명하는 게 아니라 관객의 적극적인 참여를 유도해 출연자와 관객, 그리고 시청자가 하나가 되거든. 원활한 소통과 치밀한 기획에 전 세계가 흥분하는 것이지. 게다가 그들의 오랜 훈련은 어느 나라도 따라 하지 못해. 한국의 연예 기획사는 훈련을 혹독하게 시키기로 유명해. 10초 20초의 출연을 위해 3년, 5년, 아니 10년 이상을 가르치고 훈련하니 누가 따라갈 수 있겠어. 그런 뼈를 깎는 노력을 하니 BTS 같은 세계적인 가수들이 나오는 거지. 겉에 보이는 모습이 아니라 그

이면에 있는 소통하는 능력과 피나는 노력을 봐야 해."

"우리 중국도 그런 노력이 필요하네요."

"당연하지. 기업이 고객을 먼저 생각하고, 국가가 인민을 먼저 헤아리는 진정한 소통이 필요해. 그것이 국가 운영의 진정한 소프트웨어지. 그렇지 않습니까, 팀장님?"

"맞아. 그런 소프트웨어 없이 1등 기업, 1등 국가는 될 수 없지."

"우리 회사처럼 사장님이 일방통행식으로 경영하면 1등은 고사하고 살아남을 수 있을지 모르겠어요. 아무튼 햄버거가 팀장님 입에 맞으니 다행이에요."

양둥 대리가 말했다.

"나는 향차이만 빼면 패스트푸드뿐 아니라 중국 음식도 다 잘 먹어."

"향차이도 자주 먹으면 익숙해져요. 건강에 좋으니까 계속 드셔보세요. 참, 오늘 저녁 시간 어떠세요? 제가 잘 아는 닭갈비집이 있는데 한국인이 운영해서 팀장님 입맛에 맞을 겁니다. 원조…… 닭갈비라고 하던데."

팽 사원이 말했다.

"'춘천' 닭갈비 아니야?"

"네, 맞습니다. 한국 춘천에서 닭갈비 음식점을 하다가 오셨대요. 우리 중국인들도 좋아해요."

팽 사원이 신이 나서 말했다.

"알았네. 양 대리, 오늘 저녁, 내가 쏠 테니 같이 가지?"

"네, 알겠습니다."

세 사람은 식사를 마치고 밖으로 나왔다.

"두 분 먼저 들어가세요. 저는 담배 좀 피우고 올라가겠습니다."

맥도널드는 실내에서 흡연이 금지되어 있었다. 얼마 전까지도 담배를 피울 수 있는 식당이 많았다. 공공장소에서의 흡연이 문제가 되면서 흡연석과 금연석을 나누거나 아예 금연하는 업소가 늘고 있었다.

진필과 양 대리는 사무실로 향했다.

"팀장님, 드릴 말씀이 있습니다."

"뭔데?"

"오늘 사장님이 저에게 기획팀에서 하는 일을 별도로 보고하라고 했습니다. 팀장님에게는 말씀드리지 말고요. 그리고, 저……."

"말해보게, 괜찮으니까."

"……사장님은 제게 인사팀장이나 기획팀장의 입장에서 일을 하라고 하셨어요."

"양 대리는 사장님이 왜 그렇게 말했다고 생각하나?"

"장진성 팀장은 회장님의 사람이라 멀리하려는 것 같고, 팀장님은 회장님이 뽑으셨으니 아무래도 부담이 돼서 그러는 것 아닐까요? 사장님 사람으로 판을 새로 짜려는 것 같아요."

"양 대리 판단이 맞을 거야. 그럼, 사장님이 지시하는 대로 해. 꼭 우리만 알고 있어야 할 정보 이외는 다 보고드려. 괜찮아. 부담 갖지 말고 말씀드려."

"알겠습니다. 그건 그렇고 언제 장 팀장님 만날 거예요?"

"회사 돌아가는 사항을 어느 정도 파악하고 나서 만나려고 하는데."

"사내 분위기가 워낙 안 좋아 빨리 만나는 게 좋을 것 같아요. 매출 목표는 그렇다 치더라도, 직원들이 모이기만 하면 수군거리고 회사에 대한 불만이 장난 아니에요. 식대 지원금이나 사무용품비의 사용 한도를 줄이고, 퇴직한 직원의 자리를 채워주지 않아 야근을 밥 먹듯 하니 어디 직원들이 견디겠습니까. 폭발 직전입니다. 어쨌든 이대로는 안 됩니다. 무슨 수를 써야지."

"알았네."

퇴근 후 허핑구 빈장따오에 있는 닭갈비 전문점으로 향했다. 식당은 30층 건물의 3층 음식백화점 안에 있었다. 닭갈비 특유의 분위기는 덜 했지만 인테리어가 밝고 깨끗했다. 앞치마와 인덕션에 춘천닭갈비 로고가 새겨져 있었다. 평가 어플 평점이 5점 만점에 4.8점으로 매우 높은 편이었다. 닭갈비 3인분과 라면사리, 볶음밥, 치즈사리, 음료 3잔의 세트 메뉴를 주문했다. 가격은 195위안이었다. 한국 돈 38,000원으로 한국과 별 차이가 없었다. 반찬은 셀프 코너가 별도로 마련되어 있었다. 칭다오 맥주 2병을 추가로 주문했다. 마트에서 4~5위안 하지만 식당은 두 배를 받았다. 주문한 지 5분 만에 닭갈비가 나왔다. 속도는 한국인의 경쟁력이었다. 한국처럼 고기를 먹은 후에 밥을 볶아주는 게 아니라 닭갈비가 익을 동안 볶음밥을 해주었다.

"자, 다 익은 것 같은데 우리 건배할까?"

모두 파이팅을 외치며 잔을 부딪쳤다. 한국에서 먹던 여느 닭갈비 못지않게 맛이 좋았다.

"자네들 입맛에 맞는지 모르겠네."

"매운데 맛있어요."

양둥 대리가 고기를 집으며 말했다.

"맵지만 제 입맛에 딱이에요."

팽 사원이 신이 나서 말했다. 불판 위에서 수저가 쉬지 않았다. 술이 몇 순배 돌아가고 팽 사원이 입을 열었다.

"팀장님, 전에 레미콘 공장 총경리로 계셨을 때 얘기 좀 해주세요."

"특별히 생각나는 것이 없어, 고생한 것밖에."

"공장은 톈진 어디예요?"

양 대리가 맥주를 따르며 말했다.

"시칭구에 있는 장가와 공업원이야. 외곽도로와 연결이 되어있어 교통이 편리했고 시내까지 10km로 레미콘 공장으로 적격이었지."

"기억에 남는 것 좀 얘기해 주세요."

팽 사원이 궁금한 듯 물었다.

"중국 사람들이 들으면 좋은 얘기도 아닌데……."

"말씀해 보세요. 저희에게도 도움이 될 수 있으니까요."

양둥 대리가 말했다.

"먼저 인상 깊었던 일이 생각나네. 레미콘 시장조사를 할 때 일이야. 공업원이 있는 개발구가 향급이었는데 국제회의실이 있더라고. 그것도 6개국어로 동시통역이 되는 시스템을 갖추고 있어서 깜짝 놀랐지. 그 정도일 줄은 상상도 못 했어. 그때 중국이 대단하다는 것을 느꼈어."

"저도 중국인이지만 향급이 그 정도인 줄은 몰랐습니다."

양둥 대리가 말했다.

"한번은 공장 신축과 관련해 공무원들과 회의를 하는데 담당 공무원이 삐딱하게 앉아있는 거야. 기분이 안 좋은 채로 회의를 시작했지. 내가 무엇을 요구해도 공무원은 너무 쉽게 해주겠다고 하더라고. 그래서 내가, 모든 약속을 담당 행정구역의 장이 아니라 서기의 사인을 받아달라고 했지. 그랬더니 자세를 고쳐 앉더라고. 내가 무언가 안다고 느껴서인지 그다음부터는 진지하게 대했어."

"그런 일이 있었군요. 그때도 지금처럼 중국어를 잘하셨어요?"

팽 사원이 물었다.

"그렇지 않아. 그때는 전혀 못했어."

"그럼 어떻게 배우신 거예요?"

"사연이 있어. 내가 처음 중국에 왔을 때 통역이 그러더라고. '한국 주재원들은 중국어는 한마디도 못 하면서 '간빠이'만 잘 한다'라고. 얼마나 창피하던지. 한국인들이 중국인을 무시해서 중국어를 안 배운다는 것을 비꼬아서 한 말이었어. 그래서 한족 중국어 강사를 구했지. 하루 2시간, 일주일에 5번 개인 교습을 받았어. 아침에는 중국어를 배우고 오후에는 중국인들을 만나 배운 것을 써먹었지. 내 발음이 이상하고 말이 안 될 때가 많아 사람들에게 웃음거리가 되곤 했어. 심지어 KTV가라오케에 가서도 조선족이 아닌 한족 여자들과 되지도 않는 중국어로 계속 말했지.
하여튼 극성을 부렸어. 그렇게 하니 빨리 늘더라고. 근데 문제는
성조야. 성조가 잘 안 돼. 모국어가 아니라서 그런지 성조 때문
에 애를 먹었어. 지금도 성조가 어려워.”

“밝히지 않으면 팀장님이 한국인인지 모를 거예요. 근데 팀장님
은 번체자_{정식 한자}가 간체자_{간략하게 고친 한자}보다 더 익숙한가 봐요?”

양둥 대리가 말했다.

“그렇지. 아무래도 한국에서 쓰던 정자인 번체자가 익숙해. 동남
아 국가 중에서도 한국처럼 번체자를 쓰는 나라가 몇 곳 있더라고.
싱가포르와 말레이시아는 공식적으로 간체자를 쓰지만, 홍콩이나
마카오, 대만은 번체자를 표준으로 사용하고 있어. 번체자를 주로
사용하는 곳은 자신들의 정체성을 나타내는 수단으로 사용한다고
하더라고. 일국양제니 하나의 중국이니 하는 것 때문에 언어 사용
에 미묘한 감정이 있는 것 같아. 어쨌든 그렇게 중국어를 배웠어.”

“그 외에 뭐, 특별한 것 없었어요?”

팽 사원이 물었다.

“잊히지 않는 나쁜 기억이 하나 있긴 해.”

“그게 무언데요?”

팽 사원이 궁금한 듯 물었다.

“중국의 고질적인 삼각채무 때문에 애를 먹었어. 우리 회사는
제품을 납품하고 대금을 받지 못하고 있는데, 우리 회사에 자재
를 납품한 업체에서는 납품 대금을 내놓으라고 협박을 하는 거
야. 우리도 납품한 곳에서 돈을 못 받아서 못 준다고 하니까, 깡

패들을 데리고 와서 나를 천장에 매달더라고. 정말 그때는 죽는 지 알았어. 그런 일을 겪고 나니까 정이 뚝 떨어져서 일하기 싫더라고. 한마디로 '삼각채무'의 덫에 걸렸던 거지."

"그런 일이 있었군요."

"좋은 일도 있었어. 훌륭한 직원을 만난 거야. 그 직원은 지금도 연락하고 지내. 가족 같은 친구야. 지금 다롄에 살고 있지. 톈진에 오기 전에 만났어. 내 얘기는 그만하고. 톈진 얘기 좀 해봐. 팽 사원 고향이 톈진이라고 했나?"

"네. 저는 톈진에서 태어나 자란 오리지널 톈진맨입니다. 고중_{중고등학교}을 베이징에 나왔기는 하지만."

팽 사원이 어깨를 으쓱이며 말했다.

"그래서 톈진에 대해 잘 아는구면. 톈진 자랑 좀 해보게."

"톈진은 이름 그대로 하늘의 아들인 '황제가 이곳으로 들어왔다' 라고 해 붙여진 이름입니다. 예전에는 황제의 별장이 이곳에 있었어요. 톈진은 약칭으로 '진'이라고 부르고, 톈진의 자동차 번호판은 모두 이 '진' 자로 시작합니다. 톈진은 동북과 화남을 잇는 교통의 요지이며 발해만의 주요 항구라는 지리적인 이점을 갖고 있습니다. 단지 군대 주둔지였다는 이유로 베이징이나 상하이에 비해 경제발전이 더딘 것이 흠입니다."

팽 사원이 자신 있게 말했다.

"근데 톈진 하면 바로 떠오르는 게 없어. 베이징 하면 하이테크산업의 증관촌이 떠오르고, 상하이는 푸둥 신구의 세계적인 금융무역구가 생각나며, 충칭 하면 삼협대개발이 기억나는데 유독 텐진만이 자신의 특구를 개발하지 못하고 있어."

"꼭 그렇지만도 않아요. 19세기 후반 서양의 과학을 배우려는 양무운동으로 텐진의 산업은 크게 발전했습니다. 단지 군수산업의 중심도시가 되면서 현대 하이테크산업에 눈을 늦게 떴을 뿐입니다. 텐진의 인구는 1500만 명이 넘고 면적은 한국의 경기도와 비슷한, 세계 30위권의 거대도시입니다. 현재는 상하이, 시안과 함께 중국 3대 항공기 생산기지로 전 세계에서 네 번째로 대형 항공기를 생산하고 있어요. 그뿐 아니라 장비제조업의 발달로 자동차, 기계 분야도 눈부시게 발전하고 있습니다. 매년 중국 북방지역 최대 로봇 박람회인 텐진국제공업박람회가 열리고 있고요."

팽 사원이 의기양양하게 말했다.

"그러고 보니 텐진도 대단하구먼."

"팀장님, 텐진 하면 무엇이 제일 먼저 생각나세요?"

팽 사원이 물었다.

"글쎄, 나는 항구가 제일 먼저 떠오르는데."

"뭐니 뭐니 해도 텐진 하면 먹거리입니다. 텐진은 음식 천국이에요. 텐진은 예로부터 북경 고관의 자제 중 벼슬이나 출세에 관심이 없거나 과거에 급제하지 못한 한량들이 이곳에서 풍류를 즐겼다고 해요. 그래서인지 옛날부터 음식이 많이 발달했어요. 팀장님, 텐진이 자랑하는 세 가지가 뭔지 아세요?"

"글쎄…… 사람 좋은 것하고 음식이 다양한 건가?"

"텐진이 자랑하는 3가지는 다양한 음식과 안전한 치안, 그리고 저렴한 물가입니다. 중국 4대 직할시 어디와 비교해도 이 세 가지는 뒤지지 않습니다. 이곳 사람들은 옷이나 헤어스타일 등의 외모에는 크게 신경 쓰지 않습니다. 부자들도 옷을 티 나게 입지 않아요. 반면, 음식을 굉장히 좋아하고 중요하게 생각합니다. 특히 해산물을 좋아합니다. '해산물은 빚내서 먹어도 흉보지 않는다'라는 말이 있을 정도예요. 톈진 음식은 해산물이 주재료로 물고기 지느러미와 제비집 요리가 유명합니다. 이 밖에 간식도 수백 종이 넘습니다. 그중에서도 거우부리바오쯔, 구이파샹마화, 얼둬옌자가오는 '톈진싼줴'라 하여 톈진의 3대 명물입니다."

팽 사원이 자랑스럽게 말했다.

"나도 거우부리바오쯔는 몇 번 먹어봤어. 그런데 이름이 이상하던데. 거우부리란 말은 '개무시'란 뜻 아닌가? 왜 이름이 그렇지."

"청나라 말기 톈진에 더쥐하오라는 음식점이 있었는데, 음식점 주인 가오구이유의 아명이 '개'였다고 합니다. 그 집 만두가 유독 맛이 좋아 장사가 잘되다 보니 손님들에게 불친절했대요. 그래서 단골들은 농담으로 '개狗는 우릴 신경도 안 쓰네不理'라고 말하면서, 지금의 거우부리로 굳어졌다고 해요. 직역하면 '개무시'지요. 거우부리는 1858년 설립 이후 160여 년의 역사와 전통을 이어오고 있는 중국의 라오쯔하오오랜 역사를 지닌 중국 전통 브랜드에서도 손꼽히는 명물입니다.

거우부리는 위안스카이가 서태후에게 진상하면서 전국적으로 유명해졌어요. 마오쩌둥도 거우부리를 좋아했고 지금의 시진핑 주석까지 즐겨 찾는다고 합니다. 외국사절도 자주 찾는 곳입니다."

팽 사원이 입이 마르도록 자랑을 했다.

“그런데 팽 사원, 왜 음식점 주인의 아명이 ‘개’였나? 좋은 이름도 얼마든지 있었을 텐데.”

　“중국은 예로부터 아이에게 아주 천박하고 하찮은 이름이나, 동물 이름으로 아명을 지었습니다. 아명은 아이들이 학교에 들어가기 전까지 불렀는데, 성인이 된 후에도 본명보다 아명을 부르는 경우가 많았어요. 신분이나 남녀 구별 없이 아명을 지어주는 것이 일반적인 중국의 문화이고 관습이었어요. 공자는 ‘구丘’라는 이름을 사용하다가 그대로 정식 이름이 되었지요. 조조의 아명은 아만거짓말쟁이이었고, 명나라를 세운 주원장의 아명은 중팔이었어요. 그가 태어날 당시 아버지의 나이와 어머니의 나이를 합치면 88, 즉 중복으로 8이 있다 하여 아명을 중팔이라 지었지요.

　아명은 천하고 나빠야 했어요. 그래야 귀신이나 염라대왕이 안 데려가고 오래 살 수 있다고 믿었습니다. 이름이 좋을수록 귀신이 좋아해 일찍 죽을 것을 염려해서 그렇게 지은 겁니다. 그런데 절대 사용해서는 안 되는 호칭이 있습니다.”

　전직이 선생이었던 팽 사원은 아이들에게 수업하듯 자세히 설명했다.

　“그게 무언가?”

　“‘거북’입니다.”

　“거북이는 한국이나 중국에서 장수의 상징 아닌가?”

　“거북은 예로부터 봉황, 용, 기린과 함께 네 가지 영험한 동물로 신성한 존재였습니다. 하지만 상대에게 ‘왕팔거북의 별칭’이나 오구검정거북라고 말하면 바로 주먹이 날아옵니다. 당나라 때 환락가에서 일하던 사람들이 모두 머리에 녹색의 두건을 두르고 있었는데, 이것이 홍등가 사람들이 마치 거북의 목처럼 보인다고 하여 이들을 거북이라고 불렀답니다. 또한 이들 남정네의 여자 대부분이 홍등가에서 기녀 노릇을 하였는데, 이들 기녀를 오구라고 불렀대요. 중국 사람에게 거북이라 부르는 것은 반드시 피해야 합니다."

"그렇구먼."

"아무튼 톈진 하면 길거리 음식인데 이젠 옛말이 됐습니다. 정부에서 노점상을 단속해서 지금은 옛날 정취를 찾아볼 수 없어요. 안타까운 일이지요."

"노점상을 왜 없앤 건가?"

"2008년 베이징 올림픽이 열리면서 가로 정비 차원에서 싹 없앴어요. 너무 안타까워요."

"톈진이 자랑하는 것이 음식 말고 또 뭐가 있다고 했지?"

"안전한 치안과 저렴한 물가입니다. 톈진은 치안이 좋기로 유명합니다. 공권력이 좋다기보다 톈진 사람들은 싸움을 거의 하지 않습니다. 싸운다고 해야 서로 욕을 하는 정도지 주먹다짐을 하는 경우는 매우 드뭅니다. 또 톈진은 다른 도시에 비해 물가가 저렴합니다. 아주 적은 돈으로도 배를 채울 수 있고 생필품을 살 수 있습니다. 근데 요즘은 비싼 곳도 많아 가격 비교를 잘해야 합니다. 좋은 것이 있는 반면 안 좋은 것도 있습니다."

"뭐가 안 좋은데?"

"운전 습관입니다. 팀장님이 레미콘 공장을 해봐서 잘 아시겠지만, 이곳 사람들 운전이 거칠어요. 운전 매너가 꽝이에요. 자전거와 보행자들이 알아서 피해 갈 것으로 생각해 운전법규를 잘 안 지킵니다. 또 하나 안 좋은 것은 여자들이 억센 것입니다. 여자들의 기가 장난이 아니에요. 톈진의 지형이 음기가 강해서 그렇다고 합니다. 어디에 가도 큰소리는 여자들이 냅니다. 여자가 목소리를 높일 때 같이 높이는 남자는 거의 없습니다."

"조심해야겠구먼. 우리 다 먹었으면 나가서 좀 걸을까?"

"좋습니다."

밖으로 나왔다. 군데군데 크고 작은 광장에는 누구라 할 것 없이 군무를 추었다. 박자가 느린 곳이 있었고 어느 곳은 피트니스 센터 못지않게 빠른 박자로 흥을 돋웠다.

"3년 전에 내가 이곳에 왔을 때와는 많이 달라졌어. 그때는 이렇게 빠른 리듬이 없었는데."

"느린 템포는 인기 없어요. 빠른 박자라야 사람이 모입니다."

차창 멀리 티엔타의 안테나가 보였다.

"팀장님, 우리 야경도 볼 겸 티엔타에 올라가는 거 어떠세요?"

팽 사원이 신이 나서 물었다.

"한 번도 가본 적이 없는데 올라가 볼까?"

"가보시지요."

양 대리가 말했다. 택시를 타고 티엔타로 향했다. 호수 한가운데 우뚝 솟은 티엔타가 보였다.

"야! 꽤 높은데."

"티엔타는 높이가 415m의 방송 송신탑으로 세계에서 4번째로 높은 건축물이에요. 탑루 안에 있는 회전식 레스토랑은 한 번에

2000명까지 수용할 수 있습니다."

세 사람은 택시를 내려 탑에 올랐다. 실내는 연인들로 붐볐다. 전망대에서 보는 야경은 화려했다.

"팀장님, 어떠세요? 가슴이 탁 트이지 않습니까?"

팽 사원이 물었다.

"야경이 볼만하구먼. 자네들은 이곳에 자주 오나?"

"저는 이번이 두 번째입니다. 이곳에 살아도 자주 안 오게 됩니다."

양둥 대리가 밖을 보며 말했다.

"저는 친구들하고 가끔 옵니다."

팽 사원이 말했다.

"우리 같이 사진 찍을까?"

사진을 몇 장 찍고 밖을 내다보며 한 바퀴 돌았다. 폐장 시간이 되자 연인들이 하나둘 자리를 떴다. 티엔타 시계는 밤 9시를 가리켰다. 내려와 각자 집으로 향했다.

버스에 올라 차창에 몸을 기댔다. 하루 일이 주마등처럼 스쳐 지나갔다. 긴 하루였다. 집에 들어와 잠자리에 누웠다. 달빛이 길게 들어와 있었다. 어둠이 빗장을 잠그자 갑자기 주변이 어두워졌다. 한두 방울 빗줄기가 유리창을 적셨다. 이내 밀가루 반죽이 기름에 튀듯 굵은 빗줄기가 유리창을 때렸다.

어느덧 업무가 몸에 익고 사내 분위기를 피부로 느낄 수 있었다. 여느 때처럼 한 시간 일찍 출근했다. "한 시간을 일찍 시작하면 한 달에 하루가 생기고 1년이면 15일을 얻을 수 있다"라고 아버지는 자주 말씀하셨다.

휴대폰이 울렸다. 장진성 팀장이었다. 저녁때 만났으면 한단다. 장 팀장과의 사적인 만남은 이번이 처음이었다.

퇴근 시간이 되자 서둘러 사무실을 빠져나왔다. 음식점 7층으로 올라갔다. 장진성 팀장이 기다리고 있었다.

"일찍 오셨네요."

"아닙니다. 저도 조금 전에 왔습니다."

두 사람은 오랜 친구처럼 반갑게 맞았다. 진필이 문 쪽에 앉으려 하자 장 팀장은 진필에게 상석을 권했다.

"아닙니다. 장 팀장님이 회사 선배이니 상석에 앉으세요."

"아닙니다. 오늘은 제가 진 팀장님을 초대했고 연배도 저보다 위이니 상석에 앉으셔야 합니다."

장진성 팀장은 계속해서 진필에게 상석을 권했다. 하는 수 없이 진필이 상석으로 갔다.

"진 팀장님, 요즘 새로운 환경에 적응하느라 힘드시지요?"

사무실에서와는 달리 장진성 팀장은 진필을 살갑게 대했다.

"힘들긴요. 직장생활이 다 그렇지요."

"이제 입사한 지 얼마나 되셨지요?"

"3개월이 조금 넘었습니다."

종업원이 와서 주문을 받았다.

"진 팀장님, 오늘은 제가 계산할 테니 마음 놓고 드세요. 이 집 음식 먹을만합니다."

"아닙니다. 오늘은 제가 내겠습니다. 입사할 때 장 팀장님을 괴롭힌 죄로 기회가 되면 대접하려 했습니다."

"아닙니다. 오늘 식사는 제가 계산해야 합니다. 그럴만한 이유가 있습니다."

"그럴만한 이유라니요?"

"실은 이 자리, 회장님께서 마련하셨습니다. 지금의 어려움을 슬기롭게 헤쳐나가기를 바란다며 술 한잔하라고 하셨어요. 그렇다고 당장 무엇을 어떻게 해야 하는 것은 아니니까 편하게 드세요."

"그랬군요."

"진 팀장님이 좋아하는 음식으로 시키세요. 오늘 비싼 음식 좀 먹어봅시다."

장진성 팀장은 메뉴판을 진필에게 건넸다.

"저는 이 집이 처음이니 장 팀장님이 시키세요. 저는 다 잘 먹습니다."

"네, 알겠습니다. 그러면 제가 시키겠습니다. 거우부리바오쯔는 자주 들어보셨을 테니까 다른 음식으로 시키겠습니다. 텐진사오뉘오웨이와 인위즈시에훠궈 그리고 마화위를 먼저 먹고 부족하면 밥이나 면 종류를 시키지요. 식사 후에는 디저트와 과일이 나올 겁니다. 이 집 주방장 디저트가 일품입니다. 괜찮겠습니까?"

"좋습니다. 벌써 입에 침이 도는데요. 지금 주문한 음식들은 제가 안 먹어본 음식들이네요."

음식 이야기로 서먹한 분위기를 풀어나갔다.

"아, 네. 지금 주문한 음식들은 텐진을 대표하는 10대 요리입니다. 텐진사오뉘오웨이는 소꼬리를 조려서 만드는 음식으로 원래는 산시성의 전통 요리였는데 천진 사람들 입맛에 맞게 변화를 주었습니다. 귀한 손님과 같이할 때 주로 이 음식을 먹습니다. 인위즈시에휘궈는 흰밥과 자줏빛 게로 만든 전골 요리로, 오래전부터 천진의 전통 요리였습니다. 이 음식은 '진구 겨울의 네 보물'이라고 불리는 흰밥과 자줏빛 게를 볶아서 국물에 끓인 것입니다. 2018년에 천진의 10대 고전 요리로 선정되었지요. 그리고 마화위는 생선을 꽈배기처럼 꽈서 만든 요리입니다. 생선을 꼬는 데는 창의력이 필요합니다. 꼬인 생선은 천진의 3대 불가사의 중의 하나로 활어를 사용하는 것이 특징입니다."

"장 팀장님은 음식에 대해서도 잘 아시네요. 설명을 들으니 빨리 먹고 싶습니다. 여러모로 배려해주셔서 감사합니다."

"감사하긴요. 참, 술은 제가 따로 준비했습니다. 우량예입니다."

장 팀장이 가방에서 우량예를 꺼냈다.

"이 술을 좋아하신다고 들었습니다."

장진성 팀장의 용의주도한 모습을 볼 수 있었다.

"제 취향을 어떻게 아셨어요?"

"양 대리에게 물어봤습니다. 바이주를 좋아하시는데 요즘은 맥주를 드신다고요. 오늘은 진 팀장님과의 의미 있는 만남이라 특별히 바이주를 준비했습니다. 저도 평소에는 맥주를 마십니다. 오늘은 이것으로 하고 다음부터는 맥주로 하지요."

사려 깊고 따뜻한 사람이라는 생각이 들었다. 음식이 나왔다.

"자, 제 잔 한잔 받으시지요."

장진성 팀장이 먼저 진필의 잔에 술을 따랐다.

"자, 마시기 전에 우리의 만남을 위해 장 팀장님이 건배사 한 번 하시지요."

장 팀장에게 건배사를 요청했다. 짧은 구호 속에 장 팀장의 생각이 함축돼 있다고 생각했다.

"아닙니다. 진 팀장님이 하시지요."

"장 팀장님이 오늘 만남을 주선했으니 장 팀장님이 해주세요."

"알겠습니다. 그러면 제가 하지요. '위기 극복과 회사의 발전을 위하여!'"

현재 상황을 위기로 느끼는 것이 분명했다.

"아, 우량예 맛이 좋은데요. 목이 타들어 가다가 그 독한 기운이 입과 코로 빠져나갈 때, 정말 그때 기분은 뭐라 말할 수 없어요."

"그렇습니다. 특히 중국 독주는 뒤끝이 좋아 많이들 좋아합니다."

잔이 몇 순배 돌았다.

"장 팀장님, 대학에서 전공은 무엇을 했어요?"

"저는 인문학을 했습니다. 부전공으로 역사를 했는데, 세계사보다 중국 역사가 더 어려워 수박 겉핥기식으로만 했습니다."

"중국 사상과 역사는 잘 아시겠네요."

"그렇지 않아요. 중국의 사상이나 역사는 깊고 방대해서 누구든지 어려워합니다. 전문가들도 한정된 범위 내에서나 알지 다방면으로 깊이 알기는 어려워요. 어디 가서 중국 사상이나 역사에 대해 함부로 얘기 못 해요. 내용이 어렵기도 하지만 굴곡진 역사가 많아 잘못 말하면 오해를 사거나 의심을 받습니다."

"의심을 받다니요?"

"중국 4천 년 역사에는 유독 중원의 한족에게 굴욕적인 사건들이 많았습니다. 역대 황제만 해도 한족보다 이민족 출신이 많았어요. 진시황이 최초로 중원을 통일하고 청나라가 멸망하기까지 2100년 동안, 순수 한족이 세운 왕조는 한나라 405년, 명나라 276년 합해서 681년에 불과합니다. 나머지는 모두 선비, 거란, 몽골, 여진, 돌궐, 흉노 등 순수 한족이 아닌 북방 민족이었어요.

특히 중국의 근현대사는 부침이 심했습니다. 외국과의 전쟁으로 나라의 주권을 잃기도 하고 영토가 분할되는 아픔을 겪기도 했습니다. 1949년 중화인민공화국 건국 이후, 1958년의 대약진운동의 경제적 실정과 1966년 문화대혁명의 정치적 수난은 많은 인민에게 말할 수 없는 아픔을 주었습니다.

자유민주주의와 달리, 사회주의 중국은 아픈 역사를 사실대로 말하려 하지 않습니다. 현 정권의 실정은 말할 것도 없고 과거 정권의 잘못에 대해서도 매우 민감합니다. 특히 민주화나 인권, 사회의 아픈 면을 정면에서 마주하기를 꺼립니다."

"문제가 있으면 원인을 드러내 단죄를 하고 개선을 해야 하는 것 아닌가요?"

"중국공산당은 단죄가 가져올 수 있는 변수에 민감합니다. 단죄의 칼날이 부메랑이 되어 자신에게 다시 돌아올지 모른다는 불안감에서도 그럴지 모릅니다. 우리 중국은 충돌에서 빛을 발하는 집단지성보다는 일방적인 지시와 명령의 획일성에 익숙합니다. 인민들도 그런 것을 받아들이는 데 인색하지 않습니다."

"보복 때문인가요?"

"그런 면도 있지만, 중국 인민들은 많은 민족과 방대한 영토를 하나로 묶는 데는 그 방법이 더 효과적이라고 믿기 때문입니다. 인민들은 중국이 중화라는 가치 아래 하나의 중국으로 거듭날 수만 있다면 공산당의 지시와 명령을 기꺼이 받아들입니다."

"그런 사고가 밑바탕에 깔려있군요."

"소수민족의 경우만 해도 그렇습니다. 우리 중국은 한족 이외에도 55개 민족이 함께 사는 다민족 국가입니다. 1949년 중화인민공화국이 수립될 때는 약 400개의 소수민족이 있었지만, 두 차례의 민족 식별 작업을 거쳐 55개 민족만 소수민족으로 인정받았습니다."

"민족 식별 작업도 쉽지 않았겠네요."

"그 작업에 잡음이 끊이지 않았습니다. 그중에서 대표적인 것이 조선족입니다. 조선족은 가장 짧은 역사와 적은 인구에도 불구하고 소수민족 중 처음으로 조선족자치주를 세웠습니다."

"조선족보다 인구가 많은 족속이 여럿 있는데 어떻게 조선족이 최초로 자치주를 세울 수 있었나요?"

"1949년 중화인민공화국이 세워지고 중국공산당은 1952년 민족구역자치실시요강을 발표했습니다. 이때 조선족의 군사적 기여로 길림성 동부에 연변조선민족자치구^{현 조선족자치주}가 생겼습니다. 당시 조선족은 새로운 중국 건설에 앞장선 공로를 인정받아 중국 공민으로서 상당한 대우를 받는 소수민족이 되었지요. 조선족은 다른 소수민족과 달리 한국이나 베이징, 상하이 등지의 대도시로 이주해 윤택한 생활을 하는 유일한 민족입니다."

"중국의 소수민족 구성은 어떻게 되어있습니까?"

"한족이 약 12억 8천만 명으로 중국 전체 인구의 92%를 차지하고 있습니다. 그다음으로 광시좡족자치구와 윈난성, 광동성 일대에 사는 좡족이 1천6백만 명으로 네덜란드 인구와 비슷합니다. 그다음은 1천만이 조금 넘는 만주족입니다. 만주족은 진 팀장님도 잘 아시다시피 말갈, 여진으로 불리다가 금나라와 청나라를 세운 민족이지요. 그리고 기타 소수민족으로는 중앙아시아의 튀르크계의 위구르족, 몽골족, 티베트족 순이며, 조선족은 190만 명으로 13번째입니다. 소수민족 중에 인구가 제일 적은 족속은 시장 자치주에 사는 '로바족'으로 전체 인구가 약 2천9백 명밖에 되지 않습니다."

장 팀장은 역사학도답게 민족 구성에 대해 잘 알고 있었다.

"중국의 역사는 부침이 매우 심한 것 같습니다. 저는 솔직히 한족의 정체성을 잘 모르겠어요. 1840년 영국과의 아편전쟁 이전의 중국은 최고의 문명국가였습니다. 산업혁명 이전에는 세계 경제의 3분의 1을 담당했고, 외국과의 교역에서도 1:1이 아니라 몇 배 후하게 베풀었던 경제 대국이었지요. 그럼에도 중국인의 삶에 임하는 태도에서 이중적 자대를 봅니다. 명분을 중히 여기는 유가의 태도를 취하다가도 실리에 중점을 두는 도가의 가르침을 따르는 경우를 많이 봅니다. 또 인민을 위한다고 하면서도 개발과 성장이라는 이름으로 환경을 도외시하고 서민들의 삶을 외면합니다. 장 팀장님, 무엇이 중국의 진짜 모습입니까?"

"고대 중국인들에게는 '국가'라는 개념보다 '천하'라는 의미가
더 익숙했습니다. 기원전 11세기 주 왕조 때 여러 나라가 있었지
만, 그들은 한결같이 하나의 중심을 향해 있었고 그 중심을 통해
서 자신의 정체성을 확인했습니다. 중심이란 곧 주나라 천자를
가리켰습니다. 개별 국가 그 자체가 독립된 국가로의 최종 귀속
은 아니었습니다."

"독립이란 개념과는 다르다는 말이군요?"

"네, 그렇습니다. 춘추시대 때 제후국 간에 피비린내 나는 전
쟁은 있었지만, 그들이 천하와 천자의 관념을 버리고 개별 국가
를 최상위에 놓은 것은 아니었어요. 중국은 고대로부터 크고 작
은 나라가 별도로 존재한 적은 없었고 단순히 천자 아래 자기들
만의 터전을 국가라고 지칭했어요. 중국인들은 예로부터 지도
자가 누가 되었든 하나의 국가에 소속되기를 원했습니다. 중국
은 인도처럼 종교나 신분제로 복잡한 나라도 아니고 인도네시아
처럼 여러 언어를 가진 나라도 아닙니다. 또 미국처럼 먼 곳에서
이주해 온 부모나 그 윗세대 조상이 있지도 않습니다. 중국 인민
은 이합집산을 거듭했을 뿐이지 별개의 국가로 떨어졌다 붙었다
하지 않았습니다. 그렇게 중국은 나누어졌다가도 다시 결합했습
니다. 유럽처럼 '통합'이 아니라 하나의 나라로 천하 '통일'을 원
했습니다. 그것은 지금도 마찬가지입니다."

장 팀장이 열을 내며 말했다.

"통합과 통일의 차이가 뭡니까?"

"통합은 서로 다른 요소들이 하나의 시스템으로 결합하는 과정이고, 통일은 원래 하나였던 국가나 조직이 여러 개로 나누어졌다가 다시 원래대로 결합하는 것입니다. 통합은 동화이고, 통일은 일치입니다. 유럽은 통합이고 중국은 통일이지요. 신장 위구르와 티베트는 몰라도 한족과 소수민족들 모두 나라가 분열되는 것을 원치 않습니다. 새롭게 나라를 세워도 종국에는 통일국가로 존재하기를 원하지 각기 독립된 국가로 남기를 원하지 않습니다.

　한국과 북한이 다시 결합하는 통일국가를 원하듯 우리 중국도 통일국가로 남기를 원합니다. 중국은 촘촘히 박은 누비이불 같아서 누구라도 뜯어내기가 쉽지 않습니다. 하지만 중국이 다른 나라보다 이질감이 적다고 해서 중국인들 사이의 동질성이나 유사성이 한국처럼 많다고 생각하는 것은 오산입니다. 한족이 92%나 되어도 그 내부엔 난해한 방언과 각기 다른 관습과 다양한 문화가 존재합니다."

　"개별 국가의 수가 늘어나도 결국 하나의 국가로 존재하기를 원한다는 뜻이군요."

　"네, 그렇습니다. 한족의 개념도 같은 의미로 해석하면 이해가 쉽습니다. 한족은 다른 소수민족처럼 하나의 족속이 아니라 황하 중·상류에서 활동하던 중원의 화하족을 말합니다. '중화'는 '중국'과 '화하'의 합성어지요. '중국'은 지역적으로 자신을 천하의 중심으로 자부할 때 쓰는 단어입니다. 그리고 '화하'는 황하 지역, 즉 중원에 거주하는 구성원의 결집과 민족적 정체성을 나타낼 때 쓰는 단어입니다. 따라서 중화에는 지리적 중심부의 의미와 민족 정체성의 요소가 함께 녹아 있습니다. 중국인들은 자신들을 중화민족이라고 부르기를 좋아합니다. 문화적 자부심과 민족의 동질성을 가장 잘 표현하기 때문이지요. 중국인들은 족속의 개념보다 자신이 어디에 속해 있느냐, 즉 지리적으로 어디에 있느냐가 더 중요하게 생각합니다."

"중국처럼 중원지역과 북부지역으로 확연하게 나뉘는 나라도 드물 것입니다. 중국의 지역적 개념을 어떻게 이해해야 할까요?"

"중국은 크게 중원 농경문화와 북부 유목문화로 나눌 수 있습니다. 이는 생활방식의 차이뿐 아니라 북방과 남방을 나누는 지역적 기준이지요. 중원 정착 문화와 북방 유목문화는 강우량 400mm 선을 경계로 나뉩니다. 명나라 때 쌓은 만리장성의 경계선을 보아도 강우량 400mm가 기준이었음을 알 수 있습니다. 황허 문명의 발상지인 중원은 계절풍의 영향으로 토질이 윤택해 농업이 번창했으며 여러 왕조의 수도로서 정치와 경제의 중심지였습니다.

반면 중국 북부는 북위 50도에 걸쳐있는 유라시아, 아시아, 몽골에 이르는 광활한 지역으로, 지역 대부분이 초원이나 사막으로 이루어져 춥고 강수량이 적으며 토지가 척박했습니다. 신장의 타림 분지 같은 지역은 매우 건조하여 연간 강수량이 10mm도 채 안 됩니다."

"생활방식이나 기질도 확연히 다르겠군요."

"북부 유목민족은 생존을 위해 이동해야 했으며 재산은 오직 가축밖에 없었습니다. 생활에 필요한 물건들은 외부에서 조달할 수밖에 없었지요. 그들의 기질은 호전적이었고 자유분방했으며 침략에 능했습니다. 그리고 집을 떠나 있는 남편을 대신해 아내들이 가장 역할을 하는 모계사회를 이루는 곳이 많았습니다. 그들은 비옥하고 온화한 남쪽의 농경 지대를 수시로 넘나들었으며, 세력이 왕성할 때는 속도에 우위를 점하는 말잔등 위에서 천하를 손에 넣었습니다. 3세기에는 선비족 탁발역미가 한족을 정복했으며, 7세기에는 선비족 이연이 황하 유역을 평정해 당나라를 세웠고, 13세기에는 몽골족이 원제국을 세웠으며, 17세기에는 만주족이 청나라를 건국했습니다. 이 모든 사례가 북방 민족의 중원 진출의 역사입니다.

중원의 한족들은 힘이 약할 때는 성을 쌓아 방어했고 나라가 강성할 때는 서부와 북부지역을 정벌했습니다. 한 무제 때 10만 대군을 이끌고 흉노를 정벌한 것이나 명 성조 때의 북벌 등이 그 예입니다."

"전쟁 이외 외국과의 교류는 어땠나요?"

"7세기 초 송첸캄포가 토번^현 _{티베트}을 통일했을 때, 당 왕실은 문성공주를 평화사절로 시집보내 화친을 도모했지만 오래 가지 못했습니다. 그 외 당나라 때의 비단길을 제외하면 다른 문명과의 교류는 거의 없었습니다."

"그럴만한 특별한 이유가 있었나요?"

"지리적으로 다른 나라와의 교류가 쉽지 않았습니다. 중국 대륙의 북쪽은 몽골의 초원과 사막, 시베리아, 북극의 황야와 인접해 있었고, 서쪽은 히말라야와 파미르고원의 거대한 산맥에 가로막혀 있었지요. 또 동쪽은 산해관_{만리장성이 끝나는 곳}의 준령과 삼림이 웅장하게 펼쳐져 있었고, 서남쪽은 높은 산과 거대한 밀림 지대가 가로놓여 있었습니다. 그리고 동남쪽은 남중국해와 중국해가 끝없이 펼쳐져 있었어요. 우리 선조들은 외부와의 교류가 거의 차단된 악조건 속에서 황허 문명을 일궈냈던 겁니다."

"그렇군요."

"청나라 때의 유학자 왕부지는 농경과 유목이라는 생활방식의 차이를 '중국'과 '이적'으로 구분했습니다. 그는 방어할 수 있는 성곽이 있고 경작할 수 있는 논밭이 있으며 부과된 세금을 낼 수 있고 혼인과 관직이 보장되는 사회를 중국이라 했습니다. 반면 성곽도 경작지도 없고 예의도 없으며 정처 없이 떠돌아다니는 사회를 이적으로 규정했지요. 두 문명의 충돌은 전쟁의 상처도 남겼지만 서로 얻은 바도 컸습니다.

중원의 한족은 기마민족인 유목민으로부터 말타기와 활쏘기 등을 배웠으며 유목민들은 선진 생활방식과 정치제도, 생활풍습 등을 접할 수 있었습니다. 결국, 유목민족은 한족 문화권에 동화되어 자신들의 정체성을 상실하고 대부분 역사 속으로 사라졌습니다. 방대한 세력을 자랑했던 선비, 저, 갈 등은 당나라 이후 사라졌으며, 거란족은 원대 이후 역사적 기록이 거의 남아 있지 않습니다."

장진성 팀장이 잔을 비우며 말했다.

"장 팀장님, 중원은 구체적으로 어디를 말하는 겁니까?"

"중원은 중국의 화북지방으로 황허의 중·하류 지역을 말합니다. 구체적으로 허난성과 산둥성, 허베이성, 산서성의 남부와 섬

서성의 관중 지역이 이에 속한다고 보면 됩니다. 황하가 가로지르는 황토고원은 고대 중국 대륙에서 가장 식량 생산성이 높았던 비옥한 땅으로 밀, 조, 목화, 참깨 등의 주산지였습니다. 먹거리가 풍부했던 중원을 차지하는 자가 천하의 주인이 되므로 전쟁이 끊이질 않았습니다.

역대 왕조의 수도였던 중원은 비옥한 땅과 편리한 교통으로 정치와 경제, 문화의 중심지였어요. 물론 420년의 남조와 1126년 정강의 변 이후 남송이 세워지면서 정치의 중심은 그대로 화북지방이었지만, 경제의 중심은 강남지방으로 옮겨갔습니다. 이런 배후에는 수양제의 대규모 수로 공사의 역할이 컸습니다."

"중국을 말할 때는 유가의 공자를 말하지 않을 수 없습니다. 중국 한나라 때부터 지난 2천 년 동안 일부 왕조를 제외하고는 유교가 국가의 정치와 사상의 기초가 되었는데, 유독 20세기에 들어와서 공자가 수난을 당한 이유가 무엇인지 모르겠어요.

한 연구자료에 의하면, 유교 국가였던 중국이 18세기까지는 전세계에서 가장 부유했다고 합니다. 1820년 한 해만 하더라도 세계 국내총생산의 30% 이상을 차지했으며, 이는 서유럽, 동유럽, 미국을 모두 합친 것보다 더 높은 수치였다고 해요.

그리고 일부에선, 한국에 들어온 유교가 교육과 권위에 대한 복종을 강조함으로써 경제발전에 긍정적 역할을 했으며, 일본의 유교 역시 협동을 강조했기 때문에 경제발전이 가능했다고 주장합니다. 이 밖에도 홍콩, 싱가포르, 타이완 등의 급속한 경제 도약의 저변에는 유교적 가치가 있었다고 합니다. 그런 면에서 공자를 비판하고 역대 황제들이 참배했던 사당을 부수고 불사르는 것은 이율배반적이라 생각하는데 팀장님은 어떻게 생각하세요?"

"역사는 대부분 승자의 편에서 쓰이기 때문에 균형된 시각을 갖기는 어렵습니다. 중국 역사에서 공자처럼 왕조와 정치체제에 따라 존경을 받기도 하고 증오의 대상이 된 인물도 드물 것입니다. 공자는 20세기에 들어와 세 번씩이나 타도의 대상이 되었다가 2008년 올림픽 때는 존경의 대상이 되었습니다."

"세 번은 언제를 말하는 건가요?"

"첫 번째는 1850년에서 1864년까지의 대규모 내전인 홍수전의 태평천국의 난 때입니다. 공자상이 파괴되는 등 태평군이 저지른 공자에 대한 모욕은 광란을 방불케 했지요.

두 번째는 1919년의 중국 현대사의 분수령이 된 5·4운동 때입니다. 한국의 3·1운동과 윌슨의 민족자결주의의 영향을 받은 신문화운동은 공자를 반동 봉건의 괴수로 낙인찍었지요.

세 번째가 문화대혁명 때의 '비림비공' 운동으로 공자를 임표와 한통속으로 몰아넣었습니다. 공자는 권력자의 통치이념과 정치적 격랑 속에 희생양이 되었던 겁니다."

"그럼, 공자가 구체적으로 무엇을 잘못한 건가요?"

"공자는 중국의 사회주의 정신에 위배 되는 남녀 차별 등 봉건시대의 폐습의 원흉으로 지목되었어요. 중국 역사에서 성공한 왕조는 공자의 사상과 이상을 찬양했지만 20세기에 들어와서는 전혀 그렇지 않았습니다. 마오쩌둥은 어느 지도자보다 공자에 대한 증오심이 컸습니다. 마오는 공자가 조상숭배나 남아선호사상 등 불공정하고 부도덕한 행위를 가져왔다고 주장했습니다. 또 중국을 수천 년간 봉건 체제에 머물게 함으로써 중국인에게 커다란 해를 입힌, 편협하고 반평등주의적 인물로 낙인찍었습니다. 특히 문화대혁명의 광기는 홍위병들로 하여금 엄청난 만행을 저지르게 했지요. 신문화운동에 참여한 작가 루쉰 역시 공자가 중국의 젊은이들을 희생시켰으며 여성을 억압했고 전통 숭배가 어떻게 혁신을 가로막았는지 준엄하게 비판했어요.

그밖에 적지 않은 지식인들이 국가 위기의 책임이 유교적 가치에 있다고 주장했지요. 그들은 한때 유교 국가였던 일본이 서양 문명을 받아들여 중국보다 발전하게 되었다고 주장하면서도 유교를 비판했습니다. 하지만 올림픽을 계기로 완전히 역전되었어요. 사회주의를 고수하면서도 조화로운 사회건설을 위해 단합을 강조하는 후진타오 주석의 구호에는 강력한 유교적 요소가 녹아 있었습니다. 올림픽 개막식에서 공연된 핵심 문자 '和'는 시각적으로 사람들의 눈길을 사로잡았습니다. 논어에 나오는 "친구가 먼 곳에서 찾아오면 이 또한 즐겁지 않겠는가"라는 말은 2008년 8월 8일 베이징 올림픽의 개막식에 인용되면서 유명해졌지요.

베이징 올림픽은 공자의 후손들이 올림픽 점화식에서 중요한 역할을 담당하게 함으로써 중국의 사상과 정신적 위대함을 만천하에 과시했습니다. 불과 40년 전만 해도 공자를 가혹하게 비판했던 사람들은 중국공산당의 최고 지도자가 주관하는 영광스러운 국제 행사에 공자가 등장하는 날이 오리라고는 상상도 못 했을 겁니다. 이처럼 공자에 대한 평가는 격동의 시기를 거치면서 상반된 상황을 연출했습니다."

"그럼, 요즘은 어떻습니까?"

"중국 정부는 공자와 유가 사상을 널리 알리는 것 외에 세계 여러 나라에 공자학원 설립을 물심양면으로 지원하고 있습니다."

"공자학원 설립 취지는 무엇인가요?"

"공자학원의 공식적인 목표는 중국어와 중국사를 통해 중국의 문화유산을 전파하고 4천 년 중국 문명을 지속해서 알리는 데 있습니다. 그런데 안타깝게도 공자학원이 중국공산당의 대외 선전조직의 하나라는 비판이 끊이지 않고 있어요. 사실 여부는 차치하더라도 공자의 사상과 학문이 우리 삶에 많은 영향을 끼친 것은 부인할 수 없습니다."

"올림픽 이후 공자의 사상과 철학이 중국인에게 새롭게 각인되고 있군요."

"그런 셈이지요."

"오늘 장 팀장님의 설명으로 희미했던 부분이 좀 더 밝아졌습니다."

"뭐, 수박 겉핥기식이지요. 저는 대학에서 인문학과 역사를 공부했고, 입사해서도 인사만 담당해서 마케팅이나 기획, 재무 등은 잘 모릅니다. 진 팀장님에게 기대가 큽니다. 제 얘기는 그만하고 진 팀장님 얘기 좀 해주세요."

"저는 대학에서 경영학을 전공했지만, 실제 일은 입사해서 배웠습니다. 대학생 때는 데모하고 미팅하느라 제대로 공부한 기억이 없어요."

"데모라고 하면 혹시 정부를 상대로 한 것입니까?"

"그렇습니다. 경찰에 잡혀가서 조사도 받았는데요. 학생이라면 자기 생각과 다르면 강하게 주장도 하고 항의도 할 수 있어야지요. 그게 젊음의 특권 아닙니까?"

"중국에서의 반정부 데모는 상상하기 어렵습니다. 가령 살던 집이 헐리거나, 부실공사로 사람이 죽는 경우처럼 민생과 관련된 사건이 아니면 거의 데모하지 않아요. 특히 중국공산당의 사상이나 정책에 반대하는 데모는 거의 하지 않습니다. 데모에 대한 처벌도 가혹합니다. 진 팀장님도 아시겠지만 1989년에 천안문에서 큰 데모가 있었어요. 많은 인민이 죽고 그로 인해 외국의 제재도 심했다고 들었습니다. 중국공산당은 사건의 원인을 사상교육의 부재로 진단했습니다. 1991년부터 중국의 교육제도가 확 바뀌었어요. 초등학교에서 대학교까지 국가에 대한 충성, 지도자에 대한 존경심, 공산당 철학 등의 교육이 필수가 되었지요. 주로 사상교육이 강화됐습니다. 교육 때문인지 대부분의 인민은 민주화 데모를 매국적 행위로 간주합니다. 심지어 많은 해외 유학생들마저 중국공산당의 정책을 지지합니다. 또 지침을 내리면 그대로 따라 하는 데 별 거부감이 없습니다."

"철저한 사상교육이 국뽕을 양산했군요."

"국뽕이 무슨 뜻이죠?"

"아, 국뽕은 자국에 대한 자긍심에 도취 되어 무조건 국가를 찬양하는 행태를 비꼬는 인터넷 신조어로 한국에서 자주 쓰는 단어입니다. 지나친 국수주의의 또 다른 표현입니다. 어쨌든 국가에 대한 충성심은 사상교육이 큰 힘을 발휘하는 것 같습니다."

"맞습니다. 그만큼 사상교육이 중요합니다."

장 팀장이 술잔을 입에 가져가며 말했다.

"한국 사람들도 국가에 대한 충성심은 대단합니다. 나라를 사랑하고 지도자를 존경하는 마음은 중국과 별반 다르지 않습니다. 단, 한국의 대통령은 국가의 대표로서 헌법을 수호할 책무를 지고 국민을 위해 헌신하는 사람이지 국민의 숭배 대상은 아닙니다. 국가의 주인은 국민이고 대통령의 권한은 모두 국민으로부터 나옵니다. 국가의 행정이나 모든 운영체계는 국민을 위해 존재합니다. 헌법이나 법률은 물론이고 모든 기관이 그렇습니다. 그것이 자유민주국가의 특징이지요."

"저는 국가 운영체계는 나라마다 달라도 목적은 같다고 봅니다. 문제는 지도자들의 국정 운영방식이라고 생각합니다. 국가체계 자체보다 그것을 어떻게 운영하느냐에 따라 그 나라의 운명이 결정된다고 봅니다."

"저도 그 말에는 공감합니다."

"그건 그렇고, 그동안 진 팀장님이 회사를 살펴보셨는데 어떻습니까?"

"글쎄요. 제가 회사의 상황을 다 알 수는 없지만, 문제가 있는 것은 분명합니다."

"어떤 문제가 있습니까?"

"직원들에게 비전이 없는 것 같습니다. 비전이 없으면 혁신 활동은 남의 일이 되고 변화관리에 무감각해지지요. 또 회사를 통해 꿈을 꿀 수 없고 창의력을 발휘할 수 없습니다. 비전이 없다는 것은 희망이 없다는 겁니다. 희망이 없는 조직은 사망 선고를 받은 것이나 다름없습니다."

"그럼, 조직에 희망을 불어넣으려면 어떻게 해야 합니까?"

"근본적인 문제를 해결해야 합니다."

"근본적인 문제라면⋯⋯."

"회장님과 사장님의 신분 변화입니다."

"두 분이 함께 경영하는 것을 말하는 겁니까?"

"⋯⋯."

"진 팀장님, 말씀해 보시지요."

"회장님의 은퇴입니다. 완전한 퇴진이지요."

장 팀장의 얼굴빛이 하얗게 변했다.

"⋯⋯다시 말씀해 주시겠어요?"

"회장님이 일선에서 완전히 물러나는 겁니다. 주식도 처분하고 회사와의 인연도 완전히 끊는 것입니다."

"진 팀장님, 지금 무슨 말을 하는 거예요? 회장님이 은퇴하시다니요?"

장 팀장이 흥분한 어조로 말했다.

"⋯⋯새로 판을 짜는 겁니다. 완전히 거듭나야 살 수 있습니다. 그렇게 해야 회장님도 살고 사장님도 살고 직원들도 살 수 있습니다. 영업목표를 다시 세우고 제도를 바꾸는 것만으로는 문제를 해결할 수 없습니다. 우리에게 지금 필요한 것은 근본적인 변화입니다. 문제의 본질을 파악해서 그 근원을 제거하는 것이지요.

불필요하고 무의미한 곳에 계속 투입하고 있는 귀중한 자원을 해방시키는 겁니다. 새롭게 다시 태어나는 거지요. 단순히 가죽만 벗기는 혁신이 아니라 개혁을 넘어 혁명을 해야 합니다.

로마의 카이사르가 루비콘강을 건넜던 것처럼 과거를 버리고 새롭게 시작해야 합니다. 지금 현 체제 내의 개혁은 근본적인 해결책이 되지 않습니다. '어제'를 버리는 것은 고통스럽습니다. 그러나 과거를 버리지 않고 새로운 '오늘'을 맞이할 수 없습니다. 그런 오늘이 없이는 희망의 내일을 기약할 수 없고요. 고난의 길이지만 그렇게 하지 않고는 해결할 수 없는 것이 지금의 회사 현실입니다. 그렇지 않습니까?"

"회장님이 퇴진하시면 실질적으로 얻을 수 있는 것이 무엇인가요?"

"장 팀장님, 회장님이 가장 원하는 것이 무어라고 생각하세요?"

"당연히 회사가 잘 되는 것이겠지요."

"그렇습니다. 회장님은 회사가 잘 되는 것을 누구보다 원하십니다. 회장님에게 회사는 삶 그 자체입니다. 회장님께서 회사의 모든 경영권을 사장님에게 물려주고 완전히 손을 떼면 사장님은 어떻게 할 것 같습니까?"

"글쎄요……. 사장님이 회사의 완전한 오너가 되면 지금보다 더 심하게 다그치지 않을까요? 또 혹시 모르지요, 보이기식이 아닌 책임 경영을 할지도."

"맞습니다. 저는 후자라고 생각합니다. 내 것이면 남 의식 안

하고 열심히 할 수 있습니다. 그리고 어차피 아들에게 돌아갈 회사라면 근본적인 변화의 주체는 사장님이 되어야 합니다."

"사장님이 주체가 된다는 말이 무슨 뜻이지요?"

"회장님이 주도하는 개혁에 사장님이 진정으로 동참할 수 있을까요? 자신이 주체가 되지 못하는 변화에 사장님이 성심을 다해 함께 할 수 있을까요? 회장님이 해서 잘 된다는 것은 사장님이 대권에서 멀어지는 것을 의미합니다. 다시 말해 사장이 주도적으로 하지 않는 개혁은 현실적으로 불가능합니다. 장 팀장님 생각은 어떠세요?"

"……물론 쉽지 않겠지요."

장 팀장이 힘없이 말했다.

"아니 그것은 거의 불가능합니다. 사장님이 동기부여가 되어야 합니다. 내 안으로부터의 압력은 거스를 수 없어도 외부의 압력은 실패로 끝나고 맙니다. 사장님 본인이 동기부여가 되어야 회사가 바로 설 수 있습니다."

"사장님이 실질적인 오너가 되는 것이 사장님에게 가장 확실한 동기부여라고 말하는 거군요. 일견 가능할 수도 있겠지만……."

"모든 책임을 사장님이 떠안아야 한다면 그것보다 더 큰 동인은 없을 것입니다. 결국 그렇게 하는 것이 회장님의 뜻을 받드는 일이라고 생각합니다."

"진 팀장님, 그렇게 해서 과연 사장님이 바뀔 수 있을까요?"

"만일 바뀌지 않는다면 바뀌게 해야지요. 저와 장 팀장이 옥쇄를 각오해야 합니다. 살려고 하면 죽고 죽고자 하면 삽니다. 그래서 이번 일을 혁명이라 하는 것입니다. 기본안을 준비했습니다.”

진필은 가방에서 서류를 꺼내 장 팀장에게 건넸다. 서류 표지에는 ‘C&R PROJECT’라고 씌어있었다.

“‘C&R PROJECT’는 무슨 뜻인가요?”

“C&R는 Change와 Reform의 약자입니다. ‘변화와 개혁’입니다.”

장진성 팀장은 진필이 건네준 서류를 자세히 살폈다.

“꼼꼼하게 준비하셨군요.”

장 팀장이 안도하며 말했다.

“양 대리와 팽 사원이 수고 많았습니다. 두 사람이 검토하고 분석한 자료에 제가 일부 내용을 수정했습니다.”

“그랬군요. 그럼 앞으로 일정은 어떻게 잡아야 할까요?”

“장 팀장님이 검토하신 후에 저와 최종적으로 조율하시지요.”

“그럼 그렇게 하지요.”

두 사람은 음식점을 나왔다. 밤 10시가 넘고 있었다. 거의 4시간을 함께 있었다.

두 얼굴의 베이징

진필은 여느 때처럼 아침 일찍 사무실로 나갔다.

"팀장님, 어제 장 팀장 만난 일은 어떻게 되었어요?"

자리에 앉기도 전에 양동 대리가 물었다.

"좋았어. 개인적인 얘기도 많이 하고 C&R PROJECT에 대해서도 서로의 생각을 심도 있게 나누었어. 의미 있는 시간이었어."

"잘 됐군요. 그럼, 우리 팀은 어떤 준비를 해야 하지요?"

"장 팀장이 자료를 검토하고 나면 그때 최종안을 만들면 돼."

"네, 알겠습니다."

"자네 이번 주말에 약속 있나?"

"없습니다, 무슨 일 있으세요?"

"우리 기획팀 워크숍 어때? 야외로 나가 머리 좀 식힐까 해서."

"좋지요. 어디로 가시게요?"

"글쎄, 장소는 자네들이 정하면 좋겠는데."

"그럼, 톈진은 좀 그렇고 베이징 어떠세요? 팀장님은 베이징 가 보셨어요?"

"일 때문에 몇 번 가보긴 했지만 여행으로 간 적은 없어."

"저도 회사 일로 출장 몇 번 간 것 외에는 없어요. 참! 베이징은 팽 사원이 잘 알아요. 베이징에 친구들이 많아서 자주 갑니다."

"그럼, 잘됐네. 팽 사원과 상의해서 결정하도록 해."

"그렇게 하겠습니다."

베이징을 여행하기로 했다. 토요일 아침 거리는 한산했다. 셋은 회사 앞에서 만나 톈진역으로 향했다. 톈진 탕구항에서 배로 베이징을 가는 방법도 있지만, 시간 절약을 위해 고속철을 이용하기로 했다.

이른 시간에도 역은 사람들로 북적였다. 궤도에는 고속열차가 위용을 뽐내고 서 있었다. 베이징남역과 톈진역 구간을 운행하는 '징진고속철'은 중국 최초의 고속열차로 2008년에 운행을 시작했다. 직선 구간은 최고 시속 330km의 속도로 달릴 수 있다고 했다. 매표는 팽 사원이 했다. 외국인은 여권이 필요해서 매표소에서 여권을 보여주고 열차표를 받았다. 티켓은 입석, 좌석 구분 없이 54.5위안9000원이었다. 일반철도는 23.5위안으로 고속철의 반값이 안 되지만 고속철보다 1시간 20분이 더 걸렸다.

간이 식당에서 국수로 아침을 대신하고 열차에 올랐다. 빈자리가 거의 없었다.

"토요일이라서 그런지 사람이 많네."

"톈진에서 베이징을 다니는 고속열차는 항상 만원이에요. 차비는 좀 비싸도 시간을 절약할 수 있어 많이들 이용합니다. 전에는 3시간이 걸렸는데 30분대로 줄었으니 얼마나 편리해진 겁니까."

팽 사원이 말했다.

"내가 근무한 공장에서는 토요일 격주로 쉬었는데, 이제 주5일제가 완전히 정착된 것 같군."

"물론이지요. 중국의 주5일제는 20년이 넘었어요. 지금은 주 4.5일제를 검토하고 있는데요. 얼마 전, 인구 3천만의 충칭에서 내수 진작과 레저산업의 부흥을 위해 주 4.5일제를 시행한다고 발표했어요. 그밖에 허베이성과 장시성도 주 4.5일제를 검토하고 있어요."

양둥 대리가 말했다.

"야, 쉽지 않을 텐데. 주 4.5일제라면 금요일 오후부터 쉬는 거 아니야. 그런 것은 중국이 앞서가고 있구먼."

"주4일제를 시행하는 글로벌 기업도 있어요. 중국 국무원은 2030년부터 '주4일 근무, 3일 휴식제'의 도입을 적극 검토하고 있어요."

"야, 그 정도야? 제조업체는 물론이고 일반 기업들의 반발이 심할 텐데."

"정부는 경제 활성화와 일자리 창출을 위한 고육지책이라고 합니다. 중국은 공산당에서 한다고 하면 하는 겁니다. 물론 토론회나 간담회에서 의견을 나누지만 정부의 지시가 있으면 불만을 표출하거나 반대하지 못해요. 정부 시책에 반기를 드는 일은 거의 없습니다."

몇 마디 나누는 사이 열차는 베이징남역 플랫폼으로 미끄러져 들어갔다. 텐진에서 베이징까지 117km를 정확히 30분 만에 도착했다. 일행은 플랫폼을 빠져나와 역전으로 나갔다.

10월 베이징의 햇볕은 따가웠다. '봄이 되었다고 성급하게 겨울옷을 벗지 말고 가을이 되었다고 옷을 너무 많이 입지 말라'는 중국 속담을 실감할 수 있었다. 점퍼를 벗어 어깨에 걸치고 긴소매를 접어 올렸다. 베이징은 공장건축 관계로 몇 번 와 봤지만, 여행은 처음이었다.

"팀장님, 중국인들의 평생소원이 뭔지 아세요?"

지하철역으로 걸어가며 팽 사원이 물었다.

"부자 되는 것 아니야? 중국 사람들은 돈을 제일 좋아하잖아."

"중국인들의 평생소원은 톈안먼 광장에서 국기 하강식을 보고 마오쩌둥 기념관에서 마오의 시신을 알현하는 겁니다. 이를 위해 대륙의 끝인 운남성 시골 마을에서 헤이룽장성 외진 촌에 이르기까지 그 먼 길을 마다하지 않고 달려옵니다."

"그런 소원이 있었구먼."

지하철 1호선을 타고 톈안먼시역에서 내렸다. 100만 명이 바로 설 수 있는 톈안먼광장을 바라보았다. 톈안먼의 아픔 때문인지, 20도가 넘는 더위에도 한기를 느꼈다. 광장 북쪽엔 톈안먼이 있고 그 안쪽에는 황제가 살았던 자금성이 있었다.

"자금성부터 구경할까?"

"예, 그렇게 하시지요."

방마다 각 왕조의 시조 모습이 보였다.

"야! 굉장하네. 이곳에 숨어들면 누가 와도 못 찾겠어."

"어마어마하지요? 이곳 원래 이름은 '고궁박물원'이에요. 지금은 자금성이란 옛 이름으로 더 많이 알려져 있습니다. 자금성은 '황제가 사는 자궁과 같은 금지공간'으로 누구도 황제의 허락 없이는 범접할 수 없는 금지구역이었습니다. 연인원 20만 명이 15년의 공사 끝에 완성했지요. 외조에서는 황제가 일반 업무를 보았고 개인적인 일은 내정에서 했습니다."

"그럼 이곳은 언제부터 궁의 역할을 한 건가?"

"궁성은 1400년 초에 완성했어요. 명나라 영락제부터 1924년 청나라 선통제^{부이}까지 약 500년 동안, 명·청 두 왕조의 24명의 황제가 이곳에서 중국을 통치했어요."

"팽 사원, 새 왕조가 들어서면 전 왕조의 궁을 헐고 새로 짓는 것이 관례인데, 어떻게 이민족인 청나라는 왕궁을 그대로 사용한 건가?"

"1644년 이후 청 왕조는 앞선 한족의 문화를 받아들이려는 개방성과 민심의 동요를 최소화하려는 유화책으로 자금성을 그대로 사용했습니다. 공문서도 만주어와 한자어 두 가지로 작성했어요. 물론 일부 전각을 개보수하는 소규모 공사는 있었습니다. 팀장님, 자금성의 규모가 얼마나 될 것 같아요?"

팽 사원이 건축물들을 보면서 진필에게 물었다.

"글쎄, 우리나라 경복궁보다 클 것 같은데."

"한국의 경복궁이 얼마나 큰데요?"

"우리나라 경복궁도 만만치 않아. 지금의 경복궁은 처음 궁의 10분의 1도 안 돼. 크고 작은 전란을 겪으면서 소실이 돼서 그렇지 처음에는 엄청난 규모였어."

"그래요? 제가 한국에 가서 봤을 때는 그렇게 크지 않던데."

"소실되지 않았다면 40만㎡가 좀 넘을 거야."

"그렇습니까? 자금성이 72만㎡이니 경복궁도 만만치 않네요. 아무튼 현존하는 세계의 궁성 중에서 자금성이 제일 클 거에요."

"아니야. 크기로 말하면 당나라 때 축조된 시안의 대명궁이 더 커. 면적이 3.2㎢로, 자금성의 4.5배나 되고 프랑스 루브르궁전의 8배나 돼."

양둥 대리가 덧붙였다.

"정말 엄청나군."

"어쨌든 저는 대명궁보다 자금성이 더 대단한 것 같아요."

"그렇구면. 우리 그만 나갈까?"

"그러시지요. 다음에 시간을 갖고 자세히 보기로 하지요."

자금성을 나와 톈안먼광장을 향해 걸었다. 톈안먼을 생각하니 마음이 착잡했다.

"팀장님, 무엇을 그리 생각하세요?"

양둥 대리가 물었다.

"막상 톈안먼광장을 보니 만감이 교차해서 그래."

"만감이 교차하다니요?"

"유목문화와 농경문화의 교차지역인 베이징에서 일어났던 수많은 전란과 정치적 사건들로 민초들이 겪어야 했던 아픔이 생각나서 그래."

"그래도 마르코 폴로는 베이징을 아름답게 묘사했더군요."

"어떻게 표현했는데?"

"이탈리아 베네치아의 상인 마르코 폴로는 13세기 중엽 27년간 아시아와 아프리카, 중동을 여행하면서 동방견문록을 남겼습니다. 그는 원나라에만 17년간 머무르며 '이렇게 아름답고 균형적인 도시 모습을 글로 다 표현할 수 없다.'라며 베이징을 묘사했어요."

양둥 대리가 말했다.

"그렇게 아름다웠지만 굴곡진 역사의 베이징은 아주 험한 모습이었어. 저기 톈안먼광장이 보이네. 그쪽으로 가보세."

광장을 향해 걸어갔다. 톈안먼광장 동편에는 중국국가박물관이, 서편 중국 인민대회당의 가운데에는 마오쩌둥 기념관이 있었다. 진필은 광장 중앙에 서서 톈안먼 성루를 바라보았다.

"1949년 10월 1일 마오쩌둥은 이곳 톈안먼 성루에 올라 의용군 행진곡이 울려 퍼지는 가운데 '동포 여러분! 중화인민공화국 중앙인민정부가 오늘 설립됐습니다'라며 중화인민공화국을 선포했어. 새로운 황제의 등극이었지. 당시는 대약진운동의 대재앙이나 문화대혁명의 정치적 수난은 상상도 못 했어. 또 민주화를 요구하는 톈안먼 민주화 운동은 꿈도 꾸지 못했지. 망루에 서서 손을 흔드는 마오의 모습과 광장에서 민주화를 외치다가 죽어간 인민들의 모습이 겹쳐 보여."

"팀장님, 중국 인민들은 정치적 사건에 대해 잘 몰라요. 대장정이나 항일운동은 학교에서 배워서 잘 알지만, 대약진운동이나 문화대혁명, 특히 톈안먼 사건은 가르쳐주지 않아 잘 모릅니다. 공산당 지도자의 실정을 공식적으로 드러내지 않는 게 중국공산당의 관례이지요. 지도자에 대한 비판이나 불만은 밖으로 거의 표출하지 않습니다. 물론 언론도 마찬가지고요."

양둥 대리가 말했다.

"현 정권이 아니고 과거 정권의 잘못인데도 그런가?"

"그렇습니다. 현 정권의 뿌리거든요. 과거의 지도자를 비판하다 보면, 현 지도자에 대한 불만도 표출할 수 있다는 피해의식 때문에 용납되지 않습니다. 또 제2, 제3의 문화혁명이 다시 일어나면 비판했던 사람이 다시 비판의 대상이 될지 모른다는 불안감 때문에도 거의 언급하지 않습니다. 연구하는 사람이나 학자가 아니면 관련 서적을 구하기도 어려워요. 혹 있어도 왜곡된 부분이 많아 사실 그대로 알기는 어렵습니다. 그런 면에서 중국에서 일어난 대형 사건들은 중국 안에서보다 외국에서 더 잘 알아요. 그리고 굴곡진 역사를 애써 외면하는 것이 우리에겐 더 익숙합니다."

"그렇구먼. 한국 사람들도 나라 안에 있었던 불행한 역사에 대해 백 퍼센트 진실을 알진 못해. 그래서 언론의 역할이 중요하지. 숨겨지고 왜곡된 부분을 바로잡는 것이 언론이 하는 일이거든. 자유민주국가에서 언론을 '제4부' 또는 '제4의 권력'이라고 말하는 것도 사실과 진실을 밝혀주기 때문이지."

"팀장님, 중국의 역사적 사건 중에 안타까운 사건들은 어떤 것들이 있습니까?"

팽 사원이 물었다.

"중국 근대사에 유난히 크고 작은 사건들이 많았어. 19세기 중엽, 영국과 서구제국들이 두 차례나 중국을 공격한, 역사상 가장 부도덕한 아편전쟁이 있었지. 아편전쟁은 나라를 망가뜨리는 아편을 마음대로 팔지 못하게 한다는 이유로 선진국이 벌인 전쟁이었어. 그런데도 전쟁의 명분은 자유무역의 방해였지. 중국으로 봐서는 정말 억울하기 짝이 없는 전쟁이었어.

또 다른 큰 사건은 19세기 중엽 17년간이나 중국 대륙을 피로 물들게 한 태평천국의 난이야. 이 사건은 중국 역사상 가장 치열했으며 인류 역사에도 그 유례를 찾을 수 없는 큰 내전이었어. 중국 북서쪽 간쑤성을 제외하고 전 대륙을 전쟁에 휩싸이게 했어. 난민 수가 수백만이나 되었고 희생자만도 미국 독립전쟁보다 많았어. 정말 중국 인민들에게는 참혹하고 안타까운 사건이었지.

그리고 청나라 말기 산둥 지방과 화베이 지역에서 제국주의에 항거해 일어난 의화단 사건이 있었어. 농민이 주체가 된 사건이었지만, 결국 제국주의 열강에 거액의 배상금을 지급하고 외국 군대가 주둔하는 빌미를 주고 말았어.

또 큰 사건이 1911년의 신해혁명이야. 중국 2천 년의 제정을 끝내고 공화정의 문을 연 신해혁명 말이야. 중국사에서 처음으로 공화국을 수립한 혁명이라서 '공화혁명'이라고도 부르지."

"신해혁명은 학교에서 배워서 좀 알아요."

"그밖에도 일본 군사정권이 세계 경제공황을 타개하기 위해 벌인 1929년의 만주사변이 있었고, 중국 전역을 아비규환으로 몰아넣었던 1937년의 중일전쟁이 있었지. 지금 말한 사건들은 국가 간의 전쟁이나 내전, 또는 개혁을 위한 투쟁이었어. 반면, 대약진운동이나 문화대혁명, 천안문 사건 등은 인민들이 억울하게 당하거나 불의에 항거한 사건들이었어."

"앞서 말한 사건들과 세 사건은 구체적으로 어떻게 다른가요?"

팽 사원이 물었다.

"1958년의 대약진운동은 의도는 좋았을지 몰라도 계속된 왜곡과 조작으로 수천만 국민이 굶어 죽는 대참사를 초래했어. 마오 주석의 욕심이 부른 화였지. 굶어 죽고, 병들어 죽은 사람이 4천만이 넘었어. 당시 인구가 6억이었으니 그 피해가 얼마나 컸는지 짐작이나 할 수 있겠어?"

"어떻게 그런 일이 있었던 거예요?"

"당시 중국공산당은 마오의 생각과 달리 급진적인 경제 도약을 경계하면서 계급투쟁을 끝낼 것을 결의했어. 그 결정은 마오 주석의 혁명 정신과 맞지 않았지. 마오는 '반우파운동'을 빌미로 정적들의 숙청을 단행함으로써 무소불위의 권력을 손에 쥘 수 있었어. 마오는 굳건해진 지위를 이용해 대약진운동을 밀어붙였지. 정치 논리로 경제정책을 무리하게 펼쳤던 거야."

"대약진운동은 결국 정치투쟁의 산물이었네요."

양 대리가 말했다.

"겉으로는 경제살리기 정책이었지만 실제는 막강한 전체주의 권력의 산물이었어. 문제는 아무 죄 없는 인민들의 희생이 너무 컸다는 거야."

"구체적으로 대약진운동은 어떻게 시작된 거예요?"

"1957년 모스크바 사회당 회의가 개최되었을 때, 마오는 즉흥 연설을 통해 15년 이내에 철강 생산에서 영국을 능가할 것이라고 주장했어. 즉흥적인 말이 곧 공식적인 정책이 돼버리고 말았지. 얼마 지나지 않아 15년 목표는 다시 3년으로 줄었어. 이 운동은 각 가정을 인민공사로 묶어 그나마 조금 남아 있던 사유재산을 없애버렸지. 인민공사가 가정이었고 당이 호주가 되었어. 부부관계도 제한받았으니까. 자력갱생에 의한 강철 생산 목표를 달성하기 위해 인민공사는 농민들의 밥그릇과 젓가락까지 빼앗아 갔어. 수천만이 굶어 죽는데도 마오는 자신의 오류를 인정하지 않고 대약진운동을 극한으로 몰고 갔지. 1959년부터 시작된 소위 '3년 대기근'도 대약진운동이 원인이었어."

"팀장님, 대기근과 대약진운동과는 어떤 연관이 있었는데요?"

팽 사원이 물었다.

"정부가 철강 생산을 강조하다 보니 자연히 농업을 소홀히 했어. 농민들이 장작과 고철을 구하러 다니느라 농사일은 뒷전이 돼버리고 말았지. 할당량을 채우려고 유용한 농기구까지 녹이는 어리석은 일들이 속출했어. 게다가 용광로에 투입할 장작을 마련하느라 산에 있는 나무를 모조리 잘라냈다네. 산이란 산은 모두 민둥산이 돼버렸어. 조그만 비에도 개천이 범람하고 비 피해가 속출했지. 3년 대기근은 천재가 아닌 인재였어. 그렇게 인력과 자원을 투입하고도 아무짝에도 쓸모없는 '쇠똥'인 무른 쇠만 만들었던 거야."

"그 정도면 정부에서 무슨 대책이 있어야 하는 것 아닙니까?"

팽 사원이 흥분하며 말했다.

"오히려 정부는 농업생산이 두 자릿수로 증가했다고 대대적으로 선전했어. 1959년 곡물 생산량이 15% 줄었는데도 2천만 톤의 곡물을 세금으로 더 거둬들였어. 그런 상황에도 인민일보는 '식량 과잉생산 어떻게 대처할 것인가?'라는 기사를 연재했지. 그것을 사실로 받아들인 베이징은 소련의 중공업 제품과 무기 구입 비용으로 곡물을 해외로 반출했어. 굶어 죽고 부종에 걸린 사람들은 대부분 농민이었어."

"왜 농사를 짓는 농민들이 도시보다 더 어려웠어요?"

"당시 농촌에는 도시와 같은 식량 배급제도가 없었기 때문에 기근으로 굶어 죽는 사람은 도시보다 농촌이 더 많았어. 정부의 도시 우선 배급제도를 위해 인민공사 직원들은 농민에게서 강제로 곡물을 빼앗았지. 곡식을 빼앗는 데 소극적인 인민공사 직원들은 해고를 당하거나 폭행을 당하기 일쑤였어. 전국 각지에서 식량을 감춘 농민들이 붙잡혀오거나 매를 맞고 고문을 당하기도 했어. 심지어 어린이들을 유괴해 살해하고는 시체에서 잘라낸 살점을 토끼 고기라고 속여 판 사람이 있을 정도였으니까. '10년이면 영국을 능가하고 다시 10년이면 미국을 따라잡을 수 있다.'라는 황당한 주장에 수많은 인민만 희생되었어. 장예모 감독의 영화 '살아야 한다'에 그 실상이 잘 나타나 있어. 대약진의 1차 책임은 마오에게 있지만, 부책임자였던 덩샤오핑도 이 사건에서 자유로울 순 없을 거야. 대약진운동의 실패는 거기서 끝나지 않았어."

"끝나지 않았다니요?"

"대약진운동은 비극적인 문화대혁명을 낳고 말았어."

"문화대혁명도 대약진운동처럼 정치적인 문제에서 시작된 건가요?"

양둥 대리가 물었다.

"그런 셈이지. 문화대혁명도 마오와 공산당 지도부의 권력다툼에서 시작되었어. 대약진운동의 실패로 설 자리를 잃은 마오는 실용주의를 지지하는 류사오치와 덩샤오핑 등의 주자파에게 권력을 넘길 수밖에 없었어. 마오의 뒤를 이은 지도자들이 예상외로 일을 잘했어. 누구보다 덩샤오핑은 다 죽어가는 중국을 인공호흡으로 살려놓았지. 마오는 마음이 급해졌어. 그대로 있다가는 권력에서 영원히 멀어질지도 모른다는 불안감에 휩싸였어. 궁리 끝에 문화대혁명이라는, 해서는 안 되는 일을 벌였던 거야."

"마오쩌둥 주석이 권좌에서 물러났는데 어떻게 문혁을 할 수 있었어요?"

"마오는 그렇게 쉽게 권좌에서 내려올 사람이 아니야. 마오는 1만2천km가 넘는 고난의 '대장정'을 성공적으로 마쳤으며, 130만 명 이상의 희생 속에서도 국공내전을 승리로 이끈 장본인이야. 그는 자타가 공인하는 중화인민공화국의 창업주였어. 2선으로 물러나서도 반전을 노렸지. 아내인 강청 등 4인방을 지렛대 삼아 중국 역사상 전무후무한 정치적 광풍을 일으켰어. 대륙은 대약진운동의 후유증과 문화대혁명의 소용돌이 속에서 더욱 피폐해졌고, 극좌노선을 지향함으로써 국정은 말할 수 없는 혼란에 빠지고 말았어. '십년대호겁' 문화대혁명은 마오쩌둥이 죽은 1976년이 되어서야 막을 내렸지. 중국은 10년 동안 지옥을 경험했던 거야."

"문화대혁명의 취지는 무엇이었나요?"

"'문화혁명을 통한 사회주의 중화제국의 혁신'이 그들의 주장이었지. 모든 낡은 사상, 낡은 문화, 낡은 풍속, 낡은 습관을 때려 부수는, 소위 '4구 타파'를 이루자는 것이었어. 한마디로 구시대의 산물은 모두 잘못되었다는 거였어. 모조리 없애야 한다며 잔인하게 폭력을 행사했어. 혁명이 진행될수록 홍위병의 잔인함은 도를 더해갔어. 마오와 강청은 사춘기도 되지 않은 13세에서 19세 사이의 학생들을 선동하고 부추겼지. 집에서 아직 귀여움을 독차지할 어린 학생들을 앞세워 파괴하고 불 지르고 죽이기까지 했어. 공산주의 사상이 아닌 것은 모두 잘못되었고, 마오 외에는 진정한 위인이 없다며 아이들을 선동했지."

"그렇게 어린 학생들을 이용하는 것이 옳지 않다는 것은 공산당 지도부도 알았을 텐데, 왜 말리지 않았던 거예요?"

팽 사원이 물었다.

"상식과 정상적인 사고가 통하지 않았어. 국가 주석인 류사오치와 국무원 부총리인 덩샤오핑 같은 국가의 2인자들마저도 반동으로 몰려 다 죽게 생겼는데 누가 마오에게 반기를 들 수 있겠어. 심지어 군부도 홍위병들의 망나니짓에 두손 두발 다 놓았는데. 단지 국무원 총리였던 저우언라이만이 홍위병들이 국가 문화재를 파괴하는 것을 말렸을 뿐이야. 그가 아니었으면 중국의 문화재는 거의 남아나지 않았을 거야. 무법천지, 아비규환이 따로 없었어."

"당시 어린 홍위병에게 마오는 어떤 존재였나요?"

양둥 대리가 물었다.

"마오는 어린 홍위병들에게 일국의 지도자가 아닌 '신'이었어. 홍위병들은 소위 지도층이나 지식인들을 무자비하게 다루는 게 신에 대한 도리라고 생각했지. 하루아침에 중국 대륙은 무법천지로 변했고 공중도덕은 아예 거론할 수조차 없었어. 교사, 교수, 지식인, 지주, 고위직 인사 등 소위 사회 지도급 인사들은 그 자리에 있다는 이유만으로 모진 탄압과 박해의 대상이 되었어. 10대들이 어른들을 구타하고 고문을 했으며 제자가 선생을 무릎 꿇리고 뺨을 때렸어. 어린 학생들이 삼촌이나 아버지, 심지어 할아버지뻘 되는 사람들에게 혁명을 가르치고 주먹을 휘둘렀지. 문혁 전까지는 고문이 금지됐었는데, 공안은 홍위병들이 적대세력을 죽이겠다고 한다면 굳이 말릴 생각이 없다며 오히려 고문을 부추겼어."

"그런 홍위병들의 만행은 전국적이었나요?"

"중국 전역을 공포로 덮었어. 그중에서도 중앙문화혁명소조가 젊은이들을 직접 선동한 베이징이 최악이었지. 베이징의 첫 규탄대회에서 베이징대학 학장을 포함한 60여 명의 교수가 홍위병들에게 끌려 나와 구타를 당하면서 어린 학생들 앞에서 몇 시간씩 무릎이 꿇린 채로 심판을 받아야 했어. 10대의 어린 학생들과 베이징대학생들은 자신을 가르쳤던 교수들의 머리에 굴욕적인 구호가 적힌 원추형 종이 모자를 씌웠고, 얼굴에는 악마를 나타내는 검은색 잉크를 발랐지. 그리고 온몸에는 각종 구호가 적힌 종이를 붙이면서 자아비판을 하라고 다그쳤어.

부모나 가족이 박해를 받은 가정의 자녀들은 자신이 가족의 일원이 아님을 증명하기 위해 인륜을 끊는 모습을 보이기까지 했어. 류사오치 국가 주석의 딸은 아버지를 폭로하는 대자보를 써 붙였고, 시진핑 주석의 숙적 보시라이는 자기 아버지를 발로 차서 갈비뼈를 부러뜨릴 정도로 패륜이 난무했어. 그때는 적지 않은 학생들

이 자신의 아버지와 절연했음을 보여주려고 성을 바꾸었으며 일부
는 구금 중인 부모에게 자아비판을 독려하기도 했어. 당시는 그런
어린 학생들이 패륜이 아니라 진정한 공산주의 수호자로, 또 마오
의 충실한 홍위병으로 영웅 대접을 받았어."

"그런데 팀장님은 그런 내용을 어떻게 알게 된 거예요?"

팽 사원이 물었다.

"당시 홍위병들에 당한 사람들의 증언과 서적, 미디어를 통해
알게 되었지. 지금 말한 내용은 실제 내용의 10분의 1, 100분의
1도 안 될 거야."

"조금 전에 저우언라이 총리가 문화재 파괴를 막았다고 했는
데 그 피해가 어느 정도였습니까?"

양둥 대리가 물었다.

"문화재란 문화재는 모두 때려 부수는 무지의 극한을 달렸어. 베
이징의 급진 홍위병들은 공자의 고향까지 찾아가 고서적을 불태우
고 역대 황제들이 제사 지냈던 공자의 사당에 만행을 저질렀어. 공
자와 후손들의 무덤까지 파헤치며 공자의 영향력을 뿌리 뽑겠다고
광분했지. 베이징의 7천여 개의 문화재 가운데 약 5천 개가 홍위병
의 공격으로 파괴되었어. 저우언라이가 말리지 않았으면 오늘 우
리가 본 문화재는 얘기로만 들어야 했을 거야. 유교 지식인의 나라
가 무학자 농민에게 지혜를 찾는 꼴이 되었지. 과연 이 나라가 예
의범절의 공자 나라가 맞는지 의심하지 않을 수 없었어. "

"선생님들이 제자들에게 그런 곤욕을 당했으니 정상적인 교육
은 어려웠겠어요."

양둥 대리가 말했다.

"학교 문은 다시 열렸지만 교사들은 학생들을 가르칠 수 없었어. 문혁 전의 모든 교과서는 부르주아 독초라고 부정되었고, 교사들은 언제 또 수모를 당할지 몰라 학생들을 제대로 가르칠 수 없었지. 학생들은 그저 교실에 앉아 마오의 저서를 암송하고 인민일보의 사설을 읽는 것으로 시간을 보냈어. 문혁이 일어나고 2년쯤 지나 권력이 자신에게 돌아왔음을 실감한 마오는 혼란을 수습할 필요를 느꼈어. 이를 실행에 옮기기 위해 학생들을 농촌으로 내려보내 육체노동의 '하방'을 실시했어. 대학생들은 일터를 배정받아 전국 각지로 흩어졌지."

"팀장님, 당시 홍위병은 어떻게 조직되었던 거예요?"

팽 사원이 물었다.

"마오와 그 정치세력들은 10대들을 선동해서 학교별, 지역별, 이해집단별로 홍위병이 되게 했어."

"홍위병들 사이에도 경쟁이 심했겠어요."

"당연하지. 10대들은 뭐가 뭔지도 모르면서 다른 홍위병들에 뒤질세라 마구 날뛰며 만행을 저질렀어. 그렇지 않으면 반동으로 몰렸으니까. 제정신으로는 도저히 할 수 없는 일을 거리낌 없이 자행했어. 아주 급진적이고 파괴적이었지. 나중에는 홍위병들 사이에 유혈 충돌이 발생하고 집단 패싸움이 일어났어. 얼마나 잔인하고 무지막지했는지 중국 공안도 말릴 수 없을 정도였어."

"홍위병들끼리는 왜 그렇게 싸웠던 거예요?"

"문혁의 홍위병은 중국 전역에 단위별로 조직된 집단이었어.

다른 집단과의 싸움에서 절대 밀리면 안 되었지. 서로가 마오의 충견임을 입증하기 위해 죽기 살기로 싸웠어. 감정의 노예가 된 홍위병들은 집단 패싸움인 '계투'를 통해 자신들의 정체성을 확인하려 했어. 그런 격렬한 계투 뒤에는 중국인의 뿌리 깊은 향촌의식이 자리 잡고 있었지."

"원래 향촌의식은 그런 것이 아니잖아요."

"그렇지. 향촌의식은 자기가 태어난 곳, 사는 곳에 대한 애착이었고 누구나 가지고 있는 애향심이었어. 그런데 왜곡된 애향심은 집단 간 폭력, '계투'를 불러오고 말았어."

"계투가 뭐예요?"

"무기를 들고 싸우는 중국의 전통 패싸움이야. 세상 어디에나 크고 작은 싸움은 있게 마련이지만 계투는 달라. 자네들 객가라고 들어봤나?"

"글쎄요. 잘 모르겠는데요."

양 대리가 말했다.

"자신이 사는 곳에서 전쟁이나 재난으로 삶의 터전을 잃어버리고 다른 지역을 찾아 이동하는 사람들을 '객가'라고 부르지. 덩샤오핑도 객가 출신이야. 객가들이 정착하는 과정에서 한정된 자원을 두고 현지 주민들과 격렬하게 몸싸움을 벌이는데, 이를 계투라고 해. 계투는 우리가 생각하는 보통 패싸움과 달라. 칼이나 낫, 도끼 등의 흉기를 갖고 하는 목숨을 건 싸움이야. 전쟁과 다름없지. 청나라 때 객가와 토착민 간에 무려 12년간의 계투가 벌어져서 수만 명이 목숨을 잃기도 했어. 이쯤 되면 거의 내전 수준이지. 그

무섭다는 중국 공안도 계투가 벌어지면 쉽게 간섭 못 해. 잘못 싸움에 끼어들었다가는 몸을 다치거나 목숨을 잃을 수 있거든."

"팀장님, 당시 소수민족들은 어떻게 되었어요?"

"소수 민족에게 문화대혁명은 정치적 문제보다 민족문제에 초점이 맞혀졌어. 문혁이 끝난 후에 원상 회복되었지만, 문혁 기간에 모든 민족의 한족화가 추진되면서 이미 수립된 족 자치 구역이 모두 취소되었어. 특히 민족 정풍운동과 문화대혁명을 거치면서 조선족 동포 지식인들은 간첩으로 몰려 처형되는 등 극단적인 아픔을 겪어야 했지. 연변지역은 '재해지구'로 불릴 만큼 문화대혁명의 피해가 매우 컸어."

"당시 외국의 시선이 곱지 않았을 텐데, 외교는 어땠나요?"

양둥 대리가 물었다.

"중국 외교는 실종되었어. 소비에트 연합과 서구 열강들은 자기들의 역사와 문화에 대해 무차별적으로 분노하는 중국을 보면서 정말 이해할 수 없다는 반응들이었지. 그들은 고개를 저으며 도저히 용납할 수 없는 일이 벌어졌다고 했어. 홍위병은 베이징 내의 대사관들을 공격했고, 특히 영국대사관을 약탈하면서 달아나는 직원들에게 폭행까지 했어. 마치 70년 전의 의화단 사건을 연상시켰지.

주이집트 대사를 제외하고 모든 해외 공관 대사들과 직원 3분의 2가 귀국 조치를 당했어. 그들 역시 농촌으로 내려가 재교육을 받거나 다양한 혁명 활동에 참여해야 했지. 당시에 중국과 정상적인 외교 관계를 유지했던 나라는 알바니아 인민공화국 한

나라뿐이었어. 모든 것에 끝이 있듯, 10년 광풍 문혁은 1976년에 막을 내렸지."

"팀장님, 문화대혁명의 인명 피해는 어느 정도였나요?"

양둥 대리가 물었다.

"대약진 때 정도는 아니더라도 적지 않은 사람들이 억울하게 죽임을 당했어. 1978년 12월 중공 중앙에서 폭로된 정부 조사에 의하면, 문화혁명 10년 동안 1억 1300만 명이 정치적 타격을 입었고 그중 120만 명이 비자연적 사망에 이르렀다고 해. 실제 사망자가 얼마인지는 아무도 몰라."

"팀장님, 그럼 톈안먼 사태는 어떻게 일어났던 거예요?"

"톈안먼 사건의 원인은 민주화에 대한 요구보다 공산당 지도부의 부정부패와 개혁개방에 대한 수혜의 불공정이었어."

"개혁개방의 혜택이 공정하지 않다니요?"

"혜택이 골고루 돌아가지 않았어. 개혁개방 10년의 열매가 일부 지역과 특권 층에만 돌아갔지. 중국 인민들의 불만이 클 수밖에 없었어. 베이징에서만 100만 명 이상이 시위에 참여했고, 상하이, 광저우 등에서도 수많은 시민이 거리를 메웠어. 1989년의 베이징과 청두의 희생자 대부분은 대학생보다 노동자와 일반 시민들이었지. 경제 과열로 인한 인플레와 소득 격차에 따른 상대적 박탈감이 민주화 시위를 더욱 격하게 만들었어."

"그랬군요."

일행은 톈안먼 광장 서편 마오쩌둥 기념관으로 발길을 옮겼다.

많은 사람이 차례를 기다리며 서 있었다. 한 시간이 지나서야 마오의 시신을 마주할 수 있었다. 마오 시신에 머리를 조아리는 양 대리와 팽 사원의 모습에서 과거 지도자에 대한 존경심을 엿볼 수 있었다. 이데올로기가 주는 중압감으로 머리가 복잡했다. 마오 기념관을 나와 첸먼 남쪽의 첸먼대로를 따라 걸었다.

"첸먼대로는 어떤 곳이야?"

"옛날 한족이 성 밖에서 장사했던 곳이에요. 첸먼대로는 한족의 문화가 가득 담긴 한족 문화거리입니다."

팽 사원이 말했다. 오래된 중국 상점들이 끝없이 이어졌다. 상점 안으로 들어갔다. 섬세한 조각 공예품부터 일반 서민들이 사용했던 등잔까지 다양했다. 수백 년 전의 청나라로 들어온 느낌이었다. 일행은 구경을 마치고 첸먼대로 남쪽으로 걸어갔다. 오리 전문점이 눈에 들어왔다. 말로만 듣던 150년 전통의 취안쥐더였다.

"팽 사원, 이곳이 그 유명한 카오야의 원조 취안쥐더구먼."

"네, 그렇습니다. 이곳을 들르지 않은 외국 지도자가 없을 정도입니다. 팀장님, 오늘 점심은 취안쥐더 오리구이 어떠세요? 베이징에 와서 오리구이를 먹지 않으면 평생 후회한다는 말이 있습니다."

"당연히 먹어야지. 여기까지 와서 취안쥐더를 안 들르면 베이징에 온 의미가 없지. 안 그래, 양 대리?"

"맞습니다, 들어가시지요."

취안쥐더 안으로 들어갔다. 들어서자 1864년 창업 연도가 쓰인 현판이 눈에 들어왔다. 빈자리가 없었다. 4층으로 올라가 이름과 인원수를 말하고 대기표를 받았다. 10여 분이 지나서야 식탁에 앉았다. 홀은 넓고 깨끗했다. 손님상마다 요리사들이 카오야를 썰고 있었다. 카오야를 주문할 때 추가 세팅은 의무였다. 전병과 춘장 소스 그리고 파채를 주문했다. 오리는 한 마리에 355위안65,000원으로 싼 편은 아니었다.

"팽 사원, 베이징은 연경 맥주를 많이 마시나 봐. 테이블에 칭다오 맥주는 안 보이고 거의 연경 맥주네."

"팀장님, 이곳이 베이징이잖아요. 연경 맥주는 베이징이 고향이에요. 베이징은 춘추전국시대 전국 7웅의 하나였던 연나라의 도읍지였습니다. 그 이후로 이곳을 '연경'이라 불렀어요. 그래서 베이징의 대표 맥주 이름이 연경입니다. 그리고 장비가 삼국지연의에서 '나는 연나라 사람 익덕 장비다!'라고 외친 것도 자신이 연나라 사람인 것을 자랑삼아 한 말이지요. 연경 맥주는 칭다오 맥주 못지않게 잘 팔리는 맥주에요."

"그렇구먼."

잘 구워진 카오야가 서빙 카트에 올려져 나왔다. 요리사는 제일 먼저 오리 궁둥이에 있는 껍질을 잘라주었다. 껍질의 바삭함을 느끼는 순간 속에 있는 기름이 입속으로 들어왔다. 설탕을 찍으니 한결 맛이 좋았다. 고기는 고체연료 위에 놓여 여유롭게 맛을 즐길 수 있었다. 소스를 듬뿍 찍은 카오야를 파채와 함께 전병에 싸 먹었다. 다른 음식과 비교할 수 없었다. 고기를 먹고 나니 뽀얀 국물의 오리탕이 나왔다.

"팀장님, 취안쥐더의 이름이 어떻게 지어졌는지 그 유래를 아세요?"

팽 사원이 물었다.

"아니."

"옛날, 베이징 첸먼 거리에 말린 과일을 파는 '더쥐취안'이라는 가게가 있었답니다. 장사가 하도 안돼 양전인이라는 사람에게 그 가게를 넘겼대요. 양전인은 그 가게를 사들여 오븐에서 구워낸 직화 오리구이를 팔기 시작했는데 여전히 장사가 안됐답니다. 양전인은 점쟁이를 불러 장사 잘되는 방법을 물었대요. 점쟁이는 '점포의 운이 좋지 않으니 가게 이름을 거꾸로 해야 한다.'라고 조언했대요. 그래서 '취안쥐더'라는 이름이 나오게 된 겁니다. 점쟁이의 말을 들어서인지 몰라도 '장사로 덕을 쌓다'라는 경영이념의 취안쥐더는 중국의 라오쯔하오 중 요식업의 대표주자로 거듭났어요."

"결국, 이름을 바꾸어서 잘 된 것이네."

"실은, 가게 이름을 바꾸어서보다 우수한 요리사들이 있어 번창할 수 있었습니다. 주인은 궁에서 은퇴한 요리사들을 초빙해서 마음껏 실력을 발휘할 수 있게 했어요. 물심양면으로 지원을 아끼지 않았지요. 그리고 또 다른 이유가 있습니다."

"또 다른 이유라니?"

"중화인민공화국의 초대 총리이며 외교의 달인, 누구겠습니까?"

"저우언라이?"

"네, 맞습니다. 저우언라이의 역할이 결정적이었습니다. 취안쥐더의 150년 역사 뒤에 지금의 위치를 굳게 한 데는 저우언라이의 공이 컸습니다. 그는 생전에 무려 27번이나 취안쥐더에서 유명 외국 인사들을 접대했어요. 그가 음식 외교의 선구자로 불리게 된 것도 취안쥐더 때문이지요. 취안쥐더는 2003년 사스_{중증 급성} _{호흡기 증후군}로 하루 손님이 5명밖에 안 될 때도 고객과의 약속을 지키기 위해 문을 닫지 않았습니다. 지난 150여 년 동안 하루도 주방의 불을 꺼뜨리지 않았습니다.”

“그런 역사가 있었구먼. 그런데 ‘라오쯔하오’가 뭐야?”

“라오쯔하오는 역사와 전통이 있는 전문판매점에 국가가 주는 등록상표입니다. 대부분의 라오쯔하오는 명나라가 수도를 난징에서 베이징으로 이전한 이후에 생겨난 상점들이에요. 그래서 대부분이 베이징에 몰려있습니다. 베이징 이외 지역의 라오쯔하오는 그 앞에 ‘중허’라는 단어를 덧붙여 중허라오쯔하오라고 부릅니다. 베이징의 라오쯔하오는 이곳 취안쥐더가 있는 첸먼대로의 따자란 시장에서 많이 볼 수 있어요. 시장 안에는 한약방으로 유명한 ‘통런탕’이 있고, 맞은 편에는 서태후가 즐겨 먹었다는 만두 전문점 ‘거우부리’가 있습니다.”

팽 사원의 설명은 그칠 줄 몰랐다.

“라오쯔하오가 되려면 어떤 조건이 필요한 거야?”

“우선 1956년 이전에 창업한 업체여야 합니다. 대부분의 라오쯔하오는 100년 이상의 오랜 역사를 갖고 있습니다. 두 번째는 중국문화에 기여도가 있어야 합니다. 돈만 버는 사업체가 아니라 역사와 전통이 있어야 하지요. 세 번째로 대중의 인지도와 품질이 우수해야 합니다.”

“그런 인증은 어디서 하는 거야?”

"라오쯔하오 진흥발전위원회에서 내용을 철저히 검증해 인증서를 내줍니다. 이렇게 국가로부터 인증을 받은 라오쯔하오가 전국에 1100개가 넘습니다. 그중에서 음식과 의약품이 절반 이상을 차지하지요."

"그런 제도는 잘 만들었네."

"이곳 취안쥐더에서 조금만 내려가면 '두이추'가 있는데 그곳 역시 라오쯔하오입니다."

팽 사원이 말했다.

"두이추는 또 어떤 곳이야?"

"두이추는 '베이징에 하나밖에 없는 곳'이라는 뜻의 만둣집입니다. 창업 이후 단 하루도 가게 문을 닫은 적이 없는 두이추는 280년 된 베이징에서 가장 오래된 만둣집이에요. 두이추의 만두를 정확히 말하면 '사오마이'라고 부릅니다. 사오마이는 빠오즈의 일종으로 정수리 부분이 꽃이 활짝 핀 모양을 닮아서 '꽃만두'라고 부르지요. 샤오마이는 원나라 수도인 베이징에서 처음 만들어져서 서민들의 사랑을 받아온 대중적인 먹거리입니다. 두이추에는 만화 같은 일화가 있습니다."

팽 사원이 의기양양하게 말했다.

"궁금한데."

"가게 문을 연 지 15년이 되던 1752년 섣달그믐 밤이었어요. 모든 가게는 문을 닫았고 흰 눈이 소복이 내리고 있었지요. 낮에 손님을 못 받다가 밤늦게야 첫 손님이 들어온 겁니다. 일행은 식당을 찾았지만 문 연 곳이 없어 결국 이 가게로 들어왔던 거지요. 가게의 이름을 묻자 마땅한 이름이 없어 제대로 대답을 못 했어요. 일행은 굶주린 배를 만두로 채웠지요. 만두를 아주 맛있게 먹은 일행은 배고픔을 가시게 한 보답으로 가게 이름을 지어주었어요, '두이추'라고. 며칠이 지나고 여러 명의 환관이 '두이추'라고 쓰인 황금색을 입힌 호랑이 머리 모양의 간판을 가지고 왔습니다. 알고 보니 그 집에서 만두를 먹고 간 사람은 다름 아닌 건륭황제였던 거예요. 암행 감찰을 마치고 황궁으로 돌아가던 참이었어요. 황제는 고마움을 담아 '도시의 최고', '수도에서 유일한 곳'을 뜻하는 두이추라는 이름을 짓고 손수 편액을 만들어 하사했습니다.

문화대혁명 때인 1966년 홍위병들이 가게를 접수하고 문에 못질을 했습니다. 마침 홍위병들은 배가 고파 팔다 남은 사오마이를 먹게 되었지요. 밀가루 껍질 24겹의 사오마이의 연꽃 주름에서 피어오르는 감칠맛이 일품이었어요. 비쌀 것으로 생각했던 홍위병들에게 한 접시에 2자오10자오는 1위안의 아주 저렴한 가격표가 눈에 띄었습니다. 홍위병들은 두이추의 만두는 부르주아가 아닌 서민들이 먹을 수 있는 음식이라며 다시 장사할 수 있게 해주었어요. 두이추는 1956년 국영기업이 된 이후에도 24시간, 1년 365일 영업을 고수하고 있습니다."

"야! 정말 대단하네. 부럽기도 하고."

취안쥐더를 나와 길을 따라 걸었다. 좀 전에 이야기를 나누었던 두이추가 있었고 바로 베이징 한족 시장이 나왔다.

"팀장님, 이곳이 '따짜랄거리'입니다. 이곳은 서민들의 정취가 묻어나는 아주 시끄러운 전통 시장이에요."

신발, 의류에서 공예품과 골동품이 즐비했다. 길을 따라 100여 개가 넘는 상점들이 활기를 띠었다. 첸먼 지하철역 큰 길가에는 '라오셔 찻집'이 있었다. 라오셔에서는 경극과 만담 공연이 열리고 있었다.

따짜랄거리에서 서쪽으로 내려가니 베이징의 인사동과 비슷한 '유리창'이 나왔다. 중국의 전통 도자기와 고서적 등이 가득했다. 유리창에 들어가 오래되고 귀한 골동품을 감상했다.

"팽 사원, 전통가옥과 오래된 골목길이 있다고 하던데, 그리로 가볼까?"

"그러시지요. 지금은 많이 사라졌지만 그래도 첸먼 주변에 있는 골목들이 잘 복원되어 옛 정취를 느낄 수 있습니다."

"그런데, 팽 사원은 베이징에 대해 어떻게 그렇게 잘 알아?"

"제 고향은 톈진이지만 중학교와 고등학교를 베이징에서 나왔습니다. 큰아버지가 이곳에 사셔서 유학을 왔었어요. 베이징의 역사는 큰아버지에게서 귀가 아프도록 들어서 웬만한 건 다 기억합니다. 지금도 주말이면 친구들 만나러 베이징에 자주 옵니다."

"그랬구먼. 팽 사원, 베이징은 도심이 여러 동심원으로 나누어져 있던데, 나는 어디가 어딘지 잘 모르겠어."

"처음 베이징에 오는 사람들이 많이 헷갈려들 하세요. 베이징은 중국의 정치, 문화, 교통, 교육의 중심지로 총면적은 16,000㎢로 상하이의 2.5배, 서울의 27배가 넘는 거대도시예요. 인구만도 2천1백만 명이 넘습니다. 베이징은 크게 내성구와 외성구로 나눕니다. 이환로 내의 둥청과 시청 2개 구역은 전통적으로 내성구입니다. 한국의 동대문, 남대문 하는 사대문 안으로 보시면 됩니다. 1환은 자금성 둘레 성벽이 경계입니다. 보통 베이징에서 도심이라고 부르는 건 4환까지를 말하고, 5환~6환은 도심 외곽이라 생각하면 됩니다. 위치마다 조금씩 다르지만, 자금성을 기점으로 직선거리로 2환로는 약 3~5km, 3환로는 약 6~8km, 4환로는 약 10km 정도 떨어져 있습니다.

한국 사람이 많이 사는 왕징은 4환 동북쪽에 있습니다. 보통 4환 안에 산다고 하면 부자나 위세 있는 사람으로 여깁니다. 4환까지는 춘절 폭죽이 금지되는 곳이 많습니다. 그리고 베이징시 2환로는 베이징 외성터를 허물어 만든 도로입니다."

"성터라면 문화재가 많았을 텐데 어떻게 도로가 났지?"

"문화대혁명이 도로를 냈습니다."

"문혁이?"

"문혁 전에는, 자금성을 중심으로 여러 문이 있었고 그 문들은 값진 문화재로서 가치가 높아 정부에서 건들지 않았어요. 1966년 문화대혁명이 일어나고 1년 뒤인 1967년부터 거의 모든 성문이 파괴됐어요. 1969년부터는 '방공호를 파라'라는 마오쩌둥의 명령으로 성벽 허물기가 본격적으로 시작되었지요. 많은 베이징 시민들이 베이징 성의 벽돌을 파헤치고 방공호를 짓는 데 혈안이 되었답니다. 성벽의 해체에만 80년에서 100년은 걸린다고 했는데 수많은 사람이 달라붙다 보니 불과 5~6년 만에 모든 성벽이 파괴됐어요. 방대했던 베이징 성은 순식간에 사라졌습니다.

사라진 외성터에는 베이징시 2환 도로가 생겼고 내성터에는 베이징 지하철 2호선이 놓였습니다."

"그런 아픔이 있었구먼."

좁은 골목길이 나왔다.

"길이 좁네. 차 한 대가 간신히 지나가겠는데."

"이 골목길이 '후통'입니다. 후통은 자동차 한 대가 겨우 지나갈 정도의 아주 좁은 골목길입니다. 그리고 후통 옆에 있는 옛날 집들이 '사합원'이에요. 사합원은 한 마당에 사면이 집 4채로 둘러싸인 형태의 베이징의 옛 거주지를 말하며 이 사합원을 연결하는 골목이 후통입니다. 베이징의 문화를 흔히 사합원 문화, 후통 문화라고 하지요. 후통 중에 가장 유명한 곳이 지금 우리가 걸어가는 난러구샹 후통입니다. 난러구샹은 베이징 10대 후통 가운데 가장 유명한 후통으로, 약 800년의 역사를 가진 베이징에서 가장 오래된 골목이고 원나라 시대의 흔적을 가장 잘 보존하고 있습니다. 골목 양쪽으로는 16개의 또 다른 후통이 연결되어 있어요. 그리고 저기 보이는 호수가 10개의 사찰이 있는 바다라는 뜻의 스차하이什刹海 호수입니다."

"호수를 왜 바다라고 하지?"

"크다는 의미를 강조하기 위해 그렇게 부릅니다. 그래선지 베이징 시내 호수의 지명에는 유난히 바다 하이海 자를 많이 사용합니다. 스차하이 주변에는 카페와 식당, 상가들이 많고 유명인들의 옛집도 여러 채 있습니다. 옛 베이징의 전통과 현대식 레저 공간이 함께하는 개방형 공원이지요. 주전부리도 많아요. 우리도 뭐 좀 먹을까요?"

"좋지."

일행은 땀도 식힐 겸 녹차 수박 아이스크림을 사서 호숫가에 앉았다.

"골목길이 꽤 복잡한 것 같던데."

"베이징의 전통 후통 수는 3,000여 개가 넘습니다. 이름이 알려진 후통만 해도 350개나 되지요. 1980년대 개혁개방 때의 급격한 도시개발로 수백 년 된 후통이 많이 사라졌어요. 아쉽지만 베이징은 아직 후통이 남아 있어 정감이 갑니다."

"후통의 집의 형태가 좀 특이한 것 같던데."

"사합원 말입니까?"

"그래. 사합원은 담이 사방으로 싸여있어 좀 답답한 것 같아."

"베이징의 전통 사합원은 중국의 오래된 가옥 양식입니다. 뜰을 가운데 두고 사방이 모두 벽으로 둘러싸여 있는 폐쇄형 구조가 특징이지요. 사합원은 외부인의 출입을 쉽게 허용치 않는 구조로, 공격과 방어를 위한 높은 담과 견고한 작은 문 그리고 건물 구조가 모두 안쪽을 향하는 배타성이 사합원의 특징입니다. 3천 년의 역사를 지닌 사합원은 1949년 베이징이 다시 중국의 수도가 된 후 주택난 해소를 위해 보급됐습니다. 하지만 개발 붐이 일면서 대거 철거돼 지금은 단 500여 채만 남아 있습니다."

"베이징 시내의 사합원의 가격이 만만치 않다고 하던데."

"보통 사람은 엄두도 못 냅니다. 다 쓰러져가는 사합원 한 채의 가격이 지방의 웬만한 빌딩보다 비쌉니다. 베이징의 사합원은 투

기꾼 집합장소가 되었어요. 최근 이 지역 10㎡ 안팎의 사합원의 가격이 400만 위안7억 5000만 원이 넘습니다. 평당 130만 위안이 넘는 셈이지요. 얼마 전 인터넷에 15㎡ 방 한 칸짜리 집이 600만 위안에 나와 있는 것을 봤습니다. 3년 전만 해도 이런 집은 300만 위안이었거든요. 하루가 멀다 않고 가파르게 오르고 있습니다."

"아니, 집값이 그렇게 비쌀 수 있는 거야?"

"말도 마세요. 베이징 시내 호수 허우하이의 해사합원은 15억 위안2750억 원이나 된다고 합니다. 해사합원은 그 면적이 3,000여㎡ 인데 2007년 한 러시아 상인이 1억 1000만 위안에 사들였어요. 후에 리모델링을 해서 다시 내놓았는데 그 가격이 무려 15억 위안이라고 합니다. 이제 사합원은 부르는 게 값이에요."

"그런데 왜 그렇게 비싼 거야?"

"시내 중심에 있어 학군이 좋은 데다가 재건축을 하면 집값이 천정부지로 오를 것을 기대해서 그렇습니다."

"아무리 그래도 그렇지 이건 아닌데."

"중국 인민들 모두 그렇게 생각하고 있습니다. 실제 사합원은 큰 부자 몇 사람의 얘기지, 보통 인민들에게는 다른 나라 이야기입니다. 베이징에서는 월급쟁이가 평생 모아도 집을 사기 어렵습니다. 높은 생활비와 교육비, 천문학적인 임대료 등을 생각하면 선택된 사람만이 베이징에서 살 수 있어요."

"다른 도시에도 베이징의 후통과 사합원 같은 곳이 있나?"

"있지요. 성의 특성을 보여주는 주거 형태는 얼마든지 있어요. 베이징에 사합원이 있다면 상하이에는 '롱탕'이 있습니다. 1920

년대와 30년대 형성된 도시주택 '롱탕' 역시 상하이의 전통 주거 양식입니다. 롱탕에는 근대를 살아온 상하이런의 삶의 모습이 고스란히 담겨 있어요. 베이징의 후통이 원·명·청 시대의 산물이라면, 상하이의 롱탕은 아편전쟁 이후 조계지의 중서 문화의 융합으로 보시면 됩니다. 베이징의 전통 주거 양식인 사합원이 높은 담장으로 둘러싸여 북방 농촌의 폐쇄성과 전통적인 형식을 중시했다면, 롱탕은 가옥이 서로 연결되고 밖을 향해 열려 있는 개방형이 특징입니다."

"오늘 베이징에 오길 잘했네. 구경도 잘하고 역사도 배우고. 저녁은 어디 가서 먹을까?"

"팀장님, 우다오커우 어떠세요?"

"거기가 어딘데?"

"코리아타운이 있는 곳이에요. 우다오커우에는 한국 유학생이 중국인보다 더 많다고 합니다."

"알았네. 양 대리는 어때?"

"저는 좋습니다."

지하철 13호선을 타고 우다오커우역으로 향했다. 우다오커우는 베이징의 학원로에 위치한 대학촌이었다. 우리나라의 대학로나 신촌과 비슷했다.

"아직 저녁 먹기는 이른 것 같은데 베이징대학이나 구경하고 먹을까?"

"좋습니다. 입학은 엄두도 못 냈지만 구경이야 얼마든지 할 수 있지요."

팽 사원이 웃으며 말했다.

세 사람은 버스를 타고 베이징대학으로 향했다. 학교에 들어가 이곳저곳을 둘러보았다. 학교 연혁이 눈에 들어왔다.

「1898년, 원·명·청 시대에 최고의 교육기관이었던 국자감을 대체하여 '경사대학당'으로 창설하였다. 1912년 중화민국 성립에 수반하여 국립 베이징대학으로 개칭되었다. 1920년 난징대학교에 이어 중국에서 2번째로 여학생 입학을 받아들였다. 1966~1976년의 문화대혁명 기간 중 1970년까지 3년 동안 휴교 조치가 내려졌다. 정치가 마오쩌둥, 『아큐정전阿Q正傳』을 쓴 루쉰 등을 배출했다.」라고 쓰여 있었다.

학교를 나와 다시 우다오커우로 갔다. 한국식당을 찾아 들어갔다. 손님이 많았다. 구석 자리에 가서 앉았다. 이곳저곳에서 익숙한 한국어가 들렸다. 반가웠다. 삼겹살 3인분에 칭다오 맥주 2병을 시켰다. 서비스로 된장찌개가 나왔다.

"이곳은 한국 학생들이 주로 오는데 학생은 아니신 것 같군요."

음식점 사장이 한국어로 말했다.

"여행 왔다가 들렀습니다. 고기가 맛있네요. 장사는 좀 어떻습니까?"

"그전만은 못하지만 그런 대로 하고 있습니다."

"이곳 식당들은 한국 사장님들이 운영하시나 봐요?"

"그렇지도 않아요. 한국인이 운영하는 곳도 있지만, 법적인 문제 등 불편한 점이 많아 조선족과 동업하는 곳이 많아요."

"이곳은 음식점이 대부분인가 봐요."

"여기서 조금만 벗어나면 미용실, 옷가게, 당구장, 노래방, 카페 등 다양합니다."

"한국 유학생들이 많네요."

"네, 많습니다. 한국의 정취를 느낄 수 있고 중국의 대학생이나 지식인과의 교류가 활발해 그런 것 같습니다."

"그렇군요. 바쁘신데 시간 내주셔서 감사합니다."

"우리 건배할까?"

세 사람은 잔을 부딪쳤다.

"베이징을 제대로 구경하려면 며칠을 해도 모자랄 것 같아. 자금성하고 마오 기념관 그리고 후통을 구경하고 나니 하루가 다 갔네."

"팀장님은 오늘 가본 곳 중에서 어디가 가장 기억에 남으세요?"

팽 사원이 물었다.

"나는 다 좋았는데, 후통이 정감이 가고 좋았던 것 같아. 따짜랄거리도 좋았고."

"그렇군요."

"베이징이야말로 천의 얼굴의 도시라는 느낌이 들어. 교육과 문화, 역사뿐 아니라 이민족의 수도로서 수많은 사연을 간직한 도시지. 베이징 시민들은 수도에 대한 자부심이 대단한 것 같아."

"당연히 그럴 겁니다. 대도시 시민 그 자체로도 자부심을 가질 수 있지만, 그보다는 후커우호적 때문에 더 그렇습니다."

말이 없었던 양둥 대리가 입을 열었다.

"후커우라면 우리나라의 호적제도 같은 것인데, 지금은 거의 철폐되지 않았나?"

"없어진 곳이 일부 있지만 대부분은 아직 그대로입니다."

"자유롭게 왕래하게 놔두지 왜 그렇게 하는지 모르겠어. 우리나라는 2007년에 호적이 가족관계등록제도로 바뀌면서 호주제가 폐지되었어. 우리나라 호적은 신분 편제를 나타내는 것뿐이지 거주이전과는 전혀 상관이 없거든."

"현재의 후커우 제도는 1958년 '중화인민공화국 후커우 등기 조례' 제정 이후 60년 이상 큰 틀을 유지해 왔습니다. 중국에서는 한 지역에서 태어나 후커우를 얻고 나면 매우 예외적이 아니면 다른 지역으로 후커우를 옮기기가 어렵습니다. 중국인은 태어나면서부터 부모의 호적을 물려받습니다. 부모에게 물려받은 호적을 변경하려면 정부의 허가가 필요합니다. 사회 · 경제의 통제 차원에서 인구 이동을 최대한 억제했던 것이지요. 1978년 개혁개방이 심화하고 자본주의 요소가 확대됨에 따라 중국인들은 자유롭게 전국의 다른 도시로 이동해 일할 수 있게 됐습니다."

"이동은 가능해졌어도 혜택이 문제구먼."

"맞습니다. 이동은 자유로워졌어도 복지혜택을 제대로 받지 못하기 때문에 후커우가 없는 도시에 장기적으로 정착하기가 어렵습니다. 대도시는 원칙적으로 해당 지역 후커우를 가진 사람들에게만 지역 주택 구매자격을 줍니다. 돈이 아무리 많아도 지방 부자들은 베이징, 상하이 등의 대도시에서 주택을 임의로 구입할 수 없습니다."

"주택 말고 또 다른 차별이 있나?"

"후커우 제도는 대입 제도와도 관련이 있습니다. 거주민에게 주는 가점이 있습니다. 베이징과 상하이 같은 1선 도시의 후커우가 없는 학생들은 베이징대나 푸단대 같은 명문대에 들어가기가 그 지역 학생들보다 어렵습니다.

고도성장이 어렵게 된 지금은 경제발전의 동력을 얻기 위해 중소 도시 위주로 후커우 관련 규제를 완화하고 있습니다. 하지만 수도 베이징이나 상하이 등 거대도시의 후커우 규제 완화 속도는 아직도 느리기만 합니다."

양둥 대리가 설명했다.

"그럼 후커우를 받는 방법이 전혀 없나?"

"있습니다. 후커우를 받기 위해서는 그 도시의 고위 공무원이거나 기업의 고위직에 있고, 해외에서 유학한 인재로서 그 도시에 취업한 경우는 가능합니다. 그리고 해당 도시의 후커우를 가진 사람과 결혼 후 일정 기간이 지나면 인정받을 수 있습니다. 하지만 절차가 까다로워 쉽지 않습니다."

"구체적으로 어떤 혜택에서 차이가 있는 거야?"

"도시 후커우 소지자에게는 취업, 교육, 의료, 주택 등 각종 혜택이 주어집니다."

양 대리가 말했다.

"상대적 박탈감이 크겠구먼."

"예, 그렇습니다. 한 매체에 따르면 베이징 후커우로 누릴 수 있는 복지혜택이 100만 위안이 넘는다고 합니다. 베이징 후커우는 특혜의 전형으로 신분 상승의 기회이며 상징입니다. 일부 지방 부호들은 베이징 후커우를 얻기 위해 개발 중인 베이징 외곽의 주택을 취득하기도 합니다."

"어느 사회나 그늘진 구석이 있기 마련이지만 태어나면서부터 신분이 나누어지고 운명이 결정된다는 것이 좀 씁쓸하구먼. 어쨌든 베이징 인구는 점점 늘어나겠어."

"그렇지 않습니다. 오히려 베이징의 인구는 줄고 있습니다."

"아니, 서로 베이징에 살려고 안간힘을 쓴다며 인구가 줄다니?"

"고령화, 저출산, 만혼 때문이지요."

"그런 이유가 있었구먼."

"결혼도 늦춰졌지만 아이도 하나나 둘밖에 낳지 않습니다. 아예 아이 없이 애완동물을 기르며 사는 맞벌이 부부인 '딩펫족'들이 늘고 있습니다. 한국의 서울도 마찬가지겠지만 행정 수도에서 사는 것이 보통 어려운 게 아닙니다."

"그렇구먼. 다 먹었으면 그만 나갈까?"

베이징의 가을밤은 일찍 저물었다. 일행은 톈진을 가기 위해 베이징남역으로 발길을 돌렸다. 열차에 오르자 모두 곯아떨어졌다. 기차는 톈진역에 도착했다. 그 뒤에는 각자 집으로 흩어졌다.

C&R PROJECT

하루를 쉬고 출근했다.

"어제는 잘 쉬었어?"

"오후까지 잤습니다. 많이 피곤했나 봅니다."

팽 사원이 말했다.

"저도 어제는 집에서 쉬었습니다."

양둥 대리가 말했다.

"이번 주에는 중요한 일이 있으니까, 파이팅 합시다."

이야기를 나누는 중에 휴대폰이 울렸다. 장진성 팀장이었다. 저녁때 만났으면 한다고 했다. 장진성 팀장에게 자료를 건네준 지 일주일이 지났다.

퇴근 후에 장 팀장과 만났던 식당으로 향했다.

"진 팀장님, 아무리 생각해 봐도 이건 아닙니다. 혁신안은 무리가 없어 보입니다. 하지만 회장님의 전격적인 퇴진은 아니라는 생각이 들어요."

"호랑이를 잡으려면 호랑이 굴로 들어가야 하고, 아이를 낳으려면 아내 곁으로 가야 할 것 아닙니까. 그렇지 않고 다른 방법이 있습니까?"

"그래서 말인데요, 회장님이 경영에서 완전히 손을 떼시되 소유주식은 남겨 놓는 것이 어떤지요. 지분은 사적 재산이기도 하고, 회사에 문제가 생기면 다시 돌아오실 수 있는 여지를 남겨두는 것도 대안이 될 수 있잖아요."

　"그건 안 됩니다. 돈 있는 곳에 마음이 갑니다. 돈을 남겨두면 이도 저도 안 됩니다. 회장님이 회사 지분까지 완전히 정리해야 사장님이 달라질 수 있습니다. 회장님이 아주 떠나시면 사장님은 외롭고 두려울 것입니다. 내 위에 아무도 없으면 자유로움보다 책임감이 앞서는 것이 사람입니다. 책임에 대한 부담이 클수록 누군가 의지하고 의논할 사람을 찾을 것입니다. 진정 혼자라고 느낄 때 가슴속 깊은 곳에 귀를 기울일 수 있습니다. 비로소 자신과 솔직하게 만나는 것이지요."

　"……알겠습니다. 그럼, 회장님은 언제쯤 만날 예정이에요?"

　"자료가 마무리되는 대로 만날 겁니다. 회장님을 만나면 어떤 식으로든 결론이 날 겁니다. 그 결과에 따라 사장님을 만날 수도 있고 안 만날 수도 있겠지요."

　"안 만날 수도 있다는 말이 무슨 뜻이지요?"

　"회장님이 개혁안을 받아들이지 않으시면 제가 사장님을 만날 이유가 없다는 뜻입니다. 근본적인 문제가 해결되지 않는데 사장님을 만나는 것이 무슨 의미가 있겠습니까. 그렇게 되면 저도 더는 이곳에 있을 수 없을 것입니다."

　"회장님께 말씀드렸다가 내용이 바뀔 수 있고 또 다른 대안이 나올 수도 있는데, 왜 그런 말을 하세요. 한번 시작했으면 끝을 봐야지 상황이 안 좋다고 떠나면 무책임한 것 아닙니까? 회장님이 우리 두 사람에게 말씀하셨잖아요, 잘 부탁한다고. 저는 이제 시작이라 생각합니다. 단거리 경주처럼 빨리 끝나지 않을 겁니다. 마라톤같이 길고 힘든 여정이 될 것입니다. 어떤 결과가 나오든 우리 두 사람이 하나가 되어 회사를 올바른 방향으로 이끌어야 합니다."

장진성 팀장이 비장한 각오로 말했다.

"물론 일을 처리하는 데 흑과 백만 있는 것은 아닙니다. 하지만 적당히 타협해야 한다거나 문제의 핵심에서 비켜 가야 한다면 더는 저의 일이 아니라는 것을 말하는 겁니다."

"진 팀장님이 무슨 뜻으로 말하는지 잘 알겠습니다. 진 팀장님과 함께여서 저도 힘을 내고 있습니다. 저 혼자였으면 엄두도 못 냈을 겁니다."

"장 팀장님의 마음 잘 알겠습니다. 궁금한 것이 하나 있습니다. 왕상 자금팀장은 어떤 사람입니까? 제가 알기로는 회장님의 아드님으로 알고 있는데 소리 없이 다소곳하게 있어서요."

"왕 팀장을 말하는 거군요. 꼭 필요한 말 이외는 안 하는 사람입니다. 아는 체를 하거나 남 앞에 나서지 않는 조용한 스타일이지요."

"그렇군요. 아무튼 제 판단이 후회되지 않도록 하겠습니다."

두 사람은 저녁을 먹고 일찍 헤어졌다.

장 팀장을 만난 지 이틀 후에 회장을 찾았다.

"회장님, 진필 팀장입니다."

비서가 말했다.

"들어오라고 해요. 차 좀 준비해 주고."

회장의 나직한 목소리가 밖으로 들렸다.

"진필 팀장입니다."

"앉게."

"네."

"그래, 나에게 할 말이 있다고?"

회장은 찻잔에서 입을 떼며 말했다.

"네."

"무슨 말인지 해보게."

"……. 저……."

"무슨 말인데 그렇게 뜸을 들이나. 회사에 문제라도 생겼나?"

"회사에 문제가 생긴 것은 아닙니다."

"근데 왜 말을 못 하나?"

"회사의 현재 상황과 해결방안에 대해 말씀드리겠습니다."

"얘기해 보게."

"지금 회사 분위기가 좋지 않습니다. 조직 간의 소통은 물론이고 조직원 간에도 반목이 심합니다. 원인은 두 가지로 말씀드릴 수 있습니다. 하나는 시스템의 문제이고 다른 하나는 리더십의 문제라고 생각합니다."

"시스템의 문제는 회사가 급히 성장하면서 그에 맞는 체계가 안 잡혔다는 말로 이해하면 되나?"

"네, 그렇습니다. 몸이 크면 입던 옷이 맞지 않아 새 옷으로 갈

아입어야 하는 것과 같은 이치입니다."

"그럼, 리더십의 문제는 무엇을 말하는 건가?"

"사장님의 리더십이 문제입니다. 회장님의 결단이 필요합니다."

"내 결단이 필요하다고? 회사 경영은 사장이 하고 있는데 왜 내 결단이 필요하지?"

"회장님, 외람되지만 질문 하나 해도 되겠습니까?"

"하나가 아니라 자네가 묻고 싶은 게 있으면 얼마든지 하게나."

"이 세상에서 가장 아끼시는 것이 무엇입니까?"

"음…… 회사지. 평생 이 회사와 함께했어. 회사는 내 생명이나 다름없어. 아니, 그보다 더하면 더했지 덜하지 않아."

"바보 같은 질문을 하나 더 드리겠습니다. 회사와 사장님 중 어느 하나를 선택해야 한다면 어떻게 하시겠습니까?"

"……딱 잘라 말하기는 어렵네. 회사야 내 삶이고 내 인생이나 마찬가지이지만, 자식은 천륜이니 서로 비교하는 게 쉽지 않아. 그런데 사장은 왜?"

"지금 사장님의 경영방식이 문제가 되고 있습니다."

"구체적으로 어떤 문제가 있나?"

"직원들의 의견을 무시한 채 중요한 의사결정을 독단적으로 하고 있습니다. 강압적인 업무 지시로 인재들은 회사를 떠나고 남아 있는 직원들도 사장님의 눈치만 살핍니다. 사업목표의 경우만 해도 그렇습니다. 경제 동향 등 객관적 자료 없이 사장님 임의로 목표를 정해놓고 무조건 따를 것을 강요합니다. 직원들은 과도한 목표를 채우기 위해 회사 규정을 무시하고 숫자를 부풀리며 허위보고를 일삼고 있습니다. 겉은 멀쩡해 보여도 속이 곪고 있습니다."

"그런 현상은 영업 부문에서 많이 나타나겠구먼."

"그렇지 않습니다. 영업은 물론 구매, 업무 프로세스, 예산, 연구개발, 인사관리 등 모든 부문에서 나타나고 있습니다."

"사장은 왜 그렇게 무리를 하는 거지?"

"회장님을 의식하기 때문이라고 생각합니다."

"나를 의식하다니?"

"아마도 짧은 시간에 많은 성과를 올려야 회장님에게 인정을 받을 수 있다고 생각하는 것 같습니다."

"내가 뭐라고 하지도 않는데 왜 그렇게 서두르지? 묵묵히 자기 일만 열심히 하면 되는데……. 진 실장, 사장의 리더십 부족으로 가장 문제가 되는 것이 무엇인가?"

"인재 상실입니다. 묵묵히 일 잘하는 직원들이 회사를 떠나는 것이 가장 큰 손실입니다. 인재 하나를 얻으려면 많은 시간과 노력이 필요한데 그들이 떠나고 있으니 안타까울 뿐입니다. 인재를 뽑으려 해도 지원을 하지 않습니다. 게다가 회사에 대한 안 좋은 소문으로 대외 이미지에도 손상이 적지 않습니다."

"내가 너무 무심했구먼. 다 내 잘못이네."

"송구스럽습니다."

"자네가 송구할 것 없네. 회사가 망할 때는 자체의 결함도 보지 못하고 잘못을 얘기해주는 사람도 없는데, 자네가 문제를 말해주니 우리 회사는 아직 희망이 있어. 문 닫는 회사들은 문제가 무엇인지 몰라서 망하거든. "

"……."

"그럼, 내가 무엇을 하면 되겠는가? 내 결단이 필요하다고 했는데."

"……사장님을 혼자 남게 하는 것입니다."

"사장을 혼자 남게 하다니?"

"회장님이 안 계셔야 사장님은 비로소 현실을 바로 볼 수 있을 것입니다. 의지할 사람이 없어야, 의식할 사람이 없어야, 회사가 어떤 상태에 있는지를 제대로 알 수 있을 것입니다."

"자네, 지금 나보고 회사를 떠나라는 말인가?"

"……."

"내가 떠나면 모든 게 잘 될 수 있다는 건가?"

"외람되지만 하나 더 있습니다."

"말해보게."

"회장님이 회사 경영을 사장님에게 맡기시되, 회사 지분까지 완전히 정리하는 것입니다."

"회사 주식까지 넘겨주라는 건가?"

"그렇습니다. 회사가 진정 내 것이 되면 누구도 의식하지 않고 최선을 다할 것입니다. 지금처럼 보이기 위한 전시경영이 아니라 책임 경영을 할 것입니다. 내 위에 아무도 없고 모든 것을 나 혼자 책임져야 한다면 두렵고 외로울 것입니다. 혼자 남았다고 생각하면 자신에게 솔직할 수 있습니다. 그러면 사람의 귀함도 알고 위기에 처한 회사의 현실을 바로 볼 수 있습니다. 정말 혼자라고 느낄 때만 자신의 가슴속 깊은 영혼의 소리를 들을 수 있다고 생각합니다.”

“……”

회장은 한동안 말이 없다가 인터폰을 눌렀다.

“김 비서, 나 물 한 잔 주게.”

회장은 목이 타는 듯 물을 찾았다.

“이런 내용을 사장도 알고 있나?”

“그렇지 않습니다. 이 내용을 아는 사람은 장진성 팀장밖에 없습니다.”

“장 팀장은 뭐라 하던가?”

“시스템의 변화는 찬성하면서도 회장님의 전격적인 퇴진은 반대했습니다. 설령 회장님이 경영에서 손을 떼시더라도 회장님 소유 지분은 남겨 놓아야 한다고 했습니다. 회장님의 회사 주식은 사적 재산이고, 만에 하나라도 다시 회장님이 돌아오실 수 있는 여지를 남겨두어야 한다고 했습니다.”

“그랬구먼.”

“죄송합니다, 회장님.”

“자네가 죄송할 것은 없지. 자네는 최선을 다하고 있네. 그리고 그것은 자네의 순수한 생각이니까.”

회장은 인터폰으로 장진성 팀장을 찾았다.

장진성 팀장이 회장실로 들어왔다. 장 팀장은 혹시 몰라 대기하고 있던 터였다.

“장진성 팀장입니다.”

“그리 앉게. 진 팀장 얘기 들었네. 내가 이 회사를 떠나야 문제가 해결될 수 있다고 하는데 자네 생각은 어떤가?"

"진 팀장이 지적한 문제에는 동의하지만, 그 처방에 대한 저의 생각은 좀 다릅니다."

"생각이 다르다니?"

"사장님에게 전권을 맡겨서 잘 될 수도 있지만, 그간의 정황으로 볼 때 쉽지 않다고 생각합니다. 저는 회장님이 다시 회사로 돌아오셔야 한다고 생각합니다. 지금은 비상시국입니다. 훗날 사장님에게 다시 맡기더라도 회장님께서 경영 전반을 직접 챙기셔야 지금의 굴곡진 상황을 바로 펼 수 있습니다. 최소 3년은 회장님이 계셔야 합니다. 회장님께서 경영을 직접 하시면 결국 사장님도 회장님의 경영방식을 따르게 될 것입니다."

장 팀장이 자신의 소신을 말했다.

"진 팀장은 장 팀장의 말을 어떻게 생각하나?"

"저는 그렇게 생각하지 않습니다. 물론, 장 팀장의 생각이 해결책이 될 수도 있습니다. 하지만 근본적인 치유는 어렵다고 봅니다. 회장님의 경영방식이 옳다고 해도 사장님의 눈치를 보지 않을 수 없습니다. 회사에서 일어나는 크고 작은 일들을 사장님에게 보고하지 않을 수 없습니다. 사장님의 말 없는 압력을 견딜 수 있는 직원은 아마 없을 것입니다. 조직의 생리가 그렇습니다. 결국, 직원들은 두 편으로 나뉘게 될 것입니다. 그렇게 되면 진정한 소통은 어렵고 왜곡되는 부분이 적지 않을 것입니다. 설사, 회장님이 복귀하셔서 회사가 정상궤도에 오른다 해도 사장님이 변하지 않는 한 지금의 고민은 언젠가 다시 하게 될 것입니다. 물론, 아주 방법이 없는 것은 아닙니다."

"어떤 방법이 있는가?"

"사장님이 회사를 떠나는 것입니다. 일부 사업체를 분리해서 분가시키는 것이지요. 그렇게 하면 계열사의 결속력은 다소 떨어져도 큰 문제는 해결할 수 있습니다. 지금의 문제를 해결하기 위해서는 어느 한 부분의 희생은 불가피합니다."

"한 사람은 퇴진해야 한다고 하고 또 한 사람은 다시 돌아와야 한다고 하는데, 두 사람의 충정은 내가 충분히 알겠네. 자네들의 진심 어린 얘기 잘 들었어. 내가 며칠 생각 좀 해보겠네. 자네들 이번 토요일에 시간 있나?"

"저는 괜찮습니다."

"저도 괜찮습니다."

"그러면 토요일에 점심이나 같이하세."

"네, 그렇게 하겠습니다."

가업 승계

토요일이었다. 진필과 장진성은 약속시간 30분 전에 나와 음식점의 자리를 확인하고 회장을 기다렸다. 회장의 승용차가 음식점 앞에서 멈췄다. 두 사람은 회장을 안내해 예약된 방으로 올라갔다. 문 반대쪽 상석으로 회장을 안내하고 두 사람은 그 맞은편에 앉았다.

"음식은 자네들이 마음껏 시키게."

"저희는 무엇이든 잘 먹습니다. 회장님이 시켜주시지요."

장진성 팀장이 말했다.

"하기야 자네들이 고르기가 쉽지 않을 테니 내가 시키지."

회장은 요리 세 종류와 맥주 2병을 주문했다.

"휴일인데 쉬지도 못하고 나오게 해서 미안하네."

"아닙니다. 회장님을 모시고 식사를 하니 부모님과 함께 하는 것 같아 좋습니다."

장진성 팀장이 말했다.

"부족한 저를 불러주셔서 감사합니다."

진필은 진심으로 말했다.

"그렇게들 생각해주니 다행이네."

주문한 음식이 식탁에 차려졌다. 음식 색이 아름다웠다.

"술 한 잔씩 따르게."

잔들이 공중에서 부딪혔다.

"가업 승계가 이렇게 어려울 줄 몰랐어. 때가 되어 회사를 물려주면 되겠거니 생각했는데 그게 아니야. 내가 너무 쉽게 생각했어. 자네들에게 한 가지 묻겠네. 가업 승계는 누구에게 하는 것이 바람직하다고 생각하나?"

"누구에게 하다니요?"

장진성 팀장이 물었다.

"장자에게 하는 것이 좋은지 아니면 다른 자식에게 하는 것이 좋은지를 묻는 거야. 자의든 타의든 군주가 물러날 때 대부분의 왕위 계승 1순위는 군주의 장자였지. 장자에게 문제가 있을 때는 다른 아들이나 인척 중에서 택하기도 했어. 그런 면에서 자네들의 의견을 듣고 싶은 거야."

"중국의 왕위 적장자 계승원칙은 춘추시대부터 내려오는 하나의 관례입니다. 이 계승원칙은 당나라 때 정식 율령으로 법제화되었습니다. 이를 위반하면 처벌을 받았습니다. 반면, 만주족은 달랐습니다. 한족의 300분의 1도 안 되는 50만의 만주족이 1억 5천만의 한족을 물리쳐 300년 가까이 지배할 수 있었던 것은 지도층의 솔선수범과 능력 중심의 인사에 있었습니다. 청나라는 적장자 계승원칙을 따른 명나라와 달리 가장 유능한 인물을 골랐습니다. 누르하치 이후에도 홍타이지, 손치제, 강희제 등의 훌륭한 지도자가 나올 수 있었던 것도 능력 위주의 인사에 있다고 봄니다. 저는 과거의 예를 참고로 하되, 현실 상황과 계승자의 능력에 따라 승계하는 것이 옳다고 생각합니다. 서양은 능력이 있으면 딸이 승계하기도 합니다."

장진성 팀장이 말했다.

"그렇구먼. 진 팀장, 한국은 어떤가?"

"한국 기업들의 가업 승계 역시 매우 민감한 사안입니다. 말도 많고 탈도 많은 것이 가업 승계입니다. 가업 승계로 인해 왕자의 난이 발생하기도 합니다. 한국왕조의 가업 승계는 조선시대 세종대왕 때의 제사 상속제도에서 시작되었습니다. 이는 적장자 계승원칙과 다를 바 없습니다. 적장자 계승원칙은 안정된 승계로 분란을 사전에 방지한다는 의미가 큽니다. 하지만 무능한 군주로의 승계로 국력 약화는 물론 조정이 혼란에 빠지기도 했습니다. 조선시대 역대 왕 중 최고의 성군인 세종대왕도 가업 승계는 실패했습니다."

"왜 실패를 했지?"

"세종대왕은 분란을 없애기 위해 역대 임금들처럼 장자인 문종에게 왕위를 계승했습니다. 문종이 3년 만에 죽자 왕권은 약화했으며 조정은 혼란에 휩싸였습니다. 지혜로운 세종대왕에게도 가업 승계는 어려운 화두였던 겁니다.

한국의 기업의 예를 봐도 그렇습니다. 세계 최고의 가전과 전기차 배터리의 선두주자인 LG그룹은 철저히 장자 우선 승계원칙으로 성공했습니다. 적장자를 통해 기업은 융성했고 인간 존중 문화는 대를 이어 계승 발전했습니다. 반면 삼성의 경우는 좀 다릅니다. 삼성은 능력 위주의 승계원칙으로 3남인 이건희 회장이 가업을 이어받았습니다. 1987년 기업을 승계받은 이건희 회장은 2003년에 일본의 소니를 앞서며 삼성을 전자부문 글로벌 챔피언으로 만들었습니다. 그 이후에도 미래를 보는 안목과 과감한 투자로 가전은 물론 메모리 반도체 부문에서 명실상부한 세계 1위의 기업을 만들었습니다. 이렇듯 어느 하나가 꼭 옳다고 말할 수 없습니다."

"장진성 팀장, 자네는 우리 현실에서 어느 방법이 옳다고 생각하나?"

"회장님, 지금은 비상 상황입니다. 회사를 정상적으로 돌려놓는 게 무엇보다 우선입니다. 일단 회장님께서 복귀하셔서 회사를 정상궤도에 올려놓으신 다음에 후사를 도모해야 한다고 생각합니다. 회장님께서는 지금도 회사 일을 하시는 데 전혀 무리가 없습니다. 10년 아니 5년, 어려우시면 3년만이라도 저희를 이끌어 주십시오. 그렇지 않으면 회사의 장래를 보장할 수 없습니다."

장 팀장이 비장한 각오로 말했다. 술이 한 순배 돌아가자 회장은 어렵게 말문을 열었다.

"두 사람 얘기 잘 들었네. 내가 오늘 자네들에게 회사 경영에 대해 이야기를 좀 하겠네. 내가 회사를 떠나겠네. 그리고 이번 기회에 지분정리도 하겠네."

"그럼 모든 경영을 사장님에게 맡기시는 겁니까?"

장진성 팀장이 실망한 듯 물었다.

"그런 것은 아니네."

"회장님, 혹시 사장님 외에 따로 생각하신 분이 있으신가요?"

진필이 물었다.

"가위는 내 큰아들이지만 리더로서 부족한 면이 많아. 리더는 조직원을 섬기는 마음이 있어야 해. 그런데 가위는 군림하려고만 하지 섬기려 하지 않아. 지금처럼 부하직원의 신뢰를 얻지 못하면 구성원의 협력을 이끌어낼 수 없어. 가위 사장은 리더로서 자질이 부족해."

"그럼, 누구에게 중책을 맡기려 하십니까?"

장진성 팀장이 긴장한 듯 작은 목소리로 물었다.

"왕상 부장과 자네 둘이야."

"……."

"……."

"내가 오래된 얘기 하나 하겠네. 60년 전이었지. 대약진운동이 막 시작되었을 때였어. 1950년대 후반 마오쩌둥은 중국이 공산국가 중 맹주라는 것을 대내외에 알리기 위해 대약진운동을 시작했지. 마오의 경제 도약에 대한 의지는 대단했지만, 방법이 옳지 않았어. 마오는 투쟁에는 전문가일지 몰라도 경제에는 문외한이었지. 진흙으로 만든 용광로에 불만 때면 쇠가 녹는다고 생각했던 거야. 마오는 어떤 쇠든 녹이면 무조건 강철이 되는 줄 알았어. 철기시대가 시작된 것이 언제인데 그 정도의 상식도 없었던 거지. 그렇게 지도층의 무지로 시작된 대약진운동은 경제를 망치고 인민을 굶주림에 빠뜨렸어.

1958년에서 1962년까지의 대약진운동이 3년 대기근과 맞물리면서 이루 헤아릴 수 없는 사람이 굶어 죽었어. 우리 가족도 예외는 아니었지. 인민공사 직원들은 도시에 먼저 식량을 공급하기 위해 농민들로부터 강제로 곡물을 빼앗았어. 식량을 감춘 농민들이 끌려가서 매를 맞거나 고문을 당했지. 아버지는 잿간에 옥수수를 숨겼다가 인민공사 직원들에게 들켜 실컷 두들겨 맞았어. 할머니와 동생이 영양실조로 목숨이 위태로운 상황이었으니까 도둑질이라도 해야 했지. 아버지가 감춘 곡식의 양이 얼마 되지 않아 끌려가진 않았지만, 할머니는 얼마 못 가 돌아가시고 동생도 영양실조로 인한 합병증으로 죽고 말았어. 아버지는 그때 고문의 후유증으로 한동안 걷지 못하셨지. 아버지와 어머니는 가족을 잃은 실의에 제정신이 아니었어. 당시의 비참함은 겪어보지 않은 사람은 몰라. 지옥이 따로 없었어."

"그럼 회장님께서는 처음부터 톈진에 사신 것은 아니었군요."

"내 고향은 톈진이 아니야. 허베이성 동쪽의 친황다오야. 친황다오의 산하이관에서 얼마 안 떨어진 조그만 시골 마을이지. 지금은 친황다오시와 산하이관시를 합병해 하나의 도시가 되었지만, 예전에는 행정구역이 달랐어."

"친황다오라면 진시황과 관련이 있는 곳입니까?"

"친황다오는 진시황제가 불로장생약을 얻기 위해 500명의 동남동녀를 파견했던 항구도시에서 유래되었어. 그리고 역대 황제들의 여름 별장이 있었던 곳이야. 산하이관이 있어 방비에도 유리했을 뿐 아니라 바로 옆에 바다가 있어 별장으로 그만이었어. 산하이관 성에서 남쪽으로 5km만 가면 바다와 맞닿은 노룡도가 있는데 이곳이 만리장성의 동쪽 기점이야. 바다와 바로 맞닿아 있어. 북쪽 이민족들이 대륙을 침범할 때도 장성을 넘지 않으면 이 바닷길을 건너는 방법밖에 없었어. 실제 장성의 시작은 바다인 셈이지.

친황다오의 동쪽 끝 산하이관은 중국 역사에서 가장 드라마틱한 곳이야. 화북에서 동북으로 가는 교통의 요충지인 산하이관은 역대 어떤 군대도 공략하지 못한 철옹성이었지. 명나라 오삼계 장군이 조정에 악심을 품고 청나라의 홍타이지에게 성문을 열어준 것 외에는 누구도 산하이관을 통과하지 못했어. 오삼계 덕분에 만주족은 손도 안 대고 중국 대륙을 삼킬 수 있었지. 결국 한 사람의 모반이 청나라 3백 년 역사의 문을 열어 준 셈이 되었어. 산하이관은 '천하제일관'이라고 불렸지만 이름도 무색하게 백성의 눈물이 마를 날이 없었던 고난의 관문이었지. 계속되는 전쟁의 참화로 농사를 제대로 지을 수 없었고 추수를 해도 수탈을 당하기 일쑤였어. 조상 대대로 내려오는 집과 토지를 버리고 고향을 등지는 농민들이 끊이지 않았다네.

나는 산하이관에서 조금 떨어진 가난한 시골 마을에서 태어났어. 대약진운동으로 그 알량한 곡식마저 싹싹 긁어가니 굶어 죽을 수밖에. 할머니와 동생은 굶어 죽었지만, 나머지 가족은 영양실조에 의한 부종으로 죽기 직전에 오줌을 먹고 살아났어."

"오줌을 먹고 살아나다니요?"

"식량이 없어 영양실조로 부종에 걸리는 사람이 많았어. 부종에 걸리면 피부가 황색을 띠면서 부어오르는데 가장 손쉬운 치료 방법이 단백질이 풍부한 클로렐라를 섭취하는 것이야. 클로렐라는 민물에서 자라는 녹조류의 일종으로 사람의 오줌을 먹고 자라기 때문에 소변을 보고는 그 속에 클로렐라의 씨앗을 넣어 키웠어. 그 씨앗은 오줌 속에서 이틀이 지나면 녹색을 띠며 자라나는데 이것을 물로 씻어 쌀과 함께 끓여 먹는 거야. 먹을 때는 그 냄새가 역겹지만 부종을 가라앉히는 데는 효과가 있었지. 대약진운동은 인간 사회에서 차마 있을 수 없는, 참상을 겪지 않은 사람은 상상할 수 없는 지옥 그 자체였어."

회장은 눈물을 훔치며 말했다.

"그런 일이 있었군요……."

장진성 팀장은 말을 잇지 못했다.

"대약진운동이 끝나갈 무렵 아버지는 결단을 내리셨어. 우리 가족은 탕구항 근처 조그만 어촌마을로 거처를 옮겼지. 고향을 등지고 낯선 곳에 삶의 터전을 마련한 거야. 고향에 그대로 있었으면 우리 가족 모두 굶어 죽었을 거야. 가족을 잃은 실의에 빠져 고향에 남아 있는 것도 곤욕이었지만 굶어서 죽을 바에 물고기라도 잡아 보자며 고향을 떠났어.

탕구는 톈진의 외항으로 명나라 시절부터 교역이 활발했던 곳이야. 대운하의 종점이어서 사람의 왕래가 잦았지. 항구의 조그만 양어장에서 아버지와 나는 잡일을 했고 어머니는 일꾼들에게 밥을 해주었어. 우리는 그렇게 연명할 수 있었어. 일은 힘이 들어도 배는 곯지 않았어. 아버지는 고향을 떠난 외로움을 술로 달래셨지. 나는 학업을 포기하고 양어장에 전념했어. 어머니는 사람 구실을 하려면 배워야 한다며 나를 학교에 보내려 하셨지만 나는 가지 않앉어. 실제 그럴 형편이 아니었거든. 나는 학교에서 못 배운 것을 7년 동안 양어장에서 배울 수 있었어. 그때 물고기 사료를 접하면서 나의 사료 인생도 시작되었지. 아버지와 나는 양어장 일을 그만두고 창고를 얻어 직접 물고기 사료를 만들기 시작했어."

"사업을 일찍 시작하신 거네요."

"아버지 사업을 도운 것이지 내 사업을 한 것은 아니야. 미처 사료를 대지 못할 정도로 장사가 잘됐어. 호사다마라고 큰 문제가 터지고 말았어. 시샘하는 지역 토착민이 우리 사료에 약을 넣은 거야. 사료를 먹은 물고기들이 모두 폐사하고 말았어. 아버지는 그때 얻은 화병으로 1년 동안 앓다가 돌아가셨어. 아마 그때가 내 나이 20대 중반쯤 되었을 거야. 그때 나는 결심했어. 사업은 절대 안 하겠다고. 어머니와 나는 그곳을 정리하고 톈진으로 올라왔지. 다시 고향으로는 돌아가기는 싫었어. 타지에서 먹고 살기 위해 나는 닥치는 대로 일을 했지. 소위 말하는 농민공으로 공사장에서 잡부 일을 하다가 공장 노동자로 여러 공장을 전전했어. 낯선 도시에서 안 해본 것이 없어. 도둑질하고 남 속이는 것 말고는 다 해봤지. 그런 와중에 예기치 않게 사료 사업을 다시 시작하게 되었어. 아버지와 친분이 있던 분이 좋은 조건으로 사료대리점을 내주셨어. 나는 사업을 안 하겠다고 했던 것도 잊어버리고 장사를 시작했지.

당시 대리점은 사업이랄 것도 없었어. 조금만 가게를 얻어서 창고 겸 사무실로 이용하면서 배달도 직접 했지. 그러다가 허베이성의 대리점들을 총괄하게 되었고 결국 사장님의 사업을 물려받게 되었어."

"어떻게 사업을 물려받으신 거예요?"

"사장님의 건강이 급속히 나빠져서 사업을 계속할 수 없었어. 게다가 사업을 물려줄 자식도 없어 결국 내가 그 사업을 물려받게 되었지. 물론 처음에는 고전했지만, 사료의 수요가 증가하면서 사업이 번창했어. 아버지를 돌아가시게 했던 양어장 사고가 내게 큰 경험이 되었지. 나는 결벽증 환자처럼 품질에 신경을 많이 썼어. 우리 사료를 먹은 가축과 물고기들이 살이 찌고 힘이 좋아졌다는 소문이 나면서 공장 앞에는 사료를 먼저 실어 가겠다는 화물차로 장사진을 이뤘어."

회장은 과거를 회상했다.

"그렇게 사업을 시작하게 되었군요."

"하루가 다르게 매출이 늘어났어. 집에 못 들어가는 날이 허다했지. 아내는 아이들 키우고 집안일 하느라 일찍 들어갔어. 저녁이면 자연스럽게 나와 여직원만 남았지. 여직원은 가게에서 전화를 받고 전표를 정리하는 일을 했어. 그때 그 여직원이 상이 생모야."

"아!"

"……."

진필과 장 팀장은 말을 잇지 못했다.

"눈 내리는 겨울날이었지. 월말이라 무척 바빴어. 나는 종일 배달하고 수금하느라 정신이 없었지. 그 여직원도 늦게까지 가게에 남아 있었어. 눈이 많이 내려 차가 일찍 끊기기도 했지만 차마 나만 혼자 두고 못 들어갔던 거야. 함께 일을 하다 보니 정도 많이 들었어. 잠자리만 같이 안 했을 뿐이지 한 가족이나 다름없었지. 그렇게 둘은 예기치 않게 사무실에서 하룻밤을 보내게 되었어.

상이 생모는 그날 이후 다시는 보지 못했어. 그날 밤이 마지막이었지. 나는 그녀가 계면쩍어 떠났다고 생각했는데 상이를 임신하게 되었던 거야. 그녀는 1년 후에 가게 앞에 상이만 남겨 놓고 흔적 없이 사라졌어. 자기가 떠나야 내 아내가 상이를 친자식처럼 키울 수 있다고 생각한 것 같아. 아내가 지혜롭게 처리해서 겉으로는 집안에 큰 분란 없이 지나갈 수 있었어. 그날 이후 상이 생모가 어디서 무엇을 하는지 몰라. 그동안 찾지도 않았고 찾을 생각도 없었으니까."

회장이 지난날을 회상하며 말했다.

"그럼 사모님도 이 사실을 알고 계십니까?"

"잘은 몰라. 아내는 굳이 알려고 하지 않았어. 아내는 내 자식일 수 있다는 심증은 있어도 증거가 없으니 내 씨는 아니라고 믿고 싶었던 거지. 아내는 상이를 친자식 이상으로 키웠어. 그 아이는 어려서부터 아내를 잘 따르고 귀여움을 독차지했지. 학생 때도 말썽한 번 안 부렸어. 그렇다고 얌전한 모범생만은 아니었네. 의리 있는 아이였어. 하루는 상이가 학교에서 맞고 들어온 거야. 아내가 학교로 찾아갔지. 같은 반 약한 친구를 돕다가 센 놈에게 실컷 두들겨 맞았던 거야. 상이는 어려서부터 가난하고 힘이 약한 사람을 배려하고 업신여기지 않았어. 지나가다가도 불쌍한 사람을 보면 그냥 지나치지 못했지. 마음이 따뜻한 아이야."

"왕가위 사장님은 어땠습니까?"

장진성 팀장이 물었다.

"가위는 상이와 달랐어. 집이 좀 부자라고 가난한 아이들을 무시하고 괴롭혔지. 목적을 위해서는 수단 방법을 안 가렸어. 그리고 사고를 치면 돈으로 해결하려 했어. 학생 때 아내가 가위 때문에 마음고생을 많이 했어. 가위는 상이와 성품이 달라."

"그럼, 사장님은 왕상 부장을 친동생으로 알고 있습니까?"

"상이를 낳았을 때 가위의 나이가 네 살인가 다섯 살쯤 되었으니 자기 친동생으로 알 수밖에. 그리고 상이도 아내를 생모로 알고 있어."

회장은 말을 한 후 맥주잔을 기울였다.

"회장님께서 밝히기 어려운 집안 내력을 말씀해 주시니 저희가 어떻게 처신할 줄 모르겠습니다."

"그동안 회사를 경영하면서 부도 위기에 몰리기도 하고 회사를 통째로 빼앗길 뻔하기도 했어. 사업을 접어야겠다고 생각한 적이 한두 번이 아니야. 말 못 할 어려움이 많았지. 회사는 내 생명과 같아. 회사를 떠난 나는 상상할 수 없어. 회사가 나이고 내가 회사지. 그런 회사를 맡기면서 무슨 말인들 못 하겠나. 내가 자네들에게 무덤까지 가져갈 비밀을 말한 것은 자네 둘이 마지막 희망이기 때문이야. 내가 사장에게 희망이 없으니 자네 둘을 의지하고 싶어서인지도 몰라. 내 과거에 대한 비밀은 자네들의 인격에 맡기겠네. 상이가 30대 중반이고 회사를 맡기에는 아직 경험이 부족하지만, 자네들이 있어 결단을 내릴 수 있었네. 상이가 제 역할을 할 수 있게 도와주게."

"저희에게 그럴 능력이 있는지 모르겠습니다."

장진성 팀장이 말했다.

"아니야. 자네 둘은 해낼 수 있어. 내가 하나 묻겠네."

"말씀하시지요."

"자네들은 역대 군주 중에서 누구를 가장 존경하나?"

"저는 주나라의 문공을 최고의 성군이라 생각합니다."

장 팀장이 말했다.

"특별한 이유라도 있나?"

"주공은 강태공과 함께 폭정을 일삼는 상나라를 멸망시킨 중국 고대사에서 최고의 성인으로 추앙받는 인물입니다. 주공은 공자가 가장 존경한 인물로도 알려져 있습니다. 공자는 유가에서 주장하는 인의예지가 주공 때부터 있었고 자신은 주공의 말을 옮겼을 뿐 창조하지 않았다고 했습니다. 그렇듯 주공은 지금의 중국 예법의 기초를 닦았기 때문에 어느 군주보다 위대하다고 생각합니다."

"그렇구먼. 자네는?"

"저는 우리나라 임금 중에 세종대왕을 최고의 군주로 생각합니다. 비록 가업 승계는 실패했지만, 역대 어느 군주보다 백성의 마음을 헤아리며 그들을 하늘처럼 섬겼습니다. 세종대왕은 우리나라 말이 중국과 달라 문자가 서로 통하지 않는 것을 안타깝게 여겼습니다. 이에 '훈민정음'이라는 독자적인 문자를 만들어 백성들이 쉽게 익혀 쓸 수 있게 했습니다. 그리고 납세자를 위한 세정 지원제도로 백성들의 어려움을 살폈습니다. 조세에 대해 백성이 억울하면 안 된다는 생각에서 전 백성을 대상으로 5개월간 여론조사를 했을 정도니까요. 그렇게 문제가 있으면 데이터를 분석해서 문제를 해결했습니다. 또 측우기를 발명하고 농사직설을 편찬함으로써 농업과 과학 발전에도 크게 기여했습니다.

또 세종대왕은 관용의 임금이었습니다. 어전회의 때 눈을 부라리며 자리를 박차고 나간 고약해라는 신하가 있었습니다. 당시는 관직을 파했지만 얼마 안 있어 오늘의 검찰총장과 감사원장에 해당하는 대사헌에 오르게 했습니다. 세종대왕은 그런 신하를 밉다고 내치면 언로가 막힌다고 생각했던 관용과 포용의 군주였습니다. 경연에 임할 때도 신하들에게 먼저 자신의 뜻을 말하거나 답을 건네지 않았습니다. 신하들의 의견을 경청했고 토론의 꽃을 피워 집단지성의 진수를 보여주었습니다."

진필은 거침없이 말했다.

"회장님께서는 어떤 군주가 훌륭하다고 생각하십니까?"

장진성 팀장이 물었다.

"나는 중국의 역대 군주 중에 청나라의 4대 황제인 강희제를 가장 존경한다네. 강희제는 청나라뿐 아니라 전 중국사를 통틀어서 가장 뛰어난 군주 중 한 명으로 꼽히지. 이민족으로 중국 대륙을 평정한 청나라의 역사는 실질적으로 강희제의 치세에서 비롯되었다고 할 수 있어. 그는 천 년에 한 번 나오는 황제라는 뜻의 '천고일제'로 불린다네. 아마 조선에 세종대왕이 있다면 청나라에 강희제가 있다고 감히 말하고 싶네."

"회장님, 강희제의 어떤 치세가 그렇게 위대한 황제로 만들었습니까?"

"강희제는 부친인 순치제가 천연두로 사망하자, 여덟 살의 어린 나이에 황제로 즉위하여 61년간 중국을 다스렸어. 중국 역사에서 가장 오랫동안 권좌에 있었던 황제지. 할머니 효장태후가 손자의 왕권이 약화될 것을 우려해 수렴청정을 고사하며 4명의 보정대신들로 하여금 어린 강희제를 보좌해 정사를 돌보도록 했어. 보정대신의 한 사람인 아오바이가 횡포를 부렸지만 이를 잘 극복해 실질적인 왕권을 수중에 넣을 수 있었어.

청나라의 4대 황제 강희제는 다양한 문화를 꽃피우며 중국을 가장 부강한 나라로 만들었어. 많은 학식과 교양을 쌓으며 만주어와 한어를 모어로 익힌 황제로, 실질적인 청나라의 출발은 강희제의 치세에서 비롯되었다고 할 수 있지. 44년간 중국 전문가로 활동한 프랑스의 조아킴 부베 선교사는 강희제를 '꿈속에서도 만나지 못할 위대한 인물이며 천하를 통치한 황제 가운데 가장 명철한 군주로서 하나님을 믿지 않는 점만 빼면 최고의 군주'라며 칭송했어."

"그런데 회장님, 오늘 강희제를 특별히 말씀하시는 이유가 있습니까?"

장진성 팀장이 물었다.

"가업 승계와 관련이 있어서 그래. 효장태후가 수렴청정을 하지 않고 보정대신들에게 강희제를 맡겼던 것처럼 자네들이 있기에 내가 오늘의 결단을 내릴 수 있었네. 자네 둘이 상이를 많이 도와주게. 상이와 함께 모든 풍파를 물리치고 회사를 반석 위에 올려놔 주게. 회사가 흥하느냐 망하느냐는 어찌 보면 자네 두 사람에게 달려 있다고 해도 지나친 말이 아닐 거야. 내가 40년 전에 사업을 시작했듯이 새로 창업하는 마음으로 임해주게. 그런데 가위가 가만히 있지 않을 것 같아 그것이 걱정이야. 물론 가위에게도 몇 개 회사를 나눠주어서 서로 부딪히는 일은 없게 하겠지만 일이라는 게 어디 생각대로만 되는가."

"문제가 생기지 않도록 최선을 다하겠습니다."

"회장님, 사실 저는 뭐가 뭔지 잘 모르겠습니다. 장 팀장이야 두 아드님과 함께한 시간이 있지만, 회사에 머문 기간이 짧은 저로서는 왕상 팀장을 잘 몰라서요."

"마음을 편하게 갖게. 삼국지의 유비, 관우, 장비가 오래 사귀어서 도원결의를 한 것이 아니야. 관우와 장비는 유비를 만나기 전에 이미 형제처럼 지내고 있었지만, 유비와는 오래 알고 지낸 사이가 아니었네. 세 사람이 한날한시에 죽자는 도원결의는 오랜 세월 때문이 아니라 서로에 대한 믿음 때문이었지. 자네, 정치와 사업의 공통점이 뭐라고 생각하나?"

"……신뢰, 정직, 성실, 뭐 그런 것이 아닐까요?"

"그런 것도 있겠지. 나는 1인자와 2인자의 협치에 있다고 생각하네. 얼마나 오래 같이했느냐보다 군주와 재상이 합력하고 사장과 참모가 합력해 100이 되는 것이지. 재상이나 책사는 문제의 해결책을 마련하고 군주는 이를 시행하는 거야. 과거 중국 역사를 보면 그 둘의 협치는 새로운 세상을 만들고 천하를 거머쥐게 했어. 제나라의 환공과 관중, 오나라의 부차와 오자서, 그리고 월나라의 구천과 범려가 그 대표적인 예라고 할 수 있지. 그래도 협치의 극치는 진시황과 이사의 콤비 플레이가 아닌가 해."

"두 사람이 어떻게 했기에 회장님이 그렇게 극찬하십니까?"

"진나라 왕 영정진시황의 이름에게 초나라 출신의 이사가 없었다면, 그리고 영정이 이사의 말을 받아들이는 포용력이 없었다면, 아마 중국의 첫 통일국가는 진나라가 아니었을지 몰라. 진나라가 통일국가가 되기 전 진나라에 간첩 사건이 발생했어. 이사처럼 타국에서 온 일부 인재들이 정보를 빼내 자국에 알렸던 거야. 가뜩이나 외국에서 온 기술자나 관료들을 시기하던 조정 대신들은 그들을 내쫓을 명분을 찾았던 거지. 토종 대신들은 그들을 내쫓는 상소를 올렸어. 요즘의 매카시즘 같은 색깔론을 조장하며 그들의 축출을 임금에게 요구했지. 결국, 진나라 왕 영정은 '축객령'을 내렸어. 객을 쫓아내는 조서 말이야. 이사는 영정에게 그렇게 하면 안 된다고 간곡하게 진언했지. 이사가 간언한 그 내용이 지난 2천 년 중국 역사에서 최고의 문장으로 인정받는 '간축객서'야. 이사가 축객령을 반대하며 올린 상소문이지. 그는 '태산은 티끌만 한 흙도 마다하지 않으며 바다는 어느 물도 가리지 않는다. 실력이 있으면 귀천을 따지지 말고 지역이나 나라에 상관없이 인재를 받아들여야 진나라가 강성할 수 있다'라며 영정을 설득했어. 영정은 결국 자신이 내렸던 명을 철회했지. 인재를 아꼈던 진나라의 전통은 그대로 유지되어 진나라가 천하 통일을 이루는 데 결정적 역할을 했어. 나는 자네 둘이 회사 대표를 도와 먼 훗날까지 이사나 범려처럼 함께해주기를 바라네."

"부족한 저를 그렇게까지 생각해주시니 송구스럽습니다. 최선을 다하겠습니다."

"그리고 장 팀장이 말했는지 모르지만 진 팀장을 뽑은 사람은 내가 아니라 장 팀장이야."

"저를 장 팀장이 뽑다니요?"

"간부 사원을 뽑을 때는 장 팀장과 내가 의견을 나눈다네. 자네가 면접장에서 실랑이를 벌일 때, 장 팀장이 내가 자네의 이야기를 들어보는 게 좋겠다는 사인을 보냈어."

"그런 일이 있었군요."

"장 팀장은 회사를 함께 정상화할 사람이 필요했는데, 자네가 나타났으니 어떤 사람인지 궁금했겠지."

"몸싸움을 하느라 그럴 경황이 없었을 텐데요."

"처음에 나가라고 했을 때 나갔으면 이상한 사람이라고 생각하고 말았겠지. 장 팀장은 자네가 꿋꿋하게 버티는 것이 분명 무엇이 있을 거라 생각해 나에게 사인을 보냈어. 그래서 양춘화 전무에게 면접을 보라고 지시했던 거야. 그러니 장진성 팀장이 자넬 선택한 것이나 마찬가지지."

"그랬었군요."

"장진성 팀장은 진정으로 회사의 장래를 생각하는 사람이야. 아마 우리 회사에서 나 다음으로 회사의 장래를 걱정하는 사람이 장진성 팀장일 거야. 그렇지 않은가, 장 팀장?"

"네. 사안이 중해서 신경을 쓸 수밖에 없었습니다."

"내가 상이를 후임으로 선택한 것은 즉흥적인 것이 아니네. 오랜 세월을 같이 했고 특히 지난 1년 동안 가위와 상이를 세심하게 살피고 내린 결정이야. 가업 승계가 성공적으로 이루어지도록 힘써주게. 자네 두 사람이 도와주면 상이도 해낼 수 있을 거야."

"명심하겠습니다."

"또, 내 거취를 결정하게 된 또 다른 이유가 있네."

"어떤 이유를 말씀하십니까?"

"변화야. 변화를 따라가지 못하거나 변화를 만들어내지 못하는 리더는 조직의 책임자로 적합하지 않아. 이제 나도 변화를 따라가기가 힘에 부쳐. 그리고 나이도 문제야."

"회장님은 아직 충분히 일하실 수 있습니다."

"조직의 리더가 외부 세계와 15년 이상의 차이가 나면 소통은 물론 변화를 따라가기 어렵다고 해. 있을수록 조직에 거침돌이 되는 거지."

"회장님은 다르십니다. 연세와 상관없이 항상 저희보다 앞서가십니다."

"그래도 나이는 속일 수 없어. 자신은 아니라고 해도 그렇지 않아. 늙으면 시야가 넓어지는 게 아니라 오히려 좁아져. 자기주장이 세지고 생각이 편협해져서 남의 말을 잘 안 들으려 해. 나도 예외는 아니야. 그런 요소들이 이번 결정에 많은 도움이 되었어. 가업 승계는 그 정도로 하고 내가 공산당과 관련해 자네들에게 꼭 해주고 싶은 말이 있네."

"무엇입니까, 회장님."

"공산당에 대해 자네들이 알아야 할 것들이 있네."

"국가에 세금 잘 내고 법 잘 지키면 되는 것 아닌가요?"

"자네 말대로만 우리 중국이 돌아가면 뭘 고민하겠나. 중국은 공산당이 통치하는 나라야. 중국은 자유민주주의 국가인 한국과 달리 공산당 일당 독재 체제를 제일선으로 하는 사회주의 국가야.

그리고 우리 중국은 국가의 헌법과 법률대로 움직이지 않아. 공산당 헌법인 '당장'에 의해 국가가 운영되고 사회와 개인을 통제하지. 공산당은 국민의 정서와 생각은 물론이고, 정부산하기관, 군대, 국영기업과 민영기업, 심지어 비정부조직까지 방송과 신문, 인터넷, 소셜미디어sns 등을 동원해 통제하지."

"회장님, 헌법과 법률이 국가 운영의 근간이 아닙니까?"

"중국은 달라. 다른 나라에 헌법이 있듯이 중국공산당에는 당의 헌법인 '당장'이 있어. 원칙대로라면 '당장'은 공산당 조직과 당원에게만 적용해야 하지만, 실제는 그렇지 않아. '당장'은 헌법보다 상위개념으로 당은 물론 모든 인민을 관리하고 통제하는 무소불위 그 자체야. 공산당이 국가보다 우선하듯 '당장'이 헌법보다 위에 있어. 중국은 선악을 떠나 공산당이 있어 존재하는 나라야.

1917년 볼셰비키 혁명으로 건국된 소련은 사회주의 종주국으로 미국과 냉전시대를 주도했지만 결국 1991년에 무너지고 말았어. 이에 반해 1921년 50여 명으로 출발한 중국공산당은 100년의 세월 동안 꾸준히 발전하여 9천만 명이 넘는 당원을 거느린 유일의 국가 정당으로 성장했어. 절대권력 공산당은 일사불란과 획일적 통제방법으로 인류역사상 그 유래를 찾을 수 없는 고속성장을 이끌었지. 특히 지난 40년의 개혁개방은 중국 4천 년 역사의 새로운 장을 열었어. 덩샤오핑이 개혁개방을 주창했을 때의 1인당 국민소득이 156달러에 지나지 않았는데 지금은 1만 달러가 넘어. 65배나 늘었지. 같은 기간 국내총생산GDP은 1500억 달러에서 14조 달러로 95배나 증가했어. 사회주의 국가는 물론 전 세계를 통틀어 중국만큼 성장한 나라는 없고 앞으로도 없을 거야. 문제는 지금부터야."

"지금부터라니요?"

"그동안은 일당 독재 속에서도 개혁개방의 초석이 되었던 시장화, 사유화, 개방화, 분권화가 가능했어. 지금은 그렇지 않아. 심한 간섭과 통제로 4개 기능이 약해지면서 4차 산업에 필수적인 창의성을 잃고 있어. 특히 분권화의 상실이 문제야."

"분권화는 구체적으로 무엇을 말하는 것입니까?"

"권한의 위임을 말하는 거야. 공산당이 국가에 권한을 주고, 국가는 중앙에 권한을 주며, 중앙은 사회와 지방에 권한을 주는 거지."

"회장님, 분권화가 약해지면 어떤 문제가 발생합니까?"

"실무자들의 사기를 떨어뜨리고 복지부동을 유발하지. 공산당 중앙에서 모든 지시와 명령이 하달되니 소신껏 일할 수가 없는 거야. 권한이 없으니 책임도 없고 의무도 없는 거지.

경제를 국가가 주도하면 밥은 먹을 수 있을지 몰라도 선진국은 될 수 없어. 나라가 지시하고 통제해서 이룩된 것이 없어. 특히 IT 등 과학기술이 그래. 당사자나 해당 조직이 절실하고 간절해야 책임을 느끼고 비로소 살길을 모색하거든. 실질적인 변화와 혁신은 그때 이루어져. 선진국들은 다 그런 과정을 통해서 진보하고 발전해왔어. 국가가 지시하고 통제해서 경제발전이 이룩된 나라는 그 어디에도 없어.

덩샤오핑이 부주석으로 있을 때의 일이야. 톈진의 시골 마을이 다른 곳보다 생산량이 두 배나 많다고 소문이 나서 덩 부주석이 직접 시찰을 나갔지. 진짜 들녘이 빼곡했고 그곳에서 농민들이 풍악을 울리고 있었어. 덩이 관계자들을 격려하고 돌아오는 길에 생각해 보니 논에 가득했던 볏단들이 너무 높고 지나치게 많았던 거야. 그래서 다시 가서 자세히 보니 벼가 자란 것이 아니라 옮겨다 심은 것이었어. 속임수를 썼던 거지. 그런 일이 왜 발생했겠나?"

"글쎄요."

"국가가 사사건건 지시하며 간섭했기 때문이야. 그래서 덩샤오핑은 국가 간섭을 최대한 줄이고 민간에 맡기는 소위, '민진국퇴'를 실천했어. 그런데 지금 다시 '국진민퇴'로 돌아가고 있어. 당이 나서서 일일이 간섭하고 지시하고 있으니 과거 마오의 잘못을 되풀이하고 있는 거지. 이렇듯 분권화의 포기는 책임 회피는 물론 새로운 계급사회를 낳고 있어. 인민을 위한 공산당이 아니라 조직과 당원, 특히 주석과 간부들을 위한 공산당이 돼버리고 말았어. 요즘은 '당천하'를 넘어 '당서기천하'라는 말을 심심치 않게 듣게 돼. 자금성 옆 전직 고위간부들이 사는 곳이 어딘지 아나?"

"중난하이 아닙니까?"

"그래. 그 중난하이 정문에 뭐라고 쓰여 있는 줄 아나?"

"잘 모르겠습니다."

"빨간 바탕에 노란색 글씨로 '인민을 위해 봉사한다'라는 글귀가 쓰여있어. 마오가 쓴 현판이지. 이런 그의 주장과는 달리 공산당은 인민의 공복이 아니야. 말로만 인민을 위해 봉사한다고 하지 실지로는 공산당 그들만의 나라가 돼버렸어. 권력의 유혹에서 벗어나야 인민이 보이고 인민의 삶이 보이는데 지금 공산당은 그렇지 않아. 특히 공산당 조직이나 당 간부들의 기업에 대한 고압적인 자세는 대단해. 기업대표가 허리를 꺾고 머리를 조아리며 그들에게 성의를 표시하길 바라지. 물론 세금과는 별도로 말이야."

"성의 표시는 구체적으로 무엇을 말하는 겁니까?"

"성의 표시 방법은 두 가지가 있네. 하나는 말로 하는 것이고 다른 하나는 행동으로 보여주는 거야. 말로 하는 것은 세상에서 좋다는 미사여구를 골라 쓰면 되지만 행동은 그렇지 않아. 행동은 돈과 여자로 하는 거야. 돈은 기본이고 여자를 곁들일 때 더욱 힘을 발휘하지."

"꼭 여자가 있어야 하나요?"

"꼭 그렇지는 않아. 권력자의 취향에 따라 다르지만, 여자를 마다하는 경우는 매우 드물어. 때로는 돈보다 여자가 힘을 발휘하기도 해. 옛날 월나라 구천이 목숨을 부지하기 위해 자신의 애첩 서시를 오나라 부차에게 준 것처럼, 여자 상납은 큰 힘을 발휘하지. 또 권력에 너무 멀리 있으면 사업하기 힘들고 너무 가까우면 상대방의 타깃이 돼."

"가까운데 왜 타깃이 됩니까?"

"상납을 받은 사람이 자신은 부정을 저지르지 않았다는 항변의 표시로 상납한 사람을 하루아침에 내치거든. 일종의 갑의 배반이라 할까, 그런 거야."

"정말 야비하네요."

"야비해도 할 수 없어. 그것이 권력의 이중성이니까. 그리고 중국공산당은 기업으로부터 돈을 가져갈 때 두 가지 방법을 쓴다네. 겁을 주고 협박을 해서 직접 **빼앗는** 방법과 특혜를 주고 번 것을 가져가는 방법이야."

"특혜를 주고 가져가다니요?"

"부동산이 그래. 정부는 토지사용권을 인민으로부터 싸게 매입해 시공사인 건설사가 이익을 많이 남길 수 해주고 그 특혜 부분을 걷어가는 거야."

"아무리 무소불위의 권력이라고 해도 국가 기관이 그렇게 해도 되는 겁니까?"

"세금의 일종으로 생각하는 거야. 원칙적으로 사유재산을 인정하지 않는 공산주의 특성상 사업을 해서 벌어들인 수익도 국가의 소유로 생각하는 거야. 그중에 일부는 지방재정으로 쓰이기도 하지만 대부분이 당 간부나 개인 주머니로 들어가."

"그럼, 부동산에 거품이 많겠네요."

"그렇지. 언젠가 부동산 때문에 곤욕을 치를 날이 있을 거야.

그리고 사업이 잘된다고 으스대지도 말고 인민에게 인기가 있다고 튀어서도 안 돼. 특히 언론에 오르내리는 것은 피하는 것이 좋아. 지금 플랫폼 기반의 정보산업 기업들이 당의 감시를 받고 있어. 특히 대표자들이 그래."

"국위도 선양하고 글로벌 기업으로 중국의 위상도 높이는데, 왜 그렇지요?"

"IT 기업들이 국가가 주는 혜택으로 자기들의 배만 불리고 있다는 거야. 또 국가와 인민의 많은 정보가 외국으로 빠져나갈 우려 때문이기도 해. 그리고 또 다른 이유가 있어."

"또 다른 이유라니요?"

"톈안먼 사태 때 사영기업들, 특히 IT 기업들이 앞장서서 시위집단에게 도움을 주었어."

"무엇을 도와줬는데요?"

"필요자금과 자동차, 심지어 팩시밀리 등을 제공해주었지. 공산당으로선 당연히 통제의 필요를 느낄 수밖에. 사영기업 특히 IT 기업의 '당조직' 건설에 열을 올리는 데는 그런 이유도 있는 거야. 그리고 통계를 봐도 일반 기업들보다 저조해서 더욱 시진핑 주석의 불만을 샀어."

"당조직이 적다니요?"

"공산당 '당장'에는 '당원이 있는 곳이면 어디든 당조직을 건설해야 한다'고 돼 있어. 3명 이상의 당원이 모이면 '당지부'를 만들고, 50명이면 '당총지부', 100명 이상이면 '당위원회'를 설립해야 해. 2016년 말 통계에 따르면 국유기업의 93%가 당조직을 건설했고, 비 국유기업은 70%가 당위원회를 운영하고 있어. 나머지 30%는 당조직을 운영하지 않은 거야. 그것이 시 주석의 불만을 샀어. '당성'이 떨어진다고 생각한 거지. 주로 글로벌 IT업체가 타깃이 되었어."

"왜 그들은 당조직을 건설하지 않는 겁니까?"

"사영기업이나 외자기업들은 당조직으로 통제와 감시받는 걸 좋아하지 않아. 그런데 이율배반적으로 외국의 글로벌 포탈업체들이 '당위원회 서기'를 뽑겠다는 구인광고를 낸 적이 있어. 연봉 30만에서 50만 위안_{8500만 원}에 모시겠다는 광고였지."

"기업이 통제받는 게 싫다면서 그런 엄청난 연봉을 주면서까지 외부에서 영입하는 이유가 무엇입니까?"

"당과의 관계를 매끄럽게 이끌어갈 '로비스트'가 필요했기 때문이지."

"그런 로비스트라면 왜 IT 기업들이 당조직을 꺼린 겁니까?"

"로비스트의 역할도 하지만 그들의 더 큰 역할은 지시하고 감시하는 일이거든. 남이 나를 감시하고 지시하는 것이 싫잖아. 그에 반해 공산당은 당조직을 통해 기업을 통제하고 조종하길 원하지. 시진핑 주석이 역점을 두는 것이 '당건설'이야. '당원이 있는 곳이면 어디든 당조직을 설립해야 한다'는 당장을 강조하고 있어. 그가 특별히 지시한 곳이 민영 IT 기업들이야."

"외자기업은 어떻습니까?"

"외자기업도 조건은 마찬가지야. 외자기업이라고 당조직을 만들지 않을 수 없어. 쑤저우에 있는 한국의 글로벌 반도체회사가 중국 언론의 찬사를 받은 적이 있어. 사내 당조직의 적극적인 활동이 화제가 되었지. 2016년 말 현재 외국투자기업 중 70%가 당조직을 만들었어. 어찌 보면 외자기업이 더 아쉬울지도 몰라. 감시를 받는 것은 껄끄러워도 당조직 운영으로 공산당의 호감을 살 수 있으니까."

"그럼 그들은 기업에서 구체적으로 어떤 일을 하는 거예요?"

"공산당의 노선이나 방침을 관철시키고 법의 준수를 지도하고 감독해. 또 직원 단결과 그들의 권익을 보호하고 조직을 발전시키는 일을 하지."

"어쨌든 기업으로서는 신경이 쓰일 수밖에 없겠네요."

"물론 회사 내에 다른 명령 체계가 존재한다는 것 자체가 기업에는 부담이 되지. 중국은 공산당이 혁명을 통해 세운 나라야. 당이 아버지라면 국가는 자식이지. 아버지가 자식을 키우듯, 당이 국가를 관리하고 통제하는 거야. 당의 결정은 법이고, 힘이야. 우리 중국은 공산당의 결정에 따라 일사불란하게 움직이는 나라야. 어쨌든 '공산당'은 무작정 비난할 것도 아니고 무찔러야 할 대상도 아니야. 그럴수록 더 연구하고, 더 분석하며 함께해야 할 대상이지."

"회장님, 당조직은 그렇다고 해도, 회사가 인민들에게 인기가 있고 언론에 자주 등장하면 대외 이미지도 좋아지고 마케팅에 도움이 되는 데 피하라고 하시는 이유는 무엇입니까?"

"희생양이 될 수 있어서 그래."

"희생양이 되다니요?"

"기업인이나 언론인, 심지어 연예인까지도 최고 지도자보다 시선이 집중되고 인기가 있으면 관리 대상이 될 수 있어. 모든 스포트라이트는 1인, 공산당 총서기에 집중되어야 해. 그리고 절대 해서는 안 되는 것이 공산당의 잘못된 관행이나 제도에 대해 이견을 나타내거나 지적하는 행위야. 그것은 아예 죽겠다고 짚을

쥐고 불 속으로 들어가는 것과 같아. 당이 한번 결정한 사항은 최고 지도자의 결정 사항이기 때문에 옳고 그름을 따질 수 없어. 그것은 지도자에 대한 도전이며 반기를 드는 행위야."

"아무리 공산당이라고 해도 잘못된 것을 잘못됐다고 말하는데 그게 왜 안 되는 것입니까?"

"중국은 3천 년 전의 주나라에서부터 통일국가인 진나라를 거쳐 지금의 중화인민공화국에 이르기까지 대의정치를 한 번도 해본 적이 없는 나라야. 특히 1949년 중화인민공화국 설립 이후 공산당, 특히 지도자의 결정에 정면으로 대항하는 것은 상상도 할 수 없는 일이지. 반대는 곧 파멸을 의미해. 설사 공산당의 정책에 오류가 있다 해도 반대를 하거나 시정을 요구할 수 없어. 중국은 SNS나 언론도 자유롭지 않아. 구글은 중국 정부의 검열을 반대하다가 철수해버렸고 유튜브나 인스타그램, 페이스북도 열리지 않아. 뉴욕 타임스나 월스트리트 저널도 마찬가지지. 물론 많은 중국 인민들, 특히 젊은이들은 VPNVirtual Private Network, 가상 사설망을 통해 구글도 보고 페이스북도 하고 있지만.

어쨌든 중국공산당 최고 지도자는 자네가 생각하는 일반 외국의 지도자와는 차원이 달라. 그는 한 나라를 대표하는 지도자이기 이전에 하늘이 내린 무소불위의 최고 권력자야. 논평이나 비평할 수 없어. 용납이 안 돼.

예로부터 중국의 주변국들은 조공을 바쳐야 하고 황제에게 배워야 하는 오랑캐에 지나지 않았어. 동이, 북적, 서융, 남만으로 불리는 오랑캐는 예의범절이 없는 무식한 족속들이어서 그저 황제를 떠받들고 황제의 말이라면 무조건 순종하는 것이 관례였어. 모든 영광과 존경은 황제 한 사람에게만 집중되었지. 그러니 누구든지 최고 지도자보다 인기가 있으면 안 돼. 지금의 당 최고 지도자의 위상이 제국의 황제보다 더하면 더했지 덜하지 않다는 것을 잊어서는 안 돼."

"회장님, 공산당 최고 지도자도 다 같은 사람 아닙니까? 인민을 위해 봉사하고 헌신하는 지도자인데 왜 꼭 그렇게 신처럼 받들어야 합니까?"

"그것은 자네 나라 얘기고 중국은 달라. 과거 영국과의 무역 협상이 틀어진 이유도 황제를 대하는 예법 때문이었어."

"황제에게 불손하게 대했나요?"

"1644년에 중국 대륙의 새 주인이 된 만주족은 중국을 군사 대국으로 바꾸어 놓았어. 지금으로 말하면 군사 패권국이 되었던 거지. 청 왕조는 몽골, 티베트 및 신장 위구르에 이르기까지 중국의 영토를 끝없이 넓혀나갔어. 하늘 아래 주인은 중화민족이고 그밖에 동서남북에 흩어져 있는 주변국들은 다 하찮은 오랑캐일 뿐이었어. 그런데 중국 역사상 처음으로 황명을 일개 지도자의 주장으로 취급하는 불손한 나라들이 나타난 거야."

"그런 나라들이 어디였습니까?"

"영국을 비롯한 서구 열강들이었지. 특히 영국은 조공이 아니라 대등한 차원의 자유무역을 원했어. 중국의 수도 베이징에 상주 대사관을 설치하고 대륙의 황제에게 충성을 맹세하지 않는, 대등한 외교적 교환 시스템을 맺고자 했지."

"정상적인 외교 관계를 요구한 것이 잘못인가요?"

"당시로는 당치도 않은 불손하기 짝이 없는 제안이었어. 그때까지 '동등한', '자유교역' 등의 단어는 중국 황제에게 사용할 수 없는 용어였지. 18세기까지만 해도 전 세계 국민총생산의 3분의 1을 중국이 차지하고 있었어. 다른 나라가 조공을 바치면 시혜의 차원에서 황제가 그것의 몇 배를 되돌려 주는 아량을 베풀었는데, 동등한 조건으로 거래를 한다는 것은 당시로는 도저히 상상할 수 없었던 일이었지. 그런데 동등한 교역을 요구하는 영국이 상업과 과학의 발달로 역사상 최초로 중국을 능가하고 있다는 사실을 황제는 물론 지도층의 관료들조차 모르고 있었어. 당시 영국은 인구나 국가 면적에서 중국의 상대가 안 되지만 군사적인 면에서는 중국을 앞서고 있었어. 그 힘을 믿고 교역을 요구했고 요구를 들어주지 않자 전쟁을 선포했던 거야."

"그렇다고 해서 주권국에게 전쟁을 선포할 수 있나요?"

"당시 영국은 중국과의 교역에서 계속 무역적자를 내고 있었어. 중국 정부가 지정한 광저우의 중국 상인들에게 영국의 무역상들이 계속 당하고 있었지. 영국은 이를 만회하기 위해 건륭제 때 조지 매카트니 경을 대표로 사절단을 파견했어. 기존 체제를 바꾸어 동등한 입장에서 자유무역과 외교 관계를 수립하려는 계획이었지. 그런데 결국 실패로 끝나고 말았어."

"이유가 무엇이었습니까?"

"인사 예법이 문제가 되었어. 사절단이 본격적인 협상도 하기 전에 양측의 인사 예법의 차이로 난항에 빠지고 말았지. 사절단

대표인 매카트니가 황제에게 '고두'를 할 것인가, 아니면 본인의 주장대로 한쪽 무릎을 굽히는 영국식 관례로 할 것인가가 문제가 되었어."

"회장님, 고두가 무엇입니까?"

"고두는 삼배구고두례라 해서 외국사절이 황제를 알현할 때 하는 인사법으로 무릎 한번 꿇을 때마다 세 번 조아려서 총 아홉 번 머리를 조아리는 예법이야. 매카트니가 건륭제와 대면할 때 청나라 측에서 삼배구고두례를 요구하자 서양에선 신에게 말고는 왕에게도 무릎 하나를 꿇는 게 전부라고 하면서 고두를 거절했지. 청 황제는 그것을 무시하고 고두례를 계속 강요했어. 당연히 매카트니는 끝까지 이를 거부했지. 결국 영국과 청나라의 협상은 결렬되고 말았어."

"그런 예법 하나 때문에 국가 간의 협상이 결렬될 수 있군요."

"공산당 최고 지도자는 전제 군주국의 황제나 다름없다네. 공산당 지도부는 과거 황제처럼 주석의 우상화에 앞장서며 주변 국가들을 하찮은 오랑캐로 취급하고 있어. 동맹으로 함께할 나라들을 무시하고 있지. 중국공산당은 말로는 나라의 주인이 인민이라고 하면서도 실제 주인은 당 총서기와 그 휘하의 공산당원들이야. 신해혁명으로 황제의 시대가 끝났는데도 새 시대를 맞이하지 못하고 과거의 권위주의 시대로 돌아가고 있어."

"그래도 중국은 미국에 이은 최고의 경제 대국이 되지 않았습니까?"

"G2가 되었어도 도시의 농민공이나 지방 인민들의 생활은 별로 나아진 게 없어. 서구 자본주의국가보다 빈부의 차이가 더 심해. 뭉칫돈들이 공산당 간부들과 하급 관리들의 수중으로 들어가고 있어, 돈은 인민이 벌어들였는데 혜택은 엉뚱한 사람들이 누리고 있지. 그리고 GDP의 많은 부분을 인민해방군의 군비와 정권 유지를 위한 수단으로 사용하니 실질적으로 인민에게 돌아갈 돈이 적은 거야. 우리는 그런 험악한 곳에서 사업을 하고 있어. 자유를 일부 허용하고 자본주의 색채를 띠었다고 이 나라가 민주국가라고 착각을 해서는 안 되네. 우리는 공산주의 종주국이야. 같은 공산국가인 베트남과 또 달라."

"베트남과 어떻게 다른데요?"

"베트남은 나라의 독립과 생존을 위한 수단으로 공산주의를 택했던 것이지 처음부터 공산국가가 목적은 아니었어. 중국은 그렇지 않아. 중국은 공산주의 국가를 이룩하는 것이 국가 존립의 목적이야. 인민의 삶과 기업의 존재 이유도 항구적인 사회주의를 위한 것이지.

지금 세상은 변하고 있어. 우리 중국이 사회주의 국가지만 앞으로는 변화와 혁신이 경영의 근간이 될 거야. 세상이 변하고 사회가 변화고 우리 삶이 변하고 있어. 개혁을 통한 변화와 혁신만이 기업의 미래를 담보할 수 있다는 것을 잊지 말게."

"명심하겠습니다."

"이번에 가업 승계를 마무리 짓고 나면 나를 찾는 일은 없도록 하게."

"찾지 말라니요? 오히려 지금보다 회장님의 조언이 더 필요할 텐데요."

"앞으로 나는 없네. 자네들이 나를 의지하면 회사의 장래는 기약할 수 없어. 이제 모든 결과는 자네들 손에 달려 있어. 성공도, 실패도 자네들 몫이지. 다 자네들이 안고 갈 숙제야. 잊지 말게! 자신밖에 책임질 사람은 이 세상에 아무도 없다는 것을. 그리고 절대 해서는 안 되는 것이 동정이야. 서로 소통하고 공감해야지 동정하면 한 발짝도 앞으로 나가지 못하네. 저 하늘을 나는 하찮은 참새마저도 자신을 동정하지 않아. 동정은 패배자들이 실패를 예견할 때 나타내는 감정의 일부분일 뿐이야."

"그리고 '위원회'를 하나 만들어주게. 비전이나 꿈 등을 실현하는 지성들이 만나는 토론의 장 말이야. 위원회의 이름은 자네들이 알아서 짓도록 하고."

"회장님, 어떤 위원회를 말씀하시는 건지요?"

"회사의 중요 현안을 해결하는 회의체 말이야. 의사결정이 필요할 때 서로의 의견을 거침없이 나누는 토론의 장을 말하는 거야. 비전과 사명을 이야기하고, 사업 다각화 등 회사의 중요 사안을 토론하고 논쟁하는 자유의 장이라고 할까, 뭐 그런 거 있잖아. 회의를 위한 회의가 아니라 실질적인 회의를 해 보라는 거야. 참석자도 사원에서 임원까지 다양하게 구성하여 소외 계층이 없도록 하고."

"회장님, 지금의 '화요 간부회의'가 있는데 또 다른 회의체를 만드는 것입니까?"

장 팀장이 물었다.

"기존의 화요 회의는 너무 형식에 치우쳐 의사결정에 별 도움이 안 돼. 토론의 꽃을 피워 집단지성이 발휘될 수 있는 새로운 회의문화가 필요해. 조선의 세종대왕이 시도했던 것처럼, 정책을 개발하고 변화와 혁신을 주도하며 개성과 지성이 불꽃 튀는 회의체 말이야."

"네, 무슨 말씀인지 알겠습니다."

"우리 건배하고 마무리하지."

회장은 다음 날 왕가위 사장을 자신의 방으로 불렀다.

"회장님, 저 왔습니다."

"거기 앉거라."

"어떤 일로 찾으셨습니까?"

"내가 오늘 너에게 긴히 할 말이 있다. 여기 차 두 잔만 가져와요."

회장은 비서에게 차를 주문했다.

왕가위 사장은 찻잔에 입을 대며 회장의 눈치를 살폈다. 왕가위는 은근히 대권을 기대했다. 비로소 아버지가 결단을 내렸다고 생각했다.

"회장님, 하실 말씀이 무엇입니까?"

왕 사장이 찻잔에서 입을 떼며 물었다.

"회사 경영에 대해 할 얘기가 있어 불렀다."

"은퇴는 이르세요. 아버님 건강도 좋으시고 아직은 제가 많이 부족합니다."

왕가위 사장의 입은 마음과 전혀 다른 말을 하고 있었다.

"이제 나도 물러날 때가 되었다. 그래서 말인데…… 회사를 나누어 너와 상이에게 맡기려 한다."

"회사를 나누다니요? 상이는 저와 같이 있으면 됩니다."

"상이가 그룹을 맡을 것이다."

"아버지! 지금 무슨 말씀을 하시는 겁니까? 상이가 맡다니요?"

"상이가 그룹을 맡고 너는 몇 개 회사를 별도로 관리하게 될 것이다."

"저는 아버지 큰아들입니다. 아무것도 모르는 상이에게 회사를 주고 저를 내치시는 겁니까?"

"내치다니? 내가 언제 너를 내친다고 했니?"

"회사 모체는 상이에게 주고 저에게는 잔챙이 몇 개 주는 것이 내쫓는 게 아니면 무엇입니까?"

"회사가 무슨 개인 소유물이냐? 맘대로 주고 안 주고 하게. 회사는 나의 분신과도 같지만, 굳이 따지면 내 것도 아니다. 먹고살기 위해 궁여지책으로 장사를 시작했을 때는 내 것이라고 해도 누가 시비를 걸지 않겠지만, 지금은 아니다. 물론 대주주로서 내 지분이 있긴 하지만 소유주식만으로 모든 권리를 주장해선 안 된다. 우리 가족의 주식을 다 합해도 전체 주식의 반이 되지 않는다. 설사 100% 가족 소유로 되어있어도 종업원의 땀과 노력이 있어 우리 것이라고 주장할 수 없다. 회사도 지분이 아닌 총유의 개념으로 보아야 한다. 종교단체나 사단법인처럼 단 한 사람의 권리도 인정하는 공동소유 말이다."

"회장님, 아니 아버지! 직원들은 월급을 받지 않습니까. 그것도

모자라 복지혜택을 얼마나 받고 있는지 아세요? 그 정도면 된 것
아닙니까? 지금 일할 곳이 없어 난린데, 그 이상 원한다면 그 직원
이 잘못된 것 아닙니까? 그렇지 않아도 직원들에게 퍼주느라 투자
도 못 하고 있는데 무엇을 더 해줘야 합니까. 고생을 해도 제가 더
했고 스트레스를 받아도 제가 더 받았는데 모두의 것이라니요. 물
론 하기 좋은 말로 직원들에게 주인의식을 말하지만, 어차피 직원
은 잠시 머물다 떠나는 나그네입니다. 입맛에 맞으면 있고 그렇지
않으면 미련 없이 떠나는 나그네 말입니다. 나그네는 주인이 될 수
없어요, 그들은 머슴일 뿐입니다. 직원은 객이고 우리 가족이 주인
입니다. 어느 면에서 그들은 소모품에 지나지 않습니다.

　그리고 아버지가 물러나시면 이 회사는 제가 맡아야 합니다.
상이가 무엇을 압니까? 경험도 없지만 산재한 문제를 풀 수 있
는 능력이 없습니다. 상이는 안 됩니다. 이제 이 회사의 실질적
인 주인은 제가 되어야 합니다."

　"누구 맘대로 이 회사의 주인이 너냐! 아버지가 사업주라서 네
가 사장일 뿐이고 네가 창업주의 아들이어서 고속 승진을 한 것
인데, 어떻게 이 회사를 네 것이라고 말하는 거야."

　"무슨 말씀을 그렇게 하세요. 저는 아버지의 아들입니다. 이 회
사를 물려받을 후계자란 말입니다. 제가 아버지의 아들이라 사장
을 하고 있다니요? 제가 아버지의 아들이기 이전에 이곳에 쏟은
열정과 노력이 얼마인지 아십니까? 왜 제가 후계자가 못됩니까?"

　"너보고 누가 후계자라고 하더냐?"

　"그럼 저 말고 또 누가 있습니까."

두 사람은 차를 마시며 잠깐 숨을 골랐다.

"읽어 보거라."

"이게 뭡니까?"

"식품회사 두 곳과 허베이성과 산시성에 있는 농장, 그리고 베트남과 일본에 있는 현지법인이 운영하는 사업체들이다."

"이것들을 어쩌시려고요?"

"네가 맡을 회사들이다. 네 말 대로 앞으로는 네가 이들 사업체의 주인이다."

"아버지, 핵심적인 회사는 하나도 없지 않습니까! 알맹이는 다 빼고 별 볼 일 없는 사업장만 넘겨주시면 저보고 어쩌라는 겁니까, 나머지 회사는요?"

"나머지 회사는 상이가 맡을 거다."

"상이가 맡다니요? 아버님, 정말 왜 이러세요. 제게 잘못이라면 아버지를 도와서 열심히 일한 것밖에 없는데, 왜 저를 홀대하시는 거예요. 제가 아버지에게 무엇을 잘못했다고 이러시는 겁니까. 알맹이는 하나도 없고 다 껍데기들이니, 장남을 이렇게까지 무시해도 되는 겁니까? 저와 상이가 전쟁이라도 하라는 거에요? 정말 둘이 피 터지게 싸우는 거 보려고 이러시는 겁니까?"

"너, 지금 이 아비를 협박하는 거냐?"

"서운해서 그러는 겁니다. 상이가 뭘 안다고 그룹을 맡깁니까. 안 됩니다. 저는 받아들일 수 없습니다. 엄연히 저는 이 집안의 장남이자 장손입니다. 그렇게 하실 수 없습니다. 제가 아버지 밑에서 온갖 어려움을 참고 견디며 경영수업을 받은 게 10년입니다. 인제

와서 헌신짝 버리듯이 이러시면 안 됩니다. 그럴 순 없습니다. 아
버지가 다시 이 회사를 맡으시면 몰라도 상이는 안 됩니다."

"너는 너를 어떻게 생각하느냐?"

"어떻게 생각하다니요?"

"네가 그동안 한 일을 묻는 거다. 잘했다고 생각하느냐?"

"저만큼 열심히 한 사람이 또 어디 있습니까? 직원들은 퇴근해
도 저는 제시간에 사무실을 나간 적이 없습니다. 집에 들어가지 못
한 날이 하루 이틀이 아닙니다. 휴가철에도 회사를 비우고 여행 한
번 간 적이 없습니다. 저는 아버지의 큰아들로서 최선을 다했습니
다. 저는 회사를 위해 모든 걸 바쳤습니다. 그게 10년입니다. 그것
은 아버지가 더 잘 아시지 않습니까.

제가 유학을 갔다 왔을 때 아버지가 뭐라고 하셨어요? 제가 다
른 회사에 취직해 내 길을 가겠다고 했을 때 아버지가 저에게 어
떻게 말씀하셨습니까? '이 회사가 네 회사다'라고 하시면서 저를
붙잡으신 분이 누굽니까? 나 혼자 독립해서 실력을 쌓겠다고 했
을 때 말린 사람이 누구냐 말이에요. 장손이 맡아야 한다면서 경
영수업을 받으라고 한 분이 누구였습니까? 아버지 아닙니까. 인
제 와서 나가라고요? 다른 사람도 아닌 아버지가 저를 이렇게
비참하게 내칠 수 있습니까? 저와 부자지간의 정을 아주 끊으려
하십니까?"

"너 아비 앞에서 무슨 말을 그렇게 하는 거냐?"

"별 볼 일 없는 회사 몇 개 던져주면서 나가라고 하는 게 정을 끊
는 게 아니면 무엇입니까? 제가 상에서 떨어진 부스러기나 주워 먹

는 비렁뱅입니까? 길을 막고 물어보세요. 누구 말이 맞는지.”

“네 얘기가 다 틀린 것은 아니다. 하지만 가업 승계는 감정이나 인간 정리로 하는 것이 아니다. 기업은 계속 존재해야 하기 때문에 그럴 만한 역량이 있는 사람이 맡아야 한다.”

“그럼, 제가 상이보다 못하다는 겁니까? 제가 상이보다 실력이 없다는 거예요? 경영을 해도 제가 더 했고 관리를 했어도 제가 더 했는데, 상이는 되고 저는 안 된다는 말입니까?”

“내 말은 회사를 지속해서 성장시킬 수 있는 적임자가 회사를 맡아야 한다는 뜻이다.”

“그럼, 저는 적임자가 아니고 상이가 적임자란 말입니까? 그런 근거가 어디에 있습니까? 처음부터 그렇게 하기로 되어있던 건가요?”

“열심히 한다고 다 회사를 이끌 수 있는 것은 아니다. ‘열심’은 리더로서 지녀야 할 필요조건이지 충분조건은 아니야. 그리고 중요한 것은 방향이다. 올바른 방향으로 열심히 하는 것이 중요하지 정도에서 벗어난 열심은 오히려 안 하느니만 못하다. 기업을 운영할 사람은 무엇보다 정도를 향하는 기업가 마인드가 있어야 한다.”

“그럼, 저는 기업가 마인드가 없다는 말씀입니까? 기업가 마인드가 무엇인데요?”

“리더는 사람을 섬기는 마음이 있어야 하는데 너는 그렇지 않았어. 직원은 사용의 대상도 아니고 관리의 대상도 아닌데 너는 그들을 도구로만 여겼다. 소는 그 임자를 알고 나귀는 주인의 구유를 알건만 너는 직원들의 마음을 헤아리지 않았다.

사람을 귀하게 여기는 마음 없이 조직을 잘 이끌 수 없다. 가정도 그렇고 기업이나 국가도 마찬가지다. 사람의 마음을 먼저 얻는 것이 관계의 기본이고 경영의 시작이다.

중국 4천 년 역사에서 가장 위대한, 천고일제의 강희제가 당대는 물론 후대에까지 칭송받는 이유도 백성을 아끼고 사랑했기 때문이다. 그는 만주족이면서 한족 대신들의 말에 귀를 기울였고 그들을 멸시하거나 차별하지 않았다. 심지어 밥상에 오르는 반찬의 가지 수까지도 만주족의 음식과 한족의 음식을 똑같게 했다. 그는 복속된 민족을 힘으로 제압하지 않았고 사랑과 배려로 섬겼다. 역대 그 어느 시대보다 군대는 강했으며 백성의 살림살이는 풍요로웠다. 모두 그의 사랑의 통치술 덕분이었다.

사람은 강압적으로 해서는 되지 않는다. 존중받거나 가치를 인정받을 때만 책임과 의무를 다한다. 네가 직원들을 귀하게 여기지 않고 생산의 도구로만 생각하는데 그들이 열정을 갖고 일을 하겠니? 네가 힘으로 그들을 몰고 간다고 해서 그들이 따라와 줄까? 상이는 너보다 일에 대한 열심이나 업무 수행 능력이 부족할지 몰라도 사람을 귀하게 여기고 그들의 말에 귀를 기울인다. 지난 1년간 너에게 회사 경영의 모든 것을 맡겼다. 열심히 했는지는 몰라도 정작 중요한 일은 하지 않았다. 오히려 인재들이 떠났고 회사의 수익률은 떨어졌으며 부실은 눈덩이처럼 늘었다. 다른 것은 몰라도 인재들이 떠난 것은 도저히 용납할 수 없다."

"자기들이 변화하는 환경에 적응하지 못해 떠난 것이지 제가 잘 못 한 게 아닙니다. 회사가 마음에 들지 않아 떠났는데 도대체 제가 무엇을 잘못했다고 이러시는 겁니까?"

"회사가 마음에 들지 않아 떠났다고? 너 입에 침이라도 바르고 그런 말을 해라. 너는 직원들을 이용하고 약속도 지키지 않았어."

"제가 무슨 약속을 지키지 않았는데요?"

"직원들이 목표를 달성했을 때 너 어떻게 했니? 목표를 달성하면 보너스를 주기로 했는데 오히려 목표를 낮게 잡았다며 시말서를 쓰게 했어. 그 목표를 최종 결재한 사람은 사장인 너였다. 설사 직원들이 숫자를 줄여서 목표를 정했어도 회사 대표가 승인했으면 약속을 지켰어야지. 그리고 퇴직 후 자리를 못 잡은 직원들에게 6개월간의 의료보험료를 내주기로 했는데, 너는 예고도 없이 그 혜택을 싹 잘라버렸어."

"일을 못 해 나가고, 자기들이 싫어서 회사를 그만둔 건데 의료보험료까지 내줄 필요가 있습니까? 아버지가 약속은 하셨지만 저는 회사 대표로서 쓸데없이 지출되는 비용을 줄인 것뿐입니다. 그리고 그 돈을 제가 가진 것도 아닌데 그게 무슨 큰 잘못입니까?"

"네가 직원들을 소모품 취급을 하고 하찮게 여기니 인재들이 떠난 것 아니야! 그들이 밖에서 네 욕만 하는 게 아니라 회사 욕을 하니 그게 문제지. 회사 대표가 부족하면 유능한 사람을 찾으면 되지만, 너처럼 성품이 모질면 회사가 화를 면치 못해. 회사가 잘못되면 대표 한 사람만 잘못되는 것이 아니야. 많은 사람의 밥그릇을 빼앗는 것이지. 그것은 범죄나 다름없다. 이렇듯 앞날이 불 보듯 뻔한데 어떻게 너에게 회사를 맡길 수 있겠니?"

"아버지는 지금 착각하시는 겁니다. 잘해주면 자기들이 잘나서 그런 줄 알고 더 많은 요구를 하는 게 노동자들입니다. 회사 대표가 강한 카리스마로 직원들을 몰고 가지 않으면 회사는 방향을 잃고 말 것입니다. 중국이 G2가 된 것도 공산당 지도부가 강하게 밀어붙였기 때문입니다. 서양은 200년이 걸렸고 일본은 100년이 걸린 경제발전을 중국공산당은 40년 만에 이루어 냈습니다. 사회주의 특유의 강압적이고 전제적인 지도력이 없었다면, 중국은 아직도 후진국을 벗어나지 못하고 다른 나라에 손을 벌리고 있을 겁니다.

저는 지금 중국공산당의 위대한 사회주의 정신으로 나약하고 수동적인 직원들의 정신상태를 개혁하는 중입니다. 직원들이 회사를 떠난 것도 변화에 적응하지 못했기 때문입니다. 그런 직원들은 남아 있어야 회사 발전에 도움이 되지 않습니다. 저도 직원들에게 좋은 소리를 듣고 싶고 존경받고 싶습니다. 하지만 아버지처럼 사사로운 인정에 이끌려서는 아무것도 이룰 수 없습니다. 오히려 아버지가 변화를 위해 몸부림치는 제 발목을 잡으시는 겁니다. 아버지처럼 느슨하게 경영해서 우리 회사의 미래가 있을 것 같습니까? 절대 그렇지 않습니다. 제가 아니면 이 회사의 미래는 없습니다. 이제야 회사의 문제들을 하나둘 해결해 나가고 있는데 저보고 나가라고요? 상이가 이 회사를 경영한다고요? 그건 섶을 지고 불 속으로 들어가는 것과 다름이 없습니다. 강한 카리스마로 노동자들을 몰아가야 일이 되지, 너 좋고 나 좋은 식으로 해서는 되는 일이 없습니다.

마오 주석이 대장정을 성공한 것이나 국공내전에서 승리할 수 있었던 것도 강한 카리스마가 있어 가능했습니다. 이 회사 저에게 맡겨주시면 1년 안에 정상궤도에 올려놓고, 3년 안에 두 배로 키워놓겠습니다. 저는 할 수 있습니다. 만약 하지 못하면 회사 경영에서 완전히 손을 떼겠습니다."

"기업은 물론이고 사회나 국가도 그렇게 해서 잘 된 적이 없다. 네 방식대로 운영하면 모두가 불행하게 된다는 것을 역사가 증명한다. 군주가 왕도로 다스릴 때는 나라가 평안했고 백성은 근심이 없었다. 하지만 협치가 아닌 전제적 카리스마의 패도가 성행할 때는 모두가 불행했다. 나라의 언로가 막히고 간신이 들끓었으며 사회질서는 문란했다. 또 백성은 불안에 떨며 하루에도 몇 번씩 짐을 쌓다 풀었다 하면서 생업은 뒷전이 되었다. 결국 난이 일어나지 않으면 외세의 침략으로 왕조가 교체되었다."

"군주가 강한 힘에 의존하지 않고 자율에 맡기면 사람은 나태하기 마련입니다. 주군이 느슨하면 대신들은 자기 이익에 부합하는 일을 도모했고 환관들은 권력 찬탈로 주군을 배신했습니다. 강한 압력에 의해 로켓이 멀리 날아가듯 강력한 카리스마로 독려하고 등을 떠밀지 않으면 회사의 발전은 요원합니다."

"카리스마는 리더에게 독배야! 그것을 마치 경영의 미다스 손처럼 생각하는 사람들이 많은데, 탁월한 경영자는 자기 목소리를 크게 내지 않는다. 그들은 있는 듯 없는 듯하며 문제를 해결하고 변화와 혁신에 모든 에너지를 집중한다.

네가 회사를 맡을 수 없는 또 다른 이유는 사실이나 진실을 듣기보다 원하는 말만 들으려 하기 때문이다. 권위주의 리더는 진실을 말하는 사람을 미워하고 문제를 제기하는 사람을 멀리한다. 정작 소신껏 일하는 사람을 겁박하고 입에 재갈을 물리는 일을 서슴지 않는다. 결국, 상황을 올바로 말해주는 사람은 자취를 감추고 감언이설로 현실의 눈을 가리는 간웅들이 득세한다. 무언가 잘못을 알았을 때는 되돌릴 수 없는 상태에 이르지. 결국, 호미로 막을 것을 가래로도 못 막고 끝나고 만다.

우리 몸이 아픈 것도 같은 이치다. 몸에 병이 들면 아픈 것이 정상이다. 아파야 한다. 아파야 무슨 병이 생겼는지 알 수 있고 그래야 치료할 수 있다. 아프다는 것은 치료가 필요하다는 징표이다. 그게 사실이고 진실이지. 그것을 애써 외면한다고 그 병이 없어지느냐? 병은 더 커져 손을 쓸 수 없게 될 뿐이다. 이 세상에서 가장 무서운 병이 무엇인 줄 아느냐?”

“…….”

“암과 한센병이다. 병에 걸려도 초기에는 아프지 않다. 병에 걸려 아프다고 느낄 때면 이미 치료 시기를 놓친 상태이다. 이렇듯 문제가 있으면 바로 말해주는 사람이 있어야 문제를 해결할 수 있고 조직이 앞으로 나갈 수 있다. 권력이나 직위로 밀어붙이는 리더에게 누구도 문제를 말하지 않는다. 결국, 난리를 치르고서야 알게 되지.

대약진운동으로 4천만 명 이상이 굶어 죽고 문화대혁명으로 국정의 수뇌부들이 손주나 자식 같은 10대들에게 몰매를 맞아도 누구 하나 말리지 않았던 나라가 우리 중국이다. 인간으로서는 절대 있어서는 안 될 일을 눈앞에 두고도 ‘그렇게 하면 안 된다!’라고 말하는 사람이 없던 나라가 우리 중국이란 말이다. 마오의 카리스마 앞에서 누구도 용기를 내어 그런 말을 하지 못해 수천만이 죽었는데, 너는 지금 마오의 카리스마를 말하는 것이냐? 네 할머니와 작은아버지가 그런 전제군주 때문에 굶어 죽었는데 마오의 강압적인 리더십을 운운하는 거냐? 그래서 너는 안 된다는 거다. 그리고 우리 중국이 40년 만에 이룬 경제 성과도 덩샤오핑의 개혁개방에 힘입은 것이지 그게 어디 독재 권력이 이룩한 것이냐. 마오 같은 전제 권력이 그대로 있었다면 네 말대로 지금도 다른 나라로부터 빌어먹고 있었을 게다. 그래도 더 할 말이 있느냐?"

"……."

"대륙을 최초로 통일한 진시황은 춘추전국시대 500년의 막을 내린 위대한 군주였다. 그는 통일 업적 외에도 길을 넓히고 수레바퀴를 통일해 물산과 백성의 이동을 원활하게 했으며 화폐와 도량형을 통일해 매매와 물물교환의 불편을 없앴다. 또 서체가 다른 문자를 통일함으로써 중국 대륙이 문화국가로 우뚝 설 수 있는 기초를 마련했다. 진시황은 하루에 30킬로그램의 서류를 처리하지 않으면 잠을 자지 않을 정도로 국정에 열심을 내었던 군주였다. 그렇게 열심인 진시황도 백성을 무시하고 독재로 일관하면서 패망의 길을 걷고 말았다. 그는 관료나 대신들에게 국정의 대소사를 묻지 않았으며 권모술수와 압제로 공포정치를 일삼았다. 결국, 영원할 줄 알았던 진나라는 15년의 짧은 영욕의 세월 속으로 사라지고 말았다.

청나라 5대 군주인 옹정제는 강력한 왕권을 세우며 선제 때 마무리가 안 된 내정 체계를 크게 정비하여 강희제와 거의 동급의 찬사를 받았지만, 결국 독재정치로 측근들을 탄압했으며 형제는 물론 많은 신하를 죽음으로 내몰았다. 그뿐 아니라 이민족으로 중국을 통치하기 위해 '문자의 옥'이라는 필화 사건을 일으켜 많은 책을 검열하고 불태웠다. 옹정제를 비롯한 여러 군주의 선의를 빗댄 악의의 정치는 오늘날에도 이어져 중국공산당의 전제주의가 발붙일 수 있는 하나의 모티브가 되었다."

"무엇이 선의를 빗댄 악의입니까?"

"중화인민공화국 헌법에 '중화인민공화국은 인민 민주주의 전제 정치의 사회주의 국가이다'라는 '전정專政'의 독재가 명기되어있다. 그로 인해 중국은 공산당 국가를 선포하면서 문화국가의 자부심을 포기하고 전제국가가 되고 말았다. 중국공산당은 마오의 문화대혁명의 공과를 7과 3으로 후하게 평가함으로써, 진정한 공산주의 이념인 인민이 주인이 될 수 있는 기회를 놓치고 말았어.

물론 중국 역사에서 백성에게 존경과 신뢰를 받았던 성군이 없었던 것은 아니다. 세계 최강의 국가를 만든 한 무제, '정관의 치'의 태평성대를 이루었던 당 태종, '천고일제'의 강희제 등은 역사에 길이 남을 성군들이다. 그들은 군주제의 약점을 보완하고 국가 운용 방법을 개선해 1인 독재자가 아닌 사랑의 군주요, 위대한 군주로서 백성으로부터 신뢰와 존경을 받았다. 그런 통치행위는 백성의 안위를 도모했으며 나라를 부국강병의 반석 위에 올려놓았다.

물론 네 말대로, 일사불란하고 권위적인 지도력이 산업화 초기의 국가발전에 도움이 되었던 것은 사실이다. 하지만 4차 산업의 명암이 국가의 운명을 좌우하는 지금, 강압적 리더십은 국가 발전은 고사하고 국가의 존립 자체를 위태롭게 할 뿐이다. 지금은 창의적 사고와 다양성, 기업가정신만이 미래를 담보할 수 있다. 지금 네가 가진 강압적이고 공산당식 사고로는 회사의 발전은 고사하고 현 수준을 유지하기도 어렵다.

　이번 결정으로 동생을 원망하지 마라. 너나 상이나 다 똑같은 내 자식인데 내가 왜 너만 미워하겠니? 내가 왜 네가 잘되는 것을 바라지 않겠어? 내가 이 회사를 떠나는 마당에 무슨 욕심이 있겠니? 이 아비 말대로 해라. 그래야 너도 살고 회사도 산다. 고심 끝에 내린 결정이니 받아들이도록 해라."

"……."

"이번 일을 기회로 잘 활용하면 내가 나눠준 회사로도 얼마든지 큰 기업을 만들 수 있다. 아버지 말대로 해라. 알았느냐?"

"……."

"어서 대답해! 그렇게 하겠다고."

"어쨌든 저는 받아들일 수 없습니다."

왕가위 사장은 문을 박차고 나갔다.

이틀 후에 회장은 왕상 팀장을 호출했다.

"회장님, 저 왔습니다."

"거기 앉거라."

"네."

"네 형이 무슨 말 하지 않더냐?"

"아니요. 아무 말 없었습니다. 그러지 않아도 형이 궁금해 아버지께 여쭤보려 했습니다."

"형이 궁금하다니?"

"어제, 오늘 형이 안 보여 비서에게 물어봤더니 아무 연락도 없이 안 나왔다고 하더라고요. 제가 전화해도 받지 않아요. 저녁때 집에 찾아가 보려고 합니다."

"그럴 필요 없다. 지금부터 이 아비가 하는 말 잘 들어라."

"아버님, 무슨 일 있습니까?"

"앞으로 이 자리의 주인은 상이 너다. 아비는 사업에서 완전히 손을 떼고 텐진을 떠날 것이다."

"손을 떼시다니요?"

"이제부터 네가 이 회사의 최고경영자야."

"아버지! 지금 무슨 말씀을 하시는 거예요?"

"앞으로는 네가 이 회사를 이끌어야 한다. 나도, 네 형도, 이 회사에는 없다."

"아버지가 안 계신 회사는 상상할 수 없습니다. 그리고 형이 있는데 왜 저에게 그런 말씀을 하세요. 저는 회사를 맡을 능력도 없고 그럴 마음도 없습니다. 형과 저 사이에 분란이라도 나면 어쩌시려고 그러세요. 형이 맡아서 하면 제가 형을 잘 도울 테니 방금 하신 말씀은 거두어 주십시오, 진심입니다."

"그건 안 된다. 힘들고 어려워도 운명이라 생각하고 받아들여라. 하고 싶은 일만 하면서 살 수만은 없다. 때로는 원하지 않는 길도 가야 하고 가고 싶은 길이 있어도 갈 수 없는 것이 공인의 운명이다. 이제 너는 한 부서의 장이 아니다. 그룹의 대표로서 회사의 장래와 직원의 생계를 위해 모든 책임을 감수해야 한다.”

“아닙니다, 아버지. 저는 회사를 이끌 재목이 못됩니다. 저는 실력도 없고 경험도 부족합니다. 게다가 다른 경영자들처럼 외국 유학도 다녀오지 못했습니다. 부족한 제가 대표가 되면 많은 사람의 웃음거리만 될 뿐입니다. 만일 꼭 은퇴하셔야 한다면 형 밑에서 더 배우게 해주세요.”

“그건 안 된다. 네 형은 안 돼!”

“왜 안 된다는 겁니까?”

“네 형은 재주도 있고 열정도 있지만 최고경영자 감은 아니다. 네 형은 투사지, 직원들을 아우를 수 있는 리더는 아니야. 방향이 맞지 않아. 사리사욕을 위한 열심은 화를 불러오기 마련이다. 자리 욕심, 물질 욕심이 많은 네 형에게 회사를 맡기면 발전은커녕 험한 꼴을 면하기 어렵다. 그런 것을 뻔히 알면서 네 형에게 이 회사를 맡길 순 없다. 결국 네 형을 위한 결정이니 그리 알아라.”

“형은 우리 집의 장손이고 제 친형인데 앞으로 형을 어떻게 봅니까. 아버지 생각이 정 그렇다면 형과 똑같이 회사를 나누거나 공동 대표로 하는 것은 어떻습니까?”

“그건 안된다. 회사는 연결성과 지속성이 있어야 한다. 같이 있어야 시너지효과가 나는 것이 있고, 나누어야 발전할 수 있는 것이 있다. 그 속을 모르는 세상 사람들은 재벌 자식들이 욕심이 많아 싸운다고 하는데 기업분할은 그렇게 산술적으로 하는 것이 아니다. 기업을 잘못 나누면 해당 산업을 처음부터 다시 시작해야 한다. 그리고 공동 대표는 더더욱 안 된다."

"그건 왜 그렇지요?"

"하늘에 해가 둘이 없듯이, 모든 것의 우두머리는 둘이 되어서는 안 된다. 그것이 자연의 질서다."

"서로 양보하면서 하면 되잖아요."

"대표가 둘이면, 직원들은 서로 눈치만 보고 정작 중요한 일을 하지 못한다. 결국 조직의 힘이 분산되고 파벌이 생겨 회사는 흔적도 없이 사라지고 말 것이다."

"아버지, 중국공산당도 집단지도체제로 국정을 운영하잖아요."

"겉으로는 25명의 중앙위원과 7인의 상무위원이 국가를 이끄는 것 같아도 실제로는 당 주석 1인에게 권력이 집중되어 있다."

"'전인대'도 국가 권력기관 아닙니까?"

"전국인민대표대회는 중화인민공화국의 입법기구이며 국가 최고 권력기관으로 헌법도 만들고 국가 주석도 선출하지만, 실은 중앙위원회에서 정한 방침을 그대로 추인하는 거수기에 불과해.

어쨌든 둘이 함께 우두머리가 될 수 없어. 그리고 네가 일을 잘해서 회사를 맡기는 것이 아니다. 네 심성이 곧고 사람을 귀하게 여겨서 너에게 기회를 주는 것뿐이다. 심성은 밭이다. 너는 밭을 기름지게 가꾸어야 하고 토양이 황폐하지 않도록 정성을 쏟아야 한다. 또 좋은 씨를 구해 잘 뿌리고 정성을 다해 돌봐야 한다. 폭우 속에 너는 비를 맞아도 밭에는 피해가 없도록 하고 한파에 너는 떨어도 밭은 따뜻하게 보호해야 한다. 학식이 풍부하고 열심을 내는 것보다 얼마나 희생적으로 조직을 사랑하느냐에 따라 결과는 달라질 것이다. 교만은 패망의 선봉이고 거만한 마음은 넘어짐의 앞잡이다. 언제나 겸손해라. 겸손이 성공으로 이끄는 열쇠라는 것을 잊지 마라. 그리고 구성원의 신뢰를 잃는 순간 모든 것을 잃게 된다는 것을 명심해라."

"아버지, 저는 사람을 귀하게 여기는지 잘 모르겠습니다. 단지 제가 잘 모르니까 직원들에게 물어보고 친하게 지내려는 것뿐입니다."

"직원들과 잘 어울리고 그들을 무시하지 않는 것이 귀하게 여기는 것이다. 경영자가 직원을 귀하게 여기는 것이 제1 덕목이다. 리더에게 카리스마는 자랑이 아닌 독배일 뿐이다. 역동적인 것과 카리스마를 혼동하지 마라. 진정한 리더는 온유하고 정직하며 과장하지 않는다. 심지어 나약할 정도로 겸손해서 상대의 말에 귀를 잘 기울인다. 겉으로는 유약하고 평범해 보여도 그 안에 리더의 숨은 힘이 들어있다. 강해 보여야 직원들이 잘 따를 것으로 착각하지 마라. 강하면 인재는 사라지고 그 자리에 간신과 아첨꾼만 남는다. 지금의 너의 형이 그렇다. 너는 입은 닫고 귀를 열어라. 그러면 네 옆에 인재가 있을 것이다."

"아버지, 저는 겸손해서가 아니라 잘 모르니까 조용히 있는 겁니다. 그리고 아무리 노력해도 아버지만큼 할 자신이 없습니다."

"너무 걱정하지 마라. 마음만 있으면 배울 수 있는 것이 리더십이다. 땅을 잘 고르고 때를 맞추어 거름을 주며 식물이 잘 자랄 수 있게 정성을 쏟는 것이 리더십이다."

"그래서 그 리더십을 아버지와 형에게 배운다는 것 아닙니까?"

"네 형에게 잘못된 리더십을 배울 바에는 안 배우는 것이 낫다. 리더십은 본인이 노력하면 배울 수 있지만 가르쳐서는 되지 않는다."

"가르쳐서 되지 않는다는 말이 무슨 뜻입니까?"

"리더십은 배우려고 노력하면 얼마든지 배울 수 있지만 남이 억지로 가르쳐서 되는 것이 아니라는 뜻이다. 네 형은 리더십을 행사하는 것이 아니라 직원 위에 군림하고 있다. 그것을 리더십으로 잘못 알고 있어. 그렇게 하면 안 된다고 얘기를 해도 고치지 않았다. 너는 배우는 데 열심을 내어라. 리더는 학습하는 사람이다. 학문적으로도 배우고, 장진성 팀장과 진필 팀장에게도 배워라. 배울 게 많고 믿을만한 사람들이다. 믿되 의지는 하지 마라."

"의지하지 말라는 말이 무슨 뜻입니까?"

"사람은 의지의 대상이 아니다. 사람을 의지하다 그 사람이 사라지면 아무것도 하지 못한다. 만나면 헤어지는 것이 인지상정이다. 부처님도 제자들에게 부처님을 의지하지 말고 각자 자신을 의지하라고 말씀하셨다. 자기 자신은 죽을 때까지 함께 하기 때문에 의지할 것은 자신밖에 없다."

"배우기는 하겠지만 그룹의 리더는 자신 없습니다."

"처음부터 자신 있는 사람이 어디 있느냐? 마음 단단히 먹고 열심히 하도록 해라."

"……."

"그만 나가보거라."

열린회의 '드림미팅'

　회장이 왕상 팀장과 회동한 지 일주일 만에 전격적인 발표가 있었다. 대표이사 사장으로 최대주주인 왕상 부장이 전격 승진했다. 그리고 이번 일에 공이 많았던 장진성 팀장이 이사 경영부문장으로, 진필 팀장이 이사 기획부문장으로 각각 승진했다. 이어 기획팀의 양둥 대리가 팀장으로, 팽시후 사원이 대리로 승진했다. 왕가위 사장의 이름은 어디에서도 찾을 수 없었다. 그러나 몇 개 기업이 이름을 달리하여 왕가위 사장에게로 넘어갔다. 양춘화 사업총괄본부장과 추순화 영업본부장은 왕가위 사장의 회사로 자리를 옮겼다. 그러나 불씨가 완전히 사라진 것은 아니었다. 왕가위 사장의 주식이 그룹사에 일부 남아 있었다.

　회장이 있었던 방은 회의실로 바뀌었다. 회장은 모든 것을 정리하고 떠났다. 톈진에 있는 집을 완전히 정리하고 하이난다오로 거주지를 옮겼다. 중국 최남단 하이난다오는 톈진에서 4천km가 넘는 곳으로 서울과 제주도의 다섯 배가 넘는 거리다. 큰 산이 사라졌다. 진필과 장 팀장은 어디에도 기댈 곳이 없었다.

　"어서 들어오세요."

두 사람이 왕 사장을 찾았다.

"이리 앉으세요."

왕상 사장은 두 사람을 반갑게 맞았다.

"두 분의 승진을 축하합니다."

"사장님의 영전을 축하드립니다."

"아버님으로부터 두 분에 대해 말씀 많이 들었습니다. 그동안 수고 많으셨어요. 앞으로 잘 부탁합니다."

"아닙니다. 저희가 잘 부탁드립니다."

"앞으로 두 분이 저를 잘 지도해주세요. 저는 경영이 무언지 잘 모릅니다. 대학에서 경영학을 공부했지만 거의 기억 나는 것이 없어요. 그리고 미국 등 선진국으로 유학을 다녀오지도 못했습니다. 아버님은 저에게 두 분에게 많이 배우라고 말씀하셨습니다. 잘 부탁드립니다. 모쪼록 회사가 발전하는 데 큰 힘이 돼 주시기 바랍니다."

"사장님, 그렇지 않습니다. 저도 많이 부족합니다. 일하면서 배우는 중입니다. 앞으로 사장님께 묻고 의논하며 하나하나 해결해 나가도록 하겠습니다."

"사장님의 판단과 결정에 도움이 될 수 있도록 최선을 다하겠습니다."

장진성 이사가 말했다.

"우선 어디서부터 시작하는 것이 좋겠습니까?"

"먼저 사장님께서 생각하고 있는 것을 말씀해 주시면 부족한 것은 채우고 없앨 것은 없애며 개선해나가겠습니다."

“장 이사님, 지금 우리 회사의 가장 큰 문제가 무엇입니까?”

“인재가 떠나는 것입니다. 인재의 유출을 막기 위해서는 직원들의 마음을 추스르는 것이 먼저가 아닌가 생각합니다.”

“마음을 추스르다니요?”

“그동안 직원들이 회사에 실망이 많았습니다. 우선 직원들의 사기진작이 필요하다고 생각합니다. 묵묵히 견뎌준 직원들을 칭찬하고 격려하면 좋겠습니다.”

“진필 이사님은 어떻게 생각하세요?”

“직원들에 대한 사기진작과 함께 의사결정의 근간이 되는, 회장님이 당부하셨던 위원회를 구성하는 것이 어떨까 싶습니다.”

“그럼, 장진성 이사님은 직원들의 사기진작을 위한 것을 준비해 주시고 진필 이사님은 위원회를 추진해주십시오. 그리고 저에 대한 호칭도 바꾸었으면 합니다.”

“어떻게 바꾸시게요?”

“사장이라는 말이 좀 어색해서요. 권위적이고 고루한 것 같습니다. 다른 단어 없을까요?”

“그럼, ‘대표’는 어떨까요? 대표는 권위보다 조직에 책임을 진다는 느낌이 강해서요.”

“저도 ‘대표’가 좋은데요.”

“저도 좋습니다. 그럼 대표로 바꾸기로 하지요.”

“모든 서식과 명함을 그렇게 바꾸겠습니다.”

진필과 장진성 이사는 첫 상견례를 마치고 사장실을 나왔다.

기획팀은 양 팀장과 팽 대리 외 3명이 더 충원되어 모두 5명이 되었다. 승진과 신입사원 환영회로 회식을 하기로 했다. 회식 담당 팽시후 대리가 식당을 섭외했다. 기획팀은 퇴근하기 무섭게 주변 식당으로 자리를 옮겼다.

　"음식은 직원들이 좋은 것으로 시키지 그래."

　"음식은 오늘 분위기에 맞게 예약해 놓았습니다."

　팽시후 대리가 의기양양하게 말했다.

　"잘했네."

　식탁에 각종 음식이 차려졌다. 모두 잔을 채웠다.

　"기획팀의 발전과 팀원의 건강을 위하여!"

　진필이 선창했다. 분위기가 화기애애하고 에너지가 넘쳤다. 새로 입사한 새내기들은 다소 긴장하는 모습이었다. 기획팀이 핵심 컨트롤타워가 되면서 회사는 활기를 띠기 시작했다. 기획팀은 회사의 성장 동력을 찾기 위해 해당 분야의 전문가를 찾았다. 그동안은 회사 내부의 일에 밀려 기획 본래의 역할을 제대로 하지 못했다.

　"양둥 팀장, 식구들이 늘어나니 기획팀이 막강해졌는데?"

　"이사님이 계셔서 마음은 놓이지만, 막상 식구들이 느니 부담이 됩니다. 회사 발전에 도움이 되어야 하는데 아이디어는 떠오르지 않고 무엇을 어디서부터 해야 할지 모르겠어요."

　"자네는 잘 해낼 수 있을 거야. 팽 대리는 어떤가?"

　"저는 아주 기분이 좋습니다. 이사님이 계시니 팀에 파워가 생겨 좋고 식구가 늘면서 제 아래 직원들이 생겨 더욱 좋습니다."

팽 대리 말에 모두 웃었다. 공중에서 여러 잔이 마주쳤다. 새로 기획팀에 합류한 직원들이 궁금했다.

"새로 들어온 직원들의 소감을 듣고 싶은데."

"이사님, 제 옆에 있는 직원이 장위 사원입니다. 심리학을 전공한 재원으로 사내 소통이나 갈등 해소에 큰 역할을 할 유망주입니다."

양 팀장이 간략하게 소개했다.

"장위라고 합니다. 잘 부탁드립니다."

"자네는 우리 회사에 어떻게 지원했나?"

"저는 대학에서 심리학을 전공해서 경영은 잘 모릅니다. 솔직히 취직이 안 돼 직원을 뽑는 곳은 모조리 지원했습니다. 일단 들어가고 보자는 마음에서 지원했는데 합격이 되어 정말 기쁩니다. 성적이 좋지 않아 늘 불안했습니다. 제가 뽑혔다는 게 지금도 믿기지 않습니다. 최종 면접에서 이사님께서 저를 뽑아주신 것, 이 자리를 빌려 진심으로 감사를 드립니다."

장위 사원은 솔직하게 말했다.

"그렇구먼. 자네들은 내가 뽑은 것이 아니라 여기 있는 양 팀장이 뽑은 거야. 자네들 입사할 때 나와 장진성 이사가 최종 면접은 했어도 양 팀장의 의견을 대부분 반영했으니 양 팀장이 뽑은 거나 다름없어. 양 팀장이 사람 보는 눈이 있어 자네들에게 기대가 크네."

"이사님, 장위 사원은 솔직하고 성격이 밝아 좋습니다. 장위 사원은 상담사와 코치 자격증이 있어 직원들의 애로사항을 해결하고 부서 간의 소통에도 많은 도움을 줄 것으로 기대하고 있습니다.

  그리고 팽 대리 옆에 있는 직원이 소진 사원입니다. 소진 사원은 영업팀에서 왔습니다. 저와 6개월간 함께했습니다. 사실은 제가 소진 사원을 스카우트했습니다."

  "소진입니다. 저는 영업팀에서 1년 동안 법인 영업을 하다가 기획에 관심이 있어 이곳으로 왔습니다. 양둥 팀장님은 저의 사수였으며 저의 영원한 멘토입니다. 배울 점이 많은 팀장님과 함께할 수 있어 더없이 기쁩니다."

  "어느 부분을 배웠으면 하나?"

  "양둥 팀장님은 문제해결을 위해 디테일한 부분을 특히 강조했습니다. 작은 것에 충실해야 큰일을 할 수 있다고 했습니다. 그런 부분을 배웠으면 합니다. 또 훌륭하신 이사님과 함께할 수 있어 영광입니다. 앞으로 많은 지도편달 부탁합니다."

  "그랬구먼. 나보다 양 팀장에게 배울 점이 많을 거야."

  "소진 사원은 마케팅 관리 부문의 재원입니다. 특히 마케팅 컨셉을 뽑는 데는 그를 따라갈 사람이 없습니다. 앞으로 소진 사원이 영업 부문에 많은 도움을 줄 것입니다."

  "그건 그렇고 자네 이름이 예사롭지 않네. 소진은 중국 전국시대 '합종'을 주장한 전략가 아닌가?"

  "맞습니다. 제 고향도 소진의 고향과 같은 허난성의 뤄양입니다. 제 이름은 소진처럼 훌륭한 사람이 되라는 뜻에서 아버님이 지어주셨습니다."

  "자네는 소진의 합종연횡책에 대해 잘 알겠구먼."

"어렸을 때부터 아버지로부터 합종연횡에 대해 자주 들었습니다. 하지만 자세히는 모릅니다."

"그래, 합종연횡은 지금도 중요한 경쟁전략의 하나야. 기회가 되면 합종연횡에 대해 나누도록 하지. 그리고 제품 컨셉을 잘 뽑는다고 했는데 마케팅 컨셉은 마케팅의 핵심이지. 앞으로 훌륭한 마케팅 전략이 기대되네."

"그리고 이사님 옆이 이미령 사원입니다. 이미령 사원은 SNS가 전문입니다. 우리 회사의 온라인 관련 업무는 이미령 사원이 담당할 것입니다. 파워 링크 카피를 잘 뽑아내고, 온라인상에서 고객과의 소통에 발군의 실력을 보입니다. 소진 사원은 오프라인에서, 이미령 사원은 온라인에서 마케팅 전략을 담당하며 정보 교환은 물론 마케팅 프로모션에도 큰 역할을 할 것으로 기대하고 있습니다."

"이미령입니다. 앞으로 많은 지원 부탁드립니다."

"어떤 지원을 말하는 건가?"

"아이디어를 제품화하는 데 다소 실수나 실패가 있더라도 계속 믿고 맡겨주셨으면 합니다. 이야기만 들어보시고 되니 안 되니 하는 것보다 실행 단계까지 밀어주시기 바랍니다. 시행착오와 실패를 하더라도 분명 남는 것은 있을 테니까요. 그동안 실패가 두려워, 실패가 용납되지 않아 못한 것이 많았다고 들었습니다. 물론 상사분들은 결과에 책임이 있어 그렇겠지만 성공은 실패를 딛고 이룬다고 하지 않습니까. 끝까지 믿고 맡겨주시기 바랍니다. 그리고 회식도 자주 시켜주시고요."

"아주 좋아! 이렇게 훌륭한 사원들이 기획팀에 있으니 어떻게 회사가 발전하지 않을 수 있겠는가. 내가 더 할 말이 없네. 양 팀장, 보석 같은 직원들이니 합해 100이 되는 팀을 만들어 보게. 팽 대리는 요즘 어떤가?"

"저는 잘 지내고 있습니다. 기획팀에 새로운 식구들이 들어와서 좋습니다. 팀장님, 아니 이사님, 앞으로도 많은 지원과 관심 부탁드립니다."

"알았네. 우리 앞에는 건너야 할 강들이 많아. 이제 시작이야. 설원을 달리는 썰매견처럼, 먹이를 향해 달리는 사바나의 사자처럼 적극적이고 도전적으로 임해주기 바라네. 앞으로 위원회 구성과 새로운 목표 설정, 성장전략 수립 등 할 일이 많아. 다 자네들 몫이지. 간단없는 성취와 손실, 성공과 실패가 우리의 일상이 될 걸세. 일희일비할 것 없이 최선을 다해주게. 직위에 상관없이 허심탄회하게 토론도 하고 논쟁도 하면서 집단지성을 발휘해보게. 좋은 게 좋다는 식이 아니라 서로 다른 생각이 더 좋은 결과를 낼 수 있다는 자신감으로 임해주기 바라네. 변화를 따라가는 것이 아니라 변화를 선도하는 주역들이 되어 주게. 양둥 팀장을 주축으로 하나가 되면 못할 일이 없을 거야. 자, 우리 건배할까?"

잔들이 부딪쳤다. 화기애애한 분위기 속에서 술잔이 몇 순배 돌자 술이 거나해졌다.

"이사님, 어느 정도 먹었는데 그만 나가시지요?"

양둥 팀장이 말했다.

"그러지."

"팀장님, 오늘 우리 식구들 첫 회식이니 2차로 노래방 어떠세요?"

팽 대리가 바람을 잡았다.

"2차 좋지. 이사님도 같이 가시지요?"

"자네들끼리 가서 재미있게 놀도록 해. 나는 다음에 함께 할게."

"아닙니다. 오늘은 기획팀이 바뀐 뒤 첫 회식이라서 이사님이 계셔야 합니다. 이사님 노래 듣고 싶습니다."

팽 대리가 말했다.

"이사님, 같이 가시지요."

양동 팀장이 진필의 소매를 끌며 말했다.

"알았네."

팽 대리가 앞장섰다. 건물 전체가 노래방이었다. KTV 네온사인이 반짝였다. 카운터에서 계산을 하고 지정된 방으로 올라갔다.

"야! 굉장하네. 이건 노래방이 아니라 방송국 스튜디오네."

"이 정도는 약과예요. 아가씨들만 4, 5백 명이 넘는 곳도 있어요. 그리고 축구장이나 수영장, 종합운동장에 붙어 있는 가라오케도 있는데요."

팽 대리가 말했다.

"이곳은 한 시간에 얼만가?"

"시간이 아니라 방 크기에 따라 금액이 정해져 있어요. 보통 1백 위안에서 큰 방은 3백 위안 정도 합니다. 우리는 중간 방으로 2백 위안을 냈으니 본전을 뽑으려면 몇 시간은 놀아야지요. 이사님, 맥주나 음료수 중 어느 것으로 하시겠어요?"

"나는 맥주로 할게."

"네, 맞습니다. 노래방은 캔맥주지요."

잠시 후에 소진 사원이 맥주와 음료를 가지고 들어왔다. 술이 한 순배 돌자 펑 대리가 마이크를 잡았다. 첫 테이프를 끊었다. 펑 대리는 젊은이답게 K팝에 관심이 많았다. 특히 한국 걸그룹을 좋아했다. 한국의 세계적인 4인조 걸그룹 블랙핑크의 노래를 불렀다. 나머지 사원들도 돌아가며 한국의 K팝을 불렀다. 이어 양둥 팀장이 마이크를 잡았다. 양둥 팀장은 조수미의 '나 가거든'을 정확한 한국어 발음으로 불렀다. 진필도 답례로 주화건의 '펑여우'를 불렀다. 펑여우는 '친구'라는 제목으로 안재욱이 불러서 한국에서도 크게 히트한 노래였다.

앵콜이 이어졌다. 앵콜송으로 젊은이들 취향에 맞추어 BTS의 노래를 불렀다. 분위기가 한껏 무르익었다. 중국의 MZ세대1980년대 초~2000년대 초 출생는 중국노래보다 한국노래를 더 좋아했다. 중국 젊은이들에게 K팝은 70~80년대에 한국의 청소년을 매료시켰던 팝송 그 이상이었다. K팝은 쓰나미처럼 중국 대륙을 휩쓸었다. 진필은 양둥 팀장에게 등려진이 부른 '티엔미미첨밀밀'를 주문했다. 양 팀장은 등려진 못지않게 잘 불렀다. 평소에는 남자 못지않게 신중하고 집요한 모습을 보이던 양 팀장도 노래를 부를 때는 천생 여자였다. 끝날 때가 되자 서로 어깨동무를 하고 무대를 돌며 흥을 돋우었다. 모든 스트레스가 날아갔다. 힐링이 되었다. 중국에서 보낸 어느 때보다 즐겁고 행복했다. 그렇게 2시간이 순식간에 지나갔다. 모두 만족한 얼굴이었다. 노래방을 나와 각자 집으로 향했다.

술도 깰 겸 대로변을 따라 걸었다. 찬 바람이 몸속을 파고들었다. 긴장이 풀리면서 그동안 보이지 않던 화려한 네온사인이 눈에 들어왔다. 정욕을 짙게 머금은 여자들의 눈빛이 예사롭지 않았다. 진한 분 냄새가 뇌를 마비시켰다. 깊게 파인 치파오 사이로 여자의 굴곡진 하체가 진필의 아래를 흔들었다. 조용했던 물건이 불끈했다. 심장이 빠르게 뛰었다. 여자의 수밀도에 얼굴을 묻고 살 냄새를 맡고 싶었다. 여자와 언제 살을 섞었는지 기억이 나지 않았다. 아내는 멀었고 여자는 가까웠다. 레미콘 공장에 있을 때 접대차 홍등가를 찾은 이후 여자가 생각나기는 이번이 처음이었다. 진필은 한 마리 불나방이 되어 불 속으로 뛰어들었다. 한족보다 만주족이나 몽골 여자면 더 좋겠다고 생각했다. 그들은 한민족의 피가 섞여서인지 이질감이 덜했다.

여자들이 진필의 앞을 가로막았다. 한 여자가 옷소매를 잡는 순간 멈칫했다. 손길을 뿌리쳤다. 막상 여자와 함께하려니 마음이 편치 않았다. 끝난 것이 아니라 이제 시작이라는 긴장감이 진필의 머릿속을 흔들었다. 아직 가야 할 길이 멀다는 생각에, 언제 그랬냐는 듯 가운데가 쪼그라들었다. 홍등가를 빠져나와 택시를 타고 집으로 향했다. 창밖의 수많은 네온사인이 손짓했다. 긴장을 푸는 순간 모든 것이 무너질 수 있다는 압박감이 몰려왔다.

집에 도착해 따뜻한 물로 샤워를 했다. 몸이 데워지면서 다시 취기가 올랐다. 아랫도리가 묵직했다. 비누로 덮어 마구 흔들었다. 기다리던 수억 개의 생명체가 요도를 타고 빠져나갔다. 성욕이 사라진 곳에 허전함이 더했다. 침실이 넓게 느껴졌다. 창밖 달빛 속에 아내와 아이들 얼굴이 나타났다. 가슴이 저렸다. 그리움이 슬픔으로 변했다. 눈물이 났다.

한 주가 지나 양둥 팀장이 보고서를 가지고 진필을 찾았다.

"그래, 초안이 준비됐다고?"

"네, 이사님. '위원회'와 관련된 내용을 보고드리겠습니다."

양둥 팀장은 서류를 진필에게 건넨 후 노트북을 펼쳤다.

"이사님, 우선 위원회의 명칭입니다. 이사님 제안대로 '드림미팅'으로 정했습니다. '회의'는 뭔가 갇힌 느낌이 들지만, '드림미팅'은 개방된 분위기 속에서 의견을 주고받는 의미가 강해 팀원들도 좋다고 했습니다."

"알았네. 인원 구성은 어떻게 했나?"

"다양성을 최대로 살렸습니다. 남녀사원 2명, 대리 1명, 과장 1명, 팀장 1명, 이사 2명 등 총 7명으로 구성했습니다. 회계, 품질, 기업 인수 합병 등 전문적 지식이 필요할 때는 관련 직원이나 외부 전문가를 미팅에 참석할 수 있게 했습니다. 드림미팅은 직원 모두가 참여하는 '열린회의'가 되어야 한다고 생각합니다. 그런 취지에서 참관인제도를 활용했으면 합니다. 참관을 원하는 직원은 지위 고하를 막론하고 신청할 수 있으며 신청순에 따라 다섯 명까지 가능합니다. 극히 예외적인 상황 이외의 모든 미팅은 동영상으로 생중계되며 누구나 실명으로 댓글을 달 수 있습니다."

"열린회의? 그 아이디어 좋네. 근데 이사 두 사람은 누구야?"

"진필 이사님과 장진성 이사입니다. 그리고 팀장으로는 제가 참석합니다."

"알았네."

"그리고 구성원의 임기는 1년으로 하되 이사와 팀장은 중임이 가능합니다."

"중임이 가능하다면 계속 연임될 수 있다는 말인가?"

"네, 그렇습니다. 중임은 임기를 마친 뒤 계속 그 지위를 이어가는 '연임'의 의미뿐 아니라 한두 차례 임기를 건너뛰고 다시 직책을 맡는 것까지 포함합니다."

"계속하게."

"사원에서 과장은 같은 부서가 아닌 다른 부서의 직원으로 구성하며 사내 부서가 골고루 돌아가며 참석할 수 있게 했습니다. 다음은 구성원의 선정입니다. 사원에서 과장까지는 각 팀장의 추천을 받아 두 이사님이 결정하며, 이사와 팀장은 이사회의 추천을 받아 대표이사가 결정합니다. 구성원의 임기는 본인이 고사하거나 견책 이상의 잘못이 아닌 한 보장되며, 구성원은 자신이 미팅에서 행한 발언에 대해 어떤 제재나 불이익도 받지 않습니다. 의결은 거수로 하되 모든 구성원은 직위와 직책에 상관없이 1인 1표로 동등합니다."

"잘했어."

"다음은 미팅의 목적입니다. 미팅이 왜 필요한지 그 목적에 대해 말씀드리겠습니다.

첫째, 회사 조직의 동질화입니다. 미팅을 통해 회사 조직의 에너지를 한 곳에 집중시키고 소통을 원활하게 함으로써 조직 간의 결속을 다질 수 있습니다.

둘째, 주인의식을 높이는 것입니다. 소수 간부만이 아니라 전 직원이 참여함으로써 성숙한 조직의 공동참여자로 주인의식을 높일 수 있습니다.

셋째, 조직원 간의 수평적 관계 조성입니다. 상하 관계가 아닌 동등한 자격으로 미팅에 참여함으로써 조직의 수평적 관계조성에 도움을 줄 것입니다.

넷째, 회사 공동목표 달성입니다. 미팅은 공동목표 달성을 위한 의사결정에 크게 기여할 것입니다."

"그렇게 정리하니 미팅을 하는 목적이 분명하군."

"다음으로 드림미팅이 모범적인 미팅이 되려면 갖추어야 할 기본조건들이 있습니다."

"어느 조건들이 필요하지?"

첫째, '논제'가 있어야 합니다. 미팅할 때는 반드시 토론할 의제가 있어야 합니다. 의제 없는 미팅은 시작과 끝도 없고 중간에 길을 잃기에 십상입니다. 중요 안건이 없으면 정례 미팅이라도 하지 않는 것을 원칙으로 합니다.

둘째, 미팅은 올바른 것에서 시작해야 합니다. 대부분의 의사결정은 종국에는 타협으로 끝나게 됩니다. 만약 올바른 것이 무엇인지 알지 못하면, 올바른 타협과 잘못된 타협을 구별할 수 없어 결국 올바르지 않은 결정을 하게 됩니다.

셋째, 미팅 내용을 행동으로 전환할 수 있어야 합니다. 누구에게 과업을 할당하고 언제까지 어떻게 할 것인가 등의 구체적인 실행 단계를 정하지 않으면 그 어떤 것도 결정된 것으로 볼 수 없습니다.

넷째, 피드백을 미팅 과정에 포함하는 것입니다. 피드백 활동을 미팅 과정에 포함해 미팅에서 달성하고자 하는 기대 수준과 실제 활동 결과를 비교 분석합니다.

다섯째, 견해는 미팅의 출발점입니다. 효과적인 미팅은 '사실'로부터 출발하지 않고 견해, 즉 '가정'에서 출발합니다. 효과적인 미팅은 공통의 이해와 대립적인 의견 그리고 엇비슷한 대안들에 대한 진지한 검토를 통해 도달합니다.

여섯째, 불필요한 의사결정은 하지 않습니다. 미팅을 통한 하나하나의 의사결정은 모두 외가 수술과 같습니다. 수술은 언제나 쇼크라는 위험을 동반합니다. 훌륭한 의사가 불필요한 수술을 하지 않는 것처럼 효과적인 의사 결정자는 불필요한 의사결정을 하지 않습니다.

일곱째, 비교가 불분명할 때 결정을 하든가 결정을 하지 않든가 둘 중 하나를 택해야 합니다. 효과적인 의사 결정자는 어중간한 결정은 하지 않습니다. 어중간한 결정은 언제나 잘못되기 마련입니다. 미팅에서 해서는 안 될 것이 한 가지 있습니다. '한 번 더 결정해 보자'는 유혹에 빠지는 것입니다. 그것은 비겁한 의사결정 방법입니다. 용감한 사람은 한 번 죽는데 겁쟁이는 백 번도 더 죽습니다. '한 번 더' 검토해 보자는 요구에 대해 이렇게 질문합니다. '한 번 더 검토하면 뭔가 새로운 것이 나올만한 이유가 있습니까?' 만일 그 대답이 '노'라면 의장은 다시 검토해서는 안 됩니다. 또 어떤 것이 올바른 의사결정인지 알면서도 합의 도출이 어렵고 조직 간의 갈등이 두렵다는 이유로 결정을 중단해서도 안 됩니다.

"꼭 해야 할 중요한 것들이구먼."

"다음은 미팅의 두 가지 구성요소에 대해 말씀드리겠습니다. 하나는 의장이고 다른 하나는 구성원입니다. 미팅이 성공하느냐 그렇지않느냐는 의장의 역할에 달려 있다고 해도 지나치지 않습니다. 의장은 회의법을 잘 숙지하여 탈선, 중복, 지연, 질서 문란 등이 없도록 해야 합니다. 미팅을 진행할 때 의장 개인의 의견을 지나치게 주장하거나 편파적이어서 패를 가르거나 구성원들에게 무언의 압력을 행사해서는 안 됩니다. 구성원들이 자유롭게 자신의 의견을 표출할 수 있는 분위기를 만드는 것이 중요합니다. 회원의 충동적인 행동을 최대한 자제시키며 정한 시간에 회의를 끝내도록 노력합니다. 미팅 중 표결이 끝난 안건은 다시 상정하지 않으며 모든 회원에게 같은 기회를 주어야 합니다. 가능하면 만장일치를 유도하되 강압적이거나 억지로 하는 것은 금물입니다. 팽팽하게 긴장감이 감돌고 표결했을 때 찬성과 반대의 수가 비슷해서 승복하기 어려운 경우, '다음 기회로' 미루어 문제를 미연에 방지할 수 있습니다.

그리고 의장 못지않게 중요한 요소가 구성원입니다. 어떤 상황에도 인신공격은 금물입니다. 발언할 때는 의장이 허락을 받아서 해야 하고 의제를 벗어난 내용은 가능한 언급하지 않도록 합니다. 또 필요할 때 구성원이 발언을 회피해선 안 되며, 구성원이 발언할 때는 상대방을 향하여 발언하면 오해를 불러일으킬 소지가 있으므로 의장을 향하도록 합니다."

"상당히 자세히 정리했구먼. 또 어떤 것이 있나?"

"다음은 미팅 시의 규칙입니다. 미팅 규칙은 다음과 같습니다.

① 같은 안건에 대한 발언 기회는 2회이며, 1회 3분 이상 발언하지 않습니다.

② 한 안건에 대해 다른 회원들의 발언이 끝나기 전에 거듭 발언하지 않습니다.

③ 시간을 오래 끌어 다툼이 일어나지 않도록 찬성, 반대 의견을 각각 3회 청취 후 자동 표결합니다. 단 의장의 판단에 따라 의견 청취를 추가할 수 있으며 의견의 불일치가 없는 상황에서는 결정하거나 표결하지 않습니다."

"장 팀장이 말한 미팅 규칙 중에 반대 의견을 청취한다고 했는데 그 이유가 무엇인가?"

"반대 의견이 필요한 이유가 몇 가지 있습니다.

첫째, 최종 결정자에 대한 보호 때문입니다. 의사 결정자가 모든 책임을 지는 것을 막아주는 유일한 안전장치입니다. 책임과 원망의 중압감에서 탈출하는 길은 심도 있는 토론과 철저하게 검토된 반대 의견의 제안을 분명하게 하는 것입니다.

둘째, 의견 차이 그 자체만으로도 의사결정을 위한 대안이 될 수 있습니다. 만약 의사결정 과정에서 다른 대안들을 검토했다면 설사 의사결정이 잘못되더라도 되돌아가 검토할 대안이 있는 셈입니다.

셋째, 잘못된 의견이나 불건전한 견해를 알 수 있게 해줍니다. 그럴듯해 보이지만 실은 잘못된 의견이나 불건전한 견해에 속지 않게 해줍니다. 또 의사결정 내용을 행동으로 옮기기에 부적절하거나 틀린 것으로 드러났을 경우 헤매지 않게 도와줍니다.

넷째, 반대 의견은 상상력을 자극해 사고의 지평을 넓혀줍니다. 효과적인 의사 결정자는 제안된 하나의 의견만이 정당하고 다른 견해는 모두 틀렸다는 가정에서 출발해서는 안 됩니다. 구성원들은 반대 의견이 갖는 의미를 찾아내겠다는 의지로부터 시작해야 합니다. 이상이 드림미팅의 기본골격입니다. 드림미팅을 진행하면서 채워야 할 부분이나 불필요한 내용은 첨삭하겠습니다."

"잘 알겠네. 전반적으로 잘 된 것 같아. 수고 많았어."

드림미팅에서 검토한 후 위원회 운영 방안을 마무리했다. 위원회 안을 가지고 왕상 대표를 찾았다.

"들어오세요"

"진필 이사입니다."

"앉으세요. 차는 어느 것으로 하실래요?"

"저는 커피가 좋습니다."

왕 대표는 비서에게 커피와 녹차를 주문했다.

"한국 사람들은 녹차보다 커피를 많이 마신다지요? 스타벅스 매장도 한국에 많다고 들었습니다."

"한국 사람들은 다른 차보다 커피를 많이 마십니다. 한국은 세계에서 세 번째로 커피를 많이 마시는 커피 소비국입니다. 스타벅스 매장도 세계에서 두 번째로 많고 수익도 많이 내는 것으로 알고 있습니다."

"한국은 믹스커피를 많이 마시지 않나요? 한국에 갔을 때 믹스커피를 아주 맛있게 먹은 기억이 있어요. 부드럽고 달달한 게 밀크티 같기도 하고 향도 좋았습니다."

"어르신들이 믹스커피를 좋아하시는데 요즘은 꼭 그렇지도 않습니다. 요즘은 시니어들도 아메리카노를 시럽 없이 즐깁니다. 그리고 겨울에도 아이스 아메리카노를 마시는 게 요즘 젊은이들의 트렌드입니다. 일명 '얼죽아'라고 하지요."

"얼죽아가 무슨 뜻입니까?"

"얼어 죽어도 아메리카노라는 말을 줄여서 하는 말입니다."

"그렇군요. 오늘은 어떤 일로 오셨습니까?"

"회장님이 말씀하셨던 '위원회'에 대해 보고할 내용이 있습니다."

"아! 네. 궁금합니다. 말씀해 보시지요."

진필은 한 시간 동안 '드림미팅'에 대해 설명했다.

"잘 된 것 같네요. 수고들 많았습니다. 그런데 내용 중에 궁금한 부분이 있습니다."

"어떤 부분입니까?"

"드림미팅의 기본조건에서 '미팅은 올바른 것에서 시작해야 한다'는 내용이 있던데, 그 부분을 좀 더 자세히 알았으면 좋겠네요."

"미팅에서 기본의제를 다룰 때 '이거다'라고 정답이 나오는 경우는 극히 드뭅니다. 대부분 절충과 타협을 통해 결론을 도출하지요. 또 그렇게 하는 것이 토론의 묘미고요. 그렇기 때문에 토의 안건이 회사의 미션이나 비전, 핵심가치 같은 경영이념과 맞지 않으면 무엇이 올바른 결정이고 잘못된 결정인지 구별할 수 없습니다. 결국 올바른 것에서 시작하지 않으면 올바르지 않은 결정을 할 수밖에 없다는 의미입니다. 가령 인수합병의 경우, 우리 회사의 전략과 대상 기업의 비즈니스 전략이 상이하거나, 마케팅과 핵심역량 같은 서로의 중요 부분에 연결점이 없다면 안건 자체를 채택해서는 안 된다는 것을 말씀드리는 겁니다. 그렇지 않으면 욕심과 감정에 치우쳐 우리가 해서는 안 될 사업을 선택할 수 있기 때문이지요."

"아, 그런 뜻이었군요. 잘 알았습니다. 기획부문이 수고 많았습니다."

"수고는요, 해야 할 일을 한 것입니다."

"이사님. 이제 저는 무엇을 해야 합니까? 제가 할 일을 알려주세요."

"대표님은 무엇을 해야 한다고 생각하십니까?"

"글쎄요, 직원들을 추스르고 잘못된 관행을 바꾸는 그런 일을 해야 하지 않을까요?"

"직원들을 추스른다는 것은 구체적으로 어떤 것을 말씀하시는지요?"

"적지 않은 직원들이 회사를 떠났습니다. 회사에 대한 신뢰 회복이 우선이라고 생각합니다."

"저도 직원들의 신뢰를 회복하는 것이 중요하다고 생각합니다. 그런데 신뢰는 쉽게 얻어지지 않습니다. 신뢰는 마치 길에 떨어진 보물 같아서 그것을 줍기 위해서는 반드시 몸을 구부리는 수고가 있어야 합니다. 대표님은 직원들의 신뢰 회복을 위해 어떤 노력을 해야 한다고 생각하십니까?"

"글쎄요. 회사가 어떻게 변했으면 하는 것을 직원들에게 묻는 것은 어떨까요?"

"직원들에게 묻다니요?"

"앙케트 조사 같은 것 말입니다. 직원들이 무엇을 원하고 있고, 회사가 어떻게 변했으면 좋은지 직원들에게 직접 묻는 겁니다. 그들이 원하는 것을 최대로 반영하면 신뢰를 회복하는 데 도움이 되지 않을까요?"

"좋은 생각입니다. 지금 장진성 이사가 직원들의 마음을 추스르는 방안을 준비 중이니까 그것과 함께 구체적인 내용을 '드림 미팅'에서 논의해 보고드리겠습니다."

"그렇게 하시지요. 그리고 이사님……."

"말씀하시지요."

"경영이 무엇입니까? 무엇을 하는 것이 경영입니까?"

"한마디로 말하기는 쉽지 않습니다. 저는 구성원들의 역량을 최대로 발휘할 수 있게 하는 것이 경영이라고 생각합니다. 인적 자원의 생산성을 높여 성과를 내는 것이 아닌가 생각합니다. 과거에는 경영의 목적, 사업의 목적은 이윤의 극대화였습니다. 지금은 고객 창출이 사업의 목적이 되었습니다."

"그렇군요. 고객 창출의 구체적인 방법은 무엇입니까?"

"고객 창출은 직원들의 업무 수준이 결정합니다. 인적자원의 생산성이 고객 창출의 열쇠이지요. 결국 '사람'입니다. 어느 조직이나 그들의 생산성이 경쟁력을 결정하니까요."

"한국 기업들은 그런 점을 잘 살려서 경쟁력이 높은 건가요?"

"그렇다고 볼 수 있습니다."

"저는 한국이 정말 대단하다고 생각합니다. 전쟁의 참화 속에서 어떻게 그런 기적을 이루었는지."

"근면과 협동 그리고 애국심으로 이룬 결과지요. 중국 지도자들이 주장하는 항미원조전쟁인 6·25 전쟁은 우리 민족에게 돌이킬 수 없는 고통을 안겨주었습니다. 전쟁의 피해가 워낙 커서 당시 한국이 나라로서 구실을 할 수 있을 것으로 생각하는 사람은 아무도 없었습니다. 1953년 휴전협정을 했을 때의 한국은 순수한 농업 국가로 일본 유학을 다녀온 소수의 재원을 제외하면 고등교육을 받은 사람이 거의 없었어요. 한국은 빈국 중에서도 최빈국으로 분류되었고 생산성이 가장 낮은 나라 중 하나였습니다. 1960년대 초까지만 해도 한국은 우간다, 수단, 튀니지 같은 아프리카 국가보다도 수출 규모가 작았으니까요."

"그런 상황에서 어떻게 다시 일어설 수 있었나요?"

"새마을운동, 경제개발 5개년계획, 중화학공업 선언 등의 정부 주도의 강력한 산업정책에다 한국인 특유의 근면성과 교육열, 그곳에 손재주가 더해지면서 수출 규모는 빠른 속도로 증가했습니다. 우리 국민이 한국을 도시국가로 변혁시키는데 겨우 30년밖에 걸리지 않았습니다. 한국은, 일본이 이룬 100년의 3분의 1도 안 되는 기간에 그리고 서구국가들의 200년의 6분의 1도 채 안 되는 기간에 국가 변혁을 일구어냈습니다. 국민의 노력도 있었지만 지도자들의 의식이 중요했어요. 백성을 먼저 생각하는 지도자들이 아니었다면 조국 근대화는 요원했을 겁니다."

"결국, 지도자의 리더십과 국민의 노력이 중요했군요."

"중국 개혁개방의 선구자인 덩샤오핑은 평소 한국의 박정희 대통령을 멘토로 여겼습니다. 그는 중국 인민들에게 박정희 대통령을 멘토로 여기도록 지시했습니다. 덩샤오핑은 정부 지침과 라디오, TV 등을 통하여 '박정희식이 중국이 잘살 수 있는 길이다!'라며 독려했습니다."

"그랬군요."

"덩 부주석뿐 아니라 말레이시아의 마하티르 수상과 싱가포르의 국부 리콴유 총리 같은 동남아 지도자들이 박정희 대통령을 벤치마킹하려고 노력을 많이 했습니다. 리콴유 총리는 1979년 방한했을 때 청와대 환영 만찬에서 이런 말을 했습니다. '어떤 지도자는 자신의 관심과 정력을 언론과 여론조사로부터 호의적 평가를 받는 데 소모합니다. 또 다른 지도자는 자신의 힘을 오직 일에만 집중시키고 평가는 역사의 심판에 맡깁니다. 대통령 각하, 만약 각하께서 눈앞의 현실에만 집착하셨다면 오늘 우리가 보는 이런 대한민국은 존재하지 않았을 것입니다.'라고. 리콴유 총리는 이후 한 인터뷰에서 중국의 덩샤오핑, 일본의 요시다 수상 그리고 한국의 박정희 대통령을 아시아 3대 지도자로 꼽았습니다."

"한국의 지도자들이 구체적으로 어떤 리더십을 발휘했나요?"

"기업이나 정부 조직의 리더들은 '조국 근대화'라는 대명제 아래 구체적인 접근을 시도했습니다. 가령, 경제발전을 위해 필요한 돈은 누가, 어디 가서, 얼마를 빌려올 것인지, 사회 간접시설은 어디에 어떤 규모로 건설할 것인지, 중공업 클러스터는 산업별로 어떻게 실행할 것인지 등 상세한 계획을 세워 추진했습니다. 지도자는 국민을 무시하거나 속박하지 않았고 진심을 담아 동참을 호소했습니다. 또 그들은 사치하지 않았고 솔선수범했습니다. 이에 화답하듯 한국 국민은 마치 들쥐들이 삼각편대를 이루어 대장 들쥐를 따라가듯 지도자를 믿고 따랐습니다. 베트남 전쟁이 끝나고 철수할 때도 한국 국군은 탱크나 무기들을 외국으로 빼돌리지 않고 국내로 들여와 자주국방에 많은 도움을 주었습니다."

"인민들의 애국심이 대단했네요."

"뇌물에 대한 의식이나 처리 방법도 다른 나라와 달랐습니다. 한국의 관료들도 경제발전에 편승해 여러 명목의 뇌물을 받긴 했습니다. 하지만 다른 국가처럼 해외로 빼돌리지 않아서 국부의 유출은 거의 없었습니다. 그런 부분이 아시아 독재국가나 제3세계 권위주의 국가들과 달랐습니다."

"그랬었군요. 우리 중국도 지난 40년간 세계에서 그 유래를 찾아볼 수 없는 경제발전을 이룩했습니다. 지도자들의 리더십과 인민들의 노력 덕분이지요. 그 점은 한국과 별반 차이가 없습니다. 문제는 빈부격차입니다. 부의 쏠림이 너무 심합니다. 한국처럼 경제발전의 열매가 낙후된 지역의 인민에게까지 돌아가지 않았습니다.

대부분의 혜택이 공산당과 연안 지역 및 관료들에게 돌아갔어요. 특히 공산당 간부들은 경제 성장에 편승해 엄청난 부를 축적했지요."

"공산당 간부들에게 그럴만한 특별한 이유가 있었나요?"

"부패한 군부와 국민당 정부를 몰아내고 인민을 해방시킨 것에 대한 보상이지요. 오랜 내전에서 승리한 공을 인정해 전쟁 영웅들과 그들의 자손들에게 많은 혜택을 줍니다. 크고 작은 뇌물은 인민 해방에 대한 보상인 셈이지요. 그들의 웬만한 잘못은 문제 삼지 않습니다. 그리고 국유기업을 공산당이 관리하기 때문에 이익의 많은 부분을 그들이 비정상적으로 가져갑니다. 그런 점에서 공산당 특히 수뇌부들은 뇌물에 익숙한 편이지요. 중국의 꽌시는 힘든 세월을 살아온 인민들의 유일한 비빌 언덕이기도 하지만 내전 승리의 공을 인정한 권위주의 산물이기도 합니다."

"그렇군요. 뇌물은 그렇다 치더라도 경제 운용의 사회 시스템이 변했습니다."

"사회 시스템이 변하다니요?"

"정보화시대까지는 국가가 앞에서 이끄는 것이 가능했습니다. 지금의 제4차 산업혁명 시대에는 국가가 앞장서서 이래라저래라할 수 없습니다. 의사결정의 속도와 전문인력 그리고 정보력 면에서 정부가 기업을 따라갈 수 없습니다. 이제 국가가 주도하는 시대는 지났습니다. 국가는 기업이 원하는 부분을 도와주는 선에서 끝나야 합니다."

"중국공산당은 여전히 지시와 명령으로 기업과 인민을 이끌고 있습니다. 오히려 더 심해지고 있어요."

"이제 기업이나 국가 모두 창의와 도전정신이 없으면 앞으로 나갈 수 없습니다. 그리고 기업의 상급자가 하급자보다 해당 업무에 대해 더 많이 안다고 할 수 없습니다. 팀원이 팀장이나 부문장보다 해당 업무를 더 잘 아는 경우를 자주 봅니다. 그래서 간부들에게 재교육이 필요합니다. 이제 윗사람이 이래라저래라할 수도 없고 해서도 안 됩니다. 모르면서 가르치고 지시할 수 없습니다. 우리 회사의 SNS 마케팅 담당자의 경우만 보아도 양둥 팀장이나 저보다 해당 분야에 대해 더 많이 알고 있습니다. 간부들이 잘 알지도 못하면서 윗사람이라고 지시하고 명령하면 되겠습니까?"

"맞습니다. 그럼 저는 어떻게 해야 합니까?"

"지금은 분야별로 전문화되어 있기 때문에 리더는 해당 분야의 전문가들이 일을 잘할 수 있도록 격려하고 지원하는 일을 해야 합니다. 전문가들이 생산성을 높일 수 있도록 도와주는 리더가 유능하고 훌륭한 리더입니다. 괜한 참견은 인재를 둔재로 만들고 조직을 후퇴시킬 뿐입니다. 이제는 하는 일이 다르고 그 일의 깊이가 다르다는 것에 주목해야 합니다. 맡겨야 합니다. 위임의 시대입니다. 조직의 장이라 해도 자신보다 직원이 그 일을 잘하면 맡기고 격려해야 합니다. 모르는 것을 아는척해서는 안 됩니다. 상사는 솔직해야 합니다. 내가 잘 모르니 '부탁한다'라고 말해야 합니다."

"직원들의 역량을 발휘할 수 있도록 도와주고 격려하는 것이 제가 할 일이군요."

"네 맞습니다. 곧, 그것이 '경영'이지요. 지금은 과거의 육체노동자가 아닌 지식노동자 시대입니다. 전문직의 시대이지요. 자신의 관심 밖에 있거나 자신보다 다른 사람이 그 일을 더 잘하면 그에게 맡기는 시대입니다. 애플의 스티브 잡스는 전략과 운영 업무는 지금의 CEO인 팀 쿡에게 일임했고, 빌 게이츠는 마케팅 플랜에 시간을 투자하지 않고 전문가에게 맡겼습니다. 기업의 탁월한 리더들은 자신이 해야 할 일에 집중하면서 그 외의 일은 전문가에게 일임합니다. 중국 역사에도 해당 업무를 자신보다 더 잘하는 신하에게 위임한 군주가 있습니다. 대표님, 혹시 생각나는 군주 있습니까?"

"글쎄요……."

"한나라 고조 유방이 그 좋은 예입니다. 평민에서 황제가 된 유방은 싸움을 일삼고 술과 여색을 좋아했던 건달이었지요. 호탕하고 무식했지만 남의 말을 듣는 데 인색하지 않았습니다. 장수가 되어서도 유능한 부하들의 간언에 귀를 기울이고 그들에게 일을 맡겼습니다. 그는 황제에 오르자 군신들에게 자신이 천하를 얻을 수 있었던 비결을 이렇게 말했습니다. '나는 전투에 나서면 철저히 준비하고 계책을 짜내 반드시 승리하고야 마는 장량만 못하고, 국가를 관리하고 백성들을 위로하며 병력에 필요한 장비를 준비하는 일은 소하보다 못하며, 백만 병력을 통솔하고 싸우면 어김없이 이기는 재주는 내가 한신보다 아래이다. 이 세 사람은 유능한 인재들이다. 나는 마음을 기울여 그들을 썼기 때문에 천하를 얻을 수 있었다. 반면 항우는 범증 한 사람도 중용하지 않았으니 이것이 그가 나에게 사로잡힌 까닭이다.'라고요.

이렇듯 사내 직원들을 인재로 키우고 외부에서 우수 인재를 충원하면서 지속경영을 가능하게 하는 것이 대표가 할 일입니다.”

　“결국 경영은 직원들을 잘 도와서 기업이 영속할 수 있게 하는 것이군요.”

　“그렇습니다. 인재경영이 기업경영이라고 해도 틀리지 않습니다. 과거 한국 삼성의 창업주 이병철 회장은 이런 말을 했습니다. ‘회사가 망하더라도 지금의 직원들만 있으면 얼마든지 다시 재기할 수 있다’라고. 심지어 최종 면접 때 관상을 보는 사람까지 있었다고 합니다. 이 회장의 인재에 대한 관심은 아주 유별났습니다.”

　“이사님, 이제 제가 회사 대표로서 무엇을 해야 할지 잘 알았습니다.”

　“리더의 해야 할 일과 더불어 경계해야 할 것이 있습니다.”

　“경계할 일이라니요?”

　“집단사고입니다. 생각이 다르고 견해가 다른데도 갈등이나 불화가 겁이 나 타협하고 양보하기를 밥 먹듯이 하면서 겉으로는 인화단결을 강조하는 조직은, ‘우리는 하나다’라고 서슴없이 말하면서 창의적 사고의 싹을 자릅니다. 조직이 외적인 인화를 강조해서 활발한 토론이 설 자리를 잃으면 조직에는 한 방향으로 이끌려는 힘이 작용합니다. 또 같은 생각과 같은 행동을 하는 사람들을 끌어모으는 쪽이 효율이 높은 것으로 착각합니다. 그러면서도 다른 집단에 대해서는 잔인할 정도로 냉정하지요. 결국 이 같은 사고가 짙게 깔리면 개인은 물론 조직은 창조적인 일을 할 수 없습니다.”

　“조직이 집단사고에 빠지는 이유는 무엇인가요?”

"다수에 끼지 않으면 불안해서 그렇기도 하고 조직으로부터 왕 따를 당하는 것을 피하기 위해서지요. 인간은 본능적으로 소수에 속하기 꺼리며 갈등을 싫어하기 때문에 소수의견을 내는 것이 쉽지 않습니다. 조금 전에 대표님에게 말했듯이 '드림미팅은 올바른 것에서 시작해야 한다'는 것도 집단사고의 늪에 빠지는 것을 막기 위함입니다. 그리고 미팅할 때 반대 의견이 없을 때는 결론을 내지 않는다고 한 것 역시 집단사고의 위험을 방지하기 위해서지요.

과거 최고의 문명국가였던 중국이 영국과의 아편전쟁에서 패배할 수밖에 없었던 이유도 집단사고의 늪 때문이었습니다. 당시 중국은 황제의 절대권력에 의해 집단사고가 팽배했습니다. 반면, 영국은 산업혁명으로 이룬 막강한 신기술과 토론과 소통의 집단지성으로 무장하고 있었습니다."

"중국은 집단사고에 빠져 패배했고 영국은 집단지성으로 승리할 수 있다는 말입니까? 집단지성이 무엇입니까?"

"한국의 다산 선생은 집단지성을 이렇게 설명했습니다. '서로 덕담이나 주고받자는 태도로는 발전이 있을 수 없다. 남을 칭찬하는 것이야 나쁠 게 없지만, 공부의 자리에서는 있을 수 없는 일이다. 겸손이 미덕이긴 해도 토론의 자리에서는 안 된다. 학문의 문제로 토론하는 자리에서는 돌바늘로 뼈를 찌르고 쇠칼로 각막의 백태를 긁어내는 촌철살인의 날카로운 비판만이 있을 뿐이다. 결코 물러설 수 없다는 불퇴전의 기상이 있을 따름이다. 서로 칭찬이나 하고 덕담이나 주고받으려면 토론은 무엇 때문에 하는가?'라고."

"집단지성을 이끌어내려면 조직이나 개인 간의 갈등도 감수해야겠네요."

"네, 맞습니다. '좋은 게 좋다'는 식의 집단사고와는 전혀 다른 개념이지요. 집단지성은 토론과 논쟁 및 비판을 전제로 합니다. 서로 부닥칠 수밖에 없어요. 집단지성은 여러 사람의 생각이 충돌하면서 평소 하지 못했던 아이디어를 돌출해 냅니다. 우리가 하는 드림미팅의 목적도 집단지성에 있습니다. 참석자의 부서를 달리하고 직위를 다양하게 한 것도 집단지성 때문입니다. 그래야 변화와 혁신을 실행할 수 있습니다."

"그러면 제가 회사 대표로서 구체적으로 무엇을 해야 합니까?"

"좀 전에 말씀하신 것처럼 신뢰 회복을 위해 직원들에게 회사가 어떻게 변했으면 하는지를 물은 다음에, 회사 경영의 목적을 분명히 하는 것입니다."

"목적을 분명히 하다니요?"

"회사의 존재 이유 즉 사명을 말하는 겁니다. 그것을 미션이라고 하지요. 우리 회사가 존재하는 이유를 직원들과 공유하는 것입니다. 그리고 그 목적을 달성하기 위해 무엇을 해야 할지 결정해야 합니다. 그것이 비전이지요. 미션과 비전은 대표님의 생각도 중요하지만, 조직 구성원 모두가 공감할 수 있어야 합니다."

"그러면 미션과 비전을 제가 만들어야 합니까?"

"그렇게 할 수도 있지만, 조직원 모두가 함께 만드는 것도 좋습니다. 직원들의 의견을 충분히 수렴해서 리더가 결정할 수 있고, 리더의 생각을 먼저 제시하면 직원들이 의견을 내서 새로 가공할 수 있습니다. 미션과 비전은 과정이 매우 중요하기 때문에 기획팀에서 안을 마련해 보고하겠습니다."

"그렇게 하시지요. 경영이란 게 참 어렵군요."

"하나하나 해나가면 잘 하실 수 있습니다. 더 말씀하실 게 없으면 나가보겠습니다."

"네, 그렇게 하시지요. 잠깐! 이거 받으세요."

"이게 무엇입니까?"

"3천 위안입니다."

"······."

"작지만 저의 뜻을 담았습니다. 그동안 진 이사님이 회사를 위해 애써주셔서 마음을 담아 준비했습니다. 저의 작은 성의입니다."

"아닙니다. 저는 할 일을 한 것뿐입니다. 그리고 정상적으로 월급을 받고 있습니다."

"제 개인적으로 무언가 드리고 싶었습니다. 부담 갖지 마세요. 그리고 이 돈은 전적으로 이사님 개인을 위해 쓰시라고 드리는 돈이니 꼭 그렇게 하십시오. 부서원들은 기회를 봐서 회식 자리를 마련하겠습니다. 장진성 이사에게도 같은 돈을 드렸습니다. 이번에 두 분 너무 힘든 일을 하셨습니다. 이제 나가보시지요."

진필은 왕 대표와 독대를 마치고 자기 사무실로 발걸음을 옮겼다.

회동한 지 일주일 만에 기업운영방침이 인터넷 사내게시판에 떴다.

기업운영방침

GF Good Friend CHINA의 5가지 회사운영방침입니다.

첫째, GF CHINA는 고객과 함께 변화에 앞장서며 큰 기업이 되기보다 건강한 기업이 되도록 노력하겠습니다.

둘째, 집단지성의 협의체인 '드림미팅'의 결과물을 존중하며 그 내용이 실현될 수 있도록 조직화하겠습니다.

셋째, 공급업체는 우리와 한 식구입니다. 투명하고 공정한 경쟁을 보장하며 유통구조개선과 양질의 제품을 납품할 수 있도록 필요한 교육과 자금을 지원하겠습니다.

넷째, 이익금의 15%는 우리 사회의 소외된 사람들의 구제와 교육에 사용하겠습니다.

다섯째, 우리의 사명과 핵심가치에 공감하는 기업이나 우리의 핵심역량을 발휘할 수 있는 사업은 언제든지 GF CHINA와 함께하겠습니다.

왕상 대표 올림

회유

기업운영방침이 발표된 지 한 달이 지났을 무렵 왕가위 사장으로부터 전화를 받았다.

"진필입니다."

"이사님, 오랜만입니다. 왕가위 사장입니다."

순간 당황했다. 왕 사장이 진필에게 전화할 이유가 없었다.

"네. 사장님, 진 이사입니다. 잘 계시지요?"

"덕분에 잘 있어요. 다른 게 아니라 내가 진 이사님에게 할 말이 있어서 그런데 오늘 저녁 어떠세요?"

"오늘 저녁 말씀하시는 겁니까?"

"그렇습니다."

"저는 괜찮습니다."

"그럼 시간과 만날 장소는 비서를 통해 알려드리겠습니다. 그리고 나 만나는 것은 비밀로 해주세요."

전화를 끊고 생각에 잠겼다. 아무리 생각해도 왜 만나자고 하는지 이유를 알 수 없었다. 약속 장소로 나갔다. 회사에서 멀리 떨어진 탕구항 근처 음식점을 찾았다. 종업원이 전망이 좋은 방으로 안내했다. 약속시간까지 시간이 남았다. 진필은 자리에 앉아 굽이치는 바다를 바라보았다. 파도의 골이 끊어졌다 이어지기를 반복했다. 짙푸른 바다 위에 굽은 밭고랑이 밀려와 갯바위에 산산이 부서졌다. 약속시간이 조금 지나자 왕 사장이 방으로 들어왔다. 상석으로 왕 사장을 안내했다.

"안녕하세요, 사장님."

"오랜만입니다. 앉으세요."

왕 사장은 진필과 수인사를 나누기 무섭게 예약한 음식을 들이도록 했다. 평소 보지 못했던 진귀한 음식들이 상에 놓였다. 고기 대신 생선을 사용한 탕추위와 사천요리로 유명한 위샹로우쓰, 그리고 옌워가 나왔다. 옌워는 웬만한 음식점에서는 취급하지 않는 음식이었다. 보르네오 북해안과 수마트라 서해안, 자바 남북해안에 서식하는 제비의 둥지를 따서 말린 것으로 서태후가 자주 먹었다는 고가의 음식이었다.

극진하게 차려진 음식을 보고 청탁이 있을 것이라 생각했다. 왕 사장은 운전기사를 시켜 우량예를 가져오게 했다. 그는 항상 승용차에 고급술을 가지고 다녔다. 접대 대상에 따라 술을 선택했다. 왕가위 사장은 진필이 우량예를 좋아한다는 것을 알고 있었다.

"자, 한 잔 받으세요."

왕 사장은 진필의 잔에 우량예를 따랐다.

"아닙니다, 사장님. 제가 먼저 따르겠습니다."

"아니에요. 오늘은 진 이사님이 손님이니 내가 먼저 따르겠습니다."

왕 사장이 따르는 술을 받았다. 진필도 왕 사장의 잔을 채웠다.

왕 사장이 존대를 계속 쓰는 것이 부담스럽고 마음이 편치 않았다.

"사장님, 말씀 낮추세요."

"아닙니다. 이제 제 아래 직원도 아닌데 함부로 말을 낮춰서 되나요. 내가 진작 자리를 마련해야 했는데 그러지 못한 점 너그럽게 이해하시기 바랍니다."

"무슨 말씀을 하세요. 이렇게 잊지 않고 불러주시니 제가 고맙지요."

"어쨌든 유능한 진필 이사님과 술잔을 기울이니 기분이 좋습니다. 자, 우리 건배합시다."

잔을 마주쳤다.

"유능하다니 과찬입니다. 제가 한 것도 별로 없는데요."

"내가 우리 진 이사님을 진작 알아봤어야 했는데 그렇지 못했습니다."

"무슨 말씀이세요."

"하여튼 만나서 반갑습니다."

"사장님도 요즘 많이 바쁘시지요?"

"바쁘긴요, 조그만 회사 몇 개 가지고 바쁠 게 뭐 있습니까. 그러지 않아도 얼마간 쉬면서 여행도 다녔습니다. 막상 회사를 떠나고 보니 진 이사님 생각이 많이 나더군요. 함께 있을 때 진 이사님과 잘 지냈어야 했는데 내가 너무 무심했습니다."

"무심하긴요. 사장님, 오늘 어떤 일로 저를 부르셨습니까?"

"일 얘기는 차차 하기로 하고 술이나 마십시다. 나도 이 우량예를 좋아하는데 진 이사님도 좋아하신다고 들었습니다."

"좋아하지만 지금은 맥주를 마십니다. 우량예는 가격도 비싸고 금방 취해서 자제하고 있습니다."

자신이 우량예를 좋아한다는 것을 왕 사장이 알게 된 경위가 궁금했다. 기획팀 외에는 다른 사람과 술 이야기를 한 적이 없었다.

"오늘은 마음껏 취해봅시다."

"제가 술이 세지 못합니다. 바이주는 조금만 마셔도 취합니다."

"술이 주량이 어디 있습니까? 기분 좋으면 많이 마셔도 취하지 않는 것이 술이고 한 잔에도 망가지는 게 술 아닙니까. 그건 그렇고, 요즘 왕 대표는 잘 있습니까?"

"아, 예. 대표님은 잘 계십니다. 저도 만나 뵌 지 오래되어서 자세히는 모르겠습니다."

"그룹사 기획 총책임자가 대표의 상황을 모르면 되나요. 어쨌든 잘 지낸다니 다행이네요. 상이와 내가 형제지간이지만 아버지가 하이난다오로 떠나신 다음에는 왕래가 없습니다. 다 제 잘못이지요."

"……."

"그건 그렇고. 진 이사님……."

왕가위 사장은 갑자기 진필의 손을 덥석 잡았다.

"진 이사님, 저를 도와주십시오!"

"제가 사장님을 돕다니요?"

"우리 힘을 합쳐 큰일 한번 해 봅시다. 왕가위의 회사가 아닌 저와 진 이사님의 회사를 만들어 봅시다. 회사 총괄 부회장으로 영입하고 싶습니다. 내가 진 이사님 장래는 보장하겠습니다. 계약금도 충분히 드리고 주식도 나누어 드리겠습니다. 회사 성장에 따른 리베이트로 그룹사 일부를 진 이사님에게 나누어 드릴 용의도 있습니다. 지금 말씀드린 내용은 공증까지 하겠습니다.

진시황에게 이사가 있고 오나라 부차에게 오자서가 있듯이, 저에게도 진 이사님 같은 유능한 인재가 필요합니다. 절대 다른 뜻은 없습니다. 저도 정도경영으로 아버지보다 더 큰 회사를 만들고 싶습니다. 진 이사님의 도움이 필요합니다. 나의 부족한 부분을 채워주십시오. 회사를 나올 때는 아버지에게 버림받았다는 마음에 서운함도 많았지만 지금은 아닙니다. 내가 열심히 해서 아버지보다 더 잘 되는 것을 보여드리고 싶습니다. 저에게 인재가 필요합니다. 진 이사님 같은 책사 말입니다. 저 혼자는 안 됩니다. 제발 도와주십시오."

왕 사장은 진필의 두 손을 잡으며 애원했다.

"사장님, 이러시면 안 됩니다. 정말 송구스럽습니다. 저는 이곳 중국 실정도 잘 모르고 아직 중국 경영은 초년병에 불과합니다. 회사를 크게 키우시려면 저보다 유능한 사람이 있어야 합니다. 저는 아닙니다."

"아닙니다. 제가 진 이사님을 과소평가했습니다. 진 이사님과 함께라면 저도 할 수 있습니다. 제발 도와주십시오. 이렇게 간곡히 부탁드립니다."

"먼저 사장님을 도와 드릴 실력이 못 됩니다. 그리고 GF CHINA에서 해야 할 일이 있습니다. 사장님의 말씀만 받겠습니다. 죄송합니다."

진필은 왕 사장의 말을 진심으로 받아들였다. 왕 사장을 도와 큰 회사로 만들고 싶은 마음이 전혀 없는 것은 아니지만, 왕상 대표의 옆을 지키는 것이 회장에 대한 도리라고 생각했다.

"제가 마지막으로 이렇게 사정합니다. 제발 한 번만 도와주십시오. 진 이사님이 없으면 저는 할 수 없습니다. 오늘 진 이사님이 수락하기 전에는 한 발짝도 움직일 수 없습니다."

왕 사장은 머리를 조아리며 사정을 했다.

"정말 죄송합니다. 저를 높게 평가해주시는 것은 고맙지만 도와드릴 수가 없습니다. 죄송합니다."

단호하게 말했다. 여운을 남기면 안 된다고 생각했다.

"정말 너무하는구먼. 이렇게까지 사정을 하면 들어주는 척이라고 해야 하는 것 아니요?"

왕 사장은 조금 전과 180도 달라졌다. 눈에 핏발을 세우며 진필을 바라보았다. 살기가 돌았다. 당장이라도 육체에 위해를 가할 것 같았다. 진필은 움직이지 않았다. 몸을 똑바로 세웠다. 당하면 당하리라 생각했다.

"죄송합니다."

"정말 해도 너무하네. 진 이사! 당신 나에게 이렇게까지 가혹하게 해야겠소? 죽어가는 사람 좀 살려달라는데 이렇게까지 매몰찰 수 있는 거요? 내가 정말 살다 살다 별사람을 다 봤네. 지나가는 개가 짖어도 이렇게까지 무심하지는 않을 거요. 내가 간, 쓸개 다 빼고 사정하는데 어쩜 그렇게 냉정할 수 있소. 당신 정말 나쁜 사람이야. 당신 필요 없어. 당신 같은 사람, 이 넓은 대륙에 얼마든지 있어. 너무 잘난 체하지 마."

왕가위 사장은 우량예를 연거푸 몇 잔을 마셨다. 그래도 화가 안 풀리는지 병째로 독주를 벌컥벌컥 들이켰다.

"사장님, 이러시면 안 됩니다."

진필은 왕 사장의 손에서 술병을 빼앗았다.

"술병 이리 내. 내 술 내 맘대로 먹지도 못해? 이리 가져와!"

"사장님, 이러시면 안 됩니다. 취하셨습니다."

"내가 취했다고? 취하면 어때. 어차피 이판사판인데. 당신 아주 못된 사람이야. 아주 독종이야. 내가 당신하고 다시 상종하나 봐. 오갈 데 없는 사람 살게 해주었더니 인제 와서 나를 배신해? 네가 뭔데 나를 이렇게까지 비참하게 만드는 거야!"

"……."

"당신, 내가 모를 줄 알아. 당신하고 장진성이 작당해서 나를 내쫓았잖아. 세 치 혀로 회장을 꼬드겨 나를 비참하게 만든 것 아니야! 감언이설로 아버지를 사업에서 손 떼게 했으면 됐지, 왜 나까지 친 거야? 내가 이대로 끝날 것 같아? 나를 내치고 상이를 감싸고도 당신 온전할 것 같아? 나는 당신들이 아는 그런 바보가 아니야. 당신 나 잘못 봤어. 지금 상이가 있는 자리는 내 거야. 처음부터 내 거였어. 당신이 들어오면서 일이 틀어진 거야. 내가 반드시 다시 찾고 말 거야. 그땐 당신들 가만두지 않을 테니 두고 봐."

"아무리 그래도 말씀이 너무 심한 것 아닙니까?"

"왜? 심하면 어쩔 건데? 내 모든 꿈을 짓밟은 사람이 누군데? 내가 하는 말이 심하다고? 당신, 양심이 있으면 말해 봐!"

"저는 단지 주어진 상황에서 최선을 다한 것뿐입니다."

"최선을 다해? 기획팀 아이들 시켜서 나를 밀어낸 것이 최선을 다한 거야? 당신들끼리 짜고 아버지를 회유해서 나를 내친 것을 모를 줄 알아? 내가 눈도 없고 귀도 없는 바보인 줄 알아? 나, 그렇게 쉬운 사람 아니야. 나는 그 자리에 오르기 위해 10년을 공들였어. 당신이 들어오기 전까지는 다 내 계획에 맞게 돌아갔어. 당신이 모든 것을 망쳐놓은 거야. 그래도 다 잊고 좀 도와달라는데, 서로 좋은 뜻에서 회사 좀 키우자는데, 그렇게 야멸차게 못 한다고 할 건 뭐야. 한국 사람이 뭐가 그리 대단하다고 대국 사람을 무시해. 오랑캐 족속으로 수천 년간 조공을 바친 한국이 뭐가 그리 대단해. 예전부터 우리 중국의 속국이었던 한국이 뭐가 잘났다고 으스대는 거야. 요즘 와서 좀 산다고 대국을 무시해도 되는 거야? 중국 변방의 일개 성에 불과했던 한국이 뭐가 그리 잘난 거야?"

"말씀이 좀 지나치십니다. 우리 한국이 언제 중국의 속국이었습니까? 어떻게 우리 대한민국이 중국의 변방입니까? 대한민국은 엄연히 중국과는 전혀 다른 나라입니다. 한나라 때 일부 땅이 복속된 것은 중국이 일방적으로 쳐들어온 것이지 처음부터 중국 땅은 아니었습니다.

수나라가 왜 망했습니까? 수양제가 100만 군대를 이끌고 전쟁을 일으켰다가 고구려에 져서 나라도 망하고 왕조도 교체된 것 아닙니까? 우리 대한민국은 자주 국가이지 중국의 속국이 아닙니다. 몽골과 만주족이 침략했을 때도 주종관계를 맺거나 형제국으로 끝났지, 중국의 한족처럼 모든 국권을 빼앗기지는 않았습니다. 중국처럼 100년, 300년씩 주권을 잃고 이민족의 직접 통치를 받지 않았단 말입니다. 똑바로 알고 말하세요! 그리고 정확히 말해, 몽골과 여진족은 옛날 고구려의 영토에서 우리 한민족과 함께 살았던 한민족의 일부입니다. 한족처럼 피가 전혀 섞이지 않은 민족과는 다릅니다."

"당신네 나라는 일본의 속국 아니었어?"

"일제 강점기에 영토는 빼앗겼어도 임시정부가 엄연히 존재했고, 해방될 때까지 일제에 꾸준히 항거했습니다. 우리 안중근 의사는 이토 히로부미를 저격하고 윤봉길 의사는 홍커우공원에서 폭탄을 던졌습니다. 우리나라 애국지사들은 목숨을 바치며 끝까지 독립운동을 펼쳤습니다. 중국인들은 어땠습니까? 살신성인 정신으로 자기 몸 하나 국가를 위해 바친 사람이 있습니까? 나라가 망하고 대학살을 당하는데도 누구 하나 몸을 던진 적이 있느냐고요. 한국이 중국의 영토였다고요? 대한민국이 중국의 변방이었다고요? 중국공산당이 동북공정으로 진실을 왜곡하고 잘못된 역사를 가르치고 있으니 사장님 같은 사람이 있는 것 아닙니까? 우리 한국은 어느 나라도 함부로 할 수 없는 자주 민주국가입니다. 말조심하세요!"

"자주 민주국가 좋아하시네. 중국의 정부 요인이 한국에 가면 어떤 대우를 받는지 알아? 중국공산당 정치국 위원 중 서열 25위인 외교부장이 방문해도 대통령부터 국회의원, 대기업 총수까지 다 굽신거리며 상국 대우를 해주는 나라가 어딘데? 말을 안 해도 알아서 기는 사람들이 누군데 그런 말을 해. 그것에 비하면 나는 당신을 극진히 대접하는 거야. 자존심 다 버리고 사정을 하는데 어떻게 이렇게까지 매몰찰 수 있어. 감히 대국의 기업대표를 이렇게 함부로 대해도 되는 거야? 당신 겁이 없는 거야, 아니면 속이 없는 거야?"

"말이 지나칩니다."

갑자기 왕 사장이 가방에서 칼을 꺼냈다. 순간 힘이 빠지며 온몸이 굳어버렸다. 문을 박차고 나갈까도 생각했지만 피하고 싶지 않았다. 아니 피할 수가 없었다. 결판을 지어야 했다. 왕가위 사장은 꺼낸 칼로 자기 팔을 그었다. 하얀 식탁보 위에 빨간 피가 튀었다.

"당신, 오늘 내 손에 죽지 않은 거 다행이라고 생각해. 하지만 이대로 끝나지 않을 거야. 당신 각오하고 있어. 내가 죽나 당신이 죽나 끝까지 할 테니 두고 봐!"

진필은 급히 사람을 불렀다. 아래층에 대기하고 있던 운전기사와 종업원이 올라왔다. 두 사람은 식탁보로 왕가위의 상처 부위를 재빨리 감싼 뒤 방을 나갔다.

진필은 의자에 그대로 앉았다. 칼끝이 자기를 향하는 줄 알았다. 순간 이국땅에서 꼼짝없이 죽는구나 생각했다. 이러다간 생명을 온전히 보전하기 힘들다고 생각했다. 가슴이 떨려 자리에서 꼼짝할 수 없었다. 시선이 식탁에 퍼진 핏자국에 멈추었다. 한참을 지나 종업원이 다가와 진필을 흔들었다.

"손님, 손님! 이제 가셔야 합니다. 영업 끝났습니다."

넋이 빠져 일어설 수 없었다. 종업원이 부축해 대기하고 있던 택시에 몸을 실었다. 머리는 온갖 상념으로 가득 찼다. 뭔가 잘못됐다는 생각이 들었다. 이렇게까지 하면서 중국에 있어야 할 이유가 있는지 스스로 물었다. 집에 돌아와 씻지도 않고 그대로 누웠다. 잠이 오지 않았다. 오한이 났다. 온몸에 열이 나고 추웠다. 새벽이 되어서야 깜빡 잠이 들었다. 휴대폰이 울렸다.

"여보세요?"

"이사님! 어디세요?"

"왜? 무슨 일 있나?"

"지금 11시예요, 몇 번을 전화했는지 몰라요. 무슨 일 있으세요?"

"시간이 그렇게 되었나! 바로 나갈게."

세수만 하고 회사로 향했다.

사무실에 도착했을 때는 점심시간이었다. 직원들은 자리를 비우고 없었다. 회의실에서 양둥 팀장이 나왔다.

"이사님 오셨어요? 무슨 일이에요? 얼굴이 너무 안 좋아요."

"어제 좀 무리를 했더니 몸살이 났나 봐. 밤새 뒤척이다가 새벽녘에 깜빡 잠이 들었어. 그래 별일 없고?"

"특별한 일은 없어요. ……참, 이사님 자리로 몇 번 전화가 왔었는데 받으면 끊어졌어요. 별일 아니겠지요. 이사님 식사하셔야지요?"

"아니야. 양 팀장 혼자 다녀와. 밥 생각이 없어."

"아침도 못 드셨을 텐데, 뭐라도 드셔야지요. 저하고 같이 가세요. 제가 맛있는 전복죽 사드릴게요."

"아니야. 정말 생각 없어. 혼자 다녀와. 참, 식사하고 내 방에 잠깐 들러."

"네, 알겠습니다."

연하게 탄 커피를 한잔 마셨다. 전화가 어디서 왔는지 궁금했다. 어제 왕 사장을 만난 기억이 너무 생생했다. 칼로 자해를 하며 진필을 바라보던 왕 사장의 살기 어린 눈빛이 다시 떠올랐다.

"똑똑똑." 밖에서 소리가 났다.

"들어와요."

"접니다. 이사님, 아무것도 못 드셔서 어떡하지요? 이거 드세요."

양둥 팀장이었다.

"이게 무언가?"

"우황청심환입니다."

"뭐, 이런걸 사 오고 그래. 지금은 괜찮아."

"드시면 좀 나아지실 거예요. 퉁런탕에서 사 왔습니다."

"퉁런탕이라면 우리가 베이징에 갔을 때 보았던 퉁런탕同仁堂 약국을 말하는 거구먼."

"그렇습니다."

"말로만 듣던 퉁런탕의 우황청심환이구먼. 근처에 퉁런탕이 있었나 보지?"

"퉁런탕은 편의점 못지않게 눈에 자주 띄는 체인점입니다. 커피전문점이나 은행을 지나면 그 옆에는 퉁런탕이 있다고 말할 정도로 중국에서는 아주 대중적인 약국이지요."

"한국에서도 퉁런탕 이름은 많이 들어봤어."

"중국에서는 퉁런탕을 빼고 한약방을 말할 수 없습니다. 350년 전통의 퉁런탕을 따라올 곳이 없지요. 이사님, 혹시 퉁런탕의 상호가 어떻게 지어졌는지 아세요?"

"아니."

"청나라 강희제가 평복차림으로 암행 순시를 나갔다가 우연히 한약방에 들러 자신의 지병을 얘기하자 한약방 주인이 약을 처방해 주었대요. 강희제는 그 약을 먹고 병이 씻은 듯이 나았어요. 강희제는 은전을 내리면서 퉁런탕同仁堂이라는 상호를 하사했다고 합니다. 퉁런탕은 황실에 의약품을 납품하면서 명성을 얻기도 했지만, 과거를 보는 수험생들에게 '평안약'을 나눠주면서 사회적 기업의 대표주자가 되었어요."

"퉁런탕의 경영이념이 어떻게 되지?"

"퉁런탕은 말 그대로 '다 함께同 인덕人德을 쌓는 집堂'이라는 기업이념에서 출발했어요. 몸이 아픈 사람의 마음을 헤아리는 것을 제1의 모토로 삼았지요. 지난 2003년 사스가 발발했을 당시만 해도 약값은 부르는 게 값이었어요. 그때 퉁런탕은 약값을 올리지 않았습니다. 퉁런탕은 청나라 때에는 과거에 떨어지고 노잣돈도 없는 유생들에게 약을 무료로 지어주었다고 합니다. 사회적 공헌 기업의 개념이 있기 전부터 선한 행위를 통해 기업 브랜드를 구축한 셈이지요. 퉁런탕은 중국의 전통 브랜드인 라오쯔하오의 하나로, 중국의 많은 기업인이 닮고 싶어 하는 대표 기업입니다. 샤오미의 레이쥔 CEO는 가장 본받고 싶은 기업 1순위가 퉁런탕이라고 했습니다. 그는 소비자가 원하는 상품을 만들어 내는 것을 퉁런탕에게 배우고 싶다고 했어요. 1949년 중화인민공화국이 들어서면서 대부분의 기업이 국가에 인수됐지만 퉁런탕은 무사히 넘길 수 있었습니다. 과거 봉건주의 시절에도 퉁런탕은 사회주의 정신으로 실천을 잘했다는 게 그 이유였지요. 하지만 문화혁명의 고비를 넘지 못한 것이 아쉽습니다."

"문화혁명의 고비를 넘지 못하다니?"

"퉁런탕은 1955년에 회사를 국가에 헌납했습니다. 그렇게 했는데도 회사 대표는 문화혁명 때 홍위병들에게 무자비한 구타와 심한 모멸을 당한 후 자살하고 말았습니다. 지금은 그런 아픈 역사를 뒤로하고 전 세계적으로 사랑받는 약국이 되었습니다."

"아무튼 고마워."

진필은 우황청심환을 씹어 먹었다.

"이사님, 저를 보자고 하셨는데 무슨 일 있으세요?"

"사실 자네에게도 이 말을 해야 하나 망설였네."

"무슨 일인데 그러세요? 이사님 프라이버시에 관계되는 사안이면 말씀 안 하셔도 됩니다."

"아니야. 같이 상의를 해야 할 것 같아서 자네를 보자고 했네. 사실 어제저녁에 왕가위 사장을 만났어."

"왕 사장을요? 이사님과 연관된 일이 없을 텐데요."

어제 상황을 양둥 팀장에게 자세하게 말했다.

"그런 일이 있었군요. 굉장히 놀라고 당황스러웠겠어요."

"어제는 그렇다 치더라도 앞으로가 문제야. 왕가위 사장이 또 언제 무슨 일을 벌일지 몰라. 나 개인에 국한되면 별문제 아닌데 계속해서 회사를 어렵게 할까 봐 그것이 신경 쓰여."

"그런데 이사님. 왕 사장이 우리 기획팀에서 일어나는 일을 다 알고 있다면 그것은 보통 문제가 아닌데요."

"나도 왕가위 사장이 우리끼리 나눈 얘기를 알고 있는 것을 보고 굉장히 놀랐어. 누군가 말을 전했거나, 아니면 회의 장소나 만나는 곳을 도청했다는 것으로밖에 설명할 수가 없잖아."

"그렇지요. 저나 팽 대리가 말하지 않았다면 다른 사람은 알 수 없지요. 저나 팽 대리가 아니면 도청이 분명한데. 그런데 어째 좀 찜찜하네요……."

"자네는 괜한 데 신경 쓰지 마. 내가 자네를 못 믿으면 이렇게 얘기하겠어? 어쨌든 당분간 중요한 얘기는 나와 자네, 둘만 알도록 하자고."

"네, 알겠습니다. 그만 나가보겠습니다."

성장전략

    회의방식이 '드림미팅'으로 바뀌면서 조직은 활기를 띠는 듯했다. 목표를 재설정하고 시스템을 정비하면서 드림미팅에 많은 관심이 쏠렸다. 하지만 결과는 좋지 않았다. 처음 3개월은 거의 모든 지표가 안 좋게 나타났다. 드림미팅의 토론과 논쟁이 조직의 발전보다 갈등의 불씨가 되었다. 낯선 회의방식에 대한 이해 부족으로 의사결정에 어려움이 많았다. 서로에게 책임을 떠넘기며 시행착오를 거듭했다. 4개월째 접어들며 회의문화가 정착되기 시작했다. 전략적 의사결정에 빛을 발하기 시작했다. 성숙해진 드림미팅은 조직을 한 단계 발전시키며 변화와 개혁의 토대를 마련했다.

    드림미팅이 자리를 잡아가면서 회사의 성장이 중요한 과제로 떠올랐다. 구체적인 성장전략으로 회사의 동력을 재가동하는 것이 숙제였다. 성장전략은 구성원의 도전 의식을 일깨우고 에너지를 한 곳에 집중시킬 수 있는 중요 비즈니스 전략이었다. 양동 팀장이 성장전략의 기초를 마련해 진필의 방을 찾았다.

    "어서 와."

    "이사님, 회사 성장전략에 대해 보고드리겠습니다."

    "그럼 준비한 내용을 들어보세."

"오늘은 4가지 성장전략, '시장침투전략, 시장개척전략, 제품개발전략 및 다각화전략' 중에 제품개발전략에 대해 말씀드리고 나머지 전략은 드림미팅에서 논의하겠습니다."

"알았네. 시작해보게."

"모든 제품은 태어나 몇 단계를 거치는 과정에서 소비자의 욕구를 더 잘 충족시키는 새로운 경쟁제품이 나오면 결국 사라지게 됩니다. 이러한 제품수명주기는 기업에 두 가지 중요한 도전 과제를 제시합니다. 하나는 신제품 개발이고. 다른 하나는 제품수명주기 단계별 마케팅 전략입니다. 먼저 신제품 개발에 대해 말씀드리겠습니다. 신제품의 성공과 실패는 시장 수요가 결정합니다. 즉 소비자의 욕구 충족이 관건이지요. 아이디어가 아무리 좋아도 고객의 욕구를 충족시키지 못하면 실패로 끝나고 맙니다."

"고객이 무엇을 원하는지 정확한 시장조사가 관건이겠구먼."

"그렇습니다. 신제품 개발은 시장성이 생명입니다. 시장 수요를 알려면 정확한 시장조사가 필수입니다. 또 그렇게 해도 신제품의 성공률은 그리 높지 않습니다."

"시장조사를 했는데 왜 성공률이 높지 않은 거지?"

"기업이 시장규모를 과대평가했을 수 있습니다. 또 실제 제품이 형편없이 디자인되었을 수도 있고요. 아니면 시장에 부정확하게 포지셔닝어떤 제품이 고객의 마음에 인식되는 모습이 되었거나, 시기를 잘 못 맞추었거나, 가격이 너무 높게 책정되었거나, 홍보가 잘 안 됐을 수도 있습니다. 신제품이 고객의 사랑을 받기란 결코 쉬운 일이 아닙니다. 미국의 경우, 출시된 소비재의 90%가 실패한다고 합니다.

한국의 식음료도 그 성공확률이 8%에 지나지 않습니다."

"그럼, 시장규모의 과대평가는 왜 발생하는 것인가?"

"시장조사의 오류 때문이지요."

"어떤 오류를 말하는 건가?"

"시장조사는 자료의 신뢰성과 타당성이 확보되어야 합니다. 그 두 가지 요소가 유지되어야 고객의 수요를 제대로 파악해 오류를 줄일 수 있습니다."

"신뢰성과 타당성은 무엇을 말하는 거지?"

"같은 방법으로 몇 차례 시장조사를 했을 때 매회 조사 값이 비슷하면 '신뢰성'이 있다고 말합니다. 가령 IQ 검사의 경우, 같은 학생의 검사 때마다 수치의 편차가 심하면 신뢰도는 낮은 것이지요. 시장조사에서는 조사, 분석, 실험, 검사 등을 반복해서 유사한 결과를 얻을 때 신뢰도가 높다고 말할 수 있습니다. 즉 신뢰성은 어떤 데이터가 동일한 측정대상을 측정했을 때 일관성 있는 결과를 산출하는 정도를 말합니다. 신뢰도가 높으면 더 많은 문항을 사용하고 더 많은 심사위원과 관찰자들이 측정하더라도 동일한 결과가 나올 것입니다."

"그럼, 타당성은?"

"타당성은 측정대상을 타당한 척도를 이용하여 정확히 재고 있을 때의 정도를 말합니다. 가령 저울로 무게를 재고 있을 때 타당성이 있다고 말할 수 있습니다. 하지만 길이를 저울로 재고 있다면 타당성이 없는 것이지요. 타당도란 정확하고 적합한 측정 도구로 측정한 것을 말합니다."

"시장조사에 수치의 오류가 있을 수 있겠구먼."

"네, 맞습니다. 수치 중심의 정량적 방법에만 의지하면 조사 자료와 실제 제품을 판매했을 때 오차가 클 수 있습니다. 이를 보완해 오류를 줄이는 방법이 관찰법입니다. 수치 중심에서 벗어나 사람의 심리나 상황을 좀 더 정확히 파악하는 방법이 관찰법입니다. 요즘 기업들은 소비자의 욕구를 알기 위해 관찰법 등의 정성적 방법을 자주 활용합니다. 그럼에도 많은 경영자는 정성적 방법보다 정량적 방법을 선호하지요."

"그 이유가 무엇인가?"

"의사결정자들은 수치를 좋아합니다. 수치는 믿음의 수호신으로 뇌리에 깊이 박혀있습니다. 수치가 맞을 것이라는 의식에 함몰되어 의사결정을 합니다. 그리고 잘 될 것이라고 자족하지요. 수치는 신뢰의 표상입니다. 조사자가 소비자의 선호도와 욕구를 '수치'로 정리하면, 경영진은 확신을 갖고 신제품 개발을 승인합니다. 정량적 방법의 지나친 신뢰는 신제품의 80에서 90%가 시장에 나왔다가 퇴출당하는 가장 큰 원흉이 됩니다. 반면, 정성적 방법은 수치화는 어려워도 소비자가 왜 구매하고 어떻게 사용하는지를 잘 보여줍니다. 고객이 무심코 내뱉는 말과 행동을 읽어야 하는 이유가 거기에 있습니다."

"시장조사의 질문 문항과 관찰법 관련 내용은 양둥 팀장이 직접 챙겨주게. 조사 내용이 왜곡되면 안 하느니만 못하다는 것을 명심하고."

"알겠습니다."

"신제품 개발이나 성장전략에 또 다른 문제는 없나?"

"신제품 개발도 그렇지만 모든 성장전략에 항상 따라오는 것이 있습니다."

"그게 무엇인가?"

"'실패'입니다. 모든 도전은 실패를 먹고 이루어집니다. 실패를 용인하는 사내 분위기가 형성되지 않으면 비에 젖은 꽃잎처럼 모든 도전은 힘을 잃고 말 것입니다. 경영진의 이해와 격려, 지지가 무엇보다 중요합니다. 포스트잇과 스카치테이프로 잘 알려진 3M의 예가 그렇습니다. 실패를 용인하고 도전을 권장하는 3M은 괄목할만한 결과를 내놓고 있습니다. 이 회사는 제품만 6만 종 이상이며 매년 200개 이상의 신제품을 시장에 내놓습니다."

"거의 이틀에 하나 이상의 신제품이 나온다는 건데 그게 어떻게 가능하지?"

"기업풍토와 관련이 있습니다. 3M은 총 매출의 6.5%를 신제품 개발에 투자하면서 두 가지 원칙, 즉 '10% 원칙'과 '30% 원칙'을 고수하고 있습니다. 10% 원칙은 1년 내 개발한 제품으로 매출의 10%를 올리는 것이고, 30% 원칙은 총 매출의 30%가 최근 4년 이내에 출시한 신제품에서 나와야 한다는 것입니다. 지속적으로 신제품을 출시하지 않으면 10% 원칙과 30% 원칙을 지킬 수 없습니다. 이를 뒷받침하기 위해 3M은 '15% 룰'을 만들었습니다."

"'15% 룰'은 또 뭔가?"

"'15% 룰'은 근무시간의 15%는 개인 아이디어에 쓰는 겁니다. 이런 연구 활동은 상급자의 허락을 받지 않아도 됩니다."

"많은 신제품을 개발하다 보면 실패도 많을 텐데."

"3M은 실수나 실패를 신제품 개발에 불가피한 과정으로 인정하며 이를 비판하는 행위는 종업원의 자발성을 죽이는 것으로 간주합니다. 또 실수와 실패의 책임을 묻기보다 개인이 도전을 계속할 수 있도록 격려하고 지원합니다. 3M은 지속 성장을 위해 도전적인 사람들을 인재로 여깁니다. 그것이 3M의 문화이며 성장과 발전을 거듭할 수 있는 원동력이지요."

"실패를 용인하는 문화를 갖고 있구먼. 아주 훌륭한 문화지."

"네, 그렇습니다."

"그건 잘 알았고, 신제품의 개발 방법에는 어떤 것들이 있나?"

"신제품 개발 방법은 두 가지가 있습니다. 하나는 인수를 하는 것이고 다른 하나는 자체적으로 개발하는 방법입니다. 저희는 전자보다 후자에 초점을 맞추고 있습니다."

"나도 같은 생각이네. 상황에 따라서는 인수도 필요하겠지만 자체 노력으로 신제품을 개발하는 것이 의미가 더 있지. 직접 해봐야 기술 축적도 되고 성공과 실패의 의미도 알게 되니까. 신제품은 정확히 어떤 것을 말하는 건가?"

"신제품은 기업이 자체 연구개발 노력을 통해 만들어 낸 독자적 제품이거나 개량제품, 보완제품, 또는 새로운 상표를 말합니다. 또 신제품의 유형에는 참신성이 상대적으로 낮은 '개선제품'이 있고, 참신성이 높은 즉석카메라나 컴퓨터 같은 '혁신제품'이 있습니다."

"신제품은 꼭 새롭게 만든 제품만이 아니구먼."

"네, 그렇습니다. 신제품의 범위는 넓습니다. 그리고 신제품의 종류에 따라 마케팅 방법이 다릅니다."

"그럼, 제품수명주기 단계별 마케팅 전략은 어떻게 되나?"

"제품수명주기는 신제품이 출시된 후의 진화과정으로, 하나의 제품이 시장에 나온 후 성장과 성숙 단계를 거쳐 쇠퇴해 시장에서 사라지는 과정입니다. 보통은 도입기, 성장기, 성숙기, 쇠퇴기의 4단계를 거칩니다. 마케팅 전략도 제품의 주기 단계에 따라 다릅니다."

"어떻게 다른가?"

"도입기에는 다양한 유통경로를 확보하고 광고나 홍보를 강화해야 합니다. 이곳에서 승부를 보지 못하면 미래는 불투명합니다. 성장기에는 제품의 질을 높이고 새로운 표적 시장을 개발함으로써 고객층의 범위를 확대해야 합니다. 또 성숙기에는 매출 증대를 위해 새로운 소비자를 찾거나 기존 소비자의 사용 빈도를 증가시키거나 새로운 용도를 개발해야 합니다. 존슨 & 존슨이 유아용 샴푸 시장을 성인 시장으로 확대한 사례나, 바셀린의 용도를 공업용에서 일반 소비자용으로 전환하여 새로운 소비층을 발견한 예가 이에 해당합니다. 마지막 쇠퇴기에는 취약한 제품에 투입되는 판매원과 광고비 등을 축소해 수익성이 높은 제품에 집중해야 합니다."

"양 팀장이 공부를 많이 했구먼. 지난번 반려동물의 혁신제품으로 습식사료를 개발하기로 했는데 어떻게 진행되고 있나?"

"신제품 개발과정은 아이디어 창출 단계부터 상업화에 이르기까지 7단계를 거칩니다. 습식사료는 6단계인 시험마케팅 단계에 있습니다. 시장성이 있다고 판단되면 전국시장으로 진출합니다."

"잘 알았네. 양 팀장이 준비하느라 수고 많았어. 오늘은 그만하지."

"그만 나가보겠습니다."

궤계(詭計)

신제품 개발 전략으로 탄생한 습식사료는 성패의 갈림길인 보급률 10%대를 넘어서면서 매출이 가파르게 상승했다. 습식사료의 성공적인 시장진출로 사료 매출에 일대 변화가 일었다. 기존 강세를 보이던 허베이성과 산시성은 물론, 상하이를 중심으로 저장성, 푸젠성, 광둥성 등 남부 시장의 매출이 급격히 증가했다. 습식사료의 인기는 기존 반려동물의 건식사료는 물론 동물사료의 매출까지 끌어올리며 효자 노릇을 했다. 습식사료는 반려견주들의 폭발적 호응에 힘입어 독점적 위치를 구축하며 전국을 강타했다. GF CHINA는 한국과 일본 및 유럽까지 프랜차이즈 형태로 사업을 확대했다.

호사다마라고 했던가!

허베이성의 성도인 스자좡에 있는 사료공장에서 환경문제가 발생했다. 사료 생산에 사용된 폐수가 인근 하천으로 흘러 들어간 것이다. GF CHINA는 하루아침에 환경파괴기업이 되었다. 매출은 급감했고 실무자들이 공안부에 소환돼 조사를 받았다. 왕 대표는 비상 대책 회의를 소집했다. 진필과 장진성, 그리고 사고 공장의 위일칭 공장장이 참석했다.

"어서 들어오세요."

모두 자리에 앉았으나 누구도 먼저 입을 열지 않았다. 침묵이 흘렀다.

"어떻게 된 겁니까?"

왕 대표가 물었다.

"허베이성 스좌장에 있는 제1 사료공장에서 다량의 폐수가 무단으로 방류됐습니다. 이틀에 걸쳐 주변을 정리했으나 일부 폐수는 이미 강으로 흘러 들어간 상태입니다. 폐수시설에는 이상이 없는 것으로 봐서 누군가 고의로 폐수를 무단 방류한 것으로 사료됩니다."

장진성 이사가 간략하게 상황을 보고했다.

"현지 상황은 공장장이 제일 잘 알 테니 공장장님이 말씀해 보세요."

위일칭 공장장은 사업 초기부터 왕핑화 회장과 함께한, 회장의 신임이 두터웠던 공장장으로 독일 병정이란 별명을 갖고 있었다.

"제3 공작소의 폐수가 지난 10일 동안 세 차례나 폐수처리장을 통과하지 않고 공장 밖으로 강제로 방류되었습니다."

"공장 밖으로 강제 방류됐다는 말이 무슨 뜻입니까? 모든 폐수는 폐수처리장을 통해서만 배출되는 것 아닌가요?"

"네 맞습니다. 모든 폐수는 폐수처리장을 통해서만 나가도록 설계되어 있습니다. 3년 전에 폭우로 폐수처리장 용량이 넘쳐 일부 폐수가 빗물에 섞여 나간 적이 있습니다. 기록적인 폭우에 다른 공장들도 속수무책이었지요. 그 일로 경고 초치와 약간의 벌금을 물었습니다. 그 이후 시설을 보강했기 때문에 누군가 강제로 방류하지 않으면 밖으로 나갈 수 없습니다. 과거 회장님께서 수질과 대기 오염에 대해 각별한 주의를 당부하셨습니다. 특히 폐수는 아무리 비용이 들더라도 단 한 방울도 밖으로 나가지 못하게 하라는 특명이 있어 평소에도 신경을 많이 썼던 부분입니다. 그날도 폐수처리장을 정상적으로 가동해서 폐수를 정해진 시간에 처리했습니다. 고의가 아니면 밖으로 폐수를 내보낸다는 것은 근본적으로 불가능합니다."

공장장의 목소리는 떨렸지만 상황을 정확히 전달했다.

"누군가가 일부러 하다니, 그게 무슨 말입니까?"

"현장을 확인한 결과, 별도로 수중 모터를 넣어서 폐수를 강제로 빼내지 않고는 밖으로 나갈 수 없는 시스템입니다. 무슨 이유인지는 몰라도 누군가 폐수를 방류하면서 그 현장을 촬영했습니다. 많은 양의 폐수가 세 차례 방류된 것을 증명하기 위해 시간과 횟수를 충분히 해서 촬영했습니다. 폐수량과 횟수에 따라 과중 처벌될 수 있는데 그 점을 노린 것 같습니다. 조직적으로 행해진 것이 분명합니다."

장진성 이사는 확신에 차서 말했다.

"그렇게 촬영이 되었다는 것은 어떻게 알았습니까?"

"시설팀장과 관리팀장이 공안에 불려 갔을 때 공안에서 증거를 제시해 알게 된 내용입니다. 분명 고발자가 작위적으로 꾸민 것으로밖에 판단할 수 없습니다."

"그곳에 설치된 CCTV를 돌려보면 누가 그랬는지 알 수 있지 않나요?"

왕 대표가 물었다.

"돌려봤습니다. 평소 실내를 비추던 등이 꺼져 있었습니다. 누군가 일부러 끈 것입니다. 옥상 CCTV가 작동하긴 했지만, 거리 때문에 인상착의를 알 수 없습니다. 일단 CCTV를 공안에 보내 분석을 의뢰했습니다만 쉽지 않을 것 같습니다."

장진성 이사가 말했다.

"그렇다면 이번 일은 회사에 악감정을 품고 있는 누군가가 고의로 했다고밖에 볼 수 없군요."

"그렇습니다. 제 손으로 공장을 짓고 관리한 지 30년입니다. 3년 전에 불가항력으로 일부 폐수가 나간 적 외에 이번 같은 일은 처음입니다. 누군가 고의로 하지 않으면 있을 수 없는 일입니다. 어쨌든 제 공장에서 일어난 일이니 제가 공안에 가서 조사받고 처벌도 받겠습니다."

"물론 CCTV를 판독하면 누구 소행인지 알 수 있겠지만 현재로선 기대하기 어렵습니다. 지금 중요한 것은 조속한 문제해결입니다. 독사에 물렸을 때 먼저 할 일은 물었던 뱀을 잡는 것이 아니라 물린 상처를 빨리 치료하는 것입니다. 원인을 파악하는 일은 그것 대로 진행하고, 지금은 문제해결을 어떻게 할지 그 방법을 강구해야 합니다. 전략적인 접근이 필요합니다. 위 공장장님이 책임지겠다고 말했지만 그렇게 해서 될 일이 아닙니다."

진필이 단호한 어조로 말했다.

"그렇게 해서 될 일이 아니라니요?"

왕 대표가 심각한 표정으로 물었다.

"이번 문제는 공장장 한 사람만의 책임으로 끝날 문제가 아닌 것 같습니다."

"공장장 한 사람의 책임으로 끝나지 않다니요?"

왕 대표는 초조한 마음을 감추지 못했다.

"대표님, 사건 개요를 들었으니 공장장은 나가서 좀 쉬게 하시는 게 어떨까요?"

왕 대표는 진 이사가 공장장 없이 할 말이 있다는 것을 눈치채고 공장장을 밖으로 내보냈다.

"그럼, 공장장님은 나가서 좀 쉬도록 하세요. 며칠 동안 마음고생이 심했을 텐데."

왕 대표는 위일칭 공장장을 밖으로 내보냈다.

"이번 일은 누군가 목적을 가지고 벌인 것이 틀림없습니다. 장 이사님은 어떻게 생각하세요?"

"저도 그렇게 생각합니다. 누군가 우리 회사에 앙심을 품고 회사에 큰 타격을 주려는 의도가 분명합니다."

장진성 이사가 확신에 차 말했다.

"누굴까요? 그리고 왜 그렇게 했을까요?"

왕 대표가 물었다.

"혹시 동종업계에서 했을 가능성은 없을까요?"

장 이사가 물었다.

"아닙니다. 동 업계 어느 회사도 그런 무모한 짓은 안 합니다. 잘 못하다가 회사 문을 닫을 수 있는 일입니다. 그리고 요즘 들어 사내에 불만을 표출한 직원도 없었고, 퇴직한 직원도 문제 될 만한 사람은 없었습니다. 그러니 내부 소행은 아닐 것입니다."

"그럼 누가 그랬을까요?"

왕 대표가 물었다.

"짚이는 데가 있긴 합니다."

"짚이는 데가 있다니요?"

왕 대표가 떨리는 목소리로 물었다.

"이제야 말씀드리지만 제가 몇 달 전에 왕가위 사장님을 만난 적이 있습니다."

"진 이사님이 형님을 만나다니요?"

진필은 왕가위 사장을 만나 있었던 일을 상세히 말했다.

"그런 일이 있었군요. 많이 놀라고 당황스러웠겠어요. 어떻게 형이 그렇게까지 했을까요."

"이번 사태의 타깃은 접니다."

"그럼 이 일을 어떻게 처리하면 좋겠습니까?"

왕 대표가 물었다.

"제가 조사를 받는 것이 좋을 것 같습니다."

"진 이사님이 조사를 받다니요?"

"계획된 일이라면 누군가는 총대를 메야 합니다."

"총대를 메요?"

"왕가위 사장은 두 가지 목적을 가지고 저를 만났습니다. 하나는 저를 자신의 회사로 오게 하는 것이었고, 아니면 저를 이 회사에서 나가게 하는 것이었습니다. 그다음은 장진성 이사가 되겠지요. 그렇게 왕상 대표님의 양 날개를 자르는 것이 목적이었을 겁니다. 어쨌든 수습을 위해서는 희생양이 필요합니다. 이번 일은 벌금으로 끝나지 않을 가능성이 큽니다."

"벌금으로 끝나지 않는다니요?"

"최악의 경우 구속까지 각오해야 합니다. 왕 사장의 궤계에 제대로 걸려든 것 같습니다. 큰 대가를 치르지 않고 빠져나가기는 어려울 것 같습니다."

"그러면 우리도 어떤 대책을 세워야 하지 않을까요?"

"공안은 사장님까지 소환하려 할 겁니다. 조사 전에 본사와 공장을 압수수색 할 것이고요. 사전에 대비해야 합니다. 현재 공장 예산과 과장급 이상의 직원 채용 그리고 10만 위안 이상의 시설공사 등은 대표님 결재로 돼 있습니다. 이 규정을 바꾸는 것입니다."

"어떻게 바꾸게요?"

장 이사가 물었다.

"일시적으로 대표님 전결에서 기획부문장 전결로 바꾸는 겁니다. 기획부문장이 기업의 전문경영인 역할을 하고 대표님은 이사회 의장으로만 활동하는 것으로 업무를 새로 분장합니다. 그리고 장진성 이사는 인사 부문만 간여하는 것으로 해야 합니다. 어떤 경우에도 장진성 이사까지 연결되어서는 안 됩니다."

"그래도 진 이사님 혼자 모든 것을 짊어지는 것은 아닌 것 같습니다."

왕 대표가 말했다.

"대표님이 전면에 나서면 일이 더 어렵게 됩니다. 물고자 하면 물려주는 것이 상책입니다. 살려면 죽고 죽고자 하면 삽니다. 저는 이미 각오가 돼 있습니다."

"그래도 그렇게 하는 건 아니라고 생각합니다."

왕 대표가 말했다.

"지금은 비상 상황입니다. 정상적인 방법으로는 해결할 수 없습니다. 그럼, 업무분장 내용을 다시 한번 정리하겠습니다. 회사 실무는 기획부문장이 총괄하고 대표님은 이사회 의장으로만 활동하십니다. 장 이사는 인사 부문만 담당합니다. 어쨌든 저의 거취가 문제해결의 열쇠가 될 것입니다. 저쪽은 확실한 증거를 갖고 있으니 각본대로 움직일 것입니다. 시간을 끌지 않는 것이 좋을 것입니다. 공안에서 대표님을 소환하려 하겠지만 그런 일은 없도록 최선을 다하겠습니다."

"아닙니다. 회사 대표는 접니다. 진 이사님에게 모든 짐을 지우게 할 수 없습니다. 제가 조사를 받겠습니다. 대표로서 저의 책무를 다하고 싶습니다. 그래야 직원들에게도 떳떳합니다."

"지금은 아닙니다. 대표님의 마음 충분히 이해합니다. 현실을 직시해야 합니다. 저나 대표님, 장 이사 모두 서로의 마음을 모르겠습니까? 지금 중요한 것은 일이 더 커지기 전에 마무리하는 것입니다. 만일 대표님이 소환되면 회사 운영에 문제가 생길 수 있습니다. 지금보다 더 큰 산이 우리의 도전을 가로막고 더 큰 파도가 우리를 삼키려 해도 이겨 내고 물리쳐야 합니다. 지금의 난관을 잘 처리하면 회사는 더욱 단단해질 것입니다. 이 모든 것을 회사 발전의 필연적인 성장통으로 생각하십시오. 대나무의 마디가 있어 곧고 높게 자라듯 이 위기를 잘 넘기면 회사는 반석 위에 우뚝 설 수 있습니다."

"진 이사님 괜찮겠어요?"

장진성 이사가 물었다.

"장 이사님, 너무 걱정하지 말아요. 인생 새옹지마입니다. 나쁘다고 다 나쁜 것이 아니고 좋다고 다 좋은 것도 아닙니다. 대표님, 더 하실 말씀 없으시면 이만 나가보겠습니다."

진필과 장 이사가 왕 대표의 방을 나왔다. 진필은 위일칭 공장장에게 몇 가지 지시를 하고 공장으로 내려보냈다.

장진성 이사가 진필의 방으로 따라 들어왔다.

"이번 사건을 이사님 혼자 책임지게 할 수 없어요. 잘못도 없는 이사님이 혼자 고초를 당하는 것을 보고만 있을 수 없습니다. 저도 조사를 받아 위험을 분산시키는 게 좋겠어요."

"장 이사님, 부담 가질 것 없어요. 이사님은 이사님대로 할 일이 있습니다. 역할을 분담해야 합니다. 지금은 비상시국입니다. 둘이 다 잘못되면 누가 회사 일을 챙길 겁니까? 이사님이 이곳에 있다고 해서 짐을 지지 않는 것이 아닙니다. 장 이사님 몫이 따로 있습니다. 제가 사건을 처리하고 이사님은 대표님을 도와 안살림을 챙겨야 합니다. 저야 하나에만 집중하면 되지만 장 이사님은 앞으로 닥칠 여러 일을 처리해야 합니다. 언론도 그렇고 직원들도 동요하지 않게 다독여야 합니다. 관계사들도 수습해야 하고요."

"알겠습니다. 만일 왕가위 사장이 이번 일을 꾸몄다면 우리도 무언가 준비해야 하지 않을까요?"

"좀 전에 대표님에게도 말씀드렸듯이 왕 사장이 정확히 무엇을 원하는지 아는 것이 먼저입니다. 그리고 어느 선까지 줄을 대고 있는지도 중요합니다. 중국은 법치보다 인치의 힘이 더 세지 않습니까. 분명히 왕 사장은 든든한 꽌시를 이용할 겁니다. 왕 사장이 높은 권력층의 뒷배를 믿고 이번 일을 벌였다면 얘기는 달라질 수 있습니다."

"무슨 큰일이야 있겠습니까?"

"어쨌든 언론에 크게 터트린 것을 보면 준비를 철저히 한 것 같습니다. 쉽게 끝나지 않을 것입니다. 또 제가 외국인이기 때문에 제약이 있을 수 있습니다. 오늘은 이만하고 좀 쉬시지요."

장진성 이사가 나가자 진필은 커피잔을 들고 창가로 갔다. 노랗고 붉은 해가 구름 사이로 모습을 감추었다. 구름 낀 노을을 보니 내일은 날씨가 맑겠다고 생각했다. 휴대폰을 끄고 의자 깊숙이 몸을 숨겼다. 생각이 꼬리를 물었다. '꽌시'에 대한 생각이 떠나지 않았다. 법보다 꽌시가 우선하는 곳이 중국이었고 인맥의 크기에 따라 일이 좌우되는 곳이 중국이었다. 진필에게도 꽌시가 없는 것은 아니지만 왕가위의 뒷배와는 질적으로 달랐다. 진필의 꽌시는 애로사항을 얘기할 정도이지 왕가위 사장처럼 부정을 도와줄 수준은 아니었다. 법을 지키며 성실하게 살면 고위층의 꽌시가 필요하지 않다고 생각했다. 하지만 지금은 지푸라기라도 잡고 싶은 심정이었다. 어쨌든 비빌 언덕이 없는 것이 못내 아쉬웠다.

시간이 흐를수록 두려움이 엄습했다. 불확실성이 두려움을 키웠다. 내 나라도 아닌 곳에서 총대를 메는 것이 잘하는 것인가 하는 생각이 들었다. 이내 머리를 흔들었다. 나라나 민족을 떠나 삶의 터전에서 책임을 다할 뿐이라고 스스로를 격려했다.

시시각각 찾아오는 두려움을 떨쳐 버려야 했다. 눈을 감고 팔을 벌렸다. 하늘로 올라가는 상상을 했다. 올라갈수록 큰 빌딩들과 거대한 산하들이 작게 보였다. 대기권을 뚫고 하늘 높이 올라가자 거대한 대양과 대륙은 더 이상 보이지 않았다. 우주 속으로 들어가자 지구는 흔적조차 찾을 수 없었다. 작은 지구 속 진필의 존재는 어디에도 없었다. 조금 전까지 자신을 괴롭혔던 두려움은 더는 문제가 되지 않았다. 아무리 큰 문제도 멀리 떨어져서 보면 별것이 아니었다. 밖에서 노크 소리가 났다.

"들어오세요."

"이사님, 접니다. 퇴근 안 하세요?"

양둥 팀장이었다.

"벌써 시간이 이렇게 되었나?"

"직원들은 다 퇴근했습니다."

"양 팀장, 오늘 약속 있나?"

"아니 없습니다. 그렇지 않아도 상황이 궁금해서 기다리고 있었습니다."

"나가서 술 한잔할까?"

"네, 그렇게 하시지요."

두 사람은 사무실을 나와 음식점으로 향했다. 종업원은 두 사람을 아담한 방으로 안내했다. 창밖으로 네온사인이 반짝였다. 잠시 후 맥주와 음식이 들어왔다. 두 사람의 잔이 마주쳤다. 진필은 단숨에 술잔을 비웠다.

"이사님, 웬 술을 그렇게 빨리 마십니까?"

"목이 말랐나 봐. 양 팀장은 이번 일 어떻게 생각해?"

"……저는 왕 사장 작품이라고 생각합니다."

"왜 그렇게 확신하지?"

"왕 사장이 식탁에 칼을 꽂으면서 '이대로 끝나지 않을 테니 두고 봐'라고 말했잖아요. 왕 사장이 얼마나 칼을 갈면서 이 순간을 기다렸겠어요."

"그래?"

"이번처럼 야밤에 일을 저지르면 어떻게 막습니까? 저는 터질 게 터졌다고 봅니다. 왕 사장이 포기하지 않는 한, 한 번은 만나야 할 운명적인 사건이라고 생각합니다. 문제는 얼마나 원만하게 수습하느냐입니다. 왕 사장은 동원할 수 있는 꽌시는 다 동원할 겁니다. 어쨌든 뒷배가 문제가 될 것 같습니다. 이사님은 어떻게 생각하세요?"

"나도 같은 생각이야. 이번 사건은 희생양이 필요해."

"희생양이라면 누굴? 혹시 이사님이 총대를……?"

"생각해보게, 대표님을 보낼 건가, 장 이사를 보낼 건가? 아니면 내막을 모르는 공장장을 보낼 거야? 평생 공장관리만 해오신 성실한 분인데 그분에게 짐을 떠넘길 순 없잖아. 또 그렇게 해서 해결될 일도 아니고."

"결국, 이사님이 맡으셨군요! 정말 올 것이 왔군요."

"이번 일은 적당히 해서 해결될 일이 아니야. 누군가는 죽어야 끝이 나. 어떻게 생각하면 왕가위와 왕상 사장님의 관계를 정리하는 실질적인 기회가 될 수도 있어."

"우선 현장 책임자인 공장장이 가서 조사를 받는 게 순서라고 생각합니다. 공장에서 일어난 일 아닙니까? 그게 설득력도 있고 시간도 벌 수 있어요. 또 공장장이 책임지는 선에서 끝날 수도 있잖아요."

"사고 조서는 자네 생각대로 작성되지 않아. 사건이 발생하면 실질적인 책임자를 문제 삼지 현장 책임자는 중요하지 않아. 현장 사람은 참고인일 뿐이야."

"실질적인 책임자가 공장장 아닙니까?"

"보통의 사건이라면 공장장 선에서 끝날 수 있지. 하지만 이번 일은 실수나 과실이 아니고 외부에서 고의로 일으킨 사건이기 때문에 상대가 목적하는 바가 이루어져야 끝나. 그렇지 않으면 여러 사람 고생하고 회사는 회사대로 망가져. 저쪽에서 원하는 사람이 상대해야 대표님도 살고 회사의 피해도 최소화할 수 있어."

"그럼, 저쪽이 원하는 사람이 이사님이라는 겁니까?"

"그래. 그래서 결단을 내린 거야. 내가 나서지 않으면 대표님이 다치게 돼 있어. 왕 사장이 원하는 사람이 나인지 대표님인지 아니면 둘 다일지는 모르지만, 내가 선수를 치고 나가지 않으면 이번 사건은 해결되지 않아. 회장님을 회사에서 떠나게 한 사람이 나야. 결자해지라는 말대로 이 일은 내가 풀어야 해. 회장님에게 약속한 것을 생각해서도 내가 처리해야 해.”

　“엄연히 말하면 이사님이 책임질 일은 아니잖아요. 이사님 혼자 모든 것을 책임지는 것은 아니라고 생각합니다. 이사님이 책임지는 것과 지금 벌어진 일은 전혀 별개의 일입니다. 이사님 논리라면, 누가 그렇게 일을 하겠어요. 회사를 정상궤도에 올려놓은 사람이 누군데요. 저는 이사님이 이번 일을 운명적으로 받아들이지 않고 냉정히 처리하셨으면 좋겠어요.”

　“운명적으로 받아들이는 게 아니라 철저하게 전략적으로 접근하는 거야. 지금처럼 사전에 계획된 일은 당사자가 나서는 것이 문제해결의 지름길이야. 그렇지 않으면 지금보다 더한 제2, 제3의 사건이 발생할 수 있어. 어떤 희생을 치르더라도 여기서 끝내야 해. 나 하나 희생해서 우리 회사가 정상화될 수 있다면 밑지지 않는 장사 아닌가?”

　“그런 말이 어디 있어요. 이사님 얘기 어디 가서 해 보세요. 바보라고 할 겁니다. 우리 중국 인민들은 조직을 위해 이사님처럼 희생하지 않아요. 못해요. 대부분 자기 위주예요. 이사님을 보면 한편으로 부럽기도 하고 존경스럽기도 하지만, 그렇게 혼자 희생할 가치가 있는지 모르겠어요.”

　“존경할 것까지는 없네. 이제부터 자네가 해야 할 중요한 일이 있어.”

　“무엇인데요?”

　“조만간 공안에서 결재서류의 최종 결재권자를 소환할 거야. 본사와 공장의 모든 서류의 최종 결재권자가 나로 돼 있어야 해.”

"그건 왜 그렇게 해야 하지요?"

"최종 결재권자가 내가 되어야 사장님이 소환될 가능성이 적고 공안도 일하기가 쉬워. 내가 제대로 엮여야 해. 이제부터 피할 수 없는 진검승부를 벌이는 거야. 모든 결재서류는 내 전결로 다시 작성해 놓도록 해. 알았지?"

"……알겠습니다."

"양둥 팀장?"

"네."

"혹시…… 만약에…… 내가 이 회사를 떠나더라도 양둥 팀장, 자네는 잊지 못할 거야."

"갑자기 왜 그런 말씀을 하세요. 도원결의는 맺지 않았지만 이사님에게 많이 배우고 이사님을 진심으로 존경합니다. 헤어진다는 말씀만은 하지 마세요. 이만 나가보겠습니다."

올 것이 오고 말았다. 공안은 본사와 공장을 동시에 압수수색을 했다. 스자좡 공장의 공장장이 조사를 받고 난 뒤 이틀이 지나 진필이 소환되었다. 공장장은 진필의 지시대로, 자신은 시설만 관리했지 왜 방류가 됐는지 모른다고 진술했다.

3층 조사실로 올라갔다. 별도로 마련된 VIP룸이었다. 조사대상자가 VIP일 때도 있지만 사회적으로 관심이 집중되거나 사안이 중요한 경우 별도의 장소에서 조사했다. 그것은 언론사 기자들을 따돌리는 수법이기도 했다.

"앉으시지요."

수사관이 자리를 권했다.

"네."

"담배 피우시지요."

수사관은 한 갑에 만 원이나 되는 금장 '중화' 담배를 책상에 던지며 말했다.

"저는 담배 안 피웁니다."

"아, 그래요? 그럼, 차나 한잔하시지요."

수사관을 녹차를 진필 앞으로 밀었다.

"감사합니다."

마음을 강하게 먹었지만 왠지 불안했다. 수사관이 취조실에서 담배를 권하고 차를 주는 것은 일반 잡범과 달리 사회적으로 이슈가 되었거나 중범죄에 해당할 때 흔히 쓰는 수법이었다. 잠시 후에 사복을 입은 수사관이 들어왔다. 앉아있던 수사관이 일어나 경례를 했다.

"준비됐나?"

"이제 막 시작했습니다."

"됐어. 자네는 그만 나가 봐."

사복을 입은 수사관이 들어오면서 심한 불안감에 휩싸였다. 중국의 공안 시스템은 한국 경찰과 여러 면에서 달랐다. 1978년 최고인민검찰원의 건립으로 범죄자를 법원에 기소하는 검찰 업무는 수행하지 않지만 국무원 부서인 경찰부와 비교해 그 힘이 뒤지지 않았다.

"저는 톈진시 공안국 스자좡시 공안부 소속 왕밍 수사관입니다."

수사관은 예를 갖춰 자신을 소개했다. 첫눈에 하급직이 아니라는 것을 알 수 있었다. 각 성의 공안부 산하에는 여러 공안기관이 있다. 이번 사건은 허베이성 지방 현급 공안이 다루어도 될 일인데 굳이 상부 기관에서 다루는 것은 또 다른 이해관계가 있음을 의미했다. 종교와 관련되었거나 공산당에 불만을 품은 사건 등은 베테랑 수사관이 조사하는 것이 관례였다. 또 이권 개입이 심한 경우도 이들이 조사했다. 특히 대기업과 관련된 사건은 공안으로서는 큰돈을 챙길 수 있는 절호의 기회였다. 수사관이 처음부터 예의 것 대하는 것은 시나리오 수사인 경우가 대부분이다. 그것은 짜맞추기식 수사를 의미했다.

"그럼 우리 시작해볼까요? 소속, 직위, 성명이 어떻게 되지요?"

수사관은 바쁠 게 없다는 듯 서두르지 않았다. 어차피 시간은 공안 편이었다. 형량은 피의자가 어떻게 하느냐에 따라 달라질 수 있다는 것을 의미했다.

"왜 그랬습니까?"

"무엇을 말씀하시는 겁니까?"

"멀쩡한 폐수처리시설이 있는데 왜 폐수를 밖으로 방류했습니까? 시설을 완전히 중단하고 계획적으로 방류했더군요."

"사실은 그런 것이 아닙니다. 우리 시설은 정상 가동되고 있었고 누군가 고의로 수중 모터를 설치해 폐수를 밖으로 빼낸 것입니다."

"이것 보세요. 알만한 분이 왜 거짓말을 하세요. 폐수가 방류되는 동안 폐수처리시설은 가동되지 않았습니다. 이 자료를 보세요. 그 시간에 전력 사용한 흔적이 없잖아요. 전기공급회사에서 나온

자료입니다. 고의로 폐수처리시설을 가동하지 않은 거라고요."

폐수방류 시간에 전기를 사용한 흔적이 없었다. 누가 봐도 고의로 폐수처리시설을 돌리지 않고 폐수를 밖으로 방류한 것으로밖에 볼 수 없었다. 변명의 여지가 없었다.

"누가 지시했습니까?"

"누구도 지시한 적 없습니다."

"아니, 그러면 폐수가 저절로 나갔다는 겁니까? 폐수처리시설 관리자도 지시한 적이 없고, 공장장도 지시한 적이 없고, 업무를 총괄하는 기획부문장도 지시한 적이 없으면, 폐수에 발이 달려 스스로 걸어 나갔다는 겁니까? 이사님, 사실대로 말하세요. 원가절감을 위해 그렇게 했다고 털어놓으면 되잖아요. 괜히 여러 사람 다치게 하지 말고 사실대로 말하세요."

"정말 저는 모르는 일입니다."

"그러면 사장님이 그렇게 하라고 지시했습니까? 이거 사장님을 소환해야 하겠구먼. 얘기 그만합시다. 사장님하고 조사하면 답이 나오겠네."

"그런 게 아닙니다. 우리 회사에서 지시한 사람이 없으니 외부 소행이라는 것을 말씀드리는 겁니다."

"증거 있습니까? 그 시간에 불을 끄고 폐수를 방류했는데, 외부 사람이 남의 회사에 들어와서 왜 그런 위험한 짓을 합니까? 말도 안 되는 변명하지 마시고 사실대로 말하세요. 계속 이렇게 오리발을 내밀면 저도 생각이 있습니다. 지금 이사님의 체면을 생각해서 최대한 예의를 지키는 겁니다. 계속 이러시면 원칙대로 수사할 수밖에 없습니다."

"제가 말씀드리는 것은 그런 뜻이 아닙니다. 수사를 좀 더 자세히 하면 밝혀지겠지만 외부의 소행이 의심되어 말씀드리는 겁니다."

"그럼, 우리가 수사를 자세히 안 하고 있다는 것입니까? 그래서 이사님이 억울하게 조사를 받고 있다는 것입니까? 좋은 말로 해서 안 되겠군."

"저는 그런 뜻이 아닙니다. 억울해서 그럽니다."

"그럼, 증거가 있어야 하지 않습니까. 증거 말이에요! 외부 사람이 했다는 증거를 가져오세요. 인정할 건 인정해야지, 왜 자꾸 변명해, 사람 피곤하게. 우리 공안이 그렇게 만만하게 보여? 공안을 우습게 보면 안 됩니다. 우리는 힘없는 한국 경찰과 다릅니다. 한국은 경찰의 임의동행 요구를 거부할 권리가 있고 따르지 않는다고 불이익도 없지만, 중국은 조사에 협조하지 않는 피의자는 바로 체포할 수 있습니다. 외국인도 예외는 없습니다. 대사관에 항의해 봤자 소용없습니다. 공안은 비상시에는 사법권을 무시하고 즉결심판을 할 수 있습니다. 심지어 외국에서 상당한 권리를 보장받는 외교관도 체포해 수사할 수 있어요. 우리 공안이 2002년에 한 한국 외교관을 폭행한 사건이 있었습니다. 그 외교관은 우리 정부에 항의했지만, 오히려 정당한 공무를 방해한 것으로 처리됐습니다.

우리는 영장 없이 체포할 수 있고 구금도 가능합니다. 법으로야 고문과 가혹 행위가 금지되어 있지만, 그 조항은 사문화된 것이나 마찬가지입니다. 우리 공안이 고문이나 가혹 행위를 했다고 처벌받은 사례가 없고 정부에서도 공안이 하는 고문이나 가혹 행위를 처벌하거나 단속하지 않습니다. 피해자들이 하소연할 곳도 없지만 해봐야 본인만 손해입니다. 심지어 공안의 고문을 근절시키려는 인권운동가들이 옥살이를 하는 곳이 중국입니다. 그리고 수사관이 심문할 때 거짓말은 하지 않는 것이 좋습니다. 악명높은 삼합회도 우리 공안 앞에서는 거짓말 안 합니다. 죄만 가중될 뿐입니다. 특히 묵비권은 허용되지 않는다는 것을 명심하십시오."

　중국 공안이 무소불위의 권력이 된 것은 1980년대 이후였다. 문화대혁명 당시에는 홍위병이 공권력을 무시했으며 법관이나 공안도 홍위병들의 행패를 제지할 수 없었다. 오히려 그들에게 폭언이나 폭행을 안 당하면 다행이었다. 당시 홍위병들은 그들의 마음에 들지 않는 사람들을 사설 감옥에 가두고 인민재판을 하는 등 사적 제재를 스스럼없이 자행했기 때문에 공안에 대한 인식은 일반 경찰 수준으로 추락했으며 범죄자들도 공안에 대해 별 두려움을 갖지 않았다.
　그러나 개혁개방 이후 범죄 문제가 심각해지자 1983년을 기점으로 3년간의 범죄와의 전쟁으로 공안의 권한은 급속히 강화되었다. 특히 2000년대 들어오면서 공안은 무소불위의 권력의 핵으로 떠올랐다. 장쩌민 주석이 물러나면서 자신의 권력과 파벌 유지를 위해 2002년에 저우융캉을 공안부장에 앉히면서 공안은 공포의 대상이 되었다. 이때부터 공안, 검찰, 법원이 단일 조직화 되고 공안부 명령이 검찰과 법원을 압도하며 군부와 더불어 중국공산당 권력의 양 날개가 되었다. 이로써 각급 공안 기관은 상·하위 기관을 지휘하고 공안청장은 사법기관의 왕으로 군림하게 되었다.

공안의 공포성을 지우기 위해 차량과 제복의 공안 표기를 경찰로 바꾸었지만, 고문과 가혹 행위로 여전히 악명이 높았다.

"거짓말을 하는 것이 아닙니다. 외부의 침입에 대해 수사를 부탁드리는 겁니다."

"공장에 설치한 CCTV를 모두 살펴보았습니다. 어두워 사람의 흔적은 확인할 수 없었습니다. 당연하겠지요. 회사에서 계획적으로 폐수를 방류하는데 얼굴을 알리며 할 리가 있겠습니까? 회사 측에서 증거가 될 만한 것이 있으면 얼마든지 가져오세요. 지금까지 제가 예의껏 대했으니 이사님도 수사에 협조해야 합니다. 이제 사실대로 말하세요."

"저는 사실을 말씀드리는 것입니다."

"이사님이 정 이렇게 나오시면 다른 방법을 쓸 수밖에 없습니다."

수사관은 진필에게 힘주어 말했다.

"일단 쉬었다 다시 합시다. 다음 심문은 지금과는 다를 거요. 서로 시간 끌지 않는 게 좋아."

수사관은 취조실을 나갔다.

피의자 진술을 무시하고 굳이 자백을 강요하는 데는 저의가 있는 것이 분명했다. 7시간 조사를 받았지만 진전된 것 없이 평행선만 달렸다. 입이 마르고 가슴이 답답했다. 피곤이 몰려왔다. 30분이 지나자 처음에 들어왔던 조사관이 쟁반에 무언가 들고 들어왔다. 음료수와 빵이었다. 조사관은 쟁반을 진필 앞으로 밀었다.

"이거 저녁이니까 먹도록 해!"

갑자기 반말이었다. 취조 방법이 바뀐 것이다. 올 것이 왔다고 생각했다. 오히려 마음은 편했다. 음료수는 몇 모금 마셨지만, 빵은 모래알처럼 입속에서 맴돌기만 했다.

"당신, 먹어두는 게 좋을 거야."

수사관은 노트북을 펼치며 말했다. 노트북 겉에 쓰여 있는 SAMSUNG의 알파벳에 시선이 멈췄다. 외국에서 보는 자국 제품은 애국심을 유발하기에 충분했다.

"소속, 직위, 성명은?"

수사관은 고압적으로 말했다. 진필은 7시간 전에 했던 말을 다시 했다.

"왜 방류했소?"

"우리 회사 누구도 폐수를 방류한 적 없습니다. 정말 우리는 억울합니다. 회사 책임자 누구도 그런 지시를 내린 적이 없습니다. 사실입니다."

"변명은 그만하고 당신 잘못을 말해. 당신이 지시했다고 말하란 말이야! 왜 사람이 솔직하지 못해. 책임자면 책임자답게 말을 해야지 비겁하게 계속 변명만 하면 어떻게 하자는 거야."

"정말 지시한 적 없습니다."

"정말 안 되겠군. 그럼 처음부터 다시 하지. 소속, 직업, 이름이 뭐야?"

"조금 전에 말씀드리지 않았습니까!"

"뭐 이런 놈이 다 있어, 묻는 대로 대답해 새끼야! 정말 말로 해서 안 되겠군."

수사관은 폭력을 쓸 듯 팔을 걷어붙였다. 상급자가 들어왔다.

"알아들을 만한 분한테 그렇게 강압적으로 하면 되나."

상사는 비꼬아 말했다. 둘은 병 주고 약 주면서 진필의 진을 뺐다.

"진 이사, 당신이 무슨 잘못을 했는지 알아? 당신은 단순한 범죄자가 아니야. 오랜 시간, 수차례, 그것도 수자원 보호지역에서 고의로 상당량의 폐수를 방류한 악질환경파괴범이야. 당신은 벌금과 구류 정도가 아니라 구속이야. 당신네 회사가 얼마나 힘이 있는지는 몰라도 몇 년은 바깥세상 보기 힘들 거야. 굳이 당신이 실토하지 않아도 돼. 당신이 입을 다물면 왕 대표도 조사를 받아야 해. 결국 두 사람이 같이 책임을 지는 거지. 한 사람은 결재권자로서, 또 한 사람은 회사 대표로서 책임을 져야 해. 아무래도 구속은 대표가 되겠지. 당신 그 내용 알아? 전에 스자좡 공장이 환경법에 걸렸던 것? 폐수방류는 어쩌다 생긴 일이 아니고 상습적이라는 것을 의미하지."

많은 공장 중에 스좌장 공장을 선택한 이유를 알만했다. 가중처벌은 피할 수 없었다.

"내가 또 하나 말해주지. 스자좡 공장은 당신 전결이지만 다른 공장들은 모두 왕 대표 전결이야. 아주 약은 수를 썼더구먼. 우리가 당신을 소환하기 전에 결재서류를 고쳤다는 진술을 회사 직원들로부터 받아냈어. 그렇게 당신이 전결로 했으면 당신이 했다고 시인해야지 왜 자꾸 뒤로 빼. 비겁하지 않아? 혼자 감옥에 들어가려니 겁이 나서 그래? 여러 사람 피곤하게 하지 말고 당신이 지시했다고 어서 말해. 당신이 자백하지 않으면 원칙대로 처리할 수밖에 없어. 원칙이 뭔지 알아? 벌금에 구속이야. 당신이 자백만 하면 선처해줄 수 있어. 그렇지 않고 계속 우리를 애먹이면 선처고 뭐고 없어. 당신, 중국 감옥이 어떤지 알아? 당신 같은 사람 감옥에 들어가면 일주일도 못 버텨. 잡범들과 함께 있으면 신고식에 돌림빵으로 보름은 잠도 못 잘 거야. 특히 외국인들은 인기가 많아서 한 달은 괴롭힐걸. 당신, 돌림빵이 뭔지 알아?”

“……..”

“남자가 남자를 사랑하는 거야. 아마 그곳이 다 헐어서 몇 달은 고생할걸. 그런 곳이 빵이야. 당신같이 좋은 대우 받으며 직장 생활한 사람은 3일을 견디지 못해. 아마 대표자가 시켜서 한 일이니 나가게 해달라고 애원할걸. 그러니 빵에 들어가서 후회하지 말고 지금 솔직히 말하란 말이야. 그것만이 당신이 살길이야. 내가 하나 더 말해주지. 이번 건은 어차피 결론이 난 사건이야. 당신도 눈치가 있으면 알 것 아니야. 버티면 당신만 손해야. 시간을 끌면 형량만 늘어나. 당신이 끝까지 자백하지 않으면 사장을 소환할 수밖에 없어. 사장을 조지면 이 일은 간단히 끝나. 그리고 스좌장 공장은 환경법에 걸려 경고 초치와 벌금을 낸 적이 있기 때문에, 일日 수에 따른 벌금 상한선이 적용이 안 돼. 아마 최소 50만 위안은 물어야 할 거야. 얼마간 공장도 폐쇄될 거고. 그리고 대표자 구속은 피할 수 없어. 아마 3년 이상은 세상 빛 못 볼 거야.

지금 중국의 환경 보호법이 얼마나 무서운지 알아? 내가 자료를 하나 보여주지. 작년 1~4월 환경보호부 환경검찰국에서 조사한 자료야. 전국적으로 '일 수에 따른 처벌' 사건은 270건, 벌금은 157억 2951만 위안에 달하고 있어. 아주 처벌이 강화됐지. 내가 당신에게 겁주려고 하는 말이 아니야. 이번만큼은 누구도 빠져나가지 못해. 자, 이제 결론을 내지. 누가 총대를 멜 거야? 당신이야, 대표야. 시간을 줄 테니까 잘 생각하고 결정해. 그리고 우리 공안은 한국처럼 몇 시간 취조하다 돌려보내고 나중에 다시 소환하고 그런 것 없어. 조사 기간과 시간은 우리가 정해. 경우에 따라서는 며칠이 걸릴 수도 있고 바로 나갈 수도 있어. 잘 생각해서 결정해. 자, 나가지."

두 수사관은 취조실을 나갔다. 수사의 타깃이 진필이라는 것이 분명해졌다. 공안이 원하는 것을 진술하기 전에는 그곳을 나갈 수 없다는 것을 직감할 수 있었다. 대표는 미끼고 낚으려는 대어는 진필이었다. 길게 끌어야 좋을 게 없다고 생각했다.

두 시간 후에 공안들이 다시 취조실로 들어왔다.

"생각 좀 해봤소?"

"……."

"아직 생각이 덜된 거야? 시간이 더 필요해?"

수사관은 고압적으로 말했다.

"수사관님이 구체적으로 원하는 것이 무엇입니까?"

"처음부터 그렇게 나왔어야지. 괜히 시간만 끌었잖아. 내가 화끈하게 말해주지. 당신이 지시했다고 진술했을 때의 경우야. 벌금은 50만 위안에서 20만 위안으로 깎아 줄 거야. 그러면 차액이 얼마야, 30만 위안이지? 반은 탕감, 나머지 15만 위안은 우리에게 현금으로 가져오는 거야. 구속을 하지 않는 대신 공장 가동은

20일 정도 중단될 거야. 그리고 구류는 며칠 살아야 해. 다른 업체들과 어느 정도 형평에 맞아야 하니까. 그리고⋯⋯."

"그리고 또 뭡니까?"

"당신의 사직서가 필요해."

"그게 무슨 뜻이지요? 왜 제 사직서가 필요합니까? 제가 회사를 사직하는 것이 이번 일과 무슨 상관입니까?"

"당신, 꼭 내가 말해야 알아? 당신이 사표를 써야 책임을 지고 회사에서 물러나는 모습이 되잖아. 그래야 상부에서도 선처할 것 아니야. 사표를 쓰지 않고 몇 년 감옥에서 썩을 것인지 아니면 사표를 쓰고 자유의 몸이 되느냐는 자네가 결정해. 사표를 쓰지 않으면 우리도 대표를 소환할 수밖에 없다는 것을 명심해. 어떻게 보면 당신이 회사를 그만두는 것이 사건 해결의 첫 번째 조건이야. 이유는 묻지 말고 할 것인지 말 것인지만 말해. 안 하겠다고 하면 바로 대표를 소환할 테니. 괜히 대표자 구속시키고 공장 문 닫고 엄청난 벌금 물게 하지 말고, 현명하게 선택해. 참! 지금 내가 말한 15만 위안과 당신의 사표는 조서 내용에는 남지 않을 거야. 그리고 공산당에 세 가지 서류를 제출해야 해. 다시는 이러한 범법행위를 하지 않겠다는 각서와 선처를 부탁하는 반성문, 그리고 확약서야. 확약서는 조서 내용 외 우리가 나눈 이야기 일체를 외부에 발설하지 않겠다는 약속이지. 그렇게 하면 대표자가 소환되는 일은 없도록 노력하지. 만일 언론에서 까다롭게 다루거나 상부에서 그 정도로 안 된다고 하면 그땐 우리도 어쩔 수 없어. 원칙대로 처리할 수밖에. 지금 시간이 많지 않아. 서둘러야 해."

아침이 밝았다. 취조받은 지 15시간이 넘고 있었다. 취조실은 낮과 밤을 구별할 수 없었다. 밀폐된 공간은 시공을 초월했다. 젊은 수사관이 쟁반을 들고 들어왔다. 밀가루를 기름에 튀긴 꽈배기 모양의 유타오 2개와 중국식 두유 더우장이 쟁반에 놓여 있었다. 중국 사람들의 아침 식사에서 빼놓을 수 없는 조합이었다.

"오늘은 빨리 끝냅시다. 우리도 피곤하니까."

수사관은 쟁반을 놓고 다시 나갔다. 유타오는 겉은 바삭하고 속은 말랑말랑했다. 한입 물다 그대로 놓고 말았다. 입맛도 없고 입안이 헤어져 음식 넘기기가 어려웠다. 두유만 몇 모금 마시고 쟁반을 물렸다. 한 시간쯤 지나자 두 사람이 들어왔다.

"그래 뭐 좀 먹었나? 그대로네. 하기야 입맛이 있겠어. 생각 좀 해봤나?"

"……."

"왜 말이 없어. 당신은 어차피 소모품이야. 그것이 2인자의 운명이지. 중국통일의 일등공신이며 진시황의 책사였던 이사는 환관 조고에게 죽임을 당했고, 춘추시대 오나라를 강대국으로 만들고 부차의 책사였던 오자서는 매국노로 몰려 자결해 죽었어. 그렇듯 끝이 좋지 않은 것이 2인자의 숙명이지. 당신이 희생해야 회사가 사는 것도 다 같은 맥락이야. 너무 섭섭하게 생각하지 마."

"나는 2인자도 아니고 책사도 아닙니다. 그저 한 사람의 평범한 직장인으로서 내 본분을 다할 뿐입니다. 변호사를 선임해 상의할 테니 시간 좀 주십시오."

"변호사를 선임하시려고? 그래, 마음대로 해 봐. 어차피 바뀌는 것은 없을 테니까. 무엇이 득이고 무엇이 실인지 잘 생각하고 행동하는 것이 좋을 거요. 중국은 당신네 나라와 다르다는 것을 잊지 마시오.

내가 충고 한마디 하지. 이곳은 당신네 나라처럼 법이 우선하는 자유 법치국가가 아니야. 우리도 헌법이 있고 법률이 있지만, 공산당 헌법인 '당장'이 우선하는 나라야. 그리고 '당장'보다 7인의 상무위원의 뜻이, 아니 공산당 총서기의 말이 우선하지. 중국공산당 총서기의 말이 곧 법이야. 그렇듯 변호사 100명보다 확실한 꽌시 하나가 더 힘이 있다는 것을 알아야 해.

중국 헌법에도 언론·출판·집회·결사·시위의 자유가 있어. 또 종교의 자유도 명시되어 있지. 그런데 그 조항에 제한 규정이 있어. 자유를 행사하더라도 국가나 사회 및 인민의 합법적 자유와 권리에 손해를 끼치면 처벌받아. 또 비정상적인 종교활동 역시 법의 보호받을 수 없다고 돼 있지. 그 여부를 누가 판단하는지 알아? 한국은 법원이나 헌법재판소 같은 독립된 사법기관이 판단하지만, 우리 중국은 공산당이 판단해. 이 점을 잊으면 안 돼.

중국이 민주주의를 한다고 해도 실제는 사회주의 전제국가야. 인권과 자유, 민주에 앞서 공산당 당헌이 최우선인 공산당이 지배하는 사회주의 국가라고. 국가 주석의 입이 법이고 그의 명령이 판결문이야. 당신이 아무리 유능한 변호사를 데려오고 법에 호소해도 공안부의 힘이 그 위라는 것을 잊지 마. 중국은 법치보다는 인치로 통하는 나라야.

변호사 좋지, 변호사 백 명, 천 명보다 확실한 꽌시 하나가 낫다는 것을 알게 될 거야. 위에 정책이 있으면 아래에는 대책이 있다는 말 못 들어봤어? 그 대책이란 게 뒷배이고 꽌시야. 꽌시는 힘이고 권력이지. 수개월 수년이 걸릴 일도 며칠 내로 끝낼 수 있고, 며칠이면 끝날 일도 오랜 시간이 지나도 끝나지 않게 할 수 있는 게 꽌시야. 중국에서의 모든 송사는 꽌시의 싸움이라고 해도 지나치지 않아. 순전히 법에 따라 결정되는 경우는 매우 드물지. 대부분 누구의 힘이 세느냐에 따라 결정돼. 법과 제도는 겉치레일 뿐이야. 당신이 그걸 알고 이번 일을 처리하는 게 좋을 거야. 당신이 외국인이고 또 선의의 피해자일 수 있어서 말해주는 거니까 명심해. 말이 변호사지, 별 도움이 되지 않아. 어쨌든 이번 수사는 법으로만 해결될 일이 아니라는 것을 잊지 않는 게 좋을 거야."

"법으로 해결될 일이 아니라니요?"

"당신이 그것까지 알 것 없어. 어떻게 해도 못 빠져나가. 그런 줄 알고 있으면 돼."

중국의 변호사 제도는 신종 직업처럼 그 역사가 아주 짧았다. 일반인뿐 아니라 공무원이나 법관, 검찰관, 경찰까지도 변호사 업무에 편견을 갖고 있었다. 사정이 이러니 변호사의 정당한 업무를 침범하거나 방해하는 사건들이 적지 않게 발생했다. 한 변호사는 경제 사건을 수임받아 소송을 진행하던 중 원고에게 불리하게 변호한다는 이유로 납치되어 곤욕을 치른 적이 있었다.

변호사를 접견했다.

"안녕하세요. 고생이 많으시지요?"

공안의 소환이 있기 전, 주화 변호사를 만나 대처방안을 논의했었다.

　"고생은요, 어서 오세요."

　"조사는 어떻게 진행되고 있나요?"

　조사받은 내용을 변호사에게 상세하게 설명했다.

　주화 변호사는 조선족 변호사로 진필이 레미콘 공장을 건축할 때부터 알고 지냈다. 당시 공장허가와 관련해서 도움을 받은 적이 있었다.

　"공안들이 변호사 접견을 쉽게 허락하지 않는데, 진 이사님은 다릅니다. 편의를 봐주는 거지요. 취조 환경도 이 정도면 좋은 편입니다. 보통은 협박과 욕설로 심한 모멸감을 주는데 이사님은 이례적입니다. 사건을 마무리하고 사례를 받을 생각에서 잘해줄 수도 있지만, 그보다 폐수방류를 고발한 측과 모종의 거래가 있어 그런 것 같습니다."

　"어떤 거래를 말하는 거지요?"

　"고발인과의 특별한 관계없이 단순 고발이라면 이렇게 수사를 몰아가지 않습니다. 오히려 일을 축소해 대가의 수위를 높이려 할 텐데 이번 경우는 달라요. 아마 이해관계자가 힘 있는 상대 같습니다. 상당한 밑 거래가 있을 수 있다는 얘기지요.

　제가 조금 전에 공안을 만났습니다. 외부의 강한 입김이 작용한 듯합니다. 폐수방류에 대한 수사는 형식이고 처벌 수위에 이해관계가 얽혀있는 것 같더군요. 더구나 사표까지 거론한 것을 보면 고발자의 의도가 작용한 것이 분명합니다. 아무리 공안이라도 그런 사적인 것을 요구하는 경우는 드물거든요. 힘 있는 꽌시와 공안의 힘이 아니면 강요하기 힘든 내용입니다. 문제해결의 핵심은 진 이사님의 결단입니다."

"누가 했든 폐수가 밖으로 나간 것은 사실입니다. 하지만 우리가 고의로 내보낸 것이 아니라고 일관되게 주장하면, 그 부분에 대해서도 수사를 해야 하는 것 아닙니까?"

"공안은 현장 조사 결과 다른 사람의 출입 흔적이 없으니 공장 내부의 지시로 일이 벌어졌다고 주장하는 겁니다. 억울하면 우리에게 외부인이 했다는 증거를 가져오라는 거지요. 사실 억지를 부리는 겁니다. 고발자의 말만 믿고 피해자가 오히려 피의자가 되었습니다. 지금처럼 목적이 있는 고발이면 우리가 증거를 대든가 아니면 고발자보다 더 큰 뒷배를 찾아야 합니다. 방법은 그 두 가지입니다. 그리고 시간은 우리 편이 아닙니다. 시간을 끌수록 이목이 집중되고 형량이 올라갈 수 있습니다. 확실한 증거를 찾아내지 못하면 그대로 당할 수밖에 없는 상황입니다.

CCTV 화면을 비디오판독 전문가에게 보냈는데 영상이 희미해 판독이 쉽지 않다고 합니다. 다른 전문가에게 다시 한번 의뢰해 놓았습니다. 지금은 사실이나 진실보다 공안의 수사 방향에 현명하게 대처하는 것이 중요합니다."

"그러면 변호사님은 합의를 말씀하시는 겁니까? 저쪽에서 원하는 것이 저라면 얽혀주되, 적당한 선에서 타협하는 것이 회사나 대표자님에게도 좋다는 말씀인가요?"

"……저는 변호사입니다. 아무리 공산국가의 힘없는 변호사지만 불의와 타협하라고 제 입으로 말씀드릴 수는 없습니다. 변호사로서 역할을 제대로 하지 못해 송구합니다."

"무슨 뜻인지 잘 알겠습니다. 생각해보겠습니다."

"죄송합니다."

"변호사님이 죄송할 건 없습니다. 상황을 알게 된 것만도 많은 도움이 되었습니다."

"제가 이곳에 오기 전에 대표님을 만났습니다. 대표님은 이사님의 신변이 걱정된다고 하셨어요. 어떤 수를 쓰더라도 구속만은 막아달라고 하시더군요. 이사님, 결단이 서면 저에게 말씀해주세요. 결론을 갖고 공안과 다시 만나겠습니다."

진필은 취조실에서 나와 유치장에서 밤을 보냈다. 눈을 감았으나 잠이 오지 않았다. 분하고 억울했다. 왕가위 짓이라는 것을 뻔히 알면서도 달리 방법이 없는 것이 안타까웠다. 결론을 내지 않으면 몇 날이고 취조실과 유치장을 오갈 것이 뻔했다. 수사에 필요하면 며칠이고 영장 없이 붙잡아둘 것이 불 보듯 뻔했다.

수사관이 다시 진필을 취조실로 불렀다.

"어떻게 지낼만합니까?"

"변호사 좀 불러주십시오."

"결심하셨구먼. 진작 그렇게 했어야지. 알았소."

주화 변호사를 다시 만났다.

"몇 가지 드릴 말씀이 있습니다."

"네, 말씀하세요."

"어떤 일이 있어도 대표님 소환은 없도록 해주세요. 그리고 2

장의 사직서를 쓸 겁니다. 한 장은 회사에 내는 것이고 다른 한 장은 공안에 제출할 겁니다."

"사직서를 쓰다니요?"

"그것이 제1 조건입니다. 그리고 50만 위안의 벌금이 예상되지만 20만 위안으로 조정해줄 것입니다. 대신 남은 30만 위안 중에 15만 위안은 자기들에게 상납하는 조건입니다. 이 금액을 최대로 낮추어 회사의 부담을 줄여주세요. 그밖에 일은 변호사님이 알아서 처리해 주십시오. 잘 부탁합니다."

"이사님, 이렇게 하셔도 괜찮겠습니까?"

"괜찮습니다. 타국땅에서 유일하게 저를 받아준 곳이 이 회사입니다. 회사는 저를 소신껏 일할 수 있게 해주었습니다. 보은한다고 생각하면 잃은 것보다 얻은 것이 더 많습니다. 후회도 없고 서운함도 없습니다. 감사할 뿐입니다."

"알겠습니다."

주화 변호사는 공안과 협상을 마친 후 왕 대표를 만났다.

"어서 오세요."

"안녕하세요, 대표님."

"이리 앉으세요."

"네."

"차 좀 내오고, 장진성 이사도 오라고 하세요."

장진성 이사가 대표실로 들어왔다.

"이리 앉으세요. 두 분 인사 나누세요."

장진성 이사와 주화 변호사가 수인사를 나눴다.

"가셨던 일은 어떻게 됐습니까?"

왕 대표가 급하게 물었다.

"네. 제가 공안과 나눈 내용을 말씀드리겠습니다. 대표님을 소환하지 않고, 진 이사님도 구속하지 않는 조건이 4가지입니다. 첫 번째 조건은 진필 이사님이 폐수방류를 직접 지시했다고 인정하는 것입니다. 둘째는 벌금입니다. 처음에는 50만 위안을 물리겠다고 하더군요. 몇 번의 협상 끝에 조율된 금액이 30만 위안입니다. 10만 위안은 실제 국가에 내는 벌금이고 나머지 20만 위안은 공안에 내는 뒷돈입니다."

"너무 심한 것 아닙니까? 벌금도 벌금이지만 어떻게 공안에게 뜯기는 돈이 더 많습니까. 조그만 공장에서 누명을 쓰고 이런 벌금을 낸다는 것은 정말 잘못되어도 한참 잘못됐습니다. 아무리 공산당이 법 위에 있다고 해도 너무하는 것 아닙니까?"

장진성 이사가 억울하다는 듯 소리를 높였다.

"공안은 오히려 자기들이 선처를 베풀었다고 생색을 냅니다. 이번이 두 번째 환경위반인 데다, 환경 보전지역에서 폐수를 3차례 고의로 내보냈으니 특가법상 구속이 원칙이라고 주장합니다. 공안은 오히려 자기들이 폐수방류 횟수를 줄였기 때문에 그만한 것이라며 큰소리칩니다. 그마저도 윗선의 결심을 받아야 한다고 하더군요."

"야, 정말 칼만 안 들었지, 강도나 다름없네."

왕 대표가 말했다.

"변호사님, 첫 번째와 두 번째 조건은 그렇고, 세 번째와 네 번째를 말씀해 보시지요."

왕 대표가 말했다.

"세 번째는 공장 가동 중단 10일에 진필 이사의 구류 10일입니다."

"아니, 구류까지 살아야 합니까?" 왕 대표가 어이가 없다는 듯 말했다.

"그냥 내보내면 형평에 맞지 않아 문제가 생긴다고 합니다. 처음에는 최소 15일은 있어야 한다고 하더군요. 몇 번의 설득 끝에 10일로 조정했습니다. 공장 가동 중단 명령도 처음에는 20일이었습니다. 10일로 감해주었다고 생색을 냅니다. 그리고 네 번째는……."

"말씀해 보시지요. 구속도 면했는데 또 뭔 일 있겠습니까?"

장 이사가 우물쭈물하는 주화 변호사에게 말했다.

"네 번째 조건은 진필 이사가 회사를 떠나는 것입니다."

"회사를 떠나다니 그게 무슨 말입니까?"

왕 대표가 물었다.

"사실은, 진필 이사가 회사를 그만두는 것이 제1 조건입니다. 이 조건 없이는 앞에 말한 세 가지는 의미가 없습니다. 진필 이사가 결재권자로서 회사에 물의를 일으킨 데 책임을 지고 사표를 써야 한다는 것이지요. 그것이 대표님을 소환하지 않고 구속하지 않는 선결 조건이었습니다."

"그건 안 됩니다. 왜 국가 기관이 사영기업의 임원을 그만두라 말라 합니까. 그건 말이 안 됩니다."

왕 대표는 흥분해서 말했다.

"단단히 걸려들었군요. 이제 알겠네요, 이 모든 일이 왜 일어났는지. 이번 일은 확실히 형님이 벌린 거네요. 형이 공안부의 높은 사람들을 많이 알고 있으니 그들을 이용해서 진 이사님을 제거하려는 속셈이에요. 그렇게 할 수 없습니다. 차라리 내가 조사를 받겠습니다. 구속도 각오하겠습니다. 회사의 최고 책임자로서 피하고 싶지도 않고 피해서도 안 됩니다. 진 이사는 회사를 위해 열심히 일한 것밖에 없습니다. 아무리 중국이 공안 세상이라고 해도 이건 아닙니다. 이렇게 처리하면 앞으로 내가 진 이사를 어떻게 봅니까, 또 직원들은 나를 무어라고 하겠습니까. 이건 허락할 수 없습니다. 회사 문을 닫아도 좋습니다. 사람 구실을 못 할 바에 문 닫는 게 낫습니다. 내가 감옥에 가도 10년을 살 겁니까, 100년을 살겠습니까? 길어야 1, 2년 아닙니까. 무슨 일이 있어도 두 분은 제 곁을 못 떠납니다. 그렇게 알고 진행해 주세요. 그만 나가들 보세요."

왕 대표는 평소와 달리 아주 단호했다. 누구도 그 결심을 꺾을 수 없었다.

다음 날 장진성 이사가 주화 변호사와 함께 진필을 면회했다.

"이사님 고생이 많으세요. 정말 마음이 아픕니다. 조금만 참으세요."

장진성 이사가 말했다.

"이곳에 있는 저는 괜찮습니다. 원래 이런 일이 있으면 밖에 있는 사람들이 더 힘든 법입니다. 대표님이 걱정 많이 하시지요?

장 이사님, 제 걱정은 마시고 대표님 잘 모시세요. 아무리 어려워도 죽기만 하겠습니까?"

여유가 있고 단호했다. 장 이사는 왕 대표와 나눈 내용을 진필에게 전했다.

"그렇게 하시면 안 됩니다. 제가, 아니 우리가 왜 이 고생을 합니까? 회사 지키려고 하는 것 아닙니까. 저 하나 그만두는 것이 뭐 그리 대단합니까. 사람은 또 찾으면 됩니다. 하지만 회사는 그렇지 않습니다. 만일 대표님이 구속되면 우리 회사의 앞날은 불 보듯 뻔합니다. 왕가위가 가만히 있겠습니까? 온갖 만행으로 회사를 재기 불능의 상태로 만들고 말 것입니다. 지금은 특수상황입니다. 대표자 구속이 주는 충격은 일반 기업과 다릅니다. 그것이 왕가위의 노림수입니다."

"그렇다면 왜 공안은 처음부터 대표님을 구속하려 하지 않은 거지요?"

장진성 이사가 진필에게 물었다.

"뒷돈 때문이었을 겁니다. 대표자가 구속되면 우리 쪽에서는 뒷돈을 받지 못할 것으로 생각한 거지요. 왕가위의 처음 목표는 저보다 대표님이었을지 모릅니다. 공안이 설득했을 가능성이 큽니다. 다음에는 대표자를 잡아넣겠다고. 이 상황에서 대표님이 책임 운운하며 구속이라도 되면 왕가위의 올무에 걸리는 꼴이 됩니다. 아무튼 대표님이 조사를 받으면 안 됩니다. 대표님의 구속은 왕가위의 세상이 되는 것을 의미합니다. 지금 우리가 쏟는 모든 수고가 물거품이 되고 맙니다. 지금 대표님은 책임, 정의 등을 생각할 때가 아닙니다. 회사를 살리는 것이 최우선 과제입니다. 그것이 책임자의 역할이지요. 그것을 잊으시면 안 됩니다. 또 그렇게 하는 것이 회장님의 유훈을 따르는 것입니다.

장 이사님, 변호사님, 다시 한번 제 뜻을 정확히 말씀드리겠습니다. 이 일은 제가 마무리합니다. 그리고 무슨 일이 있어도 대표님이 소환되는 일은 있어서는 안 됩니다. 훗날을 기약해야 합니다. 만일 대표님이 허락하지 않으면 제가 여기서 그대로 진술하고 사인하겠습니다. 시간을 끌면 제가 더 힘들어집니다. 장 이사님, 제 진심을 대표님에게 전해주세요. 더 드릴 말씀 없습니다."

진필은 인사도 나누지 않고 접견실을 나갔다. 장진성 이사는 회사로 돌아와 왕 대표에게 진필의 뜻을 전했다. 한동안 그렇게는 안 된다고 반대를 했으나 장 이사의 끈질긴 설득으로 결국 진필의 뜻을 받아들였다.

10일의 구류를 살고 유치장을 나왔다. 지는 노을이 진필의 가슴으로 들어왔다. 진필을 기다리던 왕 대표와 장 이사가 진필을 맞았다. 왕 대표는 진필을 힘껏 껴안았다. 그리고 눈물을 흘렸다. 고마움의 눈물이요, 억울함의 눈물이었다.

세 사람은 식당으로 향했다.

"정말 그동안 고생 많았습니다."

왕 대표가 말했다.

"고생은요. 일하다 보면 이런 일도 있게 마련입니다. 문제는 값진 경험을 하고도 경험이 주는 교훈을 알지 못하는 것이지요.

마디가 있어 대나무가 더 굵고 크게 자라듯, 어려움을 겪고 나야 조직은 위기의식을 갖고 더 강해질 수 있습니다.”

“진 이사님, 정말 고생 많았습니다. 이것 드세요.”

“이게 뭡니까?”

“한국에서는 공안에 어려움을 당하고 나오면 두부를 준다고 해서 준비했습니다.”

장 이사는 준비한 두부를 진필에게 건넸다. 진필은 두부를 손으로 떼어 한 주먹 입에 넣었다.

“이번 일을 통해, 일을 제대로 하고도 어려움을 당할 수 있다는 것을 새삼 알게 됐습니다.”

장진성 이사가 말했다.

“자, 진 이사님 내 잔 한 잔 받으세요.”

왕 대표가 진필의 잔에 술을 따랐다.

“대표님, 제가 한 잔 올리겠습니다.”

“다 따랐으면 우리 건배합시다. 우리 진 이사님과 회사의 앞날을 위하여!”

잔이 공중에서 부딪히며 파열음을 냈다.

“이사님들, 오늘은 마음껏 취해봅시다. 다시 천군만마를 얻은 기분입니다. 두 분이 있어 얼마나 든든한지 모릅니다. 처음에는 대표 자리가 이렇게 힘들 줄 몰랐습니다. 아무 능력도 없는 제가 아버지 덕에 자리에 오르다 보니 정말 어렵네요. 이번 일도 그렇지만, 제가 대표가 된 후로 편하게 잠자리에 들은 적이 없습니다. 아버지는 어떻게 그 많은 세월을 이렇게 살았을까 하고 생각하면 정말 존경하지 않을 수 없습니다. 자, 건배하시지요.”

세 사람은 잔을 부딪쳤다. 장진성 이사가 잠깐 자리를 비운 사이, 왕 대표는 봉투를 진필 앞에 놓았다.

“이게 무엇입니까?”

“편지입니다. 집에 가서 읽어보세요. 진 이사님에게 하고 싶은 말 몇 자 적었습니다. 저는 오늘 정말 기분이 좋습니다. 잃어버렸던 보물을 찾은 기분입니다. 우리 2차로 노래방에 가서 한 잔 더 합시다.”

“저 때문이라면 그만 마셔도 괜찮습니다.”

“아닙니다. 두 분과 함께라면 밤새도록 마셔도 모자랍니다.”

톈진의 현란한 네온사인 아래 수많은 KTV 간판이 반짝였다. 세 사람은 회사 단골 KTV로 들어갔다. 담당 웨이터가 문 앞에서 일행을 맞아 룸으로 안내했다. 룸 안의 장식이 한국의 강남 룸살롱이 울고 갈 정도로 화려하고 고급스러웠다. 종업원이 나가고 마담이 들어왔다.

“오늘 정말 귀한 분들이 오셨네요.”

마담은 반갑게 일행을 맞았다.

“요즘 사업은 잘됩니까?”

왕 대표가 물었다.

“사장님이 너무 뜸하시니 장사가 잘될 리 있어요?.”

“오늘은 특별한 날이니 마담이 신경 좀 써주세요.”

“술은 어떤 것으로 올릴까요? 평소 드시는 스카치 블루로 할까요?”

"그것 말고 로얄 살루트로 주세요."

"몇 년으로 올릴까요?"

"21년 아니, 32년으로 주세요. 특별히 진필 이사님에게는 이쁘고 마음씨 착한 아가씨로 부탁합니다."

왕 대표가 말했다.

로얄 살루트 32년산은 주류전문점에서도 3천 위안은 주어야 살 수 있는 양주로 매우 고가의 술이었다.

"그럼 제가 수청을 들면 안 될까요?"

마담이 애교를 부리며 말했다.

"마담은 너무 이뻐서 안 되고 이 집에서 두 번째로 이쁜 아가씨로 해 줘요."

잠시 후 마담은 20이 갓 넘은 아가씨들을 데리고 들어왔다. 이어 양주와 다양한 안주가 한 상 차려졌다. 안주가 화려했다. 스트레이트 잔에 양주를 따르고 모두 잔을 높이 들었다. 왕 대표는 진필에게 건배를 제의했다.

"대표님, 그리고 장 이사님 고맙습니다. 건배하겠습니다. 우리 GF CHINA의 무궁한 발전을 위하여!"

술이 몇 순배 돌자 분위기는 더욱 고조되었다. 전작이 있어서인지 금세 취기가 올랐다. 왕 대표가 진필에게 노래를 제안했다. 진필은 노래하려면 시간이 필요하다며 옆에 있는 아가씨에게 마이크를 돌렸다. 아가씨는 김광석의 '서른 즈음에'를 한국어로 불렀다. 한국 사람으로 착각할 정도로 발음이 정확했다. 그렇게 아가씨들이 노래를 부르고 나자 왕 대표가 마이크를 잡았다. 왕 대표는 K팝을 좋아했다. 김현식이 부른 '내 사랑 내 곁에'와 김성규의 '눈물만'을 연이어 불렀다. 진필은 파트너에게 대만 가수 덩리쥔의 '첨밀밀'을 듣고 싶다고 했다. 노래가 시작되자 정신이 흐려졌다. 10일간의 구류로 제대로 잠을 못 잔 데다가 긴장이 풀려서인지 필름이 끊기고 말았다. 이런 적은 처음이었다.

목이 말라 물을 찾았다. 옆에 무엇이 물컹했다. 생명체였다. 너무 놀라 목마름은 간데없고 두려움이 엄습했다. 누운 채로 생각했다. 한참을 생각해도 자신이 어디에 있는지 기억을 소환할 수 없었다. 반대편으로 손을 더듬어 몸을 일으켰다. 침대 아래로 발을 옮겼다. 익숙한 곳이었다. 냉장고로 가서 물을 꺼내 마셨다. 기억을 더듬었다. 어떻게 침대 위에 타인이 누워있는지 도저히 알 수 없었다. 그때 여자의 목소리가 들렸다.

"이리 오세요."

"누구십니까?"

"이사님, 겁먹지 말고 오세요. 잡아먹지 않아요."

"누구시지요?"

겁먹은 목소리로 말했다. 기억을 잃은 곳에 두려움이 가득했다.

"그렇게 기억이 안 나세요? 어제 KTV에서 만났잖아요."

KTV는 기억이 났지만, 여자가 어떻게 자기 침대에 있는지 알 수 없었다.

"어제 이사님이 너무 취하셔서 사장님이 저보고 집까지 모셔다 드리라고 했어요. 이사님이 몸을 못 가누셔서 실례를 무릅쓰고 집안까지 들어왔어요. 이사님이 술도 취하셨지만, 마음이 힘드신 것 같아서 옆에 있었어요. 지금이라도 가라면 가겠습니다."

"그랬군요. 아가씨가 '첨밀밀'을 부른 것까지는 기억나는데 그 다음은 전혀 기억이 없어요. 실수는 없었나요?"

"그런 것 없었어요. 저보고 괜찮다고 집에 가라고 했는데, 제가 가지 않았어요."

"저 때문에 집에 못 들어갔군요."

"친구에게 못 들어간다고 전화했어요. 이사님이 왠지 측은해 보였어요."

"동정심에서 못 들어갔군요."

"꼭 그런 것은 아니에요. 이사님이 저를 많이 배려해주셨어요. 첫 만남이지만 함께 있는 것이 좋았어요. 이사님이 정 불편하시면 지금이라고 가겠어요."

"너무 이른 시간이니 그냥 침대에 누워있어요. 나는 이곳 소파에 누우면 돼요. 편안히 쉬어요."

"알았어요."

깜빡 잠이 들었나 싶더니 사람의 호흡이 느껴졌다. 앞에 누군가 있었다. 여자였다. 희미한 어둠 속에 여자의 검은 눈동자가 반짝였다. 여자 눈이 진필의 얼굴에 고정됐다. 여자는 진필의 손을 끌고 침대로 올라갔다. 여자의 작은 어깨가 진필의 가슴속을 파고들었다. 여자의 호흡이 빨라졌다. 여자의 머리를 가슴으로 힘껏 당겼다. 진필의 손이 피부에 닿을 때마다 여자의 입에서 신음이 났다. 여자의 수밀도가 팽팽해졌다. 위 문과 아래 문이 모두 열리며 깊게 팬 골짜기에 시내가 흘렀다. 남자를 깊게 받아들이자 여자의 등이 활처럼 휘었다. 여자는 진필의 등짝에 손톱을 박으며 몸을 밀착시켰다. 여자는 숨을 멈추었다 몰아쉬기를 반복했다. 진필은 옥문을 거칠게 넘나들었다. 여자의 앓는 소리가 끝없이 이어졌다. 역정을 못 이긴 여자의 신음에 진필은 가쁜 숨을 몰아쉬었다. 거센 파도가 들고 나며 바위를 사정없이 때렸다. 외마디 소리가 나고서야 엉킨 몸이 풀렸다. 두 사람 사이에 아무 언어도 없었다.

아침 햇살이 거실로 깊게 들어왔다. 진필의 왼쪽 팔에 여인이 있었다. 차마 팔을 뺄 수 없었다. 한참을 그렇게 있었다.

"그만 팔을 빼도 돼요."

여자는 진필의 가슴에서 팔을 접으며 말했다. 진필은 자리에서 일어나 물 한 병을 다 마셨다.

"물 마실래요?"

"아니에요. 저는 괜찮아요. 저는 술이 약한 편인데 어제 이사님이 배려해주셔서 거의 안 마셨어요. 다른 자리 같았으면 억지로 술을 마셨을 텐데. 오늘은 속도 편하고 숙취 때문에 고생하지 않아서 좋아요. 이리 와서 조금 더 누워 계세요. 제가 아침밥 해드릴게요."

"아니에요. 그렇게 하지 않아도 돼요."

"아니, 부담 갖지 마세요. 이사님의 허락 없이 이곳을 다시 찾아오지 않을 테니 걱정하지 마세요."

얼마 안 있어 김이 나는 밥상이 진필 앞에 놓였다. 얼마 만에 받아보는 밥상인지 기억이 나지 않았다. 뜨거운 밥이 있었다. 집에서는 거의 밥을 해 먹은 적이 없었다. 여자가 해주는 밥은 아내 이후 처음이었다. 김치찌개와 계란프라이가 상을 채웠다.

"김치찌개가 매울 텐데 잘 먹네요."

"저, 김치 좋아해요. 아마 제 몸속에 한민족의 피가 섞여서인지 김치를 좋아해요."

"한민족의 피가 섞이다니 그게 무슨 말이에요?"

"아버지는 한족이지만 엄마가 만주족이에요. 중국은 부모 중 한쪽이 한족이면 한족이 됩니다. 엄마는 늘 말했어요. 만주족은 과거 여진족이 이름을 바꾼 것이라고. 여진족은 중국의 동북 삼성과 내몽고, 조선의 압록강 부근에서 한민족과 함께 살았다고 했어요. 만주족은 한족과 달리 한민족과 실제 피가 섞여 있다고 했지요. 엄마는 조선족과 친하게 지내셨어요. 지금도 지린吉林에 살고 있는데 주변에 조선족이 많아요. 김치는 자주 먹던 음식이라 잘 먹습니다."

"이름이 뭐예요?"

"리칭이에요. 그냥 칭이라고 불러주세요. 존대하시니 제가 불편해요. 편하게 불러주세요."

"칭이는 고향이 어디야?"

"아버지 고향은 산시성 시골 마을이고 엄마는 지린이에요. 제가 어렸을 때 두 분이 이혼해서 아버지는 거의 기억에 없어요. 엄마는 저를 지린으로 데려갔어요. 그곳이 내 고향이라고 했어요. 열여섯 살까지 엄마, 오빠와 함께 살았지요. 고향이라야 농사지을 땅이 없어 항상 배고팠던 기억밖에 없어요. 도시로 가는 오빠를 따라 나왔지요. 시골에는 엄마 혼자 계세요. 오빠는 농민공으로 있다가 지금은 공장에서 일해요. 저도 공장에 다니다가 안 좋은 일로 나왔어요. 돈을 많이 번다기에 이곳으로 왔지요."

"안 좋은 일이라니?"

"공장 책임자에게 성폭행을 당하고 쫓겨났어요. 하는 수 없이 식당 몇 군데를 전전하다가 어차피 고생할 거 돈이라도 벌어볼까 해서 이 짓을 시작했어요. 그런데 이 일도 쉽지 않네요. 한국 손님들은 매너가 좋은 편인데 중국 손님들은 그렇지 않아요. 중국 손님방은 서로 안 들어가려 해요. 매너가 안 좋아요. 갑자기 돈을 번 졸부들은 거칠고 무자비해요. 술집 여자는 사람 취급을 안 해요. 돈이면 다 된다고 생각하지요. 잠자리를 강제로 요구하는 경우가 있는데 그때는 안 나가고 말아요. 잘리면 다른 술집으로 가면 되거든요. 이곳은 인신을 구속하지는 않아요. 싫으면 안 나가면 그만이에요. 일자리는 얼마든지 있어요. 대부분 외국인이 오는 곳을 원해요. 팁도 괜찮은 편이고, 무엇보다 욕하고 때리지 않아 좋아요. 외국인 중에서도 한국 손님을 제일 좋아해요. 점잖고 팁도 잘 주거든요. 낮에 친구 해주면 용돈도 적지 않게 벌 수 있어요. 무엇보다 한국 손님은 사람대접을 해줘서 좋아요. 우리 나가요. 점심은 제가 사드릴게요."

"칭이가 어렵게 번 돈인데 내가 어떻게 얻어먹어. 내가 맛있는 것 사줄 테니 샤워하고 나가지."

"아니에요. 제가 사드려야 해요. 어제 팁 많이 받았어요. 사장님이 이사님 며칠 잘 모시라고 돈을 주셨어요. 외로운 사람이니 잘해 드리라고 했어요."

"알았어. 칭이 먼저 샤워하고 나와."

진필이 바닥에 있던 웃옷을 드는데 한쪽이 묵직했다. 어제 왕 대표가 봉투를 주면서 집에 가서 열어보라고 했던 말이 생각났다. 2만 위안과 편지였다.

"이사님, 며칠 쉬었다가 사무실에서 만나요. 정말 고생 많았습니다."라고 쓰여있었다.

두 사람은 밖으로 나왔다. 날이 뜨거웠다. 계절은 봄이지만 톈진은 분지라 30도가 넘는 날이 많았다. 여자는 진필의 옆구리에 손을 넣어 팔짱을 꼈다. 누가 봐도 영락없는 연인 사이였다. 두 사람은 점심으로 스테이크와 스파게티를 먹었다. 식사 후에 한적한 커피전문점을 찾았다. 진필은 평소처럼 아메리카노 투 샷을, 여자는 카페라테를 주문했다.

카페의 커다란 유리문으로 오후의 강한 햇빛이 들어왔다. 빛은 엑스레이처럼 여자의 몸을 여과 없이 비췄다. 원피스의 어깨죽지 사이로 브래지어 끈이 보일 듯 말 듯 했다. 여자의 길게 뻗은 머리는 얼굴의 반을 가리며 흘러내렸다. 머리카락 사이로 햇볕에 타지 않은 흰 목덜미가 예쁜 선을 그리며 흘렀다. 목덜미 밑으로 수밀도가 갈라지며 계곡이 이어졌다. 그녀는 어깨를 움츠리고 브래지어 끈을 원피스 속으로 밀어 넣었다. 여자는 순수하고 아름다웠다. 여자 나이 스물셋은 만개한 영산홍이요 겹겹이 싸인 아네모네였다. 섹시했다. 가운데가 조여왔다. 새벽에 여인의 몸을 탐했다는 기억을 소환해 낼 수 없었다. 처음인 듯 새로웠다. 사정 후에는 다시 오지 않을 것 같던 성욕이 다시 솟구쳤다. 그래서 부부가 평생을 같이할 수 있다고 생각했다.

커피의 쓴맛이 목을 타고 넘어갔다. 신맛보다 쓴맛이 강했다. 여자는 새가 모이를 쪼아먹듯 라테에 입을 뗐다 붙였다 했다. 휴대폰이 울렸다. 왕핑화 회장이었다. 진필은 일어나 다른 곳으로 가서 전화를 받았다.

"접니다, 회장님. 잘 계시지요? 그동안 연락을 못 드려 죄송합니다."

"아니야. 나는 잘 지내고 있어. 자네는 어떤가?"

"저도 잘 지내고 있습니다."

"내가 자네한테 할 말이 있는데 시간이 어떨지 모르겠네."

"저는 괜찮습니다."

"그럼, 이곳으로 와 줄 수 있겠나?"

"네, 찾아뵙겠습니다."

전화를 끊고 다시 자리로 돌아갔다. 여자가 말을 걸었다.

"이사님, 우리 오늘 저녁에 어디 갈까요?"

"칭이는 일하러 가고 나는 볼일 봐야지."

"아니에요. 며칠 쉴 거예요. 이사님과 맛있는 것도 먹고 여행도 할 거예요. 왕 대표님이 며칠 친구 해 드리라고 했어요. 가게엔 며칠 못 나간다고 했어요. 이사님, 저와 같이 있어야 해요. 제가 싫어서 그러시는 거예요?"

"그런 게 아니야. 만날 사람이 있어서 그래. 받은 돈은 칭이가 그냥 써."

"아니에요. 이사님과 같이 있지 않으면 돈은 돌려드릴래요."

"안 돌려줘도 돼. 내가 다 썼다고 할 테니, 그렇게 하지 마."

"이사님은 제가 싫으세요?"

"칭이가 싫어서 그러는 게 아니라 내일 아침 일찍 하이난다오에 가야 해서 그래."

"그럼, 우리 다시 못 만나나요? 또 만나면 안 되나요?"

"안 되는 게 어딨어? 시간 날 때 전화할게."

진필은 카페를 나와 여자와 헤어졌다. 숙취도 풀 겸 안마 시술소를 찾았다. 일본식 사우나였다. 사우나에 들어서자 일본의 전통음악 우타이 모노가 흘러나왔다. 일본의 전통 3현 악기 샤미센의 운율이 은은하게 퍼졌다. 옷을 벗고 탕에 들어가자 히노끼 _{편백나무} 향기가 몸을 편안하게 해주었다. 사우나에서 땀을 뺀 후에 안마를 받았다. 남자 안마사를 불렀다. 지린의 안마 학교를 나온 남자 안마사가 들어왔다. 여자는 힘이 약해 시원하지 않았다. 진필은 언제나 힘이 센 남자 안마사를 찾았다. 안마를 받고 나니 몸이 한결 가볍고 상쾌했다. 안마 시술소를 나와 집으로 향했다. 집 근처 편의점에서 컵라면과 만두를 사서 집으로 들어갔다. 저녁을 먹고 오랜만에 한국의 가족과 통화를 했다. 가족이 중국에 같이 있지 않아 험한 꼴을 보지 않은 것이 다행이었다. 가족의 목소리를 들으니 그리움이 더했다. 그럴수록 왜 중국에서 살아남아야 하는지 그 이유가 가슴에 와 깊이 박혔다.

하이난다오

    중국 남방항공에 몸을 실었다. 비행기는 언제나 마음을 설레게 하는 마력이 있었다. 가족과 함께 여행했던 추억이 떠올랐다. 사이판에서의 스킨스쿠버, 코타키나발루 해변의 지는 노을은 큰 추억으로 남아 있었다. 4시간 반이 지나 하이난다오 싼야 펑황 공항에 도착했다. 짐을 찾아 로비로 나갔다. 한 남자가 진필의 이름이 적힌 팻말을 들고 서 있었다.

    "제가 진필입니다."

    "회장님이 기다리고 계십니다."

    남자를 따라 공항 주차장으로 갔다. 왕핑화 회장이 검은색 아우디에서 내려 진필을 맞았다. 두 사람은 서로를 힘껏 껴안았다. 이슬람 저항단체 헤즈볼라 지도자들의 포옹하는 모습과 흡사했다. 아버지 품속처럼 푸근했다. 두 사람은 차에 올랐다.

    "정말 보고 싶었네."

    "저도 회장님 뵙고 싶었습니다. 건강은 여전하시지요?"

    "그럼. 자네도 건강하지?"

    "네. 건강합니다."

    "오늘 식사는 우리 집에서 하세. 아내가 기다리고 있네. 자네가 우리 집을 방문하는 첫 손님이야.”

“영광입니다, 회장님. 저도 사모님을 뵙고 싶습니다.”

“조그만 집에서 단출하게 살고 있네.”

“지금 사시는 곳은 어디입니까?”

“공항에서 그리 멀지 않은 싼야시에 있는 조그만 마을이야.”

“하이난은 생각보다 큰 섬이네요.”

“중국에서 타이완에 이어 두 번째 큰 섬이야. 옛날에는 유배지
였어. 하이난은 해양성 열대 기후여서 사계절 내내 더운 편이야.
동쪽은 비가 많이 오고 서부는 건조한데, 남부는 덥긴 해도 쾌
적해. 그래서 하이난의 남쪽 싼야시를 택했지. 이곳은 비가 적고
염전이 많아 소금업이 번창했던 곳이야.”

“밖에 빌딩들을 보면 웬만한 나라의 수도라고 해도 손색이 없
겠어요.”

“하이난은 인구가 천만이야. 면적도 35,000㎢로, 중국의 성 중에
는 가장 작지만 제주도의 20배나 되는 큰 섬이지. 본토의 개혁개방
이후 경제특구로 지정되어 홍콩에 버금가는 자유무역의 중심지로
발전하고 있어. 나로선 너무 빨리 도시화하는 것이 불만이야. 그리
고 하이난다오의 성도는 북쪽의 하이커우시야. 공항이 항상 붐벼
서 이용할 때 불편이 많아. 이곳 싼야시는 의료시설이나 편의시설
이 잘 갖추어져 있어서 노인들이 사는 데는 별 불편이 없어.”

“하이난다오는 타이완처럼 대륙과 별개의 섬이었나요?”

“그렇지 않아. 본래 광둥성에 속했다가 1988년에 하이난성으로
분리되었어. 그전에는 리족, 먀오족, 좡족 등 소수민족이 많이 살

았지. 1949년 중화인민공화국이 수립되면서 하이난 특별행정구로 지정되었어. 적도와 가까워 포근한 아열대성 기후가 사람을 편안하게 해주지. 겨울에도 따뜻하게 지낼 수 있어 북방 사람들에게 인기가 많아. 특히 러시아 사람들이 많이 살고 있어. 이곳은 화산섬이라 한국의 제주도와 비슷해. 결혼 시즌에는 신혼부부들이 많이 찾아서 동양의 하와이로 부르지. 하이난은 중국이 야심 차게 추진하는 해양 일대일로의 전략적 요충지야. 중국이 바다로 나갈 수 있는 유일한 탈출구지. 근래 남중국해 문제로 주변국들과 사이가 좋지 않아. 진정한 패권국이 되려면 이웃과 잘 지내야 하는데 지금 중국이 취하는 전략은 바람직하지 않아."

"바람직하지 않다니요?"

"영토분쟁은 어느 나라를 막론하고 아주 예민한 문제야. 중국만 하더라도 왕조에 따라, 시대에 따라 대륙이 이민족에게 복속되기도 했고 상대를 무찔러 영토를 확장하기도 했어. 과거에는 힘으로 다른 나라를 복속시켰지만 지금은 아니야. 중국이 패권국이 되려고 전량외교를 펼치고 있는데 그렇게 해서 될 일이 아니야. 상대는 오랑캐가 아닌 문명시대의 주권국이라는 것을 잊으면 안 돼. 상대국에 선망의 대상이 될 때 진정한 패권국이 될 수 있어. 센카쿠 열도와 인도와의 분쟁도 문제지만 양안의 갈등과 남중국해 문제가 예사롭지 않아."

"하이난의 영해와 EEZ200해리 배타적 경제수역를 잘 준수하면 남중국해를 둘러싼 문제는 쉽게 해결할 수 있지 않을까요?"

"그게 그렇게 간단하지 않아. 중국이 주장하는 '역사적 종주권'

이 문제가 되고 있어."

"역사적 종주권이 무엇입니까?"

"역사적 종주권은 조상이 해당 지역에 살았거나, 그곳에서 고기잡이를 했다고 주장하는 거야. 1,300년 전 당나라 역사에 한자로 쓴 남중국해 기록이 있어. 우리 조상이 그곳까지 내려가서 어업을 했다는 기록이지. 중국은 그것을 근거로 우리 영토라고 주장하는데 솔직히 좀 심하다는 생각이 들어."

"심하다니요?"

"중국 최남단인 하이난에서 1,000km 이상 떨어져 있는 베트남 앞바다까지 우리 영토라고 주장하는데, 근거가 빈약해."

"제가 생각해도 그건 좀 아닌 것 같네요."

"남중국해에는 280여 개의 아주 작은 섬과 암초, 산호섬 등으로 구성된 4개의 군도가 있는데, 이곳에서 베트남, 필리핀, 말레이시아, 부르나이 등의 동남아 국가들과 영토분쟁을 벌이고 있어."

"구체적으로 무엇이 문제입니까?"

"중국은 남중국해 주변을 따라 점선 9개를 그어 구역을 설정했어. 그것을 남해 '9단선'이라고 하지. 그 9단선 안에 있는 섬 전부가 중국 영토라고 주장한 것에 대해 필리핀 정부가 2013년에 네덜란드 헤이그의 상설중재재판소PCA에 제소했어. 상설중재재판소는 2016년에 '9단선은 역사적 · 법적 효력이 없다'라는 판결을 내렸지."

"그러면 상설중재재판소의 판결을 따르면 되지 않습니까?"

"중국은 그 판결을 인정하지 않고 있어."

"국제재판소의 결정이면 따르는 것이 국제관례 아닌가요?"

"중국은 오히려 1982년 가입한 '유엔 해양협약'에서 탈퇴하겠다며 그 판결은 무효라고 주장하고 있지. 중국의 입장에서도 인정하기 힘든 이유가 있어."

"어떤 이유가 있나요?"

"남중국해에는 세계에서 가장 많은 약 2,500여 종의 해양생물이 서식하고 있고 100억 배럴이 넘는 원유와 190조㎥의 천연가스가 매장된 것으로 추정하고 있어. 또 남쪽으로는 말라카 해협, 싱가포르 해협이 있고, 북쪽으로는 대만 해협까지 이어지고 있지. 특히 세계 원유 수송량의 70% 이상을 포함해 전 세계 해양 물동량의 50%가 지나고 있어 남중국해의 경제적, 안보적 가치는 엄청나."

"결국은 안보와 경제적 가치 때문이군요."

"그런 셈이지. 중국은 세계에서 가장 많은 나라들과 국경을 맞대고 있어. 육지로 14개 바다로 6개, 도합 20개 나라와 맞닿아 있지. 그런데 한결같이 사이가 안 좋아."

"잘 지내지 못하는 이유가 뭔가요?"

"국가 간의 상반된 이해관계도 이유가 되겠지만 중국이 패권국이 되겠다고 하면서부터 급격히 나빠졌어. 진정한 패권국이 되려면 주변국과의 관계가 좋아야 해. 지금처럼 힘으로 밀어붙이면 어느 나라가 좋아하겠어. 전랑 외교로 주변 국가들을 겁박하니 잘 지내지 못할 수밖에."

"그래도 중국 인민들은 미국과의 전쟁도 불사하겠다는 강경 자세를 지지하는 것 같습니다. 인민들도 그걸 원하니까 밀어붙이는 것 아니겠어요. 지금의 시 주석에 대한 인민의 인기도 높고요."

"3류 국가에서 1류 국가로 도약한다는데, 미국을 누르고 세계 패권국이 된다는데, 중국 사람 누가 반대하겠어. 하지만 방법이 문제야. 지금처럼 강 대 강으로 맞서는 것을 모든 인민이 찬성하는 것은 아니야. 기성세대는 안정을 바라기 때문에 미국과 대화로 해결하길 바라지. 근데 젊은 세대는 달라. 그들은 중국공산당과 지도자에 대한 충성심이 대단해. 아주 열광적이야. 젊은이들은 중국이 패권국이 된다는 중국몽에 함몰되어 공산당과 지도자들의 뜻이라면 무조건 따르지. 특히 16세에서 19세까지는 아주 광적이야. 마치 문화혁명 때의 홍위병들 같아."

"그렇군요. 회장님께서 국경을 맞대고 있는 나라들과 사이가 나쁘다고 하셨는데 북한과는 좋게 지내지 않습니까?"

"실은 그렇지도 않아. 겉으로는 형제 나라니, 동맹이니 해도 서로 잘 몰라. 믿음도 별로 없어. 북한의 내부 사정에 대해서는 한국이나 미국이 더 잘 알 거야. 비공식적으로 한국에 물어볼 때도 있는데, 뭐. 북한은 중국 말 잘 안 들어. 중국도 북한 핵 문제로 애를 먹고 있어."

"그런 속사정이 있었군요."

"내가 사는 곳은 자연경관도 좋고 살기도 좋은데 마음에 안 드는 게 있어."

"무엇이 마음에 안 드세요?"

"하이난다오는 인민해방군 남해함대가 있는 전략기지야. 싼야의 위린항에는 남해함대의 핵잠수함 기지가 있지. 각종 위락시설이 밀집한 야롱만과는 언덕 하나 차이야. 그런 군사기지가 있다는 것이 불편해. 그런 줄 알았으면 이쪽으로 오지 않았을 거야. 그리고 하이난의 자동차, 기계, 조선산업 등의 발전으로 내가 생각했던 쉼터가 아니야. 순수 관광지에 산업화의 물결이 밀려오고 있는 게 실망스러워. 이 자연이 언제까지 버틸 수 있을지 모르겠어."

"그런 부분이 있었군요."

"내리세. 다 왔네."

언덕 위의 집은 아담했다. 문을 열고 들어가자 사모님이 반갑게 맞았다.

"어서 오세요. 먼 길 오시느라 수고 많았어요. 직접 보니 인물이 좋으시네."

회장 아내는 진필을 반갑게 맞았다.

"사모님, 안녕하세요? 진필입니다. 초대해 주셔서 감사합니다."

"오시느라 힘들었지요? 이리 앉으세요. 아주머니, 시원한 것 좀 내오세요."

1층 거실 창밖으로 하이난의 넓은 바다가 펼쳐졌다.

"우선 과일부터 드세요. 시장하실 텐데."

"아닙니다, 기내에서 요기는 했습니다."

거실에 가족사진이 걸려있었다. 왕가위와 왕상 대표 형제가 어깨동무를 하고 있는 사진에 진필의 눈길이 멈췄다. 그렇게 다정할 수 없었다. 평생 둘이 함께할 것 같은 아름다운 모습이었다. 식탁 위에 음식이 차려졌다. 색이 화려했다.

"사모님, 이렇게 준비를 많이 하셨어요."

"저는 음식 잘못해요. 우리 아주머니가 다 했어요."

"처음 보는 음식들이네요."

"네 가지 음식을 준비했어요. 하이난의 4대 요리지요. 맛이 어떨지 모르겠네요."

"음식 소개 좀 해주세요."

"이것은 '원창찌'라는 닭요리에요. 하이난다오의 원창이란 곳에서 양식한 품질 좋은 닭으로 만든 요리지요. 육수와 소스가 생명이에요. 육수에 적당히 익혀낸 원창찌를 특제 소스에 찍어 먹으면 맛이 그만이에요. 또 이 음식은 '쨔찌야'에요. 짜찌시의 오리라는 뜻으로 화교들이 해외에서 수입한 오리를 쨔찌에서 양식을 시작해 짜찌야라고 부릅니다. 쨔찌야 역시 원창찌와 같은 방식으로 조리해 먹는 요리로 아주 맛이 좋아요. 그 옆에 요리가 '허러쎄'예요. 허러에서 나는 맛 좋은 게를 말하지요. 이곳 사람들은 귀한 손님이 오면 허러쎄를 주로 찜으로 대접합니다. 신선한 재료 그대로의 맛을 즐길 수 있어요. 마지막 음식이 '똥산양'입니다. 똥산양은 하이난의 똥싼링에서 자라는 양을 말하는데, 똥싼 양고기와 각종 조미료와 향신료로 조리한 똥산양은 중국의 명품요리에요."

"음식을 많이 준비하셨어요. 이렇게 극진한 대접을 받아도 되는지 모르겠습니다. 환대해주셔서 정말 감사합니다."

"진 이사님은 어떨지 몰라도 우리 회장님은 진 이사님을 아들처럼 생각해요. 그러니 집이라고 생각하고 편하게 쉬어요. 위층에 방을 준비해놨어요."

"아! 네, 감사합니다. 참, 사모님 이거 받으세요."

준비한 선물을 건넸다.

"이게 뭐예요?"

"스카풉니다. 풍경화에 훈민정음을 덮었습니다. 글씨는 제 집사람이 썼습니다."

"아유 귀한 선물이네요, 그냥 오시지. 근데 사모님이 글씨를 잘 쓰시는군요."

"취미로 붓글씨를 쓰고 있는데 마음이 드실지 모르겠어요."

"아주 좋아요. 마음에 들어요. 이렇게 귀한 선물을 받아서 어쩌지요. 저는 준비한 선물이 없는데."

"이렇게 귀한 음식을 대접받는데 이보다 더한 게 있습니까."

"아무튼 귀한 선물 잘 받겠습니다."

회장 부부와 담소를 나누며 화기애애하게 식사를 했다. 디저트로 과일과 차가 나왔다.

"……자네 이번에 고생 많았네. 폐수 사건을 처음 접했을 때는 큰일이 났다고 생각했어. 일이 일인 만큼 해결이 쉽지 않겠다고 생각했지. 정말 많이 놀랐어. 자네가 이번 일을 도맡아 처리했다는 말을 듣고 많은 생각을 했네. 어쨌든 자네가 큰일을 했어. 우리 중국 사람 중에 자네처럼 살신성인하는 사람을 찾기가 쉽지 않아. 거의 없지. 자네를 믿긴 했지만 그렇게까지 해줄 줄은 몰랐네. 어떻게 고마움을 전할지 모르겠어. 장진성 이사야 중국 사람이니 그렇다 해도 자네는 좀 특이한 구석이 있어. 외국인이 이국땅에서 내 일처럼 하기가 쉽지 않은데, 회사도 바로 세우고 아들도 지켜주었어."

"회장님, 그렇지 않습니다. 저는 제 할 일을 한 것뿐입니다."

"아니야. 나도 중국 사람이지만 우리 인민들 자네처럼 헌신적으로 일하지 않아. 중화민족은 국가나 집단보다 '나' 위주야. 인민들은 단체보다 개인의 우월적 지위를 더 중히 여기지. 자신을 먼저 생각하니 공중도덕도 잘 지키지 않아. 줄을 설 때 새치기를 방관하고 내 일 아니면 외면하기 일쑤지. 음악에도 그런 면이 잘 나타나 있어. 중국 음악은 대부분 '독주'야. '합주'는 중국 특유의 전통을 살리지 못해. 중국의 대표적인 창극인 경극에도 합창은 존재하지 않아. 두 사람이 노래를 주고받는 때는 있어도 여러 사람이 함께 호흡하는 합창은 없어. 이는 화성의 극대화로 위대한 합창곡을 만들어 내는 서양 음악과는 아주 대조적이지. 스포츠의 경우만 해도 그래. 올림픽에서 개인 종목들은 강한데 단체종목은 그렇지 않아. 축구가 대표적이지. 그래서 '중국인 한 사람이 해외에 나가면 한 마리 용이요, 열 명이 함께 나가면 한 마리 벌레'라는 말을 자주 듣는 거야. 그건 그렇고 이번 일이 어떻게 일어나게 된 건가?"

"……."

"가위가 한 짓이지? 가위가 아니면 누가 그런 짓을 하겠어. 다 내가 아들을 잘못 둔 죄지. 그런데 어쩌겠나, 천륜을 끊을 순 없지 않은가. 자네가 용서해주게. 내가 사과함세."

"회장님, 아직 누가 했다는 증거는 없습니다. 그리고 저보다는 밖에서 일한 사람들이 고생이 많았습니다."

"자네가 사표를 썼다는 얘기 들었네. 그건 형식상 일이니 다시 출근해 상이를 도와주게."

"아닙니다. 그렇게 해선 안 됩니다."

"안 되다니?"

"대표를 소환하지 않는 첫 번째 조건이 제가 회사 일에서 완전히 손을 떼는 것이었습니다. 만일 제가 복귀하거나 우회적으로라도 회사를 도우면 공안은 대표를 괴롭히고 회사에 압력을 넣을 것입니다."

"사건이 일단락됐는데, 큰 문제 있겠는가?"

"제1 목표가 저였기 때문에 제가 있으면 회사가 해를 입습니다. 그리고 사고 현장을 찍은 CCTV의 최종 결과가 아직 나오지 않았습니다. 설사 범인이 잡히더라도 저는 복귀할 수 없습니다. 약속은 약속이니까요. 그리고 회사에는 장진성 이사가 있으니 걱정하지 않으셔도 됩니다. 기획팀의 양둥 팀장도 훌륭한 재원입니다. 제가 없어도 회사 경영에는 문제없습니다."

"무슨 뜻인지는 알겠네. 그 얘기는 나중에 다시 하기로 함세."

디저트를 먹고 나자 붉은 노을이 바다 밑으로 가라앉았다. 샹들리에 불빛 멀리 검은 바다가 흰 이빨을 드러내며 철썩였다.

"진 이사, 나 먼저 들어갈 테니 집사람과 이야기 좀 더 나누게."

왕 회장은 자기 방으로 들어갔다.

"진 이사님, 저랑 차 한 잔 더 하실래요?"

사모님이 말했다.

"네, 좋습니다."

"커피를 좋아하신다고 들었는데."

"네, 커피 좋아합니다."

주방 아주머니를 들여보내고 사모님이 직접 커피를 탔다.

"아무튼 제 자식들 때문에 진 이사님이 고생 많으세요."

"고생은요. 회사에는 운명적으로 이런 일들이 있게 마련입니다. 회사 대표에 비하면 월급쟁이는 쉬운 편입니다. 직원이야 떠나면 그만이지만 회사 대표는 어디 그런가요. 기업과 생명을 같이 해야 하잖아요. 그것이 오너의 숙명인지도 모릅니다."

"제가 이사님에게 부탁이 있어요."

"……말씀해 보시지요."

"사실 상이는 제 친아들이 아닙니다."

"친아들이 아니라니요?"

"상이를 낳은 엄마가 핏덩이를 우리 가게 앞에 두고 갔어요. 어쩔 수 없이 우리 호적에 올리고 키웠지요. 나중에 알게 되었지만 회장님의 아이였습니다. 상이가 가위와 한배는 아니어도 아버지가 같으니 친형제나 다름없지요."

"아버지가 같다니 그게 무슨 말씀입니까? 회장님에게 다른 여자가 있었나요?"

진필은 내용을 알고 있었지만 처음인 듯 말했다.

"꼭 그런 것은 아니에요. 상이 엄마가 우리 가게에서 일을 했는데 예기치 않게 회장님이 실수하신 거지요. 한편으로 이해도 됩니다. 한 공간에서 오래 함께 있다 보면 정도 들게 마련이지요. 상이 엄마는 회장님과 같이 있었던 다음 날 바로 떠났으니 애정 문제라고 할 것은 없어요. 그 일이 있고 나서 우연한 자리에서 상이 엄마를 만났어요. 그 후로 가끔 연락하고 지냈지요. 힘들 때는 돈도 보내주고 했어요. 회장님은 모르십니다. 지금은 상이 엄마도 좋은 사람 만나서 잘살고 있어요.

저는 상이를 제 친자식처럼 키웠어요. 가위와 차별을 두지 않았지요. 가위가 회사를 맡을 자격이 안 된다는 것을 알고부터 제 마음이 얼마나 아팠는지 모릅니다. 하지만 억지로 해서 되는 일이 아니잖아요. 형제가 오순도순 잘해주기를 바랐는데 그게 안 됐어요. 상이에게 회사를 물려준다고 했을 때 회장님과 많이 다퉜어요. 진 이사님도 원망했고요. 그러나 어쩌겠어요. 가위가 자격이 안 되는 것을. 다 제가 잘못 키운 죄지요. 진 이사님, 제가 어려운 부탁 하나 할게요."

　"편하게 말씀하세요."

　"사필귀정이라고, 이번 폐수 사건도 누가 했는지 결국 밝혀지지 않겠어요? 아무리 생각해도 가위밖에 그럴 사람이 없어요. 제 추측이 틀렸으면 좋겠지만. 우리 가위를 용서해주십시오. 제가 어미로서 진심으로 사과를 드립니다. 제가 이렇게 빌겠습니다."

　"그 문제는 사모님이 걱정 안 하셔도 됩니다. 지금은 누가 잘못을 했느냐보다 회사가 잘 돌아갈 수 있게 하는 것이 중요합니다. 그리고 제가 누구를 용서하고 말고 할 자격이 없습니다. 왕가위 사장의 신상에 문제가 발생하거나 형제분들 사이에 분란이 일어나지 않도록 할 테니, 너무 걱정하지 마세요."

　"말씀을 그렇게 해주시니 고맙습니다. 전면에 나서지는 못하더라도 여러모로 우리 상이 많이 도와주세요. 상이는 가위와 성격이 달라요. 사람을 귀하게 여기니 훌륭한 경영자가 될 겁니다. 상이가 잘 되면 결국 가위도 잘될 거예요. 가위는 자존심이 강해서 상이가 잘 되면 자기도 상이에 지지 않으려고 열심히 할 겁니다. 용서해주시면 가위도 잘할 수 있을 거예요."

"그 문제는 저에게 맡겨주십시오."

"그리고 회장님 얼마 못사세요."

"얼마 못 사시다니요?"

"췌장암 3기입니다."

"그래서 회장님이 야위셨군요."

"수술 시기를 놓쳐 약으로 연명하고 있는데 3개월을 넘기기 어려울 것 같아요. 회장님이 이사님 얘기를 자주 하세요. 형편이 허락되면 회장님의 말동무가 되어 주세요. 전화라도 자주 주시면 좋아하실 거예요. 회장님은 우리 아이들보다 이사님을 더 찾습니다."

"송구스럽습니다."

"그리고, 이것 받으세요."

"이게 뭡니까?"

"달러화 채권입니다. 백만 위안1억 7천만 원이에요. 만기가 올 연말입니다. 원하시면 언제든지 현금화할 수 있어요. 그동안 회사를 위해 많은 애를 쓰셨고 상이가 자리를 잡을 수 있게 도와주신 것에 대한 작은 보답입니다. 이사님이 없었다면 형제끼리의 싸움은 물론 회사도 어떻게 됐을지 모릅니다. 회장님과 제 성의로 생각하고 받아주세요."

"저는 이 돈 받을 수 없습니다. 회사로부터 보답을 충분히 받고 있습니다. 이런 것을 바라고 일한 적 없습니다. 무엇보다 회장님으로부터 많은 사랑을 받았고 지금도 받고 있습니다. 두 분의 마음만 받겠습니다."

"두 자식의 어미로서 드리는 제 성의입니다. 어떻게 들릴지 모르지만 남이 아니라 부모님이 주는 것이라 생각하세요. 주는 기쁨을 누리게 해주세요. 부탁입니다."

"정말 마음만 받겠습니다. 그것으로 충분합니다."

"정말 제가 드리고 싶어요. 부모로서 자식에게 주는 유산이라고 생각하세요. 그리고 도움이 필요하면 언제든지 말씀하세요. 이제 이사님과 우리는 한 가족입니다."

"……그럼, 두 분의 귀한 돈 감사히 받겠습니다."

"그리고 다시 한번 부탁할게요. 우리 가위 용서해주세요."

"왕가위 사장은 걱정 안 하셔도 됩니다. 그 일은 저에게 맡겨주십시오."

"그리고 이곳에 며칠 머물면서 남천의 식물원과 하이커우시에 서 있는 레이충 세계 지질공원도 구경해보세요. 밤에는 삼아 지역에 있는 푸싱제도 가보시고요. 힐링이 많이 될 거예요. 우리 기사가 안내할 겁니다. 잠은 가능한 저희 집에서 자도록 하세요. 회장님이 이사님과 같이 있고 싶어 하세요. 이사님이 말동무를 해주시면 좋아하실 거예요."

"네, 그렇게 하겠습니다."

진필은 3일간 왕펑화 회장 집에 머물며 명승지를 돌아보며 생각을 정리했다.

반격

텐진으로 올라왔다. 출근해서 왕 대표를 찾았다. 하이난에 다녀온 이야기를 했다. 왕 대표는 회장이 얼마 살지 못한다는 것을 이미 알고 있었다.

왕 대표는 진필에게 서류를 건넸다. 지주회사 설립에 관한 내용이었다. 대표는 진필로 되어있었다. 지주회사 설립은 장진성 이사의 아이디어였다.

"저에 대한 대표님의 배려 고맙게 생각합니다. 지주회사 건은 이번 사건이 완전히 마무리되고 다시 나누시지요."

"마무리된 것 아닌가요?"

"좀 더 알아볼 게 있습니다."

"아, 그래요?"

"다른 말씀 없으면 이만 나가보겠습니다."

휴대폰이 울렸다. CCTV를 분석한 곳이었다. 새로운 증거가 나왔다고 했다. 진필은 그리로 향했다.

"안녕하세요, 박사님. 사람을 알아볼 수 있겠습니까?"

"특수장치를 사용해 재생을 시도했습니다. 정확지는 않아도 인상착의 확인은 어느 정도 가능합니다."

CCTV 분석 및 프로그램 전문가인 김성곤 박사가 말했다. 김 박사는 한국 소프트웨어 중국법인 책임 연구원이었다.

"그렇습니까? 어디 볼까요?"

"이 화면입니다."

"아니, 이 사람!"

"아는 사람입니까?"

"네, 우리 직원입니다."

김 박사와 저녁을 먹고 집으로 향했다. 처리방안에 대한 고민으로 거의 잠을 못 이루었다. 출근하자마자 기획팀의 팽시후 대리를 불렀다.

"왜 그랬나?"

"무슨 말씀을 하시는 건가요?"

진필은 사진 한 장을 탁자 위에 던졌다.

"똑바로 보고, 내가 왜 자네를 불렀는지 생각해봐!"

팽시후 대리는 사진을 뚫어지게 보았다.

"이 사진이 어떻다는 겁니까?"

"이 사진을 공안에 넘기려고 하는데, 자네 생각은 어때?"

"……잘못했습니다. 이사님, 한 번만 용서해주십시오. 다시는 이런 일 없도록 하겠습니다."

"왜 그랬어? 내가 자네에게 섭섭하게 한 적 있나?"

"아닙니다."

"왜 그런 거야!"

"왕가위 사장님의 지시를 어길 수 없었습니다."

"대가가 무엇인가?"

"이번 일만 끝나면 왕 사장님 회사의 기획팀장을 맡기로 돼 있습니다."

"자리가 탐이 나서 그랬다는 거야?"

"사실은 돈이 필요했습니다. 어머니의 지병이 심해 월급으로는 감당할 수 없었습니다. 왕가위 사장님이 그 돈을 주셨습니다. 왕 사장님의 지시를 따르지 않을 수 없었습니다."

"돈이 필요하다고 모두 자네처럼 살면 이 세상이 어떻게 되겠어? 지금 자네가 무슨 일을 저질렀는지 알아?"

"이사님, 잘못했습니다. 한 번만 용서해주십시오. 정말 다시는 이런 일 없도록 하겠습니다."

"자네는 중범죄를 저질렀어."

"이사님, 이번 한 번만 용서해주십시오."

"워낙 큰 사건이라 봐 주고 싶어도 봐 줄 수가 없어. 증거가 이렇게 나왔고 회사 운명이 걸린 사건이잖아. 최소 5년은 감옥에서 썩게 될 거야. 그리고 회사가 낸 벌금에 추징금을 더하면 그 금액은 엄청날 거야. 다 갚으려면 평생 갚아도 어려울걸."

"이사님, 살려주세요. 정말 죽을 죄를 지었습니다."

"그럼 죽어. 이 일은 자네가 죽어야 끝이 나."

"이사님, 시키는 대로 다 할 테니 목숨만 살려주십시오. 제가 죽으면 우리 어머니는 어떻게 합니까?"

"자네 어머니는 귀하고 회사는 잘못되어도 상관없다는 거야?"

"그런 뜻이 아닙니다. 이사님, 뭐든지 하겠습니다. 제발 살려만 주십시오."

"알았으니 진술서를 하나 써."

"이사님, 잘못했습니다. 이번 한 번만 용서해주십시오."

"자네, 못 쓰겠다는 건가?"

"……."

"쓰고 싶지 않으면 쓰지 마. 당장 나가."

"이사님, 살려주십시오."

팽시후 대리는 진필의 바지를 잡고 사정을 했다.

"어서 써! 그러면 공안에 가서 쓸 거야? 만일 안 쓰면 공안에 넘겨버릴 거야. 공안에 가면 자네 몸이 남아나는 곳이 없을 거야. 죄는 고사하고 먼저 맞아 죽지 않으면 다행이지. 가서 쓸 거야, 여기서 쓰고 끝낼 거야?"

"알겠습니다. 쓰겠습니다. 공안에만 가지 않게 해주세요."

팽 대리는 3장 분량의 진술서를 작성했다. 팽 대리가 나가자 왕 가위 사장에게 전화했다.

"오랜만입니다, 이사님이 어떻게 전화를 다 주셨나?"

왕가위 사장이 능청맞게 전화를 받았다.

"다른 게 아니라 내가 사장님을 만날 일이 생겼는데 어떻게 하시겠어요?"

"무슨 일 있습니까? 나는 이사님 볼 일이 없는데."

"그러면 안 만나도 됩니다. 그냥 팽 대리와 공안으로 가면 되니까."

그 말을 하고 전화를 끊었다. 바로 휴대폰 액정에 왕가위의 이름이 떴다. 진필은 받지 않았다. 몇 번을 그렇게 하다가 못 이기는 척하고 받았다.

"팡 대리가 어쨌다는 겁니까?"

왕가위의 목소리에 긴장감이 서려 있었다.

"몰라서 물어? 당신, 누굴 바보 천치로 알아? 내가 당하고만 있을 것 같아? 손바닥으로 하늘을 가린다고 그게 가려지는 거야? 꼬리가 길면 다 잡히게 돼 있어."

"지난번 만났던 탕구항에서 만나지요."

"이번에는 그렇게는 안 되겠어. 왕 사장, 당신이 이리로 와. 내가 문자를 보낼 테니."

짧게 말하고 휴대전화를 끊었다.

퇴근 시간 전에 사무실을 나왔다. 생각을 정리할 필요가 있었다. 카페에 들러 왕 사장에게 할 말을 정리했다. 약속 장소로 나갔다. 진필은 양주를 한 병 시켰다.

하권으로……

참고문헌

- 강진석, 『중국의 문화코드』, 살림, 2015.
- 곽승지, 『조선족, 그들은 누구인가』, 인간사랑, 2013.
- 김용옥, 『도올의 중국일기 1권』, 통나무, 2015.
- 김정운 편저, 『중국인의 돈 버는 상술』, 글로북스, 2011.
- 서유진, 『800년 장사의 비밀』, 틔움, 2014.
- 안광호 · 하영원 · 박홍수 지음, 『마케팅원론』 학현사, 2010.
- 양병무, 『행복한 로마 읽기』, 21세기북스, 2016.
- 유광종, 『연암 박지원에게 중국을 말하다』, ㈜크레듀, 2009.
- 이영직, 『세상을 움직이는 100가지 법칙』, 스마트비즈니스, 2010.
- 장범성, 『중국인의 금기』, 살림, 2009.
- 정민, 『다산선생 지식경영법』, 김영사, 2009.
- 정성진, 『아사교회생』, 두란노서원, 2019.
- 조현구 · 엄은숙, 『15%의 이기는 사장』, 청림출판, 2017.

- 로버트 E. 퀸, 『딥체인지』, 박제영 · 한주한 옮김, 늘봄, 2018.
- 마샬 B. 로젠버그, 『비폭력 대화』(완결판), 김온양 · 이화자 옮김, 북스타, 2016.
- 미야자키 이치사다, 『옹정제』, 차혜원 옮김, 이산, 2001.
- 알렉스 퍼거슨, 마이클 모리츠 공저, 『리딩』 박세웅 · 조철웅 공역, RHK, 2016.
- 엔서니 라빈스, 『네 안에 잠든 거인을 깨워라』, 씨앗을 뿌리는 사람, 2010.
- 장융, 『대륙의 딸』 상&하, 황의방 · 이상근 · 오성환 옮김, 까치글방, 2011.

- 장하준, 『나쁜 사마리아인들』, 이순희 옮김, 부키, 2007.
- 쟝위싱, 『중국황제 어떻게 살았나』, 허유영 옮김, 지문사, 2003.
- 제프리 오사스트롬, 『중국 묻고 답하다』, 박민호 옮김, 유유, 2013.
- 짐 콜린즈, 『좋은 기업을 넘어 위대한 기업으로』, 이무열 옮김, 김영사, 2002.
- 타고 아키라, 『마인드 리딩』, 이창식, 미래BiZ, 2008.
- 헨리 키신저, 『헨리 키신저의 중국 이야기』, 권기대 옮김, 민음사, 2012.

- 김대기, "중국인도 못 믿는 中 공식 통계 '촤이모상이(揣摩上意 · 상부의 뜻을 헤아려 적절한 조치를 취함)' 관습이 빚은 통계 조작의 유혹", 매일경제, 2018.2.19. 입력, https://www.mk.co.kr/economy/view/2018/112796.
- 송재윤, "우리는 선, 상대는 악...공산주의가 1억명 학살한 수법", 조선일보, 2020.11.14. 입력, https://www.chosun.com/culture-life/2020/11/14/L2IY2SQXGVDSVAUFEWADANBUW4/.
- 유희문, "[차이나 인사이트] '사드' 파고 넘으려면 중국 관료의 '촤이모상이' 알아야", 중앙일보, 2017.10.24. 입력, https://www.joongang.co.kr/article/22042027#home.
- 한우덕, "중국 공산당은 어떻게 기업을 장악하는가?", 중앙일보, 2019.12.03. 입력, https://www.joongang.co.kr/article/23647587#home.

- 고우해커스, "[중국 유학 일상] 띵스리의 북경생활 : 과거와 현재가 만나는 베이징의 후통 골목", 1위 고우해커스★토플/IELTS/GRE/SAT/LSAT 유학정보, 2020.7.8. 입력, https://m.blog.naver.com/global_gohackers/222024819411.
- [네이버 지식백과] 베이징대학교[Peking University, 北京大學(북경대학)], 두산백과.
- [네이버 지식백과] 의화단사건[義和團事件], 한국근현대사사전, 2005. 9. 10., 가람기획.

진상 眞商 上

초판 1쇄   2023년 09월 01일

지은이	조현구
발행인	김재홍
교정/교열	김혜린
마케팅	이연실
디자인	현유주

발행처	도서출판지식공감
등록번호	제2019-000164호
주소	서울특별시 영등포구 경인로82길 3-4 센터플러스 1117호{문래동1가}
전화	02-3141-2700
팩스	02-322-3089
홈페이지	www.bookdaum.com
이메일	jisikwon@naver.com

가격	17,000원
ISBN	979-11-5622-814-1 04810
	979-11-5622-813-4 04810(세트)

문학공감은 도서출판 지식공감의 인문교양 단행본 브랜드입니다.